《卜筮正宗》作者【清】王洪緒小像

（輯自清康熙年間鳳梧樓藏版初刻《永寧通書》）

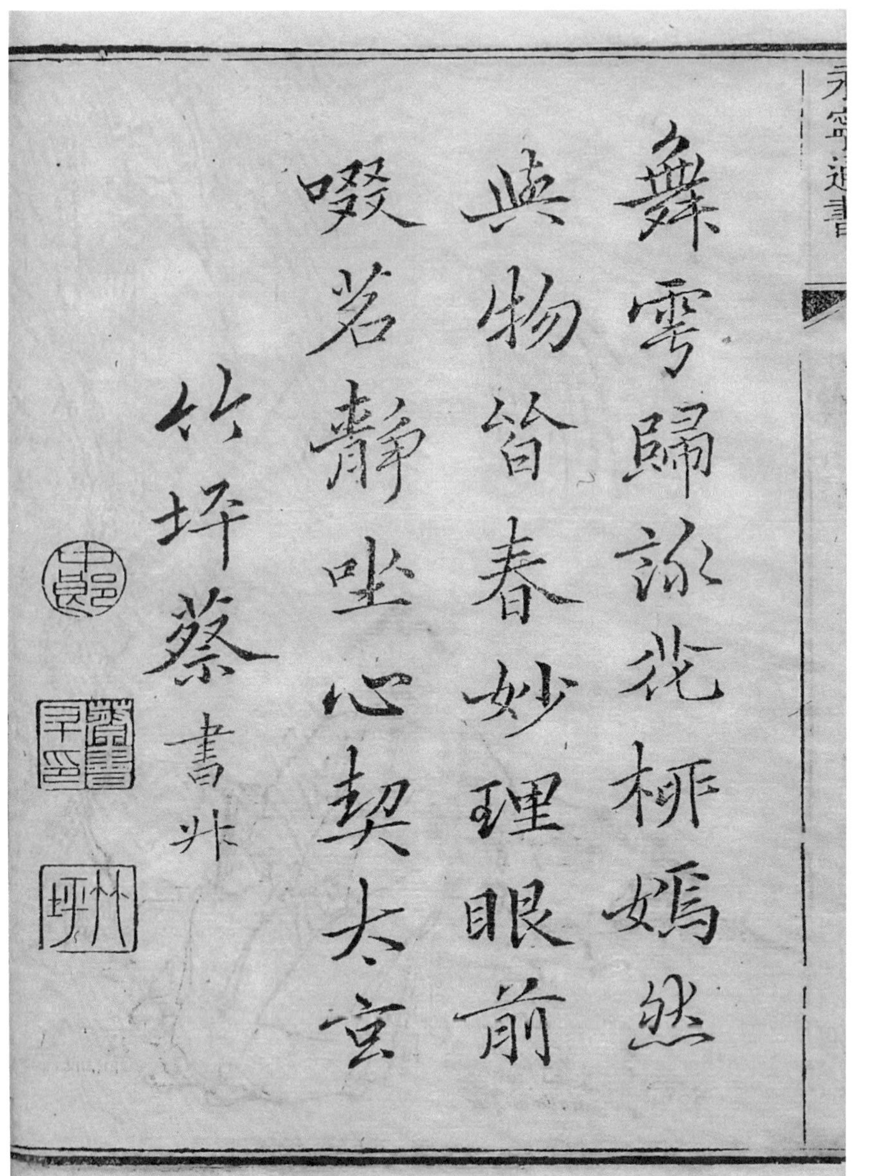
舞雩歸詠花棑嫣然
與物皆春妙理眼前
啜茗靜坐心契太玄
竹坪蔡書非

《卜筮正宗》作者【清】王洪緒小像題詠
（輯自清康熙年間鳳梧樓藏版初刻《永寧通書》）

學術的良知和勇氣

鼎升先生的大作《全本校註初刻卜筮正宗》，即將完成。讀者有幸，即將看到鼎升先生繼《全本校註增刪卜易》之後，創作的又一京氏易六親占法古籍完整校註的力作。此作的出版問世，當爲京氏易六親占法的良善傳承，奠定一個良好的基礎。付梓之前，蒙鼎升先生錯愛，囑我作序。我因病情，已經幾年沒有寫作，只好勉爲其難，短語充數。

我與鼎升先生結識於網絡，也是因一段文字，而產生良善機緣。十多年來，雖還無緣謀面，但他對學術研究的嚴謹態度，我還是有比較深刻瞭解的。

十多年前我們初識，那個時期，國內出版的有關京氏易六親占法類古籍著作，基本上都是錯漏百出。究其原因，既有因爲校註者所依據的底本問題，也有因爲校註者自身的學識問題，還有一些人只是爲了出版賺錢的問題，導致當時沒有一個比較好的京氏易六親占法類古籍版本，可以讓讀者放心的學習。

對於當時存在的這種現象，大多數讀者都熱切的希望，能有精於京氏易六親占法的作者，能校註出較好的此類古籍版本，可以讓讀者在學習過程中，少走一些彎路，並且避免被錯漏和不當的文字所誤導，從而走向歧途。當然，客觀的說，雖然已經過去了十多年，時至今日，這種現象並未完全消除，還是繼續存在的。

作者王洪緒先生在《卜筮正宗・凡例》中曰：「卜筮一道，導愚解惑，教人趨吉避凶。六爻既立，變化斯呈，莫不有至當不易之理。世人胸無定見，不能推究精微，祇以惑世誣民，深可哀也。」因此，精心校註出好的京氏易六親占法古籍版本，對於讀者學習精進，就顯得十分重要了。

鼎升先生的力作《全本校註初刻卜筮正宗》，在尊重作者王洪緒先生原著的基礎上，對原本書中存在的錯漏，逐一進行勘誤和校正。對原本書中引用的各種典故，查閱了大量古籍資料進行參考，擇其善者，精準進行註釋，其工作量是驚人的，其對學術的嚴謹態度也是驚人的。特別是他對王洪緒先生在卷十三與卷十四，篡改《增刪卜易》卦例的情況，進行了客觀的考證和分析。並嚴肅指出：「歷史不應該被遺忘，更不應該被掩蓋甚至篡改，特別是對於重視反饋結果的六爻卦例而言，無論六經註我，還是我註六經，都需要有一顆學術良心。」能這樣說，是需要學術的良知和勇氣的，我也爲他點贊。

有鑒於此，特別提示各位讀者，一定要注意仔細閱讀，體會鼎升先生不辭辛勞，耗費大量心力，爲方便讀者閱讀和學習，所做的艱苦細緻的工作，也不枉他給讀者提供的這個很好的校註版本。

虎易

2022年9月28日隨筆於湖北省潛江市

作序者虎易，經近二十年不懈努力，完成《京氏易六親占法古籍校註系列》十餘種，由心一堂出版發行。QQ號：77090074

守住寂寞，翻閱古今

我與鼎升先生因爲喜歡易學而結緣，時間一晃快三十年了。

在易學研究與學習的道路上，凡是酷愛斯道之人，總會到處搜尋古人流傳下來的書籍研讀，古書一旦到手，便會一頭鑽進去，如飢似渴學讀起來。

然而，古人寫書的時候喜歡引經據典，利用典故，用打比方的形式進行，而且是文言文，有些語言表達與現在語言大相徑庭，同時這些書在歷史上流傳的過程中幾經翻板刻印，出現錯誤與遺漏，致使很多人讀古書的時候費時費力，半懂半不懂的，阻礙了研習的進步。

易學界不少人通過實踐驗證，一旦有些心得體會便紛紛著書立說，傳播自己的觀點，更有一部分人標新立異，開山立祖，雖然說百花齊放，百家爭鳴，對易學的發展有一定的作用，但新書難免良莠不齊，錯誤的言論會把一部分沒有分辨能力的讀者誤導、帶偏。

在這樣一個人人都想爭做大師的時代，唯有鼎升先生守得住寂寞，把大量的精力和時間放在校對、考證和註解古書上，先是對野鶴老人的《增刪卜易》進行考證註解，現在又是對王洪緒的《卜筮正宗》，進行考證校對與註解，這對研究六爻的愛好者來說，是莫大的福音。考證校對和註解這些古書需要翻閱大量的古今著作，非一般人能做到。

今在鼎升先生的託付下作序一篇，希望此書盡快與讀者見面，讓大家早日受益，也期盼鼎升先生今後繼續整理考證校對其他古書，爲大家提供可靠、精美、高品質的易學書籍。

王虎應　壬寅年秋

作序者王虎應，畢業於山西大學日語專業，現就職於山西省考古研究所。近20年六爻教學，培養了大批專業人才和高手，學生遍佈世界各地。多次應邀到新加坡、日本等地講學，並多年擔任清華大學國學班講師與衆多企業顧問。先後出版《六爻預測疾病新探》、《六爻卦例說真》等多部六爻專著。

此爲巧矣，此爲數矣？

所謂正宗者，亦爲宗正。欲先正其宗本，振其提綱，必先宗於正氣，忠於正本。這裡面，有一個好的圖書版本就極爲重要。鼎兄是我認識多年的同道，對他最深的印象，即是始終落實於古籍，並坐了許久的冷板凳，不辭辛苦，耗費心神，給讀者一個最專業的版本。

我看他這本圖書，有三個特點。

一是，從版本的角度上，他搜羅遍冊，採真去惑，使大家不爲偽版錯版所誤。要知道，學而不進不是錯，在個人之天賦，但若是因圖書失漏而魚目混珠，那就太可惜了。

第二，他校註該書的特點是，從歷史中看正宗，從古料中看人物。這從他已經出版的《校註增刪》就可以看到。

天下無重卦，世間亦無異事。一個人心存疑惑，需要別人斷卦解難。斷卦者需要對卦的規則瞭若指掌，又需要對世情渾然無惑，再有一種同理心，所謂，天人合一，人心互感，自然破迷而無礙。若是對當時的社會情態、人事感觀、求占背景一無所知，那麼，自然不可能從卦中找出與對方的共情，自然一無可能，一無所獲。所以，從此點，可以看出鼎兄對於此中獨一無二的應用。

第三，雖說斷卦要懂世情，同樣的卦，每時每陣皆爲新事，又每個人看待事物的想法，雙方交流的洽感，言語表述的陳白均有差異。但其中最關鍵的，即是，對於卜卦的規則，一定要明晰。只有規則明晰穩定，才能活變有據。不然，山中之脈不能徹查，哪能深挖；井中之水不能盡調，豈敢探飲？這點，即是《正宗》一書最爲規範之處。它把斷卦規則用十八問的形式，分門別類的舉例說明，把「玄」納於「實」，把「感」轉爲「技」，聚清清白白爲淵魚可見，畢渾渾噩噩於康朗大觀，於卜筮一術的普及進步，無疑大功一件。

當於此基礎墊熟積濺，與時俱動，有了共念，與天地合神，與世事共感，蘊蘊然而五行皆備，充充盈而內氣遍然，而突然「撕拉」一聲，破竹而開朗，豁然而領悟。心到技到法到，「易」道現出矣。

我時常瀏覽鼎兄的公眾號，也有遮面跟帖之時。有次，他講到在本書中援引了清代王應奎《柳南隨筆》一書，其中提及「占卜必用光背錢」。光背錢是什麼呢，一面有字，一面無字。故事中提到，邑人王有德，少貧，欲舉香獲福於城隍廟。有德妻贈錢五文。後夜夢神謂，香爐下有錢三文，可解後運衣食。有德次日果於此處取光背錢三文。後以此錢垂卜市門，遂植其產。我於文章後跟表，五爲巽，三爲離，得家人卦；動心於夜，心爲火，夜爲水，得未濟卦。以家人內事變化心腎內境，此是借燭以修真，家合而產增的卦象。並且，把家人卦用六爻排列，應爻巳火相生世爻丑土，此爲地頭生我。巳丑兩見獨缺酉金三合，酉於卦中藏於父亥之下。父爲歸納之意，亥字有三足，字形如鼎，故需從鼎下尋酉。酉爲金，字形爲方正之上多一橫，上有一橫多而爲字，下面平平而爲光，正是內外不均的光背錢。此爲交流解卦之一笑，亦可見鼎兄尋章索隱之心，遍採諸書之妙。由此例，足可見，得此《校註正宗》一書，可歷史博觀，術述並存矣。

再提幾句編外話。

正者，字形「止」於「一」而懇於誠；宗者，陋「室」精研而擷「示」於眾。這點，鼎兄做到了。

正宗二字，左右平衡而正多一橫；鼎升者，前後一致而升多一橫。此爲巧矣，此爲數矣？

人說，一飲一啄，莫非前定；我說，一著一校，莫非前緣？這事，就該你做。

黎光

2022年9月25日作於廣州

作序者黎光，少年習易。在查閱大量筮法古籍的基礎上，首次提出並劃分了六爻占卜學的三個歷史階段，整理了京房易、火珠林的獨特斷法，創編「六爻三大技法」占卜體系，補充了《易隱》高層斷法，出版有《筮學通考》、《隱易千金斷》、《六爻三大技法》、《九天學算卦》（合作）等專著十餘種。微信號：tajji1950

福澤易友，留之後世

文化是一個國家、一個民族的靈魂。作爲影響華夏幾千年悠久深遠的易經文化，更是我中華民族的魂中之魂，其分衍出的占卜文化，尤爲歷久彌新，深入華人骨髓。現而今，隨著華人足跡遍及世界，易經文化的影響也正在遍及世界，正所謂「凡有井水處，皆能歌柳詞」。

《卜筮正宗》作爲有清一代六爻巨著之一，是年輪蹉跎和易經文化發展的見證。兵災火厄，水濕蟲蠹，在其身上留下了難以磨滅的印記，以致到而今未免遺失、謬誤，甚至以訛傳訛，故而該書雖爲名著，傳抄翻印海量，但善本缺乏，給後世研習者帶來了不少麻煩和困惑。

我友鼎升先生，山西太原人，研易已有三十餘載，最初研習六爻時，《卜筮正宗》作爲主要學習典籍之一，對其卜卦水準的提高起到了醍醐灌頂的作用。但不可否認的是，由於該書一些文字錯誤，加之風俗不同、典故頻出而艱深，以及王洪緒大師身處吳地而著文用到的一些方言，還有對農桑、疾病、痘症等的不理解、不明白，也在鼎升先生研習的過程中形成了攔路虎，有些問題甚至影響到對卦例的分析和理解。

也就是從那時開始，鼎升先生產生了對《卜筮正宗》進行綜合的評論、註釋，將其發展爲善本的想法，並開始處處留心、隨時留意，對涉及到的知識點加以註釋與辨別。「不積跬步，無以至千里；不積小流，無以成江海」，經過二十多年的積累、豐富、完善、推敲、鬭謬、辯證，終於將該書完稿。書中不僅有對卦例的講解，還旁涉人物、時事、掌故、風俗、節令、地震等多種人文題材，可謂與時俯仰，包羅萬象，在深度、細度和廣度上極力拓展，真乃一善本也。

本人有幸及早目睹了該書書稿，並對書稿進行了嚴格的審閱，深感本書一定會福澤廣大易友，留之後世。是爲序。

程曉智於壬寅年白露

作序者程曉智，畢業於名校中文系，學易數十載，尤長於八字論命。後得民間命理盲師提攜，終得以窺其堂奧。有專著《探究名人命鑒》一、二行世。手機號：13513647703

理想不息，經典傳世

鼎升先生約我爲他的新作《全本校註初刻卜筮正宗》作序，深感榮幸。

其實知道鼎升先生很早很早，早在2007年我開始學六爻的時候，就認認真真看過當時鼎升先生的博客，尤其是對於《增刪卜易》中的一些卦例如「占謁貴求財」等在當時的通行版中大有錯誤，但都有緣通過鼎升先生博客的指引而沒走彎路。

那個時候我還在讀書，只是一個初出茅廬的毛頭小子，除了在鼎升先生博客下留了幾次言之外，並沒有跟鼎升先生建立鏈接。當時的鼎升先生在我的腦海中浮現的是一位六十多歲埋頭故紙堆多年的資深學者，以至於後來知道鼎升先生如此年輕的時候都覺得意外。

而從2007年起，鼎升版《增刪卜易》則成爲我夢寐以求的版本。接下來在2008年我寫《聽老涮講增刪》時，還專門提到「最好的《增刪卜易》版本自然是鼎升先生的版本，只是尚未公開」。在那之後的很多年裡，「等待鼎升版《增刪》」是我長久的期待。

這種等待一直到2016年，我帶我的學生一起把《增刪卜易》譯成白話文時，恰逢鼎升先生的《全本校註增刪卜易》出版，於是在黎光先生的介紹下正式與鼎升先生結緣，經過鼎升先生的許可，我的那本《增刪卜易精譯》也是基於鼎升先生的善本而進行的譯解，並於2018年正式出版，感恩鼎升先生。

那時我想，《增刪卜易》，讓一個人花了十幾年的時間去收集版本和進行校註，又用了十年時間一步一步出版。人生中有幾個十年，能有《全本校註增刪卜易》一書傳世，鼎升先生已經足以在易學史、六爻學史上留下光輝燦爛的一頁，真的可以長出一口氣了。

但當跟鼎升先生進一步溝通，得知他要校註《卜筮正宗》時，我興奮得要跳起來。六爻學人都知道，《增刪卜易》和《卜筮正宗》是六爻學術的兩大支柱書籍，應該說之所以六爻能在今天仍是大宗之法，都是拜這兩本書所賜。我在2019至2020年也跟學生一起完成了《卜筮正宗》的白話譯解，但在譯解的過程中也是苦於沒有善本，在譯解中仍有一些瑕疵。現在有了鼎升先生的《全本校註初刻卜筮正宗》，是我的幸運，也是六爻學的幸運，也是易學的幸運。

而更幸運的是，我原本以爲可能這也是一個五到十年的工程，沒有想到這麼快就殺青付梓，讓我在仍然覺得自己年輕的時候，還能多做些事的時候，就拿到這樣一本寶典，真的是幸事。

曾經聽過一位老師講過一句話，影響了我很多年，他說「人是爲一件大事而來，當你找到這件事的時候，你會以初戀般的熱情和宗教般的意志去追尋它」。我深深覺得，鼎升先生找到了這件大事，而且已經站在了極高的山巔，而更重要的是，這是一件能傳世的事情。

我自己也寫書，也講課。我經常用「舒涵出品，必屬精品」來要求和激勵自己，我也期待自己有哪本書或者哪門課能夠有穿越時空的魅力和影響力。我還在努力的路上，但是鼎升先生做到了。《全本校註增刪卜易》和《全本校註初刻卜筮正宗》必將成爲真正六爻學人必備的案頭經典。

誠然，現在是互聯網時代，每一次信息技術的升級都是影響力的重新分配，我們也經常感慨傳統經典的讀者在減少，而新的流派和思路通過互聯網也能大行其道。鼎升先生也與很多現代流派進行了很多辯論。對於這些辯論的是非黑白，還是交給時間吧，時間留下的只會是經典。但無論時間給的答案是什麼，鼎升先生的兩部《全本校註》都已然在易學的學術史上閃閃發光，這是超越時間的存在。

我由衷地推薦和期待六爻學人都讀讀這兩部《全本校註》，無論是《增刪卜易》中大量的理論邏輯思辨，或是《卜筮正宗》中的循序漸進循循善誘，都是古代易學者治學精神的傳承，而兩部《全本校註》中大量的註解，尤其是版本的比較，則更讓我們看到了在這個功利主義盛行，人文精神衰微，充斥著大量精緻的利己主義者的年代，還有人在傾盡心血，爲了留下「傳世善本」而持續努力，這都會激勵當代的易學的實踐者和傳承者們繼續努力。

非常感恩鼎升先生，在今天易學者們都在糾結「怎麼尋客源」「怎麼搞營銷」「怎麼抬客單價」的年代，鼎升先生展示了一種「名利之上的追求」，有人說這叫情懷，有人說這叫使命，有人說這是價值感。可是我覺得這就是理想的力量。一個人在做成一件事情前，他會接受大量的冷水，充斥著大量「不要過於理想化」的批判，而唯有強大的內心力量，才能真的堅持理想，實現自我。而兩部《全本校註》，都讓有緣讀到的人能感受到在極易浮躁的當下的那種安寧平和卻又堅持到底的內心力量，相信這也是每一位讀者的收穫和幸運。

感謝鼎升先生。

舒涵（老涮）

2022年10月8日於北京

作序者舒涵，網名老涮，北京師範大學認知心理學碩士，多年來一直致力於傳統文化與現代思維的融合與應用。先後出版《增刪卜易精譯》（據鼎升《全本校註增刪卜易》譯寫的白話本）、《梅開易度》、《卜筮正宗精譯》等多部易學作品。現長居北京，從事傳統文化傳承與管理培訓相關工作。微信號：524369672

易醫精誠，止於至善（代自序）

「卜筮一道，導愚解惑，教人趨吉避凶。六爻既立，變化斯呈，莫不有至當不易之理。世人胸無定見，不能推究精微，衹以惑世誣民，深可哀也。是書一宗正理，不敢妄執臆說貽誤後學，因名之曰《正宗》。」

清人王洪緒先師在《卜筮正宗·凡例》中留下的這段文字，闡明了《卜筮正宗》書名的由來，講清了卜筮的作用、卜筮理論的嚴謹，以及對卜筮一道的擔憂，立論精宏，影響深遠。

除精研卜筮外，王洪緒先師還精通中醫外科，輯有《外科證治全生》，是明清江蘇中醫外科三大派之一「全生派」的創始人，在中醫外科學史上佔有重要地位。王洪緒先師還輯有選擇趨避所用的《永寧通書》，以及道揚風化、紀述見聞的洞庭西山地理志《林屋民風》。

易醫精誠，止於至善，是王洪緒先師一生的真實寫照。

一、王洪緒先師的家族、生平及著述

王維德，生於公元1669年（清康熙八年，己酉年），一說生於公元1668年（清康熙七年，戊申年，本書暫不從之），卒於公元1749年（清乾隆十四年，己巳年）①。字洪緒，一字林洪，一字澹然，號洞庭山人，一號林屋山人，一號定定子，世人尊之曰「林屋先生」。清代江蘇蘇州府吳縣洞庭西山慈里灣人，今屬江蘇省蘇州市吳中區金庭鎮慈里村，祖籍或爲河南太康。

洞庭西山，簡稱西山，古稱包山、夫椒山、西洞庭山、林屋山，是太湖東南部的一個島嶼、中國內湖第一大島，位於江蘇省蘇州市西南端，距蘇州古城四十五公里。境域山水相融，村落連綴，藏塢傍灣，舉目入畫。西山有「甪里梨雲、玄陽稻浪、西湖夕照、縹緲晴嵐、消夏漁歌、毛公積雪、林屋晚煙、石公秋月②」八大勝景，明代文學家、吳縣知縣袁宏道更讚西山有「山之勝、石之勝、居之勝、花果之勝、幽隱之勝、仙蹟之勝、山水相得之勝」③。洞庭西山又被稱爲「吳中桃源」，自古都是達官顯貴樂於退隱之處。

太湖有四十二島七十二峰，其中四十一峰在洞庭西山。洞庭西山主峰縹緲峰，支脈四向延伸，爲太湖七十二峰之首。「縹緲之西有塔頭山、馮王山，又西至綺里，有扇子山、木壁峰。蜿蜒而至慈里灣……」，「慈里，在綺里西一里。夏黃公隱於此，又名萬花谷」，「花果繁於洞庭，彙於慈里。萬卉千葩，流紅濕翠，園林之趣，四時不同，而游息觴咏於其間，致足樂也，洵爲洞庭福地」。清人蔡旅平有詩《萬花谷》讚曰：「湖上鶯啼桃李濃，湖邊樓閣水雲中。群巖雪滿高低碧，一鏡霞飛上下紅。遍地松筠仙子宅，沿村雞犬上皇風。

栽桃種李家家事，何羨劉郎桑苧翁。」④

夏黃公，秦末漢初隱士，姓崔名廣，字少通，因曾隱居夏里（疑今四川汶川縣境，相傳爲夏禹出生地）修道，故號夏黃公，與東園公、綺里季、甪里先生合稱「商山四皓」。相傳商山四皓以才學任秦朝博士，因不滿秦政暴虐，棄官隱居商山（今陝西商洛市商州區東南），後受漢初名臣張良相邀輔佐太子刘盈，打消了漢高祖劉邦改立太子的意圖。商山四皓最終雲遊天下，歸隱洞庭西山。⑤

而清康熙戊辰進士、翰林院檢討葉淳在爲《林屋民風》所作的序言中，曾將王洪緒先師比作夏黃公，敬慕之情躍然紙上：「……意其間必有隱君子在也。訪諸父老，則言有王子洪绪氏，急欲求其人，不果。數年以來，心焉慕之。今春復續舊遊，至慈里灣，灣爲夏黃公所隱處，又名萬花谷，王子洪緒居焉。造其廬，與語，不覺膝之前於席，而後歎人之稱述洵不虛，予之相見恨已晚也。」

公元1127年（宋欽宗靖康二年，丁未年），金軍俘宋徽、欽二帝及大批宋太宗一系的皇族北去，北宋滅亡。康王趙構於南京應天府（今河南商丘）稱帝，是爲宋高宗，史稱南宋，金太宗完顏晟則以「搜山檢海捉趙構」爲號，派兵追擊南下的宋高宗。公元1138年（宋高宗紹興八年，戊午年），宋高宗正式定都臨安（今浙江杭州）。公元1141年（宋高宗紹興十一年，辛酉年），宋金兩國達成《紹興和議》，形成南北對峙局面。在此期間，無論是王公貴族、文臣武將，還是普通百姓、販夫走卒，都大量跟隨撤退的南宋統治者，遷居偏安江南地區。在東南沿海各省，甚至閩、粵都有人量來自北方的移民，較集中的移民區是在蘇南、浙江一帶，更密集的移民區則在江蘇蘇州至浙江寧波一帶，最高度集中是在浙江杭州。北方人口大量南渡江南，最終完成了中國人口、文化、經濟等重心由黃河流域轉移向長江流域，從此中國進入南盛北衰的階段。

「自春秋至北宋，西山居民不多，所住多爲漁民、士兵、隱士、僧尼等，亦少有大的村莊。南宋建炎三年（1129），宋高宗趙構渡江南遷，北方人口開始大量南移。從南宋南渡直至明初的兩個半世紀內，原是荒洲僻島的西山，以原北方名門望族爲首的居民急劇增多。」「南宋北方望族之所以移居西山，是由於西山具有獨特的湖島環境和優越的自然條件。西山位於太湖之中，爲兵火所不及；距離蘇州、杭州等城市亦不遠，水路航運交通便利；自然條件優越，物產豐富，風景優美，『是仙境，亦壽域』。北方望族南移後，直接到西山定居的並不多，大部分是先居於蘇、杭一帶城郊，生活殷實後，遇時局不穩再到西山定居。」[6]我推想，王洪緒先師在《卜筮正宗．自序》中敘述的「予始祖文輝公籍本中州，自宋時卜隱洞庭西山之麓」一事，就是發生在史稱「建炎南渡」的這次歷史事件之中或之後。

與有《洞庭王氏家譜》傳世的洞庭東山王氏家族相比，洞庭西山王洪緒先師家族似乎有些遜色。在《林屋民風》中，可查到的王洪緒先師的祖輩中，只有烈祖（六世祖）王勝稍有名望：「王勝，字紹先……（明）洪武中，詔徵賢良方正之士，郡縣推上勝，勝固讓，郡縣固推勝。勝至京師，召入見，狀貌甚麗，上悦之，拜爲山東臨淄令……五世孫名儒，見《孝友傳》。」《民國吳縣志．選舉表》中也提到了王勝：「王勝，紹先。以賢良舉官臨淄知縣。據《太湖備考》補。」然而《太湖備考》中關於王勝的兩處介紹似皆出自《林屋民風》：一處在《太湖備考．坊表》中，「山東臨淄令王勝墓，《林屋民風》：在西山慈里東坟」；一處在《太湖備考．薦舉》中，「西山王勝，字紹先。洪武中以賢良舉。詳傳」，後實無傳。又經查證《咸豐青州府志》，未見有王勝曾任臨淄縣令的記載，存疑備考。

王洪緒先師的曾祖父王守成，字若谷，约生卒於明弘治至明萬曆年間（公元1488年至公元1620年），享壽八十餘。王若谷早年隨父在河南洛陽生活，補河南太康邑諸生，後歸返洞庭西山，仍以課徒爲業，明萬曆庚辰進士葉初春、癸未進士秦嵩等皆曾從其學。留心瘍科，以效方筆之於書，爲王洪緒先師《外科證治全生》一書奠定了基礎。《林屋民風》中言及王若谷「（明）嘉靖初貢入成均，不赴選」，即生員因學行俱優，具備了升入國子監讀書的資格，卻又自行放棄，但經查證《道光太康縣志》，未見有記載，存疑備考。

王洪緒先師的祖父王爾思，早逝，有子二人，王正雅、王正方。王正雅亦早逝，無子女。

王洪緒先師的父親王儒，字正方，約生於公元1614年（明萬曆四十二年，甲寅年），卒於公元1691年（清康熙三十年，辛未年）。急公好義，事母至孝，曾爲家族族長。壯年發憤讀書，卻逢明清易代，從此晦迹田園，不問功名。讀書著述甚勤，經史雜學無不涉獵，尤喜誦讀廿一史。五十六歲時得子，卽王洪緒先師。

《卜筮正宗・闢<易林補遺>終身大小限之謬》中有「憶予于戊辰年辰月丙辰日，卜自己終身成敗」一卦，王洪緒先師大致記述了自己前半生的經歷。占卦的起因是王洪緒先師「祖業豐裕，安想富貴」。

王洪緒先師生於公元1669年（清康熙八年，己酉年），一說生於公元1668年（清康熙七年，戊申年，本書暫不從之），戊辰年當爲公元1688年（清康熙二十七年，戊辰年），但經查萬年曆，無論平氣法還是定氣法，當年皆無辰月丙辰日，王洪緒先師記憶有誤。

但這並不影響對王洪緒先師前半生經歷的考證：

公元1688年（清康熙二十七年，戊辰年），二十歲。新婚不久，父親尚在，祖業豐厚。此前母親已逝。

據《林屋民風》記載，王洪緒先師的祖父王爾思早逝後，「家貧窘，飲食不給，祖妣矢志守節，夜然燈紡績，每至達旦。後歲數大饑，日一粥不繼，艱苦備嘗」，「祖妣年七十一……會家貧無力，不克請旌」。此時豐厚的祖業，當是父親王正方在此前約三十年間創立。

王洪緒先師自幼受家庭熏陶，博学多识，對陰陽術數之學已有涉獵，據《卜筮正宗．自序》所言，「逮我父正方公晚年得子，不汲汲於利祿，焚香煮茗，涉獵經史，著書滿家，間及九流雜學，無不旁搜博覽。予奉侍之暇，偶見卜筮等書，心竊喜而學焉，如《易林補遺》、《黃金策》，卜易諸書，無不一一講究，而終莫得其宗旨」。

公元1691年（清康熙三十年，辛未年），二十三歲。父親去世，長子出生。

公元1694年（清康熙三十三年，甲戌年），二十六歲。次子出生，次子終無成就。家業漸廢。

公元1697年（清康熙三十六年，丁丑年），二十九歲。生一子，此子次年夭折。

公元1699年（清康熙三十八年，己卯年），三十一歲。出門遠行，浪遊秦、楚。

秦、楚在今陝西與湖南、湖北一帶，廣義上的秦、楚還包括今甘肅、河南、安徽、江蘇、浙江、江西與四川一帶。公元1700年1月1日（清康熙三十八年十一月十二日，己卯年丙子月丙午日），王洪緒先師乘船經湖南岳陽樓，風阻於洞庭湖濱，遇精於易理的新安楊廣含先生，拜爲師，得其生平占驗一冊。新安當爲明、清時徽州府，故城在今浙江淳安縣西。

有今人考證楊廣含先生爲宗風道人平原子，王洪緒先師得到的「生平占驗一冊」卽《天心正宗》，因未見過古籍原版，不知此書真僞，我暫不敢從其說。網絡所見，也有宗風道人平原子是今人的說法，《天心正宗》是今人輯著。我讀過今人印製的《天心正宗》⑦，可知成書必然在《增刪卜易》之後，如其書《十八問答》中「午月癸卯日，占後運有功名否。得艮之觀卦」，據拙作《全本校註增刪卜易》中的考證，此例當爲《增刪卜易》作者之一李文輝先師在公元1681年（清康熙二十年，辛酉年）爲江寧巡撫慕天顏所占。今人印製的《天心正宗》中的卦例要遠少於《卜筮正宗》，但其所有卦例《卜筮正宗》中都有，且語句字詞基本相同，也基本都是改寫過的《增刪卜易》卦例。而王洪緒先師在《卜筮正宗·自序》中所述的「庶與吾師向日之授及予平日所占驗者，悉合券焉」、在《卜筮正宗·凡例》中所述的「是書十三、十四卷有《十八問》，皆吾師所授及余所占驗」，則或是王洪緒先師在傳承《天心正宗》的基礎上，對《增刪卜易》中的其餘一部分卦例進行改寫，又增補進自己的一些卦例。

今人印製的《天心正宗》中，就《黃金策》部分而言，《買賣》《學問》《趨謁》《音信》《求事》《漁獵》《夢寐》《出家》《修煉》《過去未來》《來情》幾章，在《卜筮正宗》中未見。《卜筮正宗》中，《避亂》《新增痘疹》《出行》《娼家》幾章，在《天心正宗》中未見。王洪緒先師精通瘍科，我推想，《新增痘疹》一章，當是其自撰。至於其餘相同的章節，語句字詞也基本相同。

王洪緒先師出門遠行的原因，歷來皆無定論，我遍查文獻，終也無果。我推想王洪緒先師或者確有難言之隱，或者「只好以賣卜爲生，亦曾出門遠行謀生⑧」，或者如其同宗之叔、清康熙丙戌狀元王雲錦在公元1709年（清康熙四十八年，己丑年）爲《卜筮正宗》所作的序言中所言，王洪緒先師「雅愛浪遊」，僅是外出遊歷、尋師訪友，兼及賣卜而已。

公元1700年（清康熙三十九年，庚辰年），三十二歲。第三子出生。

在目前所見的各種記載中，王洪緒先師似共有此三子，協助王洪緒先師整理幾部著述的是其子王其龍和王其章，因次子終無成就，王其龍和王其章應是長子和第三子，根據著述中的署名先後，似王其龍爲長。王其龍，字雲客；王其章，字琢軒，一字琢如，一字琢成。後王其章於公元1736年（清乾隆元年，丙辰年）恩科中舉，於公元1737年（清乾隆二年，丁巳年）恩科中第二甲第七十三名進士，一說中第二甲第八十名進士。

公元1702年（清康熙四十一年，壬午年），三十四歲。浪遊約三年後，於當年二月歸家，妻已故。此時已賣卜爲生數年。

公元1704年（清康熙四十三年，甲申年），三十六歲。始得安穩。

據王洪緒先師同宗之叔、清康熙丙戌狀元王雲錦在公元1709年（清康熙四十八年，己丑年）爲《卜筮正宗》所作的序言中所言，王洪緒先師「邇年來始垂簾吳市」，「嘗出其秘笈以示余，謂二十年來所講求而得力者，是書也」，我推想王洪緒先師在公元1704年（清康熙四十三年，甲申年）始得安穩，很可能就是指「垂簾吳市」，而《卜筮正宗》的書稿則應該在公元1709年（清康熙四十八年，己丑年）前已經完成。

至於王洪緒先師「垂簾吳市」的具體位置，《卜筮正宗》中也有提示：一處在清康熙己丑進士張景崧的序言中，「林屋王山人垂簾於吳郡治之東偏」；一處在《卜筮格言》中，「予垂簾衛前」。東漢至唐設吳郡，明、清爲蘇州府，治所在吳縣。「衛」爲明代軍隊編制名，各衛長官爲指揮使，正三品。「衛前」即衛前街，蘇州衛指揮使衙署前的街，今址在蘇州道前街（原衛前街、府前街、道前街三街組成）。衛前街在吳縣的東偏南一帶。

王洪緒先師「卜自己終身成敗」一卦的記述至此結束。

公元1709年（清康熙四十八年，己丑年），四十一歲。《卜筮正宗》梓行。

公元1711年（清康熙五十年，辛卯年），四十三歲。《永寧通書》梓行。

我收藏的日本國立公文書館內閣文庫鳳梧樓藏版《永寧通書》影印本題「古吳林屋山人定定子王維德洪緒氏纂輯，平江飲肥子殷光世遂良氏叅訂，男王其龍雲客、其章琢軒同較」，平江爲蘇州的別稱，殷光世生平暫無處考證。

據蘇州府長洲縣知縣鹿金升在爲《永寧通書》所作的序言中言及，「茲以坊賈之請，復輯《通書》四集，大要以斗首爲宗，芟其煩蕪、抉其精奧，緯以奇門諸家，而上中下元包舉條貫。凡造葬脩作，宜趨宜避；殃咎休嘉，瞭若指掌：洵日用所必需，而亦聖人前民利用之一道也」，可知《永寧通書》當是因《卜筮正宗》售賣情況較好，王洪緒先師受書商之請纂輯的選擇趨避之書。王洪緒先師在《永寧通書·自序》中則言，《永寧通書》「因薈萃諸書，潛心叅究，以斗首爲宗，而合以奇門、洪範諸家之旨，兼採《三台正宗》等書，爲之窮賾索隱，抉奧探微」，「其《陽宅》一卷，久爲家傳秘本，此書實造葬興作之綱領，因幷繪圖定向，勒成全書，公諸當世」。

「通書」指曆書，卽依一定曆法編制的載有年月日時、農時節氣和日常宜忌的專書。「永寧」之意，在《永寧通書．凡例》中有解：「『黃帝問玄女曰：吾觀世人，福未久而卽禍，富未久而卽貧，何也?答曰：世人孰無造葬修方，蓋緣年月日時之所犯耳。帝曰：可以法教人趨避，使之永寧乎?玄女曰：元辰武財局，祿馬貴人全。三奇更兼互，富貴永綿綿。』是趨避之法，其來已遠。予輯是書，一本斗首奇門諸家之捷要，而吉凶之驗昭然，宗之者自能獲福而免禍矣，因名之曰『永寧』。」

《永寧通書》問世後，版本眾多，值得一提的是其中一個有王洪緒先師木版畫像的版本，非常珍貴：

「天津圖書館藏清光緒十二年掃葉山房刻本《永寧通書》，全書4冊12卷，分爲天、地、人、和4集，每集3卷。此版本印刷精良，版本保存完好。書前有自序。最爲珍貴的是每集前有作者的一幅木版畫像，天、地、人、和4集共有4幅畫像，表現作者一年四季各不相同的生活像（圖1、圖2、圖3、圖4）。每幅畫像還各配詩一首，四首詩詞分別用行楷、行書、草書、隸書體書寫。天、地兩集的配詩落款爲竹坪蔡書升；人、和兩集的配詩落款爲蔡正矩。

圖1天集配詩：舞雩歸詠，花柳嫣然。與物皆春，妙理眼前。啜茗静坐，心契太玄。

圖3人集配詩：滄浪之水，可以濯足。空釣無鈎，本無所欲。鼓枻烏歌，漁父一怒。

圖2地集配詩：洗桐箕踞，展卷無言。吐棄糟粕，目擊道存。邈爲有會，月窟天根。

圖4和集配詩：松秀寒窗，擁爐獨酌。是太和湯，適吾玉樂。顧影徑醉，梅花細嚼。」[9]

而我收藏的《永寧通書》影印本，卻僅在天集前有一幅王洪緒先師春季的生活像，以及落款爲竹坪蔡書升「舞雩歸詠……」的配詩，我推想掃葉山房刻本《永寧通書》，可能是在翻刻時加印了其它三幅生活像與配詩。這種翻刻時增補插圖的做法在明代卽有先例，如「吳縣人許齋本《古今小說》在市場上大受歡迎後，書坊主又重金延請當時著名刻工劉素明爲其製作畫像八十幅，增益成《全像古今小說》，這實際上是對原來書稿的再創作⑩」。

公元1713年（清康熙五十二年，癸巳年），四十五歲。《林屋民風》編輯完成。

我收藏的清刊本《林屋民風》影印本題「古吳洞庭王維德編輯，男其龍、其章校」。

「《林屋民風》是太湖史志中的一部……據王維德在自序和凡例中所言，此前幾部多詳於山川名勝和名人題咏，於一方人物、風教之事多有網羅未盡，甚至闕而不詳之憾。如婦人節烈，《震澤編》只載至嘉靖以前，《具區志》散佚頗多。他撰輯此書的目的，就是要在前述三書的基礎上，訂其訛，刪其繁，參酌損益，別以稗史別集補其遺佚，將婦女節烈有關風教者附入，更標列出洞庭山七十二峰之名……王維德自幼生長於其間，熟悉典故，幾乎遍歷諸峰，對其方位、坐落的標注多由親身所歷而得，書中記載有許多村落名稱，又非尋常遊覽者可比。但從總體篇幅來看，還是以對歷代賦咏的分類彙编居多。在後六卷中，《民風》八篇價值極高，涉及洞庭山一帶的物産、經濟、家族、時令等方面，可與《具區志》相互補充……此外，人物一門比之《具區志》，又增加了孝友、儒林、名臣、循吏、良將、文學等類。卷後所附《見聞録》，據其自述，是由同鄉里人蔡鶴峰所撰，記載了其所見聞的西山節婦、孝子、善士等事蹟數條。⑪」

據王洪緒先師《林屋民風．自序》所言，此書「年稽月考，越二十年成書」。《林屋民風》被編入《四庫全書總目提要．史部．地理類存目．山川》：「因蔡昇《太湖志》、王鏊《震澤編》、翁澍《具區志》而廣之。林屋爲洞庭西山之别名。維德以太湖諸山，洞庭最大，故舉以名其集，而諸山則附載焉。其所採錄，賦詠居多，考證殊尠。如所載馬蹟山引《毘陵志》以證舊志之誤；津里山之一名秦履山，引《四蕃志》以證《具區志》之非，特偶然一見耳。」清人金友理在其纂述的《太湖備考》中對《林屋民風》的批評則毫不留情：「王維德《林屋民風》。全襲《具區志》，惟第三卷《洞庭七十二峯》是其創撰。然以一山之支嶺，配合全湖之山數，殊屬牽强。」

清康熙戊辰進士、翰林院檢討葉淳在公元1713年（清康熙五十二年，癸巳年）爲《林屋民風》所作的序言中曾言：「……意其間必有隱君子在也。訪諸父老，則言有王子洪緒氏，急欲求其人，不果。數年以來，心焉慕之。今春復續舊遊，至慈里灣，灣爲夏黃公所隱處，又名萬花谷，王子洪緒居焉。」而王洪緒先師在公元1709年（清康熙四十八年，己丑年）成書的《卜筮正宗·凡例》中曾言：「余垂簾市肆，酬應紛如，擬異日返故山，結廬林屋，盡謝人事，聿著成書，藏之石室，不欲向外人道也。奈從游日至，因相與講論之餘，手定是編，蠡測管窺之機，或所不負四方。」兩段文字比較，可知王洪緒先師在公元1709年（清康熙四十八年，己丑年）至公元1713年（清康熙五十二年，癸巳年）間，結束了在蘇州的賣卜生涯，返回家鄉洞庭西山。

「《林屋民風》纂成後，於康熙五十二年（1713）刊于家，王氏二子其龍、其章任校刻之役，史稱王氏鳳梧樓刻本是也。此書後世未見新刻本，但賴天佑，王氏家刻本至今頗有留存於世者。[12]」王洪緒先師的兩個兒子王其龍與王其章，之前也承擔過鳳梧樓藏版《卜筮正宗》與《永寧通書》的校刻之役。

「鳳梧樓」是王洪緒先師的齋號。除上述三部書外，鳳梧樓還刻印過《外科證治全生》與《柏舟彙載》。[13]經查證蘇州圖書館官網，《柏舟彙載》題王維德、蔡綸音輯，內容不知。但《柏舟》爲《詩經》二篇名，一爲《詩經·國風·邶·柏舟》，謂仁人不得志，一爲《詩經·國風·鄘·柏舟》，謂喪夫或夫死矢志不嫁，則《柏舟彙載》當是道揚風化的傳記彙編。

公元1740年（清乾隆五年，庚申年），七十二歲。《外科證治全生》梓行。

我收藏的清刊本《外科證治全生》影印本僅題「林屋王維德」五字。《外科證治全生》分論證、治法、醫方、雜症、製藥、醫案六部分，獨具創新的提出外科病症可分陰陽辯證施治的觀點，重視陰疽的治療，在精於瘍醫的曾祖王若谷所傳秘方的基礎上，創立以陽和湯、犀黃丸、醒消丸、小金丹以及陽和解凝膏等爲代表的至今仍爲臨床所常用的名方，極大的促進了中醫外科學的發展，王洪緒先師也因而成爲明清江蘇中醫外科三大派之一「全生派」的創始人。書中收錄的典型醫案，病人來自蘇州、無錫、宜興、常熟等地，王洪緒先師是真正的醫名遠播。

在《外科證治全生·自序》中，王洪緒先師言及自己「歷證四十餘年，百治百靈，從無一失」，「以質諸世之留心救人者，依方修合，依法泡製，依證用藥，庶免枉死，使天下後世，知癰疽果無死證云爾」，這就是書名中「全生」一詞的來歷。而從時間上推算，《外科證治全生》梓行的四十餘年前，王洪緒先師正當而立，那麼無論之後的浪遊秦、楚，還是垂簾蘇州，以及歸隱洞庭西山，王洪緒先師都是左手醫、右手卜，甚至在行醫上耗費的精力要遠超賣卜的精力。

清乾隆丁巳恩科進士、翰林院庶吉士宋邦綏在爲《外科證治全生》所作的序中曾言：「王洪緒先生，博古君子也，於陰陽造化之理，默契其蘊，所著《永寧通書》、《卜筮正宗》、《林屋民風》等集，久已風行海內。晚年勤於課子……琢如年兄，丁巳歲與余同捷禮闈，茲復出其《外科證治全生》示余……唯貽厥孫謀，親承家教，當必科名接踵，甲第聯飛，明體達用，大發其英華……」

這篇序言傳遞了三個重要信息：

其一，王洪緒先師「晚年勤於課子」、「唯貽厥孫謀，親承家教」。中國古代將五十歲作爲晚年的開始，源於《禮記・曲禮上》的「五十曰艾，服官政」一句，「艾」卽年老的人。課子課孫，當是王洪緒先師晚年生活的重要組成部分。

其二，「琢如年兄，丁巳歲與余同捷禮闈」，「琢如」卽王洪緒先師之子王其章，與宋邦綏是同科進士。「丁巳歲」爲公元1737年（清乾隆二年），王洪緒先師六十九歲，早年「祖業豐裕，妄想富貴」的「妄想」，在兒子身上實現，自當大慰平生。

其三，「茲復出其《外科證治全生》示余」，《外科證治全生》的梓行，應是王洪緒先師的兒子王其章所爲。

《外科證治全生》行世以來，版本多達百餘種[14]，包括評點、刪節、增補之本。其中原因，除了其驗方神效，屢被後世醫家推崇之外，也與王洪緒先師胸襟磊落，在《外科證治全生・凡例》中呼籲「此集所到之處，見信者自然藥至病除。更願處處翻刻，速遍海內，使瘡毒無枉死之人，餘願始遂」有絕大的關係，「又兼其詞簡，其法易，雖不明醫者，亦開卷瞭然於心目，易於掌握，照證用藥，常可藥到病除，由是深受醫患之贊許，輾轉翻刻，廣爲流傳[15]」。

特別需要提到的是王洪緒先師同鄉潘霨翻刻的一個版本。潘霨精於醫術，清光緒年間（公元1875年至公元1908年）官至湖北布政使、湖北巡撫、江西巡撫與貴州巡撫，歷官所到之處，恆以醫濟民。潘霨在湖北任上曾翻刻《外科症治全生集》，台灣如意堂書店梓行的《重編卜筮正宗》[16]中言及王洪緒先師是「吳縣潘霨人」，恐卽因此而誤。

值得一提的還有公元1869年（清同治八年，己巳年）「常州蔣氏刻四卷本，在各卷之前記載了參訂、編次、校對人名。長子王其龍、其孫王三錫（字功純）、王三才（字功一）參加了校訂[17]」。

今人也有一些論述，對王洪緒先師《外科證治全生》的學術思想與醫案提出了探討，如「王維德《外科證治全生集》學術界近年討論較多，學者認爲他把外科病症分爲陰陽兩類，首倡陽和湯等方治療陰疽，主張『以消爲貴，以托爲畏』，運用補法等多有創新，認爲是外科全生派的代表性著作。最近作者研究發現從學術源流而論這些學術思想大多並不始於王維德，如明代薛己早已論及外科陰陽辨證，長於溫補，其後汪機《外科理例》也有類似主張，但更重要者實屬清代陳士鐸。陳士鐸精通內外二科，著述頗豐，有著較高的學術修養，《洞天奧旨》是其外科的代表作，在重視陰陽辨證治療、力主內治，反對輕用外治，擅長補法等學術主張等多方面與王維德《全生集》類似，是人們熟知的幾種全生派文獻之外，值得進一步深入研究的外科專著[18]」，如「像王洪緒《外科全生集》的治癒乳癌一案，就可以肯定是假的[19]」，如「王氏之主張重用陽劑，發言過激，因而其論證究失一偏，非古人和緩之意。尤其是他所主張的辨證論治，以認定紅白兩色爲主，輕視脈象舌苔等全身症狀，是不夠全面的[20]」。

此外，目前所知與王洪緒先師有關的醫學著作還有三種：「《外科證治全生擇要諸方》不分卷，王維德原著，潘霨選編，被收入《靈芝益壽草》，刊於清光緒十一年（1885年），爲僅存版本[21]」；「《選方拔萃》不分卷，約成書於清乾隆五年（1740年）。此書實際爲一本外、產、兒及雜症經驗彙編書籍，有方有論，所載方藥精當，許多都是傳世名方……根據《中國中醫古籍總目》記載：此書爲王維德撰，竹攸山人編，全國僅存2部[22]」；張介賓的《喉證匯參》，「卷一是張介賓的《喉證匯參》，卷二是王維德的《咽喉證治》……王維德的《咽喉證治》僅11頁，扉頁有『古吳林屋山人定定子王維德洪緒氏纂輯』。㉓」

公元1749年（清乾隆十四年，己巳年），八十一歲。去世。

二、《卜筮正宗》的結構與特點

《卜筮正宗》梓行於公元1709年（清康熙四十八年，己丑年），此次校註所用的底本是公元2000年海南出版社出版發行的、被收錄進《故宮珍本叢刊》的鳳梧樓藏版《卜筮正宗》影印本，「校勘之學起於文件傳寫的不易避免錯誤。文件越古，傳寫的次數越多，錯誤的機會也越多。校勘學的任務是要改正這些傳寫的錯誤，恢復一個文件的本來面目，或使他和原本相差最微㉔」，以這個初刻本作爲底本，我認爲非常合適。

《卜筮正宗》凡十四卷，牌記題「林屋山人王洪緒輯」，《目錄》前有蘇州府知府陳鵬年、蘇州府海防同知黃尚寬、吳縣知縣廖冀亨、清康熙己丑進士張景崧、清康熙己丑進士曾世琮、清康熙丙戌狀元王雲錦的共六篇《序》，以及王洪緒先師的《自序》與《凡例》。

卷之一卷端第一行署「古吳洞庭西山王維德洪緒輯」，卷之二、卷之三、卷之十三與卷之十四卷端第一行署「古吳洞庭西山王維德洪緒著」，卷之四至卷之十二卷端第一行署「古吳洞庭西山王維德洪緒註」，說明王洪緒先師對於每卷內容的歸屬權還是非常慎重的。

參與《卜筮正宗》校訂工作的有：同宗之弟、清康熙壬午舉人王需；吳庠鍾、英子燦；門人蔡鑑、謝朝柱、任用淵；子王其龍與王其章。這些人在每卷卷端的署名排序不盡相同，說明在每卷校訂時所承擔的工作比重也不盡相同，王需未參與卷之八與卷之九的校訂。

王需在《卜筮正宗》中署「壬午舉人弟需遵時」，但在清康熙庚午舉人、吳縣知縣廖冀亨爲《卜筮正宗》所作的序中提及「有遵時王子者，淹雅士也，公事之暇，時相過從，因得悉其世家洞庭之麓，宗支繁衍，畊讀而外，長於卜筮家言者，爲伊兄洪緒……」，說明王需當爲王洪緒先師的同宗之弟；在《林屋民風・科目（坊表附）・舉人》中提及「王需，字遵時，康熙壬午科。湖廣籍」。經查證《欽定四庫全書湖廣通志》、《乾隆湖南通志》、《乾隆長沙府志》與《光緒善化縣志》，證實王需字遵時，康熙壬午（清康熙四十一年，公元1702年）科舉人，湖南善化（今屬湖南長沙）人。

《卜筮正宗》卷之一除王洪緒先師自撰的、告誡後學「問卜者有不誠不格之誤，占驗者有妄斷不靈之害」的《卜筮格言》外，還有《六十花甲納音歌》與《十天干所屬》等古已流傳的、六爻歌訣等基礎內容的《啓蒙節要》。卷之二是《卦爻呈象并飛伏神卦身定例》，王洪緒先師將六十四卦的每一個卦象都完整、詳細地排列了出來。卷之三是論述用神、世應、月破、旬空等綱領性理論的《十八論》，以及駁斥《增刪卜易》、《易林補遺》、《卜筮全書》等書中錯誤理論的「闢」和「辯」。卷之四至卷之十二是明開國重臣誠意伯劉伯溫撰、王洪緒先師註解的六爻經典《黃金策》。卷之十三與卷之十四是「吾師（楊廣含）所授及余所占驗」的《十八問答附占驗》，理論與實踐至此得以結合。

如此編排，由淺入深，足可見王洪緒先師的匠心獨運，依序學習，登堂入室指日可待。《卜筮正宗》之後，再無更有影響力的六爻名著問世，卽是明證。

《黃金策》是《卜筮正宗》的核心內容，所述事件最晚記錄至明朝初年，卽《年時》章中條文「若在乾宮，天鼓兩鳴於元末；如當震卦，雷霆獨異於國初」，而在公元1630年（明崇禎三年，庚午年）成書的、吳門（今蘇州或蘇州一帶）姚際隆先師刪補重訂的《卜筮全書》中則提及《黃金策》爲「明誠意伯劉伯溫先生著，向爲秘本，今將公諸天下」。如此，可知《黃金策》當成書於有明一代。

《黃金策》用典極多，文辭極美，視野極恢宏，絕非出自村野庸夫之手，但其是否確爲劉伯溫先師所撰，至今仍無定論。

我查閱過目前所能見到的研究劉伯溫先師著作的論文，就有直斥《黃金策》是偽託的，如「《斷易黃金策》九卷，實偽託……綜上所述，可以明確認定是劉基作品的是《郁離子》、《覆瓿集》、《寫情集》、《春秋明經》、《犁眉公集》等作品，這些都收錄在《誠意伯文集》之中，其內容大多是詩詞等文學作品，非占驗、天文、風水、術數等作品。以四庫館臣的嚴格考訂標準，也只認可這些爲劉基的著作……在這一點上，四庫館臣看得很清楚，《四庫全書．誠意伯文集提要》中《四庫全書》總纂官紀昀、陸錫熊、孫士毅則認爲：『基遭逢興運，參預帷幄，秘計深謀，多所裨讚。世遂謬爲前知，凡讖緯術數之說一切附會於基，神怪謬妄無所不至，方技家遞相熒惑，百無一真，惟此一集（指誠意伯文集）尚實出基手。』㉕」，如「《斷易黃金策》九卷，此書《販書偶記》術數類占卜之屬著錄。康熙間刻本㉖，題劉基撰，吳門姚際隆刪補。實偽託㉗」。

有今人認爲《黃金策》的作者是明代胡宏，其說法來自清光緒癸卯進士、易學大師尚秉和先生《周易古筮考．一爻動下》中的一則案例：「寧波胡宏善易筮。（明英宗朱祁鎮）天順間（公元1457年至公元1464年），太守陸阜邀至官舍……著筮書曰《黃金策》。」尚秉和先生此則案例錄自《欽定古今圖書集成·卜筮部·名流列傳·明·胡宏》：「……《寧波府志》：宏善易筮。天順間，太守陸阜邀至官舍……著筮書曰《黃金策》。」但經查證《寧波府志·藝術》，胡宏所著爲《黃金尺》，《明史·藝文志》中也言及「胡宏，《周易黃金尺》一卷」，可見胡宏著《黃金策》之說，當爲誤傳。

關於《卜筮正宗》，還有幾個重要的問題需要說明：

其一，卷之十三與卷之十四是「吾師（楊廣含）所授及余所占驗」的《十八問答附占驗》，收錄有卦例一百三十一則，但其中七十九則卦例與《增刪卜易》中的卦例雷同，且多有貌似「更符合卦理」的改動，如卷之十三第二問「何以謂之回頭剋？剋者有吉凶乎？」中「卯月癸亥日，占家宅人口平安否」一例，反饋是「後至午月，火旺剋世，助土剋財，財逢月破，一家數口，被回祿俱死」，而在《增刪卜易》中的反饋則是「豈知宅近黃河，逐日欲遷而未遷，午月河決，一家九口，隨波逐浪」，卦中變爻午火回頭剋世，貌似更像「回祿俱死」。此外還有兩則卦例極似對《增刪卜易》中的卦例做了大修大改，如卷之十四第十八問「卜者誠心，斷者精明，亦有不驗。何也？」中「申月乙亥日，占家宅」一例，反饋是「卽日欲同家業師鄉試……此人自己頭塌貼出，其業師中式第四名」，而在《增刪卜易》中的反饋則是「（此缺）後果另點他人」。

《增刪卜易》成書於公元1690年（清康熙二十九年，庚午年），早於《卜筮正宗》成書近二十年，理論上來說，《卜筮正宗》中的這八十一則卦例，應當是傳承自《增刪卜易》，除非是二書皆傳承自目前尚未被發現的、更早的書籍或抄本（如傳承自王洪緒先師之師楊廣含先生的生平占驗）。

但是我認爲，《卜筮正宗》中的這八十一則卦例，確實是傳承自《增刪卜易》且被王洪緒先師或楊廣含先生抄襲和改動過的。原因有二：一是王洪緒先師對《增刪卜易》爛熟於胸，否則不會在卷之三的《十八論》與「闢」和「辯」中對《增刪卜易》有褒有貶；二是卷之十三第八問「月破之爻，欲定其破爲無用，却又應于破；欲謂之不破，却又到底破而無用。何也？」中「午月癸卯日，占後運功名」一例，據拙作《全本校註增刪卜易》中的考證，此例當爲《增刪卜易》作者之一李文輝先師於公元1681年（清康熙二十年，辛酉年）爲江寧巡撫慕天顏所占，《增刪卜易》中爲連占二卦，在《卜筮正宗》中卻被刪改成一卦，且刪去了不少反饋的細節。

這八十一則卦例是被王洪緒先師改動，還是被楊廣含先生改動，暫時無法考證，但我更傾向於前者。至於王洪緒先師爲什麼要改動，我只能說遺憾，歷史不應該被遺忘，更不應該被掩蓋甚至篡改，特別是對於重視反饋結果的六爻卦例而言，無論六經註我，還是我註六經，都需要有一顆學術良心。

「凡采用舊說，必明引之；勦說認爲大不德」，「隱匿證據或曲解證據，皆認爲不德」。[28]梁啟超先生在《清代學術概論》中總結清代正統派學風的特色時，留下過這兩句話，於古於今，皆有規誡的意義。

其二，卷之四至卷之十二的《黃金策》部分，傳承自公元1630年（明崇禎三年，庚午年）成書的、吳門（今蘇州或蘇州一帶）姚際隆先師刪補重訂的《卜筮全書》。王洪緒先師在《卜筮正宗·凡例》中曾言：「惜姚際隆之註，紕繆甚多，反失廬山面目。余于此頗費苦心，細加訂正，知我罪我，亦聽之而已。」

我收藏有三個版本的《卜筮全書》影印本古籍。

談易齋重訂、金閶（蘇州別稱）翁少麓梓行本《卜筮全書》（以下與正文中作「談易齋本」）牌記上的說明爲「是書雖有舊本，然紊亂無序，今本坊敦請百愚姚先生刪繁補缺，迥異他書，上可以闡先聖之玄機，次可以探諸家之秘旨，讀者幸毋忽焉」，闡易齋刪補、南城翁少麓梓行本《卜筮全書》（以下與正文中作「闡易齋本」）牌記上的說明爲「是書舊本煩溷無緒，深爲學者之病，今本坊敦禮百愚先生刪其俚謬，益以珠璣，自啓蒙而達玄奧，頗得升堂入室之階梯，海內名家，諒能剖决」，除個別文字外，這兩個版本的行款、字數、版口、魚尾等完全一致，但暫無從考證兩個版本的梓行前後。

翁少麓，名元泰，以字行，江西南城（今江西南城）人，明萬曆年間（公元1573年至公元1620年）在蘇州開設霏玉樓書坊，策劃刊行過多種暢銷書籍。翁少麓與不少文人有著長期穩定的合作與僱傭關係，如其刊行的、沈際飛改編增輯的《古香岑草堂詩餘四集》卷首的《發凡・誠翻》條中就有「太末翁少麓氏，志邈風雅，敦懇茲集，捐重貲精鐫行世」的說法，在商言商，翁少麓當然不是出於某種文化使命感，而是爲了出書賺錢。㉙由此也可以推知，姚際隆先師被「敦請」或「敦禮」刪補重訂《卜筮全書》，當然也是受到了重金之託。

這兩個版本牌記上提到的《卜筮全書》舊本，似指《明史・藝文志》中言及的「劉均，《卜筮全書》八卷」。《明史・藝文志》中還言及「趙際隆，《卜筮全書》十四卷」，「趙際隆」當爲「姚際隆」之誤。

我還收藏有被收錄進《欽定古今圖書集成・博物彙編・藝術典・卜筮部彙考》中的《卜筮全書》（以下與正文中作「古今圖書集成本」）。《欽定古今圖書集成》首印於公元1726年至公元1728年（清雍正四年至清雍正六年），由清內府用銅活字排印成64部，這個版本《卜筮全書》中的文字經過了再次修訂，錯誤極少，但王洪緒先師應當無緣得見。

我在校註的過程中發現，王洪緒先師輯著《卜筮正宗》時選用的底本是談易齋本（或與談易齋本文字完全一致的版本）：如《卜筮正宗》卷之六《產育》章中條文「子孫發動乳多，手叚更高能」，「手叚」顯然爲「手段」之誤，談易齋本亦誤，闡易齋本與古今圖書集成本俱作「手段」；又如《卜筮正宗》卷之五《身命》章中「世値凶而應剋，願聽《雞鳴》」條文下原解作「……如齊襄公荒怠慢政，得陳賢妃有夙夜警戒相成之道，故《詩》有《雞鳴》篇」，「齊襄公」顯然爲「齊哀公」之誤，《毛詩序說》中言及「哀公荒淫怠慢，故陳賢妃貞女，夙夜警戒相成之道焉」，闡易齋本與談易齋本也俱作「齊襄公」，但古今圖書集成本修訂作了「齊哀公」；再如《卜筮正宗》卷之八《種作》章中條文「陽象陽爻，此地必然官斗則」，「斗則」顯然爲「科則」之誤，「科則」指政府按田地類別、等級而定的田賦標準，闡易齋本與談易齋本也俱作「斗則」，但古今圖書集成本修訂作了「科則」。

其三，除基本沿襲了談易齋本原有的錯誤外，王洪緒先師在輯著《卜筮正宗》的過程中，又增添了一些新的錯誤，究其原因，或是不諳史實，或是妄刪妄改，或是不夠嚴謹。

如卷之五《征戰》章中「卦有衆官臨旺子，謝玄以八千之兵而破秦」條文下原解作「……如晉謝玄、劉牢以八千兵，破秦王苻堅九十萬衆也」，「劉牢」當爲「劉牢之」之誤，「劉牢之」是東晉將領，淝水之戰時作爲前鋒破敵。《卜筮全書》諸本這裡皆作「劉牢之」。

如卷之五《身命》章中「子化凶，而房、杜生兒不肖」條文下原解作「……李英嘗曰：『房、杜平生辛苦，又皆生子不肖。』」，「李英」當爲「李英公」之誤，「李英公」原名徐世勣，或作世績，字懋功，亦作茂功，唐高祖李淵賜其姓李，後避唐太宗李世民諱改名爲李勣，因功被封英國公。《卜筮全書》諸本這裡皆作「李英公」。

如卷之五《身命》章中條文「財動剋親於早歲，兄衰喪偶於中年」，在《卜筮全書》中是分作「財動初爻，令伯尅親於盈歲」與「兄興六位，張瞻喪偶於中年」兩句條文的。

如卷之六《產育》章中條文「陽爲男子，掌中探見一枝新；陰是女兒，門右喜看弧帨設」，「一枝新」顯然爲「一珠新」之誤，因在古代「珠」通常指兒子，「弧帨」連用顯然也有誤，因據《禮記．內則》記載：「子生，男子設弧於門左，女子設帨於門右。」闡易齋本與談易齋本這裡俱作「陽爲男子，掌中探見一珠新；陰是女兒，門右喜看弧帨設」，古今圖書集成本則作「陽爲男子，掌中探見新珠；陰是女兒，門右喜看設帨」。又此條文後，《卜筮全書》另有條文「或更反兆，徒勞鞠育於三年；若遇化空，枉受胚胎于十月」，《卜筮正宗》未錄。

如卷之八《種作》章中「若是坎宮，必近江湖之側」條文下原解中，顯然是抄漏了「父在艮宮，田在山林左右」一句。

此類錯誤極多，不再一一列舉。

「校書之法，實事求是，多聞闕疑」，「不可憑藉私見淺識來妄解或妄改古書」，「凡版本不能完全解決的疑難，只有最淵博的史識可以幫助解決」，「『通人』整理過的傳本的錯誤是不容易發見的」。[30]胡適先生的這些話，振聾發聵。

其四，《卜筮正宗》中的《黃金策》各章，王洪緒先師的原創似只有《新增痘症》與《新增家宅搜精分別六爻斷法》。先師通內外婦兒諸科，尤精外科瘡瘍，寫作《新增痘症》自是易如反掌，信手拈來。而《新增家宅搜精分別六爻斷法》中，仍然可以發現《易林補遺．亨集．人宅六事章》的蛛絲馬跡：如「三爻亥水斷猪牲，兄弟臨爻方論門」條文，似是改寫自「三爻爲正門、爲香火、爲閨房、爲臥床、爲兄弟，又爲猪畜」與「三曰弟兄、香火、猪并眠床」之論；如「初爻非水休言井，酉金干涉道雞鵞」條文，似是改寫自「初爻爲基址、爲井、爲溝、爲小口，又爲雞鵝鴨之類」與「初爲兒女與雞鵝、井連基地」之論。

其五，蘇州在明代成爲全國刻書中心之一，得益於工商業的發展、交通的便利以及深厚的文化底蘊，這種業態直至清道光以後才逐漸衰退。特別是在明末繁榮的經濟推動下，出現了眾多藏書家，更出現了眾多謀求利益的書坊，以及同爲謀求利益而參與書籍編寫與評點的文人。如明末小說家凌濛初編纂《拍案驚奇》㉛，在其序言中寫有「肆中人見其（馮夢龍所編寫的小說）行世頗捷，意余當別有秘本，圖出而衡之」之語，就是因爲見到同爲明末小說家的馮夢龍應書坊主之邀，編纂《三言》暢銷於市並多次翻印，利潤豐厚所致。

商業大環境如此，王洪緒先師躬逢其盛，輯著《卜筮正宗》似乎就有了射利沽名的嫌疑。無論是直言「是書一宗正理，不敢妄執臆說貽誤後學，因名之曰《正宗》」，還是直斥「《天玄賦》、《易林補遺》、《易隱》、《易冒》、《增刪卜易》諸刻，雖各有搜精標異，然其間非執偏見，卽自相矛盾，讀者不無遺憾……」、《卜筮全書》「姚際隆之註，紕繆甚多，反失廬山面目」，以及抄襲改動《增刪卜易》卦例，或者「茲以坊賈之請」纂輯《永寧通書》，皆可作爲註腳。

由此也可得知，王洪緒先師一生的經濟來源，至少有賣卜、行醫、刻書三種。而《卜筮正宗》的行世，更是爲王洪緒先師帶來了巨大的利益，無論財富，還是聲譽。

三、關於校註

「校勘學的工作有三個主要的成分：一是發見錯誤，二是改正，三是證明所改不誤。[32]」「校書之難，非照本改字不譌不漏之難也，定其是非之難。是非有二：曰底本之是非，曰立說之是非。必先定其底本之是非，而後可斷其立說之是非。」「何謂底本？著書者之稿本是也。何謂立說？著書者所言之義理是也。」[33]

胡適先生與清人段玉裁先生對於校勘工作的這些見解，入木三分。一切皆因，底本之非，造成立說之非的事例極多。

陸游在《老學庵筆記》中留有一則故事，可笑性極強：「三舍法行時，有教官出《易》義題云：『乾爲金，坤又爲金，何也？』諸生乃懷監本《易》至簾前請云：『題有疑，請問。』教官作色曰：『經義豈當上請？』諸生曰：『若公試，固不敢。今乃私試，恐無害。』教官乃爲講解大概。諸生徐出監本，復請曰：『先生恐是看了麻沙本。若監本，則坤爲釜也。』教授皇恐，乃謝曰：『某當罰。』卽輸罰，改題而止。然其後亦至通顯。」[34]

猶憶三十多年前，我學習六爻的入手之書就是台灣鄭景峰先生標點的《卜筮正宗》，不過，是一本被書商從豎排繁體翻印過來的，橫排簡體、錯漏百出的盜版書，極似以多訛多誤聞名的麻沙本。我學習時，遇到的最困惑的一個問題就是，六爻卦究竟是橫著排還是豎著排？因爲這本盜版書裡的很多卦例是橫著排，上爻在左，初爻在右，六親、六獸與地支等，也排列得非常錯亂。這本盜版書的《總斷千金賦》章裡「日傷爻真罹其禍」句，被印成了「日傷爻直羅其禍」，我理解不了「直羅」是什麼意思，但仍然硬生生地背了下來，直到現在，脫口而出的還是「直羅」。還有，這個版本僅是標點過錄，沒有註釋，學習的過程，真的是非常非常的痛苦。

當時也見到過台灣鄭景峰先生標點的正版《卜筮正宗》，暗紅色的封面，遠遠的擺在外文書店的玻璃櫥窗裡。店員告訴我，購買需要單位出具介紹信，而且價格極昂。我無能爲力，作罷。直到有一天再去時，書不見了……

我能夠理解初學者求學的痛苦，也能夠理解初學者求之不得的痛苦，我也一直以來將「爲先賢繼絕學，爲後世留經典」作爲自勵之語，於是，就有了這本《全本校註初刻卜筮正宗》。

公元2015年，我曾在心一堂出版過《全本校註增刪卜易》，得到了一些讀者的認可。《增刪卜易》初刻本至今未見面世，我選用的底本是公元2000年海南出版社出版發行的、被收錄進《故宮珍本叢刊》的古吳陳長卿刻本《增刪卜易》影印本，這個版本梓行於公元1691年（清康熙三十年，辛未年），距離《增刪卜易》成書的公元1690年（清康熙二十九年，庚午年）不到一年。

這個版本之後，又出現了李紱抄本與百衲本。這三類版本在很多地方各說各話，我當時除了做好最基礎的校註工作外，還把很大一部分的精力，放在了研究《增刪卜易》版本的傳承、文本的拼接，以及對作者野鶴先師、李文輝先師等人物生平的考證上，順帶又考證出了卦例背後很多驚心動魄的故事與故事背後的人物，如反清復明的朱三太子案、綿連一月的京師地震、宦海沉浮的漕運總督慕天顏、鼓鑄不實的兩廣總督吳興祚、平定夏逢龍之亂的湖北巡撫丁思孔、埸畢卽回的狀元嚴我斯，等等。由於《卜筮正宗》抄襲或改動了《增刪卜易》中的八十一則卦例，也讓我在校註《卜筮正宗》的過程中，有機會打通了兩本書之間的一些脈絡，可以進行比對的研究。

與《增刪卜易》不同的是，我校註《卜筮正宗》時所用的底本是公元2000年海南出版社出版發行的、被收錄進《故宮珍本叢刊》的鳳梧樓藏版《卜筮正宗》影印本，梓行於公元1709年（清康熙四十八年，己丑年），這個版本是王洪緒先師家刻本，也卽初刻本，就文本而言是比較放心的。

但是，正如前一節寫到的，王洪緒先師在輯著《卜筮正宗》的過程中留下了諸多遺憾，我在校註《卜筮正宗》的過程中，主要精力也就集中在了彌補這些遺憾上面：

首先是對卷之十三與卷之十四中，與《增刪卜易》雷同或改動的八十一則卦例逐例補錄，文本的依據是拙作《全本校註增刪卜易》。補錄的內容只是以段間夾註的形式出現，不改動《卜筮正宗》原文；爲避繁冗，刪去了《全本校註增刪卜易》中對字詞的腳註部分，以及對卦例的考證部分；在每個卦例的日建後補入旬空，不再說明。

其次是對王洪緒先師在《卜筮正宗．凡例》中所言的「惜姚際隆之註，紕繆甚多，反失廬山面目。余于此頗費苦心，細加訂正，知我罪我，亦聽之而已」的訂正部分，與《卜筮全書》進行了嚴密的對照，對所有可能產生歧義的文本，依據《卜筮全書》逐一補錄。在做這一部分工作時，我除了對極個別明顯的文字錯誤進行了改動並加以說明外，也基本不改動《卜筮正宗》原文，也是僅以段間夾註的形式出現。對於我收藏的三個不同版本的《卜筮全書》也存在文本不一致的地方，各自標明了出自哪個版本，未標明的，則是版本一致。

而對於《卜筮正宗》援引的《天玄賦》、《易林補遺》、《易冒》諸書中的不同部分，我也找到了較早與較好的版本，逐一補錄。

第三，對所有生僻字詞進行了精準的註釋，對所有典故進行了嚴密的考證。我在做這部分工作時，用功極深，「從廣泛的材料中尋找校勘的依據」，「絕不妄逞臆見，輕於改字」，也因此發現了《卜筮正宗》與《卜筮全書》，甚至《黃金策》原文中的諸多錯誤或不妥之處。

如卷之七《鬼神》章中「更值勾陳，必有土神見礙；如臨朱雀，定然呪詛相侵。白虎血神，玄武則死於不明之鬼；青龍善願，螣蛇則犯乎施相之神」條文中的「施相之神」，王洪緒先師的原解中根本沒有提到，《卜筮全書》則言「螣蛇推施相之神，今俗，禱謝必以麪作小蛇，獻之取驗」。實際上，更準確地說，施相之神是自宋以來江浙多地普遍崇奉的民間俗神施相公，有掌水、掌醫、掌橋、保國護民等多重神格屬性，此處則特指因飼養蛇神而枉死的宋代書生施鍔。我查閱了數十種論文、專著與地方志，用了近兩千字的篇幅進行了詳細的考證。

如卷之六《婚姻》章中「財化財，一舉兩得；鬼化鬼，四覆三番」條文下，「財化子，有兒女帶來，謂之『他有名』」句中的「他有名」，《卜筮全書》作「帶幼聘」，我認爲可能皆是指吳語中的「拖油瓶」，卽婦女改嫁時帶去的與前夫生的子女。

如卷之五《身命》章中「內兄合應，陳伯常有孺子之兄」條文，講的是漢初名臣陳平與其兄的故事，而據《史記．陳丞相世家》記載，「陳伯常」當爲「陳伯」之誤，顯然《黃金策》最初的條文就錯了。

再如卷之五《身命》章中「逢虎妻而旺强，雖鄙俗偏爲富客」條文下，「白虎臨旺財持世，其人雖不知禮義，然必家道殷實，如李澄、蕭寵之徒。旺財有制伏，亦粗知文墨也」句中的「蕭寵」，我認爲極有可能是「蕭宏」之誤。蕭宏是《南史》中記載的臨川靖惠王，梁武帝六弟，爲人怯懦貪鄙、奢侈無度，後因與侄女永興公主通姦，計畫殺死梁武帝，事敗，驚懼而死。

整個寫作過程的參考書目二百八十四種，上千冊。但爲了尋找註釋與考證的線索，過眼的文字，遠遠不止這些。

對註釋與考證中援引的文字，如「真」與「眞」、「豬」與「猪」、「台」與「臺」、「黄」與「黃」、「采」與「採」等，保持原貌，不作修改；援引時發現的可能存在的錯誤，以「【？】」的形式標出，如卷之十《墳墓》章中「犯天地六空亡之煞，骸骨不明；穴遇三傳刑刃之空，屍首有損」條文下，援引的古今圖書集成本《卜筮全書》中的「子午旬無水，甲【申？】寅不見金，四位如四大空亡」句中，「甲」顯然爲「申」之誤。

第四，對《卜筮正宗》底本中混用但並非錯誤的文字，如「靜」與「静」、「衝」與「冲」、「遊」與「游」、「屬」與「属」、「墻」與「牆」、「遁」與「遯」、「累」与「纍」、「願」與「愿」、「姦」與「奸」、「無妄」與「无妄」等，保持底本原貌，不作修改；對底本中因避清聖祖康熙帝玄燁名諱而敬缺末筆的「玄」，一律改作「玄」。

第五，《卜筮正宗》底本卷之十四中最後兩則卦例，「午月辛丑日，因母病，占問流年」例「予曰：占求財」後文字脫，「午月辛酉日，占功名」例文字全脫，據金閶緑蔭堂本《卜筮正宗》補錄。

有讀者問，校註古籍有什麼意義？我答，陽光之下，並無新事，不過是換了個時空，換了個說法。

過去心不可得，現在心不可得，未來心不可得。應無所住而生其心。佛陀的教誨，就在耳邊。

公元2022年12月
李凡丁（鼎升）於山西太原城西水系抱月湖畔
電子信箱：44135211@qq.com
微信號：dingsheng2991
微信公眾號：增刪卜易（ID:zengshanbuyi）
新浪微博：@鼎升

註釋：

①吳縣地方志編纂委員會.《吳縣志》[M].上海：上海古籍出版社，1994

②蘇州市吳中區西山鎮志編纂委員會.《西山鎮志》[M].蘇州：蘇州大學出版社，2001

③明.袁宏道.《袁中郎遊記全稿》[M].上海：中央書局，1935

④清·王維德·《林屋民風》[M]·上海：上海古籍出版社，2018

⑤蘇州市吳中區西山鎮志編纂委員會·《西山鎮志》[M]·蘇州：蘇州大學出版社，2001

⑥蘇州市吳中區西山鎮志編纂委員會·《西山鎮志》[M]·蘇州：蘇州大學出版社，2001

⑦宗風道人平原子·《天心正宗》[M]·西寧：青海人民出版社，1993

⑧清·王維德·《林屋民風》[M]·上海：上海古籍出版社，2018

⑨任旭·《王維德木刻版畫像及著作〈咽喉證治〉》[J]·中醫文獻雜誌，2012，（4）

⑩施建平·《明代蘇州書坊出版研究》[J]·淮海工學院學報（人文社會科學版），2015，（9）

⑪清·王維德·《林屋民風》[M]·上海：上海古籍出版社，2018

⑫清·王維德·《林屋民風》[M]·上海：上海古籍出版社，2018

⑬瞿冕良·《中國古籍版刻辭典（增訂本）》[W]·蘇州：蘇州大學出版社，2009

⑭薛清錄·《中國中醫古籍總目》[W]·上海：上海辭書出版社，2007

⑮清·王維德·《外科證治全生》·孟然點校·[M]·北京：人民衛生出版社，1989

⑯清·王洪緒·《重編卜筮正宗》[M]·台中：如意堂書店，2003

⑰任旭·《王維德生平及醫學著作》[J]·中醫文獻雜誌，2011，（1）

⑱和中浚、周興蘭·《〈外科證治全生集〉與〈洞天奧旨〉學術思想比較研究》[J]·中華中醫藥學刊，2012，（3）

⑲馮漢鏞.《中醫理論與臨床脫節芻議》[J].易學與哲學，1996，（8）
⑳清.王維德.《外科證治全生》.孟然點校.[M].北京：人民衛生出版社，1989
㉑任旭.《王維德生平及醫學著作》[J].中醫文獻雜誌，2011，（1）
㉒任旭.《王維德生平及醫學著作》[J].中醫文獻雜誌，2011，（1）
㉓任旭.《王維德木刻版畫像及著作〈咽喉證治〉》[J].中醫文獻雜誌，2012，（4）
㉔陳垣.《校勘學釋例》[M].北京：中華書局，2004.
㉕王巧玲.《再論劉基與風水的糾葛》[J].浙江工貿職業技術學院學報，2015，（4）
㉖「康熙間刻本」，《販書偶記》作「無刻書年月，約康熙間刊」。
㉗潘猛補.《劉基著作考》[C].中國.溫州國際劉基文化學術研討會會議論文集，2006
㉘梁啟超.《清代學術概論》[M].上海：商務印書館，1924
㉙張仲謀.《明代書坊與詞集傳播》[J].文獻，2013，（1）
㉚陳垣.《校勘學釋例》[M].北京：中華書局，2004
㉛明.凌濛初.《拍案驚奇》[M].海口：海南出版社，1992
㉜陳垣.《校勘學釋例》[M].北京：中華書局，2004
㉝胡樸安.《古書校讀法》[M].南京：江蘇古籍出版社，1985
㉞宋.陸游.《老學庵筆記》[M].北京：中華書局，1979

序

戊子[1]之歲，余備員[2]南薰殿[3]，會纂方輿[4]。至秋，恭承[5]簡命[6]，來牧[7]平江[8]。適當旱潦疊罹[9]之候，簿書[10]紛擾[11]，土俗[12]繁囂[13]，加之以疫厲[14]，凡所以軫卹[15]補捄[16]之事，刻[17]無寧晷[18]，稗[19]者革[20]之，利者興之，謹身[21]率屬[22]。幸吳[23]民稍稍嚮化[24]，不負余仰體[25]九重[26]簡畀[27]之至意[28]。政事[29]之暇，凡吳民[30]之以節孝[31]稱[32]、吳士[33]之以藝文[34]著[35]者，爲之表揚獎勵，以冀[36]有裨[37]風教[38]；而師巫[39]襍技[40]，無不[41]屏黜[42]，靡遺[43]邇[44]者；方輿之書，將次[45]告竣[46]。適有王生以《卜筮正宗》一書呈政[47]，披覽[48]之餘，知是書之旨[49]，皆本青田[50]，而闢[51]叱[52]闡[53]謬，幾大反從前之詮解[54]，證之以師傳，考之於占驗，諄切[55]詳辨[56]。十有八論，皆布帛菽粟[57]之語，而一歸[58]於古人設教[59]以前民[60]之旨。夫惠迪從逆[61]，《書》有吉凶之訓；陰[62]陽奇偶，《易》宗河洛[63]之傳。《左史》[64]而下，其術益著[65]。余固[66]不遑[67]詳究其說，而於前此諸坊刻[68]，亦嘗博觀[69]而旁[70]獵[71]之，固[72]未有明晰如斯[73]者。青田立說[74]於前，是書詮釋於後，一技雖微，學本[75]經術[76]，豈與師巫邪說可同類而並[77]觀哉？於其梓[78]之成，因書以爲序。

旹[79]

康熙己丑[80]仲冬[81]奉旨[82]特簡[83]知蘇州府事[84]長沙陳鵬年題[85]

鼎升曰：

陳鵬年，生於清聖祖康熙二年【公元1663年，癸卯年】，卒於清世宗雍正元年【公元1723年，癸卯年】。字滄洲，湖廣湘潭人。清聖祖康熙三十年【公元1691年，辛未年】進士。歷官浙江西安知縣、江南山陽知縣、海州知州、江寧知府、蘇州知府、江蘇布政使、河道總督。著有《道榮堂文集》、《陳恪勤集》等。

據《清史稿．陳鵬年列傳》記載，陳鵬年於清聖祖康熙四十二年【公元1703年，癸未年】擢江寧知府。任內「嘗就南市樓故址建鄉約講堂，月朔宣講聖諭，並爲之牓曰『天語丁寧』。南市樓者故狹邪地也，因坐以大不敬，論大辟……讞上，鵬年坐奪官免死，徵入武英殿修書」。清聖祖康熙四十七年【公元1708年，戊子年】，「復出爲蘇州知府。禁革奢俗，清滯獄，聽斷稱神。值歲饑，疫甚，周歷村墟，詢民疾苦，請賑貸，全活甚眾」。清聖祖康熙四十八年【公元1709年，己丑年】，「署布政使」。清聖祖康熙六十年【公元1721年，辛丑年】，「卽命鵬年署河道總督」。清世宗雍正元年【公元1723年，癸卯年】，陳鵬年「疾篤，遣御醫診視。尋卒，上聞，諭曰：『鵬年積勞成疾，沒於公所。聞其家有八旬老母，室如懸磬。此眞鞠躬盡瘁、死而後已之臣。』……謚恪勤。祀河南、江寧名宦」。

據清唐祖价《陳恪勤公年譜》記載，清聖祖康熙四十五年【公元1706年，丙戌年】，陳鵬年在江寧知府任上被免職後「抵都，詔入南薰殿四朝詩館纂修《宋金元明全詩》」。清聖祖康熙四十六年【公元1707年，丁亥年】，「在京充四朝詩館纂修……《宋金元明全詩》告成，聖祖稱善，又派入方輿館纂修《湖廣方輿．路程》……」。清聖祖康熙四十七年【公元1708年，戊子年】，「在京充方輿館纂修……十月，奉旨補授蘇州府知府，又特敕《方輿全書》帶至任所修纂。公至之日，大書『求通民情，願聞己過』八字榜於門……江蘇先年大旱，是年大水，饑饉薦至……」。清聖祖康熙四十八年【公元1709年，己丑年】，「在蘇州。二月終完奉旨煮賑之局，公復設法煮賑至五月初三日止……蘇屬積荒之後，四鄉窮民無力栽種，公捐清俸並募紳士樂輸約千餘金，……分行各鄉村，親驗未種田，按戶酌給工本。會疫癘流行，四鄉村鎮死亡枕籍，至有闔門待死，雖周親無敢過問者。公親製藥方，每旦祝天，爲民施治。視事畢，卽駕小舟遍歷村墟，計口授藥，且量給錢米，凡垂死復生者，萬餘人。他人效方修製則不效，民皆以爲神。又有書公名鎮于門者，其疫立斷……」。

註釋：

①「戊子」，清聖祖康熙四十七年，公元1708年。

②「備員」，充數；湊數。謂居官有職無權或無所作爲。用作任職或任事的自謙詞。

③「南薰殿」，位於紫禁城外朝西路、武英殿西南。清時爲安奉歷代帝后及賢臣圖像之所。

④「會纂方輿」，會同編輯地理類的書籍。「纂」側重在匯集。「方輿」，大地；地方政事。輿原爲車，引申爲載。天圓地方，地載萬物，故稱。

⑤「恭承」，恭敬奉行。

⑥「簡命」，選派任命。

⑦「牧」，治理、統治。

⑧「平江」，今江蘇省蘇州市。宋代稱平江府，明初改蘇州府。

⑨「旱潦疊罹」，接連遭遇久未降雨和雨水過多兩種天災。「罹」，音ㄌㄧˊ【離】。遭遇；遭受。

⑩「簿書」，官方文書的統稱。

⑪「紛擾」，混亂；淩亂。

⑫「土俗」，當地的習俗。

⑬「繁囂」，繁雜喧鬧。

⑭「疫厲」，具有強烈傳染性，可造成一時一地大流行的急性烈性傳染病，又名瘟疫、時氣。「厲」，通「癘」。

⑮「軫卹」，憐憫、哀矜。「軫」，音zhěn【診】。顧念，憫惜。「卹」，音xù【序】。同「恤」。憂慮；憂患；體恤；憐憫；周濟；救濟；顧及；顧念。

⑯「捄」，同「救」。《道榮堂文集・卜筮正宗序》作「救」。

⑰「刻」，指較短暫的時間，猶片刻。

⑱「寧晷」，安定的時刻。「晷」，音guǐ【軌】。光陰；時間。

⑲「稗」，音bài【敗】。壞敗；不良。

⑳「革」，變革；革除。

㉑「謹身」，整飭自身。

㉒「率屬」，作爲部下的表率。

㉓「吳」，此處指蘇州。

㉔「嚮化」，歸化；順服。

㉕「仰體」，體察上情。

㉖「九重」，朝廷；帝王。

㉗「簡畀」，經過選擇而付予。「畀」，音bì【閉】。賜與、給予；酬答。

㉘「至意」，极深厚诚挚的情意。

㉙「政事」，泛指政府的事務。

㉚「民」，平民百姓。與君官對稱。

㉛「節孝」，貞節和孝順。

㉜「稱」，稱道。

㉝「士」，智者、賢者。後泛指讀書人與知識階層。

㉞「藝文」，泛指六藝（儒家的《詩》、《書》、《易》、《禮》、《樂》、《春秋》六經）文章。

㉟「著」，著名，出名；稱道。

㊱「冀」，希望；盼望。

㊲「裨」，音bì【必】。增加；補益。

㊳「風教」，風俗與教育感化。

㊴「師巫」，男巫女巫的通稱；或專指以裝神弄鬼替人祈禱爲職業的人。

㊵「襍技」，醫卜、星相等方術。「襍」，同「雜」。

㊶「無不」，《道榮堂文集・卜筮正宗序》作「不無」。

㊷「屏黜」，排斥；拋棄。

㊸「靡遺」，沒有遺漏；毫不遺漏。

㊹「邇」，音ěr【耳】。近。

㊺「將次」，將要、將近。

㊻「告竣」，宣告完畢。

㊼「呈政」，敬辭。猶言請指正；呈上請指正。「政」，同「正」。

㊽「披覽」，翻閱、觀賞。

㊾「旨」，意圖；宗旨。

㊿「青田」，劉基。明代政治家，字伯溫，謚文成。浙江青田人，曾隱居青田山中著書立說，世稱青田先生。精天文兵法，爲明太祖朱元璋平天下立下汗馬功勞，封誠意伯。《明史·劉基列傳》謂「基博通經史，於書無不窺，尤精象緯之學」。

51「闢」，駁斥。

52「吪」，通「訛」。《道榮堂文集·卜筮正宗序》作「訛」。

53「闡」，音chǎn【產】。闡發，闡明。

54「詮解」，解釋。

55「諄切」，真誠、懇切。

56「詳辨」，詳盡辨析。

57「布帛菽粟」，比喻雖屬平常，卻連一日都不可缺少的事物。「布帛」，指布匹衣物；「菽粟」，音shūshù【叔樹】。指豆、稻等日常食物。

58「一歸」，同歸。

⑲「設教」，實施教化。特指實施儒家思想中以民爲主要對象的政治教育和道德感化。

⑳「前民」，語出《周易·繫辭》：「是以明於天之道，而察於民之故，是興神物以前民用。」「前」，先導也。此句言聖人取蓍草以占事，作人民用以占事之先導。後以「前民」謂引導人民。

㉑「惠廸從逆」，語出《尚書·大禹謨》：「惠迪吉，從逆凶，惟影響。」順應天道就有吉祥，忤逆天道就有凶災，兩者的關係如影隨形，似響應聲。

㉒「陰」，《道榮堂文集·卜筮正宗序》作「陰」。

㉓「河洛」，河圖、洛書的簡稱。相傳伏羲氏見龍馬負圖出於黃河，而據以演畫八卦，稱爲「河圖」。又相傳夏禹時有神龜出於洛水，背上有九組不同點數組成的圖畫，禹因排列其次第，而成治理天下的九種大法。後世將河圖、洛書都視爲聖王治世的祥瑞徵兆。

㉔「《左史》」，《春秋左氏傳》。孔子作《春秋》，魯国史官左丘明述孔子之志，通過記述春秋時期的具體史實來說明《春秋》的綱目，名《春秋左氏傳》。

㉕「著」，顯現；顯揚。

㉖「固」，本來；雖然。

㉗「不遑」，無暇，沒有閑暇。「遑」，音huáng【皇】。閑暇；空閑。

⑱「坊刻」，坊間所刻；坊本。書坊是古代賣書兼刻書的店鋪，是一種具有商業性質的私人出版發行單位，由書坊刻印的書稱爲坊刻本、書坊本或書棚本。

⑲「博觀」，廣泛地閱讀。

⑳「旁」，廣泛；普遍。引申爲旁及。

㉑「獵」，涉獵。

㉒「固」，必然，一定；確實。

㉓「如斯」，如此。

㉔「立說」，立論。

㉕「本」，根源；本原；依據。

㉖「經術」，以經書爲主要研究對象的學術。

㉗「並」，《道榮堂文集・卜筮正宗序》作「竝」。

㉘「梓」，印書的雕版。因雕版以梓木爲上，故稱。後泛指製版印刷。

㉙「旹」，同「時」。

㉚「己丑」，清聖祖康熙四十八年，公元1709年。

㉛「仲冬」，冬季的第二個月，卽農曆十一月。處冬季之中，故稱。

㉜「奉旨」，接受皇帝旨命。

㉝「特簡」，皇帝對官吏的破格選用。

⑭「知蘇州府事」，蘇州知府。知府爲地方行政機構府之長官。宋朝始置，稱知某府事，簡稱知府。明朝始以知府爲正式官名，正四品。清沿明制，改從四品。

⑮「旹康熙己丑仲冬奉旨特簡知蘇州府事長沙陳鵬年題」，《道榮堂文集·卜筮正宗序》無。

黃序①

從來立言②之士，類多③魁奇④儁偉⑤，不得志⑥於當時，思表見⑦於後世，故出其胸中所蘊蓄⑧而不得伸⑨者，垂⑩將來以傳無窮。而其於當世⑪也，往往韜光匿跡⑫於農圃⑬醫卜⑭之末，如韓康伯⑮、郭景純⑯之流⑰，代有其人，是皆不悖⑱聖賢⑲不朽之事⑳，亦不得僅以小道㉑目之㉒。洞庭㉓王子㉔精於卜，嘗㉕持一編，請正㉖於余，謂是書之著，本欲以表㉗師傳、正紕繆㉘，非有心以邀名㉙，迺㉚廿㉛年來疲精勞神，爲當世㉜之酬應㉝而稍稍可以自信者，此耳。吾聞卜筮之書，如《易隱》㉞、《易冒》㉟、《補遺》㊱、《全書》㊲之類，往往擇焉不精、語焉不詳，近代惟劉青田精術數㊳之學，其《郁離》㊴本集而外，作爲《千金賦》、《黃金冊》諸篇，闡明㊵源流、菐揮㊶奧義㊷，洵㊸爲卜筮鼻祖㊹，雖當世雅知㊺崇尚而註者，不能詳明剖晰，且多詭謬㊻附會㊼之說，致作者之旨㊽□晦㊾。是編探微㊿抉奧(51)，確有所得，詎(52)非青田氏之功臣(53)也哉(54)？王子垂簾(55)吳市(56)，人共神(57)其術，有管(58)、郭(59)之目(60)。而彼方恂恂(61)儒雅(62)，以肥遯(63)自甘(64)，絕無表見於時之心，斯真有托而逃(65)，善於立言者也。其書具在(66)，有目者應共賞(67)云。

康熙己丑長至(68)監督(69)江南(70)蘇松(71)船政(72)蘇州府海防同知(73)閩漳(74)黃尚寬題於虞山公署(75)

鼎升曰：

據《同治蘇州府志．職官》記載，黃尚寬，「福建人，舉人，【清聖祖】康熙四十七年【公元1708年，戊子年】任【海防同知】」；繼任者高鈐，「鑲黃旗人，【清聖祖】康熙四十八年【公元1709年，己丑年】任」。據《康熙漳浦縣志．選舉志》對舉人的記載：「【清聖祖】康熙三十五年丙子【公元1696年，丙子年】余正健榜：黃尚寬，字量臣，號致容，性震【黃性震，官至湖南布政使、太常寺卿】子。蘇州府同知。【其下小註：湖西城內人】」

又據《碑傳集．內閣九卿中．【又】黃太常傳》記載：「長子尚寬，【清聖祖】康熙丙子【公元1696年，丙子年】舉人，江南蘇州分府。江撫儀封張公委巡視通省河道，時制府掎摭張公，因中傷分府，誣以糜費帑金，落職。今天子眷念功臣後，得邀恩卹。」

註釋：

①「黃序」，原本無此二字，據版口文字補。

②「立言」，樹立精闢可傳的言論、學說；著書立說。

③「類多」，大多。

④「魁奇」，傑出；特異。

⑤「儁偉」，卓異壯美；傑出的人才。「儁」，同「俊」。

⑥「得志」，達到自己的志願。

⑦「表見」，顯揚。

⑧「蘊蓄」，積藏於內，未顯露出來。

⑨「伸」，陳述；展現。

⑩「垂」，流傳；留傳。

⑪「當世」，此處指今世、當代。

⑫「韜光匿跡」，收斂光芒，隱藏蹤跡。比喻不顯露鋒芒和才能。

⑬「農圃」，農田園圃；指農家。

⑭「醫卜」，醫療和卜筮；醫生和卜人。

⑮「韓康伯」，名伯，潁川長社（今河南長葛東）人。東晉玄學思想家。歷官豫章太守、吏部尚書、領軍將軍。有《繫辭》等註，收入《十三經註疏》。

⑯「郭景純」，郭璞。河東聞喜（今山西聞喜）人。東晉文學家、訓詁學家、玄學家。博學高才，好古文詩賦，富文采。又精通陰陽曆算五行卜筮之術，後因卦筮違逆王敦，被殺。《晉書・郭璞列傳》謂「有郭公者，客居河東，精於卜筮，璞從之受業。公以《青囊中書》九卷與之，由是遂洞五行、天文、卜筮之術，攘災轉禍，通致無方，雖京房、管輅不能過也。璞門人趙載嘗竊《青囊書》，未及讀，而爲火

所焚……璞撰前後筮驗六十餘事，名爲《洞林》」。

⑰「之流」，同一類的某人或某物。

⑱「不悖」，不相衝突；沒有抵觸。「悖」，音bèi【備】。違背、違反；衝突。

⑲「聖賢」，聖人和賢人的合稱。亦泛稱道德才智傑出者。

⑳「不朽之事」，指立德、立功、立言三件可以永遠受人懷念和敬仰的事。語出《春秋左氏傳》：「大上有立德，其次有立功，其次有立言，雖久不廢，此之謂不朽。」

㉑「小道」，禮樂政教以外的學說或技藝；邪路；非正途。

㉒「目之」，看待；對待。

㉓「洞庭」，太湖中的兩個島，東洞庭和西洞庭，又稱東山和西山；太湖的舊稱。

㉔「王子」，此處指本書《卜筮正宗》作者王洪緒。「王子」，東晉王氏子弟。後亦爲對王姓男子的美稱。

㉕「甞」，同「嘗」。曾經。

㉖「請正」，請求指正。多用爲敬辭。

㉗「表」，表述；述說。

㉘「紕繆」，音pīmiù【砒謬】。错誤；荒謬。

㉙「邀名」，求取好的名聲。

㉚「迺」，同「乃」。是。

㉛「廿」，音niàn【念】。二十。

㉜「當世」，爲世所用；隨順世俗。

㉝「酬應」，交際、應酬；應對、應答。

㉞「《易隱》」，六爻經典。明曹九錫輯。

㉟「《易冒》」，六爻經典。清程良玉著。

㊱「《補遺》」，《易林補遺》。六爻經典。明張星元著。

㊲「《全書》」，《卜筮全書》。六爻經典。明姚際隆刪補重訂。

㊳「術數」，方術、氣數的合稱。亦稱數術。根據某些自然現象以推測國家、個人的命運。《漢書·藝文志》稱天文、曆譜、五行、蓍龜、雜占、形法等爲術數，後世則專指星命、相術、拆字、起課、風水等各種活動。

㊴「《郁離》」，《郁離子》。明劉基撰。劉基在元官場極不得志，遂棄官歸隱家鄉青田山中著此書。「郁」，有文采的樣子；「離」爲火，文明之象。意謂天下後世若能採用書中的主張，必能使國家達到昌盛文明的境地。

㊵「明」，同「明」。

㊶「揆揮」，闡發分析。

㊷「奥義」，深奥的意義；秘訣，訣竅。

㊸「洵」，誠然；實在。

㊹「鼻祖」，此處指某一學派或某一行業的創始人。

㊺「雅知」，品格高雅的讀書人。

㊻「詭謬」，怪誕荒謬。

㊼「附會」，牽強湊合。

㊽「旨」，同「旨」。意圖；宗旨。

㊾「晦」，掩蔽；隱秘不露。

㊿「探微」，探索微妙的事理；察知微細之事。

51「抉奧」，剖析奧秘。「抉」，音jué【絕】。挖；挑選。

52「詎」，音jù【巨】。豈，難道。

53「功臣」，此處指對註解「《千金賦》、《黃金冊》諸篇」有貢獻的人。

54「也哉」，語氣助詞。表感嘆。

55「垂簾」，放下簾子。謂閑居無事。典出漢蜀郡人嚴君平。君平，名遵，卜筮於成都市，日得百錢，足以自養，即閉肆下簾授《老子》。一生不爲官，卒年九十餘。《漢書・王貢兩龔鮑傳》：「君平卜筮於成都市，以爲『卜筮者賤業，而可以惠衆人。有邪惡非正之問，則依蓍龜爲言利害。與人子言依於孝，與人弟言依於順，與人臣言依於忠，各因勢導之以善，從吾言者，已過半矣』。裁日閱數人，得百錢足自養，則閉肆下簾而授《老子》。博覽亡不通，依老子、嚴周之指著書十餘萬言。」

㊱「吳市」，此處指蘇州的街市。

㊲「神」，認爲……不平凡的、特別高超的、不可思議的。

㊳「管」，管輅。三國時人物，以卜筮著名，被後世命相家奉爲管先師。相傳管輅自知壽不過四十七八，年四十八果卒。後人以其爲才高、不壽，且無貴仕的典型。《三國志·魏書·方技傳》記載有許多管輅準確預測未來或看穿秘密的事例，謂「管輅之術筮，誠皆玄妙之殊巧，非常之絕技矣」。「輅」，音lù【路】。車前的橫木。

㊴「郭」，參前對「郭景純」的註釋。

㊵「目」，稱呼。

㊶「恂恂」，溫和恭敬的樣子。語見《論語·鄉黨》：「孔子於鄉黨，恂恂如也，似不能言者。」

㊷「儒雅」，風度溫文爾雅；優雅。

㊸「肥遯」，隱居避世而自得其樂。語出《周易·遯》：「上九，肥遯，无不利。」「遯」，音dùn【頓】。潛逃；隱匿；隱蔽；隱居；迴避。

㊹「自甘」，心甘情願。

㊺「有托而逃」，藉故逃避。

㊻「具在」，全部存在。

㊼「有目者應共賞」，看見的人應該都稱道讚賞。

⑱「長至」，此處指冬至。二十四節氣之一。

⑲「監督」，職官名。負責監視督促的長官。

⑳「江南」，江南省，清初設置。轄區範圍大致相當於今江蘇省、上海市和安徽省。清聖祖康熙六年（公元1667年，丁未年）分爲江蘇、安徽二省，但此後習慣上仍合稱二省爲江南省。

㉑「蘇松」，清蘇州府（轄區在今蘇州、上海市境）與松江府（轄區約今上海吳淞江以南）。

㉒「船政」，船舶製造、定損、維修、拆卸等造船業的事務。

㉓「海防同知」，清同知的一種，以專理海防事務。「海防」，在沿海地區、領海及管轄海域進行的軍事防務。「同知」，官名。稱副職。清唯府州及鹽運使置同知，府同知即以同知爲官稱。同知約爲正五品官員，通常因地制宜而設立，也會視專業加以增置。

㉔「閩漳」，今福建漳浦。

㉕「虞山公署」，海防同知廳。舊址在蘇州府治東偏，清聖祖康熙初年（一說清世祖順治十八年，公元1661年，辛丑年）移駐常熟縣治（虞山東南一里）東北一里。「虞山」，位於今常熟市內西北處，因商周之際江南先祖虞仲卒葬於此得名。「公署」，古代官員辦公的處所。

序

易之爲書，啓文字之源[1]，爲諸經之祖[2]，其間有陰陽奇偶[3]、卦象爻占，至理[4]之中有不易[5]之數存焉：古之所爲神道設教[6]以前民用者，此也。然其途既分爲兩[7]，習於數者，未必能溯流尋源[8]，深其探索；而經生[9]家又鄙爲卜筮小道而不屑[10]言，卽言之，究於陰陽之理，每未有當[11]：無惑乎其術益[12]以紛[13]，而其道益以晦[14]也。余向[15]以《易》雋[16]，嘗爲之探索其理而旁測其數，今筮仕[17]平江，心益叢脞[18]，雖地多才儁[19]，簿書[20]鞅掌[21]之下，未遑[22]進而問之。有遵時王子[23]者，淹雅[24]士也，公事之暇，時相過從[25]，因得悉其世家[26]洞庭之麓[27]，宗支[28]繁衍[29]，畊[30]讀而外，長於卜筮家言者，爲伊[31]兄洪緒，并出其生平得力而詳叅之書，問序於予。書凡十四卷，內列問難[32]一十有八，略仿越人[33]《難經》[34]，以發揮宗旨，并備述[35]大師友淵源[36]；其他之闢化闡謬、搜羅剔抉[37]，頗属匠心[38]：易數之內，真不啻[39]尋源溯流，極分肌刻理[40]之妙矣。余也勞人草草[41]，昔之所歷，今亦忘焉？回憶杜門[42]擁書[43]纂述[44]以爲樂，邈然河漢[45]。而膺兹煩劇[46]，即友朋文酒[47]之酬倡[48]，時亦不遑，更何能搜[49]曲藝[50]而細爲之纂述哉？適因遵時所請，而略爲較閱[51]，知其訂正前脩[52]，嘉惠[53]後學，理數兼備，而不失之於岐途[54]，實於設教以前民之旨，大相發明[55]也，於是乎，書之以爲弁言[56]。

旹

康熙歲在己丑季秋[57]上浣[58]文林郎[59]知蘇州府吳縣[60]事鳳水[61]廖冀亨瀛海氏題撰

鼎升曰：

　　廖冀亨，生於清世祖順治十七年【公元1660年，庚子年】，約卒於清高宗乾隆元年【公元1736年，丙辰年】前後。據《民國永定縣志·選舉志》記載：「廖冀亨，字瀛海，官吳縣知縣、蘇州府同知。」據《嘉定廖氏宗譜》記載：「冀亨，號瀛海，字沐凡，晚號清溪逸叟。清順治十七年庚子【公元1660年，庚子年】四月二十日生。永定附生，【清聖祖】康熙庚午【公元1690年，庚午年】本省舉人。秉性忠直，見義必爲。精於藝事，一切地理星命之學，靡不淹貫。著有《求可堂自記》《五星集腋》《子平四言集腋》行世。大挑知縣，選授江蘇吳縣知縣，署蘇州府清軍同知，誥授奉政大夫，以孫瑛誥贈通議大夫、江西按察司使。平生事蹟具載《求可堂自記》，《蘇州府志》列《名宦傳》。」

　　據《清史稿·廖冀亨列傳》記載：「廖冀亨，字瀛海，福建永定【清屬福建汀州府】人。【清聖祖】康熙二十九年【公元1690年，庚午年】舉人，【清聖祖康熙】四十七年【公元1708年，戊子年】，授江蘇吳縣知縣。值歲旱，留漕賑饑，不足，自貸金易米以濟。士人感其誠，相率捐助，賑以無乏。吳中賦額甲天下，縣尤重，冀亭減火耗，用滾單，民皆稱便。知收漕弊多，拘不法者重治之，凡留難、勒索、蹋斛、淋尖、高颺、重篩諸害，埽除一清。太湖中有蘆洲，或墾成田，或種蓮養魚，官吏輒假清丈增糧名以自利。冀亭曰：『湖蕩偶爾成田，未可久持，今增其賦，朝廷所得幾何，而民累無盡期。』一無所問。初，冀亭蒞任時，有吳人語之曰：『吳俗健訟，然其人兩粥一飯，肢體薄弱，凡訟宜少準、速決，更加二字曰「從寬」。』冀亭悚然受之。收詞不立定期，民隱悉達。嘗自謂訟貴聽，聽之明，乃能速決而無冤抑。在吳三年，非奸盜巨猾，行杖無過二十，蓋守此六字箴也。

「有庠生授徒鹽商家，自刎死，勘得實。或有謗其受賄者，冀亭無所避，卒釋鹽商勿罪。東山巡檢報鄉人弒父屠嫂，未遂，自盡。冀亭方秉二燭閱其詞，燭無風齊滅，知有冤。尅日渡湖往驗，大風，舟幾覆，從者色變。冀亭曰：『縣官伸冤理枉而來，神必佑之，何懼！』須臾抵岸。訊得父故殺狀，巡檢得賄誣報，俱論如律。

「冀亭既有聲於吳，他縣疑獄，往往令推治。會有宜興知縣誣揭典史故勘平民為盜，刑夾致死，冀亭奉檄按驗。知縣者總督噶禮之私人也，或告宜少假借，冀亭不為動。檢踝骨無傷，原揭皆誣。獄上，噶禮屢駁詰。再三審，卒如冀亨議，以是忤總督。時巡撫張伯行以清廉著，深契冀亨，布政使陳鵬年尤重之；而噶禮不懌於伯行，尤惡鵬年。【清聖祖康熙】四十九年【公元1710年，庚寅年】，鵬年被劾，並及冀亨，以虧帑奪職。逾年，噶禮敗，冀亨始復原官，以病不赴選。及卒，吳人祀之百花書院。」

又據《民國吳縣志．廖冀亨傳》記載：廖冀亨被奪職後，「出署日，囊中青蚨十九枚而已」；朝廷擬對廖冀亨官復原職時，「冀亨不樂仕，又貧不能歸，流寓吳門，賣卜自給」。

清世宗雍正六年【公元1728年，戊申年】，廖冀亨纂著《子平四言集腋》問世，其《自序》中有「邇年羈困蘇城，借星平餬口」的記載。

註釋：

①「啓文字之源」，相傳伏羲始作八卦，爲文字之源。漢許慎《說文解字．序》：「古者庖犧氏之王天下也，仰則觀象於天，俯則觀法於地，視鳥獸之文與地之宜，近取諸身，遠取諸物，於是始作《易》八卦以垂憲象。及神農氏結繩爲治而統其事，庶業其繁，飾僞萌生。黄帝之史倉頡，見鳥獸蹏迒之跡，知分理之可相別異也，初造書契。」「啓」，同「啟」。開創。

②「諸經之祖」，《易》彌倫群經，涵蓋百家，包藏天地，是中國一切思想的圭臬。

《四庫全書總目提要·經部》：「《易》道廣大，無所不包，旁及天文、地理、樂律、兵法、韻學、算術，以逮方外之爐火，皆可援《易》以爲説。」一般認爲，「《易》爲五經之原」始於漢劉歆《七略》，是對孔子經學思想的繼承，與漢代「天人之學」興盛有關。漢班固《漢書·藝文志》：「六藝之文：《樂》以和神，仁之表也；《詩》以正言，義之用也；《禮》以明體，明者著見，故無訓也；《書》以廣聽，知之術也；《春秋》以斷事，信之符也。五者，蓋五常之道，相須而備，而《易》爲之原。故曰『《易》不可見，則乾坤或幾乎息矣』，言與天地爲終始也。至於五學，世有變改，猶五行之更用事焉。」

③「奇偶」，單數和雙數。語見《周易·繫辭》：「陽卦奇，陰卦耦。」

④「至理」，真理；正常的道理；最精深的道理。

⑤「不易」，不改變；不更換。語出《周易·乾》：「不易乎世，不成乎名。」

⑥「神道設教」，原指聖人順應自然之勢，利用神聖的道德建立教化，以感化萬物，教誨眾人。語出《周易·觀》：「觀天之神道，而四時不忒，聖人以神道設教，而天下服矣。」後指以鬼神禍福相因之理，教化世人。

⑦「然其途既分爲兩」，指研易之道，尊經學爲大道，鄙術數爲小道。《四庫全書總目提要·經部》：「聖人覺世牖民，大抵因事以寓教，……而《易》則寓於卜筮。故《易》之爲書，推天道以明人事者也。《左傳》所記諸占，蓋猶太卜之遺法。漢

儒言象數，去古未遠也。一變而爲京、焦，入於機祥，再變而爲陳、邵，務窮造化，《易》遂不切於民用。王弼盡黜象數，說以老莊。一變而胡瑗、程子，始闡明儒理，再變而李光、楊萬里，又參證史事，《易》遂日啟其論端。此兩派六宗，已互相攻駁。」

⑧「溯流尋源」，往河流上游尋找發源的地方。比喻尋求事物的根源。

⑨「經生」，漢代稱五經博士爲「經生」。後用以泛稱研究經學的人。

⑩「不屑」，輕視；不值得。

⑪「當」，適當；恰當。

⑫「益」，進一步；進一層。

⑬「紛」，雜；亂。

⑭「晦」，不顯明。

⑮「向」，從前。

⑯「儁」，對鄉試、會試、殿試合格而被取錄之通稱。

⑰「筮仕」，古人將做官時必先占卜問吉凶，故後稱剛做官爲「筮仕」。

⑱「叢脞」，煩瑣細碎。「脞」，音cuǒ。細碎、瑣碎。

⑲「才儁」，才能出眾的人。

⑳「簿書」，官方文書的統稱。

㉑「鞅掌」，職事紛擾煩忙。

㉒「遑」，音huáng【黄】。閑暇；餘裕。

㉓「遵時王子」，王需，字遵時，清聖祖康熙四十一年（公元1702年，壬午年）壬午科舉人，湖南善化（今屬長沙）人。本書《卜筮正宗》參訂者之一。

㉔「淹雅」，學識淵博，人品寬宏儒雅。

㉕「過從」，互相往來；交往。

㉖「世家」，世居。

㉗「麓」，音lù【鹿】。山腳。

㉘「宗支」，同宗族的支派。

㉙「繁衍」，繁殖昌盛；繁盛衆多。

㉚「畊」，同「耕」。

㉛「伊」，他。

㉜「問難」，辯論詰問。

㉝「越人」，秦越人，卽戰國時名醫扁鵲。

㉞「《難經》」，中國古代醫學著作《黄帝八十一難經》簡稱，相傳作者爲戰國時名醫秦越人（扁鵲）。其書名含義有二種解釋，以難字作爲問難，另以難字做爲難易來解讀。《難經》是闡發《黄帝内經》疑難和要旨的第一部書，後世将其列爲中醫

四大經典之一。

㉟「備述」，詳盡述說。

㊱「師友淵源」，指一個人的學問的傳授在可以求教請益的人上有其本源。「師友」，可以求教請益、切磋道義的人。

㊲「剔抉」，經由篩選後，擇取精良的。

㊳「匠心」，工巧的心思。多指文學藝術中創造性的構思。

㊴「不啻」，不僅；不止；無異於，如同。「啻」，音chì【斥】。但；僅；止。

㊵「分肌刻理」，按動物的身體組織仔細分解開來。也作「分肌劈理」。

㊶「勞人草草」，遭讒之憂人非常悲傷苦悶。語出《詩經．小雅．巷伯》：「驕人好好，勞人草草。蒼天蒼天！視彼驕人，矜此勞人。」

㊷「杜門」，閉門不出。

㊸「擁書」，聚書、藏書；持書。

㊹「纂述」，編纂著述。

㊺「邈然河漢」，像天河那樣遙遠。「邈然」，遙遠。「河漢」，天河、銀河。

㊻「膺茲煩劇」，承擔這裡繁重的事務。「膺」，音yīng【櫻】。承當；擔當。

㊼「文酒」，飲酒賦詩。

㊽「酬倡」，用詩詞互相贈答唱和。

㊾「搜」，搜集；搜求。
㊿「曲藝」，小技。古多指醫卜以至書畫之類的技能。
51「較閱」，審閱校訂。
52「前脩」，前賢。
53「嘉惠」，對別人施好處的讚美詞。
54「岐途」，岔路。多喻不正確的道路。
55「發明」，印證；說明；證明；闡述。「明」，同「明」。
56「弁言」，書籍正文前面的序文。「弁」，音biàn【變】。放在前面。
57「季秋」，秋季的最後一個月，農曆九月。
58「上浣」，上旬。
59「文林郎」，文散官名，卽文官中有官名而無實際職掌的官。但明、清職居幾品卽授幾品階官，無散官之稱。清正七品授文林郎。
60「吳縣」，縣名，秦置，歷爲吳郡、吳州、蘇州、蘇州府治所，今已撤銷。在今江蘇省蘇州市。
61「鳳水」，疑爲今香港北區上水鄉。上水廖氏祖先廖仲傑於元末時自福建汀州南遷，最終定居於本名爲鳳水鄉的上水鄉。

敘

自古卜筮之說，莫神於《左氏春秋》①。紫陽朱子②謂：三代③如太卜④太筮⑤，職有專官，故其業精而其應神；後世既廢其官，而占驗之書亦不傳，故鮮有神而明之⑥者。然近代如《黃金策》諸篇，始有以窮夫陰陽之閫奧⑦、造化⑧之機緘⑨，但其間詮解⑩未諦⑪，宗之占驗者未能無訛，以致有傳書，而古人之精意⑫不必⑬與之盡傳。苟有好學深思⑭、神明⑮其故者，不難自爲⑯其書，以與之發微⑰闡幽⑱也。林屋王山人垂簾於吳郡治⑲之東偏⑳，與余居密邇㉑，有疑輒㉒往叩㉓焉，奇驗不爽，如燭照數計㉔，遠近咸頌㉕之爲神。而山人辭其名不受，曰：吾有所受㉖之也。新安㉗楊廣含先生，吾師之，所授占驗一冊，爲坊刻羣書所未及。比年㉘以來，增益㉙芟薙㉚，編成卷帙㉛，付之梨棗㉜。余序之曰：夫聖賢㉝言理不言數，而大易㉞實爲卜筮之書，所設吉凶悔吝㉟可以前知㊱者，以數測而實以理斷也。今山人之書具在，其精搜妙驗，固爲數之獨神，而苟非貫徹㊲於陰陽變化、五行生剋之理，亦何以爲數學㊳哉？故是書爲言數之書，而實言理之書也。由是以極深研幾㊴，雖古卜筮之神而明之者，亦何以㊵加㊶焉？時

康熙己丑歲冬十月吳郡張景崧書於蓉江草堂㊷

鼎升曰：

據《同治蘇州府志．選舉表》記載，張景崧於清聖祖康熙四十四年【公元1705年，乙酉年】中舉。據《民國吳縣志．選舉表》記載：「張景崧，嶽維，一作岳未，官樂亭【今河北樂亭】知縣。」據《民國吳縣志．張景崧列傳》記載：「張景崧，字岱未，康熙己丑【清聖祖康熙四十八年，公元1709年，己丑年】進士，官樂亭知縣。學詩於葉燮，稱入室弟子。論詩以新鮮明麗爲主，謂與其爲假王孟，不如爲眞溫李，以王孟可僞爲，溫李不易僞爲也。王阮亭尚書比之韓門張籍。」

又據《光緒永平府志．國朝職官表》記載：「張景崧，江南吳縣，進士，【清聖祖康熙】五十九年【公元1720年，庚子年】任【樂亭知縣】。」繼任者張睿生，「陝西郃陽，舉人，【清聖祖康熙】六十年【公元1721年，辛丑年】任」。

註釋：

①「《左氏春秋》」，《春秋左氏傳》。儒家經典之一，春秋魯太史左丘明撰。與《公羊傳》、《春秋穀梁傳》合稱「春秋三傳」。晉范甯《春秋穀梁傳．序》：「左氏豔而富，其失也巫；穀梁清而婉，其失也短；公羊辯而裁，其失也俗。」

②「紫陽朱子」，朱熹。南宋理學家，程朱理學集大成者，尊稱朱子。晚稱晦翁，又稱紫陽先生。著作甚多，輯定《大學》、《中庸》、《論語》、《孟子》爲四書作爲教本，成爲後代科舉應試的科目。

③「三代」，夏、商、周。

④「太卜」，官名。西周置，位次三公，爲六卿之一，掌以玉、石、田地破裂的兆象，三易（連山、歸藏、周易）八卦之法，及夢境等，以占卜國家吉凶。宋代不再置專官。

⑤「太筮」，泰筮。對卜筮的美稱。「泰」，大中之大。語出《禮記·曲禮》：「假爾泰龜有常，假爾泰筮有常。」

⑥「神而明之」，表明玄妙的事理。語出《周易·繫辭上》：「化而裁之，存乎變；推而行之，存乎通；神而明之，存乎其人。」

⑦「閫奧」，學問或事理的精微深奧所在。「閫」，音kǔn【捆】。學問、事理的精深之處。

⑧「造化」，創造化育；化育萬物的大自然；俗稱運氣、福分。

⑨「機緘」，氣運的變化；猶關鍵，指事物變化的要緊之處。

⑩「詮解」，解釋。

⑪「諦」，仔細；確實。

⑫「精意」，精深的意旨。
⑬「不必」，未必。
⑭「好學深思」，喜歡學習，勤於思考。
⑮「神明」，明智如神。
⑯「自爲」，自己做；自己寫。
⑰「發微」，闡發微妙之處。
⑱「闡幽」，闡明隱微的道理。
⑲「吳郡治」，東漢至唐設「吳郡」，明、清爲蘇州府，治所在吳縣。
⑳「東偏」，東邊。
㉑「密邇」，接近。
㉒「輒」，音zhé【哲】。每每；總是；立即；就；則。
㉓「叩」，探問；詢問。
㉔「燭照數計」，用燭照著，按數計算。比喻料事準確。
㉕「頌」，頌揚；贊美。
㉖「受」，從師學習。
㉗「新安」，今址不詳。多地有以新安命名的郡、縣。疑爲三國吳治新都郡、西晉改名爲新安郡所在。故城在今浙江淳安縣西，轄境約當今徽州地區（黃山市、績溪

縣、婺源縣）、淳安縣等地。隋初廢新安郡，其地屬歙州，唐又改爲新安郡，下轄歙縣、黟縣、休寧縣（今安徽省休寧縣海陽鎮）、北野縣（今安徽省歙縣溪頭鎮）、婺源縣（今安徽省婺源縣清華鎮），不久後又復爲歙州，宋則改歙州爲徽州，元升爲徽州路，明、清爲徽州府。後世因以新安爲歙州、徽州所轄地的別稱。徽州是徽商的發祥地，徽州文化也成爲中外學者重點研究的中華三大地域文化之一。此外，徽州人多以「新安」作爲自己的稱謂，如徽州婺源人、南宋大理學家朱熹就自稱爲「新安朱熹」。

㉘「比年」，連年；近年。

㉙「增益」，增加；增添。

㉚「芟薙」，音shāntì【刪剃】。刪除。

㉛「卷帙」，書籍；篇章。

㉜「梨棗」，書版的代稱。因舊時刻版印書多用梨木或棗木。

㉝「聖賢」，聖人和賢人的合稱。亦泛稱道德才智傑出者。

㉞「大易」，周易。

㉟「吉凶悔吝」，福禍和悔恨。多側重於不好的事。語出《周易·繫辭》：「聖人設卦，觀象繫辭焉而明吉凶，剛柔相推而生變化。是故吉凶者，失得之象也；悔吝者，憂虞之象也；變化者，進退之象也；剛柔者，晝夜之象也。」

㊱「前知」，預知；有預見；事先知道。

㊲「貫徹」，透徹地理解。

㊳「數學」，古代指術數之學。

㊴「極深研幾」，探討研究事物的深奧隱微之處。語出《周易・繫辭》：「夫《易》，聖人之所以極深而研幾也。唯深也，故能通天下之志；唯幾也，故能成天下之務。」

㊵「何以」，用什麼；怎麼。

㊶「加」，超過。

㊷「草堂」，草舍、草屋。舊時文人常以「草堂」名其所居，以標風操之高雅；隱士自稱其居住的地方。

曾序①

善易者②不言易。亭毒③寥邈④，皆易象也；消長⑤推敓⑥，皆易理也；高皐⑦融結⑧、動息⑨喙蠕⑩之屬⑪，皆易數也。通儁⑫之衍⑬爲清言⑭，傳義⑮之闡其精蘊⑯，或詳或略，隨人領悟而已。至於吉凶趨避、藏往知來⑰，聖人制爲蓍法⑱以開物⑲前民，其旨甚幽、其義甚著，明白正直，足以佑君子而讋⑳宵人㉑。後代師之，源遠㉒未分，溺㉓於術數，故禨祥㉔讖緯之說㉕從而瀆㉖乎其中，且有惑世誣民㉗，莫可遏絕㉘者，是又學士㉙大夫㉚所宜屛㉛而勿問也。雖然有藝㉜有道㉝，道而不藝㉞，則衰旺莫得其解，倚伏㉟莫測其機，變化動靜莫窮其奧，既苦于迂踈㊱而無用；藝而不道，則探冥冥㊲以爲奇，索茫茫㊳以駭㊴物，荒誕詭僻㊵，取戾㊶于昔聖昔賢，而不知懼。今王君家世一經，熟悉乎天人㊷河洛之秘，而又旁搜遠紹㊸，求博物㊹之。君子以酌㊺其義類㊻而委㊼其旨歸㊽，道足以藏身㊾而藝復不悖㊿，於陰陽之進退，歲月(51)涵泳(52)，萃薈(53)羣言(54)，學窺皇極之篇(55)，身隱君平之肆，其壽諸梨棗(56)者，當有以信今傳後(57)可知也。若夫占決取用之法，則發凡起例(58)，其說自詳，不待余之覼縷(59)矣。

己丑初冬(60)湘潭(61)曾世琮

鼎升曰：

曾世琮，生於清聖祖康熙九年【公元1670年，庚戌年】，卒年不詳。湖廣湘潭人。據《光緒湘潭縣志．貢舉表》記載，曾世琮於清聖祖康熙三十五年【公元1696年，丙子年】中舉人，清聖祖康熙四十八年【公元1709年，己丑年】中進士，進士榜後改名曾用璜。又據《光緒湘潭縣志．曾石列傳》記載，「用璜，初名世琮，敦厚好學。居父喪，鄰縣寇至，守柩不去，賊哀而去之。康熙中鄉舉弟二，越十三年，以進士用內閣中書。典試廣東，餽遺一無所受。監北新倉，潔己勤事，兵士感悅。督工天津，役作倍程。遷刑部主事，讞獄明慎」。

註釋：

①「曾序」，原本作「序」，據版口文字改。

②「善易者」，對《周易》之道有精深研究的人。

③「亭毒」，養育，化育。語出《老子》：「故道生之，德畜之，長之育之，亭之毒之，養之覆之。」

④「寥邈」，高遠；遙遠；稀少。

⑤「消長」，增減、盛衰；變化。

⑥「推敓」，變遷、轉換。「敓」，同「奪」。更替；改變。

⑦「高卑」，尊卑；貴賤；高下；優劣。

⑧「融結」，融合凝聚。

⑨「動息」，活動與休息。

⑩「喙蠕」，喙息與蠕動。「喙息」，有口能呼吸者。代指人和一切動物。「蠕動」，指爬行的昆蟲。泛指像蟲類爬行一樣地動。語出《史記・匈奴列傳》：「元元萬民，下及魚鼈，上及飛鳥，跂行喙息蠕動之類，莫不就安利而辟危殆。」

⑪「屬」，種類。

⑫「通儁」，通達而才智出眾。

⑬「衍」，音yǎn【演】。延長；擴展。

⑭「清言」，魏晉時代對玄理的研討與談論；清雅高妙的言論。

⑮「傳義」，傳達正道、正理。

⑯「精蘊」，精深的含義。

⑰「藏往知來」，指用蓍草卜卦，德同神知，能夠知來藏往。語出《易經・繫辭》：「神以知來，知以藏往。」後比喻通曉未來及過去的事。

⑱「蓍法」，以蓍草卜卦。用蓍草五十，先取其一，餘四十九分爲兩疊，然後四根一數，以定陽爻或陰爻。

⑲「開物」，通曉萬物的道理。

⑳「讋」，音 zhé【哲】。震懾。

㉑「宵人」，小人；壞人。

㉒「源遠」，源頭很遠。

㉓「溺」，沉溺、沉迷。

㉔「禨祥」，祈禳求福之事；變異之事；吉凶之先兆。「禨」，音 jī【基】。祭鬼神以求福祥；福祥。

㉕「讖緯之說」，實質是一種預言。「讖緯」，中國古代讖書和緯書的合稱。「讖」，音 chèn【趁】。是秦漢間巫師、方士編造的預示吉凶的隱語，後來民間發展在廟宇或道觀裏求神問卜，漸漸地更加簡化爲求籤。「緯」是漢代附會儒家經義衍生出來的一類書，被漢光武帝劉秀之後的人稱為「內學」，而原本的經典反被稱為「外學」。

㉖「瀆」，敗亂；混雜。

㉗「惑世誣民」，蠱惑世人。

㉘「遏絕」，阻止禁絕。

㉙「學士」，學者；泛指普通讀書人。

㉚「大夫」，唐代以後稱高級文職官階。

㉛「屏」，擯棄。

㉜「藝」，技術；技能。
㉝「道」，事理；規律；學問；宇宙萬物的本原、本體；學術或宗教的思想體系。
㉞「埶」，同「藝」。
㉟「倚伏」，禍福相因，互相依存，互相轉化。語出《老子》：「禍兮福之所倚，福兮禍之所伏。」
㊱「迂踈」，粗略而不切合實際。
㊲「冥冥」，自然界的幽暗深遠；渺茫。
㊳「茫茫」，渺茫；模糊不清；紛繁，紛雜；眾多。
㊴「賅」，概括，包括。
㊵「詭僻」，荒謬邪僻。
㊶「取戾」，獲罪；受譴責。
㊷「天人」，天道、天意、天象與人事；天理與私慾。
㊸「旁搜遠紹」，廣泛搜集，遠承古人。「紹」，繼承。
㊹「博物」，博通萬物，知識廣博。
㊺「酌」，衡量；考慮；斟酌。
㊻「義類」，依事義所分的類別。
㊼「委」，順應；順從。

⑱「旨歸」，主旨；要旨。
㊾「藏身」，安身。
㊿「不悖」，不相沖突；沒有抵觸。
(51)「歲月」，年月、時光。
(52)「涵泳」，深入領會。
(53)「萃薈」，匯集、聚集。
(54)「羣言」，各家著述。
(55)「皇極之篇」，此處當指北宋邵雍所撰《皇極經世書》。《皇極經世書》窮日、月、星、辰、飛、走、動、植之數，以盡天地萬物之理。《四庫全書》言其「本以天道質以人事，辭約而義廣，天下之能事畢矣」。邵雍之子邵伯溫解釋《皇極經世書》的意義，謂「至大之謂皇，至中之謂極，至正之謂經，至變之謂世，大中至正應變無方之謂道」。
(56)「壽諸梨棗」，鐫刻在梨木棗木上，使之長遠留存。「梨棗」，舊時雕版印書所用的梨木棗木。
(57)「信今傳後」，不欺騙於當世，又能傳授給後人。
(58)「발凡起例」，說明全書要旨，擬定編寫體例。此處指本書中《卜筮正宗·凡例》。
(59)「覼縷」，詳細而有條理地敘述。「覼」，音luó【羅】。繁，瑣細。

⑥⓪「初冬」，冬季的第一個月，陰曆十月。

⑥①「湘潭」，湘潭縣。清屬湖南長沙府。

序言

嘗讀《史記·日者、龜策》[1]等傳，而知六蓺[2]之餘，卜筮最爲切用[3]。故《洪範》[4]有卜筮之建[5]，用以闡圖書[6]之秘、通造化之機，由朝廷邦國[7]下逮[8]閭閻[9]，無不籍以[10]占休咎[11]、決從違[12]，此中固有不易之定理，而不容以臆説[13]參[14]也。自[15]庸淺[16]之輩竊其近似，以蠱惑[17]愚蒙[18]，而於斯理之當否，有所不計，是以端策而臨[19]，不過酬應[20]而已，求其驗如響應[21]者，蓋鮮[22]聞焉。嗟虖[23]！先聖賢之用，著[24]此理以前民者，意果若是[25]乎哉？吾宗[26]洞庭小阮[27]洪緒，素[28]耽[29]是術，而雅愛[30]浪遊[31]，是以知之者鮮。邇年[32]來始垂簾吳市，鄉邦[33]人並稱[34]之，謂其能一洗[35]俗見[36]，獨探奥義，故其占驗也，如響于造化、圖書之理，幾欲[37]盡啟其橐籥[38]。嘗出其秘笈[39]以示余，謂二十年來所講求[40]而得力[41]者，是書也，行將[42]廣其傳[43]，且屬[44]爲之序。余見其晰理詳以明、闢謬精以確，而又悉[45]本諸師承，初[46]非創爲臆説，以蠱惑愚蒙者可比，嘗諾[47]其請。近以承之[48]木天[49]，燕吳[50]迢隔[51]，讀中秘[52]之笈，而于一切酬應頗踈[53]。今又走尺書[54]三千里外，謂是書賴從游[55]之力，將次[56]付梓[57]，舊爲叔父所賞識，幸[58]不惜一言以章[59]之。余喜吾姪之爲人與俗下[60]相懸殊[61]，又幸是書之得[62]即爲昭布[63]，而不詭[64]于前民之旨，于經史有脗合[65]也，因書以寄之，使爲弁言。

己丑九穐[66]叔雲錦題於金臺[67]邸舍[68]

鼎升曰：

王雲錦，生於清世祖順治十四年【公元1657年，丁酉年】，卒於清世宗雍正五年【公元1727年，丁未年】。字海文，號柳溪，江蘇無錫人。清聖祖康熙四十五年【公元1706年，丙戌年】狀元，榜名施雲錦，授翰林院修撰，掌修國史。清聖祖康熙、清世宗雍正年間爲官。曾參加編纂《康熙字典》。著有《秋林集》。

據清錢泳《履園叢話．科第．求籤》記載：「吾鄉王殿撰雲錦，康熙庚午【清聖祖康熙二十九年，公元1690年，庚午年】舉南闈。至丙戌年，年五十矣，擬不與禮部試，求籤於關帝廟，有『五十功名志已灰，誰知富貴逼人來』之句。乃赴京，遂捷南宮，大魁天下。」

註釋：

①「《史記．日者、龜策》」，「《史記》」，書名。漢司馬遷撰。二十四史之一，我國第一部紀傳體史書。作者司馬遷因曾任太史令，故自稱太史公。「日者」，古時以占候卜筮爲業的人。此處指「《史記．日者列傳》」，是《史記》中專門記載日者事跡的類傳。《太史公自序》曰：「齊、楚、秦、趙爲日者，各有俗所用。欲循觀其大旨，作《日者列傳》第六十七。」「龜策」，龜甲和蓍草，爲古時占卜吉凶的用具。此處指「《史記．龜策列傳》」，是《史記》中專記卜筮活動的類傳。

《太史公自序》曰：「三王不同龜，四夷各異卜，然各以決吉凶。略闚其要，作《龜策列傳》第六十八。」

②「六蓺」，六藝。古代教育學生的六種科目。禮、樂、射、御、書、數。

③「切用」，切實可用。

④「《洪範》」，《尚書》篇名。「洪」，大也；「範」，法也。「洪範」就是「言天地之大法」。漢董仲舒在《洪範》的理論基础上提出「天人感應」之說。

⑤「卜筮之建」，語出《尚書·洪範》：「稽疑：擇建立卜筮人，乃命卜筮。」指解決疑難的方法，是選擇善於卜筮的人，分別讓他們用龜甲卜卦或用蓍草占卦，這樣的人選定之後，便命令他們進行卜筮。

⑥「圖書」，河圖洛書。

⑦「邦國」，古時諸侯的封土，大的稱爲「邦」，小的稱爲「國」。後連用指國家。

⑧「逮」，到；及。

⑨「閭閻」，鄉里，亦泛指民間。

⑩「籍以」，憑藉某種事物或手段以達到某一目的。

⑪「休咎」，吉凶；善惡。

⑫「從違」，依從或違背；跟從或離去；境遇的順逆；取捨。

⑬「臆說」，只憑主觀私見而毫無根據的談論。

⑭「參」，間雜；雜亂。

⑮「自」，從。

⑯「庸淺」，平庸淺陋。

⑰「蠱惑」，迷亂；惑亂；迷惑；誘惑。

⑱「愚蒙」，愚蠢無知。

⑲「端策而臨」，雙手舉著蓍草準備占卜。

⑳「酬應」，勉強應付。

㉑「響應」，本指因聲音而有反應。引申爲占卜應驗。

㉒「鮮」，音xiǎn【顯】。少。

㉓「嗟虖」，表示感嘆的發語詞，相當於「唉」。「虖」，音hū【呼】。同「乎」。語氣助詞，用在文末。

㉔「著」，建立。

㉕「若是」，如此，這樣。

㉖「宗」，宗族；同族。

㉗「小阮」，晉阮咸。阮咸與叔父阮籍都是「竹林七賢」之一，因稱阮咸爲小阮。後藉以稱侄兒。

㉘「素」，平素；向來。

㉙「耽」，愛好；專心於。

㉚「雅愛」，素來愛好。

㉛「浪遊」，漫無目標的四處遊逛。

㉜「邇年」，近年。

㉝「鄉邦」，家鄉。

㉞「稱」，稱道；稱揚。

㉟「洗」，革除。

㊱「俗見」，一般俗人的見解；淺陋的見識。

㊲「幾欲」，幾乎想要。

㊳「橐籥」，音tuóyuè【坨悅】。原意指古代冶煉時用以鼓風吹火的裝置，猶今之風箱。後喻指造化，大自然；也有生發、化育、本源之意。語見《老子》：「天地之間，其猶橐籥乎？」

㊴「秘笈」，珍奇罕見的書籍。

㊵「講求」，研究，研習；喜好，重視。

㊶「得力」，得其助力；受益。

㊷「行將」，即將，將要。

㊸「廣其傳」，廣泛的宣揚、傳播。

㊹「屬」，委托；囑咐。

㊺「悉」，盡，全。

㊻「初」，本來；始終。

㊼「諾」，應允；同意。

㊽「承乏」，承繼空缺的職位。多用作任官的謙詞。

㊾「木天」，翰林院。清沿明制，翰林院掌編修國史及草擬制誥。

㊿「燕吳」，此處指北京與蘇州。

51「迢隔」，距離遙遠。

52「中秘」，中書省與秘書省的合稱；宮廷珍藏圖書文物之所。中書省是掌機要、發政令的中央機構，明革去；秘書省是管理皇家圖書館，掌邦國經籍圖書之事的中央機構，明歸屬翰林院。

53「踈」，不親密；關係遠。

54「走尺書」，來信。

55「從游」，與之相游處，謂交往；隨從求學。

56「付梓」，古時雕版刻書以梓木爲上，後因稱書籍刊印爲「付梓」。

57「將次」，將要；將近。

58「幸」，希望；期望。

⑲「章」，稱讚，讚許。

⑳「俗下」，才能庸劣或行爲卑下的人

㉑「縣殊」，相差很遠。「縣」，通「懸」。

㉒「得」，完成。

㉓「昭布」，明文公佈。

㉔「詭」，違背；相反。

㉕「脗合」，相符合；和諧。「脗」，通「吻」。

㉖「九穐」，秋天；九月深秋；秋季九十日。

㉗「金臺」，北京的別稱。

㉘「邸舍」，客店；客棧；府第。「邸」，音dǐ【抵】。戰國時諸國客館；王侯府第；私第；官署。

自序①

竊②聞卜筮之道，一本③於易，而易之理至精至微④，所以孔子⑤韋編三絕，猶有假年之語⑥，則甚⑦矣。易之不可易學，而卜筮之不可易言也，是非取前賢⑧之遺編往筊⑨，極深研幾、考疑訂謬⑩，亦豈能究⑪其大原⑫、悉⑬其條理⑭、會⑮其指歸⑯也哉⑰？予始祖⑱文輝公籍⑲本中州⑳，自宋時卜隱㉑洞庭西山之麓。逮我父正方公晚年得子，不汲汲㉒於利祿㉓，焚香煮茗㉔，涉獵㉕經史，著書滿家，間及九流㉖雜學㉗，無不旁搜博覽㉘。予奉侍㉙之暇，偶見卜筮等書，心竊喜㉚而學焉，如《易林補遺》、《黃金策》，卜易諸書，無不一一講究㉛，而終莫得其宗旨。後予浪遊秦、楚㉜，凡遇卜筮家，俱旁㉝爲搜討㉞，而不免於惑世誣民，則又未嘗㉟不慨焉歎㊱，興思㊲有以正之㊳。己卯年十一月丙午日㊴，路過岳陽樓㊵，風阻㊶於湖濱㊷，眾友惶惶㊸。有新安楊先生號廣含者，邃㊹精易理，筮之得明夷卦㊺，卦中卯木子孫獨發逢空，丑土官鬼持世。先生曰：此風八晝夜㊻方止。予請其故。先生曰：古書以兄弟爲風雲，今日之風甚逆，舟不能行，非以兄弟爲用神也；官鬼持世，乃阻隔憂疑之象；至甲寅日，子孫塡實、丑鬼逢空，定主風息；至卯日，動福值日，順風可必㊼。至期果然。予深服其論，因跽㊽而請教先生爲之委曲㊾開導㊿。同舟數日，得聞所未聞，予於是渙然釋(51)、豁然悟(52)，而恨相遇之晚也，即執北面[53]禮。先生遂將生平占驗一冊授予曰：子細閱之，自知玅解[54]。幷爲詳論：《易林補遺》飛伏用神之謬；《黃金策》爲卜筮金鏡[55]，而深惜姚際隆[56]之詮註[57]未明。其所指教，俱剴切[58]詳明，然後知易課[59]自有精義，而天下入室[60]者寡[61]也。抵家後杜門[62]謝客[63]，舉[64]先生所提命[65]者，沉潛[66]反覆，更博採[67]前賢緒論[68]，竊欲破舉世[69]之迷，正[70]斯道之宗[71]。不揣[72]固陋[73]，於《黃金策》解則爲之詮註詳明，於《易林補遺》則爲之分晰[74]差謬，於《啟蒙節要》及《通玄賦》、《增刪卜易》諸書，則爲之刪華就實[75]、較訛[76]正舛[77]，不啻[78]彙[79]羣書之精要而集其大成[80]，庶[81]與吾師向日[82]之授及予平日所占驗者，悉合券[83]焉。故筆之於書，定爲一十四卷，前《十八論》，後《十八問》，顏[84]之曰《卜筮正宗》，欲以窮陰陽之秘，參[85]造化之機，以無負[86]於前賢，幷無忝[87]於繼述[88]前人者而已。爰[89]授剞劂[90]，以就正[91]世之知道[92]者，雖於易理之精微，不敢自謂自得[93]，然惑世誣民之誚[94]，吾知免矣！

旹

康熙四十八年[95]歲次己丑仲秋[96]上浣吉旦[97]

林屋山人王維德洪緒氏書於鳳梧樓[98]

註釋：

①「自序」，原本無此二字，據版口文字補。

②「竊」，私下；私自。用來謙指自己見解的不確定。

③「一本」，完全根據。

④「微」，精深，微妙。

⑤「孔子」，名孔丘，字仲尼。春秋魯國陬邑（今山東曲阜）人。曾長期聚徒講學，開私人講學的風氣。古文學家說他曾刪《詩》、《書》，定《禮》、《樂》，贊《周易》，修《春秋》。他的思想經過系統化，形成爲儒家學派。孔子本人也被歷代統治者尊爲至聖先師。

⑥「韋編三絕，猶有假年之語」，語出《史記．孔子世家》：「孔子晚而喜《易》，序《彖》、《繫》、《象》、《說卦》、《文言》。讀《易》，韋編三絕。曰：『假我數年，若是，我於《易》則彬彬矣。』」孔子晚年喜歡《易》學，他闡述了《彖辭》、《繫辭》、《象辭》、《說卦》、《文言》等。他讀《易》很勤，以致把編書簡的皮繩都弄斷了三次。還說過：「再讓我多活幾年，這樣的話，我對《易》學的研究就可以文辭義理兼備充實了。」

⑦「甚」，的確。

⑧「前賢」，前代的賢人或名人。

⑨「遺編往笈」，前人留下的著作；散佚的典籍。

⑩「考疑訂謬」，研求疑問，訂正謬誤。

⑪「究」，研究；探求。
⑫「大原」，根源，根本。
⑬「悉」，瞭解，知道。
⑭「條理」，脈絡；層次。
⑮「會」，領悟；理解；熟習；通曉。
⑯「指歸」，主旨，意向。
⑰「也哉」，語氣助詞。表感嘆。
⑱「始祖」，最初得姓的祖先。後用以稱有世系可考的最早的祖先。
⑲「籍」，祖居或出生地。
⑳「中州」，古代豫州（今河南省一帶）地處九州之中，稱爲中州；黄河中游一帶。
㉑「卜隱」，選擇隱居之所。
㉒「汲汲」，匆忙欲速的樣子；不眠不休的樣子；虛詐巧僞的樣子。
㉓「利祿」，利益與爵祿。
㉔「焚香煮茗」，燒香泡茶。
㉕「涉獵」，涉水獵獸，比喻博學而不專精；廣泛粗略地閱讀。
㉖「九流」，先秦至漢初的九大學術流派。包括儒家、道家、陰陽家、法家、名家、墨家、縱橫家、雜家、農家。泛指各學術流派。也泛指各種才藝。

㉗「雜學」，兼含各類學說，不專主一家的學問；科舉時代指作文章以外的其他學問。

㉘「旁搜博覽」，廣泛搜集閱讀。

㉙「奉侍」，奉養侍候。

㉚「竊喜」，暗自高興。

㉛「講究」，推求窮盡事物之理。

㉜「秦、楚」，今陝西與湖南、湖北一帶。廣義上的秦、楚還包括今甘肅、河南、安徽、江蘇、浙江、江西與四川一帶。

㉝「旁」，廣泛；普遍。

㉞「搜討」，精求義理，深入探討。

㉟「未嘗」，沒有；未必。

㊱「慨焉歎」，感慨歎息。

㊲「興思」，構思；產生某種想法。

㊳「有以正之」，有什麼可以去修正。

㊴「己卯年十一月丙午日」，公元1700年（清聖祖康熙三十八年，己卯年）1月1日，農曆十一月十二日，己卯年丙子月丙午日。

㊵「岳陽樓」，今湖南岳陽古城西門上的古城樓，下臨洞庭湖，風景極佳。始建於唐，宋滕子京重修。以范仲淹所作《岳陽樓記》聞名。

㊶「風阻」，此處指因遇風而行程受阻。

㊷「湖濱」，此處指洞庭湖周邊的陸地。

㊸「惶惶」，恐懼不安。

㊹「邃」，精通。

㊺「明夷卦」，當爲「明夷之謙卦」。

㊻「晝夜」，日夜。

㊼「可必」，可以預料其必然如此。

㊽「跽」，音jì【計】。長跪。兩膝著地，股不靠腳跟，立身直腰而跪。

㊾「委曲」，事情的底細和原委。

㊿「開導」，啟發勸導。

(51)「渙然釋」，形容疑慮、積鬱等消除。

(52)「豁然悟」，形容徹底曉悟。

(53)「北面」，古代君見臣，面南而坐，故以「北面」指向人稱臣；古代尊長見卑幼，都是面南而坐，故也以「北面」指拜人爲師。

(54)「玅解」，精通。「玅」，同「妙」。

(55)「金鏡」，銅鏡。比喻顯明的正道。

(56)「姚際隆」，字百愚。生平不詳。明末蘇州或蘇州一帶人，曾刪繁補缺《卜筮全書》。

57「詮註」，詮解註釋。

58「剴切」，切中事理。「剴」，音kǎi【凱】。中肯，切實。

59「易課」，根據易理占卜。

60「入室」，學問技藝得到老師的真傳，或已達到精深的境界。

61「寡」，少。

62「杜門」，閉門。

63「謝客」，拒絕接見客人。

64「舉」，窮盡。

65「提命」，耳提面命。當面叮嚀教誨。形容教誨殷勤懇切。

66「沉潛」，潛心研究。

67「博採」，廣泛地搜集採納。

68「緒論」，有條理、有系統的言論。

69「舉世」，全世界；普天下。

70「正」，將違反原則、標準或規定的矯正過來。

71「宗」，根本；本旨。

72「不揣」，猶言不自量。多用作謙詞。

(73)「固陋」，固塞鄙陋，見識淺薄。
(74)「分晰」，分辨清楚。
(75)「刪華就實」，刪除繁雜的部分，使其簡明。
(76)「較訛」，校正錯誤。
(77)「舛」，音 chuǎn【喘】，錯誤，錯亂。
(78)「不啻」，無異於；如同。
(79)「彙」，音 huì【惠】。匯聚。
(80)「大成」，完備。
(81)「庶」，幾乎，差不多。
(82)「向日」，往日；從前。
(83)「合券」，本意是指將借貸雙方的契約合在一起進行核對，此處指將師徒雙方的占卜理論、觀點與占驗卦例合在一起寫入書中。
(84)「顏」，題字於匾額或書籍封面上。
(85)「參」，探索研求；領悟。
(86)「負」，背棄；辜負。
(87)「忝」，音 tiǎn【舔】。辱沒，愧於。後常用做謙詞。
(88)「繼述」，繼承，接續。

⑧⑨「爰」，乃；於是。

⑨⓪「剞劂」，音jījué【基決】。刻刀。後因泛稱書籍雕版。

⑨①「就正」，向人請求指正。

⑨②「知道」，通曉天地之道，深明人世之理。

⑨③「自得」，自己有心得體會。「自得」在中國哲學中是一種以直覺和體驗來「體道」的方式，不是語言可以傳授和說明的，也不是邏輯思維可以獲致的，體現著主體對宇宙和人生的能動的訴求和掌握世界的慾望。「自得」的對象不是具體的存在物，而是「道」與「大化」。

⑨④「誚」，音qiào【俏】。譴責。

⑨⑤「康熙四十八年」，公元1709年，己丑年。

⑨⑥「仲秋」，秋季的第二個月，農曆八月。

⑨⑦「吉旦」，農曆每月初一；泛指吉祥的日子。

⑨⑧「鳳梧樓」，王洪緒先師齋號。古時文人雅士常爲書齋命名，顯示主人的家世、身世、敬賢、篤學、志趣、退藏、修養、祈願等。「鳳梧」當爲「鳳凰非梧桐不栖」之意，比喻賢才擇主而事。

卜筮正宗凡例[1]

一、卜筮一道，導[2]愚解惑，教人趨吉避凶。六爻既立，變化斯呈[3]，莫不有至當不易之理。世人胸無定見[4]，不能推究[5]精微，祇[6]以惑世誣民，深可哀也。是書一宗正理，不敢妄執臆說[7]貽誤後學[8]，因名之曰《正宗》。

一、自鬼谷[9]以錢代蓍[10]，而易之道一變。其所重者，用神、原神、忌神、仇神、飛伏神、進退神、反吟、伏吟，及旬空、月破等類，皆爲卦內之綱領[11]，不容草草[12]忽過。余故定爲《一十八論》，升堂入室[13]，無出範圍，讀者幸[14]細絫之。

一、古書論飛伏神，有「乾坤來往換」之語，《易林補遺》更有「爻爻有伏有飛」之說，訛以承[15]訛，習而不察[16]。余于是書，逐卦分別爲飛伏定例，庶[17]學者一目了然，疑團[18]自釋矣！

一[19]、卜筮之書，如《天玄賦》、《易林補遺》、《易隱》、《易冒》、《增刪卜易》諸刻，雖各有搜精標異[20]，然其間非執偏見，卽自相矛盾，讀者不無遺憾。惟《黃金策》爲劉誠意[21]所著，洵[22]足[23]闡先天[24]之秘旨[25]，作後學之津梁[26]，而《千金賦總論》一篇，尤包蘊[27]宏深[28]。惜姚際隆之註，紕繆甚多，反失廬山面目[29]。余于此頗費苦心[30]，細加訂正，知我罪我[31]，亦聽之而已。

一、余幼研易理，歷有年所[32]，後遇新安楊廣含先生，因得以悉其所學。是書

十三、十四卷有《十八問》，皆吾師所授及余所占驗，學者熟此，始知《啓蒙節要》之法與《十八論》及《闢諸書之謬》一理㉝融貫㉞，天地間秘密深藏，盡洩于是㉟矣。

一、余垂簾市肆㊱，酬應紛如㊲，擬異日㊳返故山㊴，結廬㊵林屋㊶，盡謝人事，聿㊷著成書，藏之石室㊸，不欲向外人道也。奈從游㊹日至㊺，因相與㊻講論之餘，手定㊼是編，蠡測管窺㊽之機，或所不負四方㊾。高明㊿君子，倘不棄而教之，余則幸甚！

註釋：

①「凡例」，書前關於本書體例的說明。

②「導」，引導；教導。

③「斯呈」，完全顯現。

④「定見」，明確的見解或主張。

⑤「推究」，推論研究。

⑥「衹」，音zhī【脂】。只；僅。

⑦「臆說」，只憑個人想象的說法；主觀地毫無根據地敘說。

⑧「貽誤後學」，錯誤遺留下去，使後來學習的人受到不好的影響。

⑨「鬼谷」，鬼谷子。戰國時縱橫家之祖，亦有政治家、陰陽家、預言家、教育家等

身份。傳說爲蘇秦、張儀師，另傳說亦爲孫臏、龐涓師。楚人，籍貫姓氏不詳，因其所居號稱鬼谷子或鬼谷先生。傳說原名王詡，又作王禪、王利、王通，世亦稱王禪老祖，一說字詡，道號玄微子。

⑩「以錢代蓍」，用搖銅錢占卜的方法，代替用蓍草占卜。「蓍」，音shī【濕】。草名。古代常用其莖占卜。

⑪「綱領」，總綱要領。

⑫「草草」，草率；急急忙忙。

⑬「升堂入室」，原比喻學習所達到的境地有程度深淺的差別。後用以稱贊在學問或技藝上的由淺入深，漸入佳境。語出《論語·先進》：「由也升堂矣，未入於室也。」

⑭「幸」，希望，期望。亦爲表示希望之辭。

⑮「承」，繼承；接續。

⑯「習而不察」，常見之事，就覺察不到存在的問題。

⑰「庶」，但願，希冀。

⑱「疑團」，許多不能瞭解的疑問。

⑲「一」，原本無，據前後文意補。

⑳「標異」，表明與衆不同。

㉑「劉誠意」，劉基。明代政治家，字伯溫，謚文成。浙江青田人，曾隱居青田山中

著書立說，世稱青田先生。精天文兵法，爲明太祖朱元璋平天下立下汗馬功勞，封誠意伯。《明史·劉基列傳》謂「基博通經史，於書無不窺，尤精象緯之學」。

㉒「洵」，誠然；實在。

㉓「足」，充分；充足；完備；完美，窮盡；足以。

㉔「先天」，宇宙的本體，萬物的本原；伏羲所作之《易》。

㉕「秘旨」，深奧的含義；隱秘的意旨。

㉖「津梁」，橋樑；能起橋梁作用的人或事物；引導。

㉗「包蘊」，包含，蘊藏。

㉘「宏深」，宏大淵深；博大精深。

㉙「廬山面目」，廬山因殷周之際匡俗兄弟七人結廬於此而得名，山上煙霧縹緲，千巖萬壑，人們很難看清它的真實面貌。後因以比喻事物的真相或人的本來面目。語見宋蘇軾《題西林壁》：「橫看成嶺側成峰，遠近高低各不同。不識廬山真面目，只緣身在此山中。」

㉚「苦心」，費盡心思；辛勤地耗在某種工作上的心力。

㉛「知我罪我」，別人對自己的毀譽。語出《孟子·滕文公章句下》：「《春秋》，天子之事也。是故孔子曰：『知我者其惟《春秋》乎！罪我者其惟《春秋》乎！』」

㉜「歷有年所」，已有多年。

㉝「一理」，此處指中庸之理。

㉞「融貫」，將各種知識或事物加以融合、貫穿，進而獲得全面通徹的領會。

㉟「于是」，在此。

㊱「市肆」，市場；市中店鋪。

㊲「紛如」，多而雜亂；接連不斷。

㊳「異日」，他日、將來。

㊴「故山」，故鄉的山，多借指故鄉。

㊵「結廬」，構築房舍。

㊶「林屋」，洞庭西山。

㊷「聿」，音yù【御】。筆的別稱。

㊸「石室」，古代藏圖書檔案處。

㊹「從游」，與之相游處，謂交往；隨從求學。

㊺「日至」，每天到來。

㊻「相與」，相互；共同。

㊼「手定」，亦作「手訂」。親自制定、編定或寫定。

㊽「蠡測管窺」，用瓢來量大海，從竹管的小孔看天空。比喻見識片面狹窄，看不到事物的整體。「蠡」，音lí【離】。瓠瓢。

㊾「四方」，天下；各處。

㊿「高明」，見解或技術高超；崇高明睿，聰明智慧。

總目錄

卜筮正宗目錄

卷之四

卷之五

卷之十三

卷之十四

十八問答

卜筮正宗目錄終

附錄

註釋：

①「症」，內文作「疹」。

②「之」，原本無，據前後文意補。

③「船家宅」，內文作「船家宅章」。

卜筮正宗卷之一

古吳洞庭西山王維德洪緒輯
壬午舉人弟　需遵時
吳　庠　鍾　英子燦　叅訂
蔡　鑑升明
門　人　謝朝柱巨材
任用淵潛菴　同較
男其龍雲章　琢客軒
後　學　李凡丁鼎升　校註

卜筮格言

夫卜之爲道，通於神明，所以斷吉凶、決憂疑，辨陰陽於爻象，察變化之玄機①。此其義爲至精，而其事爲至大。聖經②曰「至誠之道，可以前知③」，故「問卜者不誠不格④，占卦者妄⑤斷不靈」，此二語實定論也。

每見世之人，遇事輒[6]卜，而誠之一字，昧[7]焉罔覺[8]。或飲酒茹葷[9]、或淫邪[10]不潔[11]，迨[12]至臨時禱告，遂欲感格[13]神明，不亦惑[14]乎？更有富貴之人，視卜爲輕，或托親朋、或委[15]奴僕，不親致其悃忱[16]，故卜而不應、占驗無靈，遂委罪[17]於卜筮之家，而不自知誠有未至。此問卜者之過也。

至於卜筮者流[18]，心存好利[19]，借卜爲囮[20]。卽如疾病一節[21]，爲問卜莫大之事，乃有喪心之輩，勾通僧尼道觀，講定年規節禮[22]，三七、二八[23]常例[24]，妄斷求利，看卜者之貧富爲判斷之多寡，妄斷某寺某觀禮懺[25]幾部、某菴[26]某廟誦經幾日，卜者心慌意亂，無不依從。在富者費用猶易，其貧者至於典衣[27]揭債[28]、棄產賣物，一時有手足無措[29]之苦，以冀[30]其病之痊可[31]。究竟[32]禮懺未完，而病者已死；誦經甫畢[33]，而病者告殂[34]：則何益哉？此串通僧道之害也。更有初學醫生，脉理[35]未諳[36]，囑令引薦[37]，令卜醫者指明住處、姓名禱告，因而薦舉[38]。不知卜者所得，不過年規節禮之微，而病者頓遭庸醫殺人之害！此串通醫生之禍也。二者郡城[39]惡套[40]，處處皆然。予垂簾[41]衛前[42]，遂有若輩[43]來相蠱惑[44]，予誓絕[45]之！一一照卦細斷，無不響應[46]。此非課[47]學之精，實無妄斷之失也。

今幸學稍有得㊽，偶輯《卜筮正宗》一書，請教高明㊾，而猶恐問卜者有不誠不格之誤，占驗者有妄斷不靈之害也，故首識㊿之。

鼎升曰：

據清王士雄《歸硯錄》記載：「吳俗好鬼，自吾鄉以及嘉、湖、蘇、松、常、鎮等處，凡家有病人，必先卜而後醫，而卜者別有傳授，信口胡言，輒云有鬼，令病家召巫祈禳，必用鷄數隻，豕首數枚【其下小註：一二枚至六七枚不等，若市罕此物，卽牽活猪而截其頭，慘不可言】。禳而未愈，則頻卜頻禳，故有病未去而家產已傾者，有人已死而殮葬無資者，不量貧富，舉國若狂。其禳畢之際，所備牲物，必使親朋啖盡，若在富宦之家，則使僕婢啖之，故大嚼之徒，每有因此致病者。病必亦卜亦禳，遂至蔓延不已。習俗相沿，卽號爲紳士者，亦復爲之，陋俗殆不易革。惟望長民者嚴示卜人，凡占課但從《卜筮正宗》，不得擅用邪書，妄言鬼祟，卽欲徇俗祈禳，准以素食爲供，庶可全民命而惜物力，洵賢有司之惠政也。拭目俟之。」

註釋：

①「玄機」，天意；天機。

②「聖經」，舊指儒家經典。

③「至誠之道，可以前知」，以極爲誠懇的精神求告上天神靈，可以獲得預先知道未來事件的能力。語出《中庸》：「至誠之道，可以前知。國家將興，必有禎祥；國家將亡，必有妖孽；見乎蓍龜，動乎四體。禍福將至：善，必先知之；不善，必先知之。故至誠如神。」

④「格」，感通；感動。

⑤「妄」，胡亂、任意。

⑥「輒」，立即；就。

⑦「昧」，愚昧，糊塗。

⑧「罔覺」，無知。

⑨「茹葷」，本指吃蔥韭等辛辣的蔬菜。後指吃魚、肉等。

⑩「淫邪」，淫蕩；邪惡。

⑪「不潔」，淫穢；污穢。

⑫「迨」，等到。

⑬「感格」，感於此而達於彼。舊時認爲誠心能與鬼神或外物互相感應。

⑭「惑」，糊塗，令人不解。

⑮「委」，委派；託付。

⑯「悃忱」，音kǔnchén【捆沉】。誠懇；忠誠。

⑰「委罪」，推委罪責。
⑱「流」，某一類人；同一類人。
⑲「好利」，貪愛財利。
⑳「囮」，音é【鵝】。誘騙，訛詐。媒介；誘惑物。
㉑「節」，泛指事項。
㉒「年規節禮」，一年中按照端午、中秋、歲末三時所贈送的禮物。
㉓「三七、二八」，此處指按照三七開或者二八開分成。
㉔「常例」，按慣例收取的小費。
㉕「禮懺」，禮拜三寶（佛寶、法寶、僧寶）以懺悔過去所作的罪業。
㉖「菴」，同「庵」。寺院。多指尼姑所居。
㉗「典衣」，典押衣服。
㉘「揭債」，舉債，借債。
㉙「手足無措」，手腳不知放到哪兒好。形容舉動慌張，或無法應付。
㉚「冀」，希望；盼望。
㉛「痊可」，疾病或創傷痊癒。
㉜「究竟」，結果。
㉝「甫畢」，剛剛結束。

㉞「告殂」，死亡。「殂」，音cú【徂】。死亡。

㉟「脈理」，醫術；醫道。一說指脈博的狀態。

㊱「諳」，音ān【安】。熟悉；精通。

㊲「引薦」，對人的推薦。

㊳「薦舉」，介紹；推薦。

㊴「郡城」，郡治所在地。此處指清蘇州府治所吳縣。

㊵「套」，圈套。

㊶「垂簾」，放下簾子。謂閑居無事。典出漢蜀郡人嚴君平。君平，名遵，卜筮於成都市，日得百錢，足以自養，即閉肆下簾授《老子》。一生不爲官，卒年九十餘。《漢書・王貢兩龔鮑傳》：「君平卜筮於成都市，以爲『卜筮者賤業，而可以惠衆人。有邪惡非正之問，則依蓍龜爲言利害。與人子言依於孝，與人弟言依於順，與人臣言依於忠，各因勢導之以善，從吾言者，已過半矣』。裁日閱數人，得百錢足自養，則閉肆下簾而授《老子》。博覽亡不通，依老子、嚴周之指著書十餘萬言。」

㊷「衛前」，衛前街。蘇州衛指揮使衙署前的街。今址在蘇州道前街（原衛前街、府前街、道前街三街組成）。衛爲明代軍隊編制名，各衛長官爲指揮使，正三品。

㊸「若輩」，這些人，這等人。

㊹「蠱惑」，誘惑。

㊺「絕」，拒絕。

㊻「響應」，應驗。

㊼「課」，占卜。

㊽「有得」，有所得；有所領悟。

㊾「高明」，見解或技術高超的人；崇高明睿的人；聰明智慧的人。

㊿「識」，記載。

啓蒙節要①

註釋：

①「節要」，節取重要的部分。

六十花甲①納音②歌

甲子乙丑海中金，丙寅丁卯爐中火，戊辰己巳大林木，庚午辛未路旁土，壬申癸酉劍鋒金。甲戌乙亥山頭火，丙子丁丑澗下水，戊寅己卯城頭土，庚辰辛巳白蠟金，壬午癸未楊柳木。甲申乙酉井泉水，丙戌丁亥屋上土，戊子己丑霹靂火，庚寅辛卯松栢木，壬辰癸巳長流水。甲午乙未沙中金，丙申丁酉山下火，戊戌己亥平地木，庚子辛丑壁上土，壬寅癸卯金箔金。甲辰乙巳覆燈火，丙午丁未天河水，戊申己酉大驛土，庚戌辛亥釵釧金，壬子癸丑桑柘③木。甲寅乙卯大溪水，丙辰丁巳沙中土，戊午己未天上火，庚申辛酉石榴木，壬戌癸亥大海水。

鼎升曰：

原文中「庚寅辛卯松栢木、甲午乙未沙中金、庚戌辛亥釵釧金」，古今圖書集成本《卜筮全書·啓蒙節要·六十甲子歌》作「庚寅辛卯松柏木、甲午乙未砂中金、庚戌辛亥釵釧金」。

註釋：

①「花甲」，亦称「花甲子」。古代用干支紀年，以天干與地支依次错综搭配，六十年周而復始。

②「納音」，古以五音（宮、商、角、徵、羽）十二律（黃鐘、大呂、太簇、夾鐘、姑洗、中呂、蕤賓、林鐘、夷則、南呂、亡射、應鐘）相合爲六十音，與六十甲子相配合，按五行之序旋相爲宮，稱爲納音。而天干有天干的五行，地支有地支的五行，天干與地支配合後新的五行稱爲「納音五行」，原干支五行則稱爲「正五行」。納音五

行是重要的術數理論架構之一，如可補正五行不足、確定求測者年命等。

③「柘」，音zhè【這】。木名。桑科。

十天干所屬

甲乙東方木，丙丁南方火，戊己中央土，庚辛西方金，壬癸北方水。

十二地支所屬

子水鼠①，丑土牛，寅木虎，卯木兔，辰土龍，巳火蛇，午火馬，未土羊，申金猴，酉金雞，戌土狗，亥水猪。

註釋：

①「鼡」，同「鼠」。

天干地支八卦方位圖

五行相生相剋

金生水，水生木，木生火，火生土，土生金。
金剋木，木剋土，土剋水，水剋火，火剋金。

六親相生相剋

生我者爲父母，我生者爲子孫，剋我者爲官鬼，我剋者爲妻財，比和者爲兄弟。

天干相合

甲與己合，乙與庚合，丙與辛合，丁與壬合，戊與癸合。

地支相合相衝

子與丑合，寅與亥合，卯與戌合，辰與酉合，巳與申合，午與未合。

子午相衝，丑未相衝，寅申相衝，卯酉相衝，辰戌相衝，巳亥相衝。

五行次序

水一，火二，木三，金四，土五。

八卦次序

乾一，兌二，離三，震四，巽五，坎六，艮七，坤八。

八卦象例

乾三連☰，坤六斷☷，震仰盂☳，艮覆碗☶，
離中虛☲，坎中滿☵，兌上缺☱，巽下斷☴。

八宮所屬

乾屬金，坎屬水，艮屬土，震、巽屬木，離屬火，坤屬土，兌屬金。

以錢[1]代蓍[2]法

以錢三文[3]，熏[4]於爐[5]上，致敬而祝曰：

天何言哉[6]？叩[7]之卽應。神之靈矣，感而遂通。今有某姓，有事關心。不知休咎[8]，罔釋厥疑[9]。惟神惟靈，若可若否，望垂[10]昭報[11]。

祝畢擲錢。一背爲單，畫⚊；二背爲拆，畫⚋；三背爲重，畫○[12]；三字爲交，畫×。自下裝上，三擲內卦成。

再祝曰：

某宮三象，吉凶未判。再求外象三爻，以成一卦，以決憂疑。

祝畢，復如前法再擲，合成一卦而斷吉凶。至敬至誠，無不感應[13]。

訣曰：

兩背由來拆，雙眉[14]本是單。
渾眉交定位，總背是重安。
單單單曰乾，拆拆拆曰坤。
單拆單曰離，拆單拆曰坎。

餘卦倣此。

三背爲重，三字爲交，重交之爻謂發動。重作單，屬陽；交作拆，屬陰。凡動爻有變，重變拆，交變單。餘爻倣此。

鼎升曰：

據清趙翼《陔餘叢考．以錢代蓍》記載：「《輟耕錄》云：今人卜卦，以錢代蓍，便於用也，然不詳所始。儲泳《祛疑》亦但謂近世以錢擲爻，取其簡便而已。按賈公彥《儀禮疏》云：古者用木畫地，今則用錢：以三少爲重錢，重錢則九也；三多爲交錢，交錢則六也；兩多一少爲單錢，單錢則七也；兩少一多爲拆錢，拆錢則八也。陳繼儒《羣碎錄》引此而申明之，謂兩背一面爲拆，兩面一背爲單，俱面爲交，俱背爲重。公彥疏如此，則唐人已用之。按《耳目記》：王庭湊召五明道士卜，擲卦三錢皆舞。此唐時錢卜之證也。今考《朱子語類》并不始於唐，實自漢始。《語類》曰：今人以三錢當揲蓍，乃漢焦贛、京房之學。又云：卜卦之錢，用甲子起卦，始於京房。項平甫亦云：以《京易》考之，世所傳《火珠林》，卽其遺法。《火珠林》卽交、單、重、拆也，則錢卜始於京房無疑矣。唐詩有『君平擲卦錢』之句，益可見君平已用錢卜。儲泳又謂：自昔以錢之有字者爲陰，無字者爲陽，朱子則以有字者爲面，無字者爲背。凡物面皆屬陽，背皆屬陰，因反舊法而用之。故建安之學者悉主其說，至今術家皆然也。按古者鑄金爲鏡，其陰或紀國號，故有字者宜爲陰。然鏡有面，故其背有字；錢無面，則自當以有字者爲面。若本朝之錢，一面紀年號，一面紀省局，則以年號爲面，更不待言矣。」

又據清王應奎《柳南隨筆》記載：「邑人王有德善卜，決人禍福不爽，古之蜀莊也。少時貧甚，除夕幾不能舉火。謂其婦曰：『吾聞城隍神甚靈，元旦第一人入廟焚香者，必獲福。我明日有此意，而無香與燭，奈何？』婦曰：『君無憂，我囊中尚有五文在，可以辦此。』既寢，即夢神謂曰：『爾勿患貧，我廟中香爐下有錢三文，爾其往取之，衣食在是矣。』有德覺而異之，天未明即起盥漱，急趨至城隍廟，人猶寂然也。適有賣香燭者至，即以五文買之。未幾而廟門啓，乃燃香燭入拜。拜既畢，因夢中神語，試從爐足覓之，果得光背錢三文。後世占者以錢代蓍，必用光背，神蓋命之以卜也。有德歸而習之，垂簾市門，日獲錢數百，遂植其產。後其孫曰俞，中崇禎癸未科進士，而曾孫澧與之同榜。父子連鑣，邑人稱爲『雙王』云。」

註釋：

①「錢」，此處指圓形方孔銅錢。圓形方孔應天圓地方之說。清銅錢的正面以漢字鑄造年號及通寶字樣，如「順治通寶」、「康熙通寶」；背面有光背、漢文、滿漢文、滿文幾種形式。

②「蓍」，音shī【師】。草名。古代常用其莖占卜。

③「文」，量詞。錢幣的單位。南北朝以來稱錢一枚爲一文。

④「熏」，焚香。

⑤「爐」，香爐；熏爐。

⑥「天何言哉？」，天說了什麼呢？語出《論語·陽貨》：「天何言哉？四時行焉，百物生焉，天何言哉？」

⑦「叩」，探問；詢問。

⑧「休咎」，吉凶；善惡。

⑨「罔釋厥疑」，不能解釋其疑惑。

⑩「垂」，施與，賜予。

⑪「昭報」，明確答復告知。

⑫「○」，原本作「口」，當誤，據文意改。

⑬「感應」，神明對人事的反響。

⑭「眉」，銅錢的正面。

六十四卦名

乾爲天、天風姤、天山遁、天地否、風地觀、山地剝、火地晉、火天大有。乾宮八卦皆屬金

坎爲水、水澤節、水雷屯、水火既濟、澤火革、雷火豐、地火明夷、地水師。坎宮八卦皆屬水

艮爲山、山火賁、山天大畜、山澤損、火澤睽、天澤履、風澤中孚、風山漸。艮宮八卦皆屬土

震爲雷、雷地豫、雷水解、雷風恒、地風升、水風井、澤風大過、澤雷隨。震宮八卦皆屬木

巽爲風、風天小畜、風火家人、風雷益、天雷無妄、火雷噬嗑、山雷頤、山風蠱。巽宮八卦皆屬木

離爲火、火山旅、火風鼎、火水未濟、山水蒙、風水渙、天水訟、天火同人。離宮八卦皆屬火

坤爲地、地雷復、地澤臨、地天泰、雷天大壯、澤天夬、水天需、水

地比。坤宮八卦皆屬土

兌爲澤、澤水困、澤地萃、澤山咸、水山蹇、地山謙、雷山小過、雷澤歸妹。兌宮八卦皆屬金

鼎升曰：

原文中「天山遁」，古今圖書集成本《卜筮全書·啓蒙節要·六十四卦名》作「天山遯」。原文中「火澤睽」，原本作「火澤睽」，顯誤，徑改。

納甲裝卦歌從下裝起

乾金甲子外壬午，子寅辰午申戌。
坎水戊寅外戊申，寅辰午申戌子。
艮土丙辰外丙戌，辰午申戌子寅。
震木庚子外庚午，子寅辰午申戌。
巽木辛丑外辛未，丑亥酉未巳卯。
離火己卯外己酉，卯丑亥酉未巳。
坤土乙未外癸丑，未巳卯丑亥酉。

兌金丁巳外丁亥，巳卯丑亥酉未。

安世應訣

八卦之首世六當，已下初爻輪上颺[①]。游魂八宮四爻立，歸魂八卦三爻詳。

鼎升曰：

古今圖書集成本《卜筮全書·啓蒙節要·安放世應歌》原文作：「八卦之首世六當【其下小註：謂八純卦，世都在第六爻】，已下初爻輪上颺【其下小註：若各宮之第二卦，世在初爻；第三卦，世在二爻。餘可類推】。游魂八位四爻立【其下小註：每宮第七卦，謂之游魂，世在四爻】，歸魂八位三爻詳【其下小註：各宮第八卦，爲歸魂，世在三爻】。」原解作：「世初應四，世二應五，世三應六，世四應初，世五應二，世六應三。假如乾卦世在六、應在三，姤卦便世在初、應在四，遯卦世在二、應在五，否、觀、剝皆從其序，各進一位。至晉卦，不得上至第六爻，仍縮下安在第四爻，應在初爻，是爲游魂卦。至大有卦，又退下一爻，世在第三爻，應在第六爻，爲歸魂卦。各宮各卦，皆依此例推之。」

註釋：

①「颺」，音yáng【陽】。高飛；向上飛。

六獸歌

甲乙起青龍，丙丁起朱雀，戊日起勾陳，己日起螣蛇，庚辛起白虎，壬癸起玄武。從下裝起

六獸起例

今以甲乙、丙丁日附載①爲式②。餘倣此。

	六爻	五爻	四爻	三爻	二爻	初爻
甲乙日例	玄武	白虎	螣蛇	勾陳	朱雀	青龍
丙丁日例	青龍	玄武	白虎	螣蛇	勾陳	朱雀

註釋：

①「附載」，附帶記載、附錄。

②「式」，樣式、格式。

安月卦身訣

陰世則從五月起，陽世還從子月生。欲得識其卦中意，從初數至世方真。

卦身之爻，爲所占事之主：若無卦身，則事無頭緒；倘卦身有傷，其事難成矣。

三合會局歌

申子辰會成水局，巳酉丑會成金局，寅午戌會成火局，亥卯未會成木局。

長生掌訣①

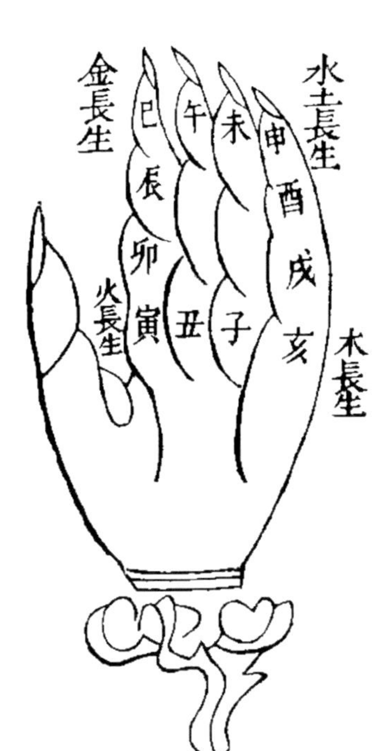

長生、沐浴、官帶、臨官、帝旺、衰、病、死、墓、絶、胎、養。

假如火長生在寅，從寅上起順行，卯上沐浴、辰上官帶，依次順行。木長生在亥，從亥上起。餘可類推。

註釋：

①「長生掌訣」，用手掌指節標示的五行寄生十二宮狀態。明萬民英《三命通會·論五行旺相休囚死並寄生十二宮》：「長生、沐浴、冠帶、臨官、帝旺、衰、病、死、墓、絶、胎、養，循環無端，週而復始，造物大體與人相似，循環十二宮亦若人世輪迴也。《三命提要》云：『五行寄生十二宮：一曰受氣，又曰絶，曰胞，以萬物在地中未有其象，如母腹空，未有物也；二曰受胎，天地氣交，氤氳造物，其物在地中萌芽，始有其氣，如人受父母之氣也；三曰成形，萬物在地中成形，如人在母腹成形也；四曰長生，萬物發生向榮，如人始生而向長也；五曰沐浴，又曰

敗，以萬物始生，形體柔脆，易為所損，如人生後三日以沐浴之，幾至困絶也；六曰冠帶，萬物漸榮秀，如人具衣冠也；七曰臨官，萬物既秀實，如人之臨官也；八曰帝旺，萬物成熟，如人之興旺也；九曰衰，萬物形衰，如人之氣衰也；十曰病，萬物病，如人之病也；十一曰死，萬物死，如人之死也；十二曰墓，又曰庫，以萬物成功而藏之庫，如人之終而歸墓也。歸墓則又受氣，胞胎而生。』」

祿①馬②羊刃③歌

甲祿在寅，卯爲羊刃；乙祿到卯，辰爲羊刃；丙戊祿在巳，午爲羊刃；丁己祿居午，未爲羊刃；庚祿居申，酉爲羊刃；辛祿到酉，戌爲羊刃；壬祿在亥，子爲羊刃；癸祿在子，丑爲羊刃。申子辰馬居寅，巳酉丑馬在亥，寅午戌馬居申，亥卯未馬在巳。右祿馬羊刃從日辰上起。凡卜家宅、終身者，從本人本命上起，亦是。

註釋：

①「祿」，又名「天元祿」。《卜筮全書·神殺歌例·天元祿》謂「凡事遇之大吉」。明萬民英《三命通會·論十干祿》：「祿，爵祿也，當得勢而亨，乃謂之祿。」

②「馬」，驛馬。神煞名。《卜筮全書·神殺歌例·驛馬》謂「出行及占行人俱要看

之」。明萬民英《星學大成·驛馬》：「五行驛馬最超羣，更遇生官祿貴神。君子成名加爵位，庶人營運足珠珍。病絶驛馬值空亡，士庶營謀半吉昌。更有工商并技藝，徒勞心力走忙忙。」驛馬爲走動、奔馳之象，一般而言，驛馬與財、祿等吉神處於同一地支，居生旺之地，不逢剋伐，則吉，反之則勞苦奔波。

③「羊刃」，神煞名。又名「陽刃」。明萬民英《星學大成·陽刃煞》：「此煞在天為紫暗星，在地為陽刃。命吉則吉，命凶則凶。詩云：陽刃之煞最為凶，那堪五鬼在其中。刑妻害子渾閒事，配遞徒流不善終。祿前一位為陽刃，日月逢之也不明。更怕祿星居其上，一生成敗主多傾。陽刃雖為凶惡神，只宜君子掌權人。五行若更逢生旺，定有兵機作帥臣。」

貴人①歌訣

如甲戊日卜卦，見丑未爻，卽是日貴人。又如甲戊生人見之，爲命貴人。

甲戊兼牛羊，乙己鼠猴鄉，丙丁猪雞位，壬癸兎蛇藏，庚辛逢馬虎，此是貴人方。

註釋：

①「貴人」，又名「天乙貴人」。神煞名。《卜筮全書·神殺歌例·天乙貴人》謂「謁貴用之」。明萬民英《三命通會·論天乙貴人》：「其神最尊貴，所至之處，一

切凶煞隱然而避。」

三刑①六害②歌

寅刑巳，巳刑申；丑戌相刑未並臻③；子刑卯，卯刑子；辰午酉亥自相刑。

六害子未不堪親，丑害午兮寅巳真，卯害辰兮申害亥，酉戌相穿轉見深。

註釋：

①「三刑」，神煞名。《卜筮全書·神殺歌例·三刑》謂「主六親刑陷，大凶」。

②「六害」，神煞名。《卜筮全書·神殺歌例·六害》謂「六親相害，百事敗壞」。

③「臻」，音zhēn【貞】。到達。

八宮諸物

乾爲馬、坤爲牛、震爲龍、巽爲雞、坎爲豕①、離爲雉②、艮爲狗、兌爲羊。

註釋：

①「豕」，音shǐ【史】。豬。

②「雉」，音zhì【製】。野雞的通稱。

八宮諸身

乾爲首、坤爲腹、震爲足、巽爲股、坎爲耳、離爲目、艮爲手、兌爲口。

定間爻歌

世應當中兩間爻，忌神發動莫相交。元辰①與用當中動，生世扶身事事高。

鼎升曰：

古今圖書集成本《卜筮全書．闡奧歌章．世應間爻訣》原文作：「世應當中兩間爻，發動所求多阻隔。假饒有氣事分明，必定叨叨方始得。世應當中兩間爻，忌神發動莫相交。元辰與用當中動，事到酕醄始得梢。」

註釋：

①「元辰」，此處指原神。

年上起月法

甲己之年丙作首，乙庚之歲戊爲頭，丙辛之位從庚上，丁壬壬位順行流，戊癸之年何方法，甲寅之上好追求。

鼎升曰：

古今圖書集成本《卜筮全書・啓蒙節要・年上起月歌》原文作：「甲己之年丙作首，乙庚之歲戊爲頭，丙辛之位從庚上，丁壬壬位順行流，更加戊癸從何起，甲寅之上好追求。」

日上起時法

甲己還加甲，乙庚丙作初，丙辛從戊起，丁壬庚子居，戊癸何方法，壬子是順行。

鼎升曰：

古今圖書集成本《卜筮全書．啓蒙節要．日上起時歌》原文作：「甲己還加甲，乙庚丙作初，丙辛從戊起，丁壬庚子居，戊癸何方發，壬子是直途。」

定寅時法

正九五更[1]二點[2]徹，二八五更四點歇，三七平光是寅時，四六日出寅無別，五月日高三丈地，十月十二四更二，仲冬[3]纔到四更初，便是寅時君須記。

註釋：

①「更」，古代夜間計時單位。一夜從戌時至寅時平均分爲五更。一更（初更）至五更又分別稱爲黃昏、人定、夜半、雞鳴、平旦。

②「點」，古代夜間計時單位。一夜分五更，一更分五點。

③「仲冬」，冬季的第二個月，卽農曆十一月。處冬季之中，故稱。

通玄賦

易爻不妄成，神爻豈亂發？體象[1]或既成，無者形憂色。始須論用神，次必看原神。三合會用吉，祿馬最爲良。爻動始爲定，次者論空亡。六冲主冲併，刑剋俱主傷。世應俱發動，必然有改張[2]。龍動家有喜，虎動主有喪。勾陳朱雀動，田土與文章。財動憂尊長，父動損兒郎。子動男人滯，兄動女人殃。出行宜世動，歸魂不出疆。用動值三合，行人立回莊。占宅財龍旺，豪富冠一鄉。父母爻興旺，爲官至侯王。福神若持世，官訟定無妨。勾陳剋玄武，捕賊不須忙。父病嫌財殺，財興母不長。無鬼病難療，鬼旺主發狂。請看《考鬼曆》[3]，禱謝得安康。占婚嫌剋用，占産看陰陽。若要問風水，三四世吉昌。長生墓絶訣，卦卦要審詳。萬千言不盡，畧舉其大綱。分別各有類，無物不包藏。

鼎升曰：

談易齋本《卜筮全書·闡奧歌章·斷易通玄賦》原文作：

「易爻不妄成，神爻豈亂發？體象或既成，無者形憂色。
始須論天喜，次看貴人方。三合百事吉，祿馬最爲良。
爻動始爲定，次吉論空亡。彭城有密訣，切記不可忘。
四衝主衝併，刑極俱主傷。世應俱發動，必然有改張。
龍動家有喜，虎動主有喪。勾陳朱雀動，須忌有文章。
日動憂尊長，辰動損兒郎。陽動男人滯，陰動女人殃。
出行宜世動，歸魂不出疆。應動值三合，行人立回莊。
占宅青龍旺，豪富冠一鄉。父母爻興旺，爲官至侯王。
天喜若持世，公事定無妨。勾陳剋玄武，捕賊不須忙。
父病嫌大殺，空亡母不長。無鬼病難療，鬼旺主發狂。
請看《考鬼曆》，禱謝得安康。占婚嫌財死，占産看陰陽。
若要問風水，三四世吉昌。長生沐浴訣，卦卦要審詳。
萬千言不盡，略舉其大綱。分別各有類，無物不包藏。」

註釋：

①「體象」，主卦爲體，變卦爲象。

②「改張」，改弦更張。改換、調整樂器上的弦，使聲音和諧。比喻改革制度或變更計劃、方法。

③「《考鬼曆》」，《王禪老祖鬼谷先生考鬼曆》。撰者不詳，成書年代不詳。其曆以日辰干支與日期爲準，判斷所犯何鬼、所患何病，以及如何化解。如「丁丑日病，犯正東鬼，姓葉，形如黑怪，眼似硃砂，包頭蓋腦，令病人渾身疼痛，四肢寒熱。鬼在房西北燈盞油瓶葫蘆內藏之，取去物色卽好」，「初八日病者，東北得之，土地使婦人鬼乍祟。膝脚疼痛，四肢無力，乍寒乍熱，飲食不思。用白錢五張，向東北二十步送之，大吉」。此外還有《鬼谷先生定人生死吉凶訣法》，以大小月爲準，定病人生死。

碎金賦

子動生財，不宜父擺；兄動剋財，子動能解。
財動生鬼，切忌兄搖；子動剋鬼，財動能消。
父動生兄，忌財相剋；鬼動剋兄，父動能泄。
鬼動生父，忌子交重；財動剋父，鬼動能中。
兄動生子，忌鬼搖揚；父動剋子，兄動無妨。
子興剋鬼，父動無妨；若然兄動，鬼必遭傷。
財興剋父，兄動無憂；若然子動，父命難留。

父興剋子，財動無事；若是鬼興，其子必死。
鬼興剋兄，子動可救；財若交重，兄弟不久。
兄興剋財，鬼興無礙；若是父興，財遭剋害。

本文皆言生剋制化之理，以明凶中藏吉、吉內藏凶耳。如金動本生水也，得火動則制金，而金不能生水矣；如火動可剋金也，得水動則制火，而火不能傷金矣；如金逢火動則受剋也，得土動則火貪生于土，忘剋于金，名爲貪生忘剋，金反吉也；如火動剋金，而土爻安靜，更逢木動，木助火剋，金必凶也。學者宜按五行生剋制化推之，吉凶了然矣！

諸爻持世訣

世爻旺相最爲强，作事亨通大吉昌，謀望諸般皆遂意，用神生合妙難量，旬空月破逢非吉，剋害刑冲遇不良。
父母持世主身勞，求嗣妾眾也難招，官動財安宜赴試，財搖謀利莫心焦，占身財動無賢婦，又恐區區壽不高。
子孫持世事無憂，求名切忌坐當頭，避亂許安失可得，官訟從今了便休①，有生無剋諸般吉，有剋無生反見愁。
鬼爻持世事難安，占身不病也遭官，財物時時憂失脫，功名最喜世當權，入墓愁疑無散日，逢冲轉禍變成歡。

財爻持世益財榮，兄若交重不可逢，更遇子孫明暗動，利身剋父喪文風，求官問訟宜財托，動變兄官萬事凶。

兄弟持世莫求財，官興須慮禍將來，朱雀并臨防口舌，如摇必定損妻財，父母相生身有壽，化官化鬼有奇灾。

鼎升曰：

古今圖書集成本《卜筮全書．闡奥歌章．諸爻持世訣》原文作：

「世爻旺相主安康，作事亨通大吉昌，謀望諸般皆遂意，從他刑害不能傷。父母持世事憂否，身帶文書及官鬼，夫妻相尅不和同，到老用求他姓子。子孫持世事無憂，官鬼從今了便休，求失此時應易得，營生作事有來由。鬼爻持世事難安，占身不病也遭官，財物時時憂失脫，骨肉分離會合難。財爻持世益財榮，若問求財定稱心，更得子孫臨應上，官鬼從他斷不成。兄弟持世尅妻財，憂官未了事還來，鬼旺正當防口舌，身强必定損其財。」

註釋：

①「便休」，就停止。

世應生剋空亡動靜訣

世應相生則吉，世應相剋則凶，世應比和事却中，作事謀爲可用。
應動他人反變，應空他意難同，世空世動我心慵，只恐自家懶動。

卦身喜忌訣

身臨福德不見官，所憂必竟變成歡，目前凶事終須吉，緊急還來漸漸寬。
身臨原用與青龍，定期喜事入門中，若逢驛馬身爻動，出路求謀事事通。
身爻切忌入空亡，作事難成且守常①，刑傷破絶皆爲忌，勸君安分守家邦。

鼎升曰：
　古今圖書集成本《卜筮全書．闡奧歌章．身爻喜忌訣》原文作：「身上臨官不見官，所憂畢竟變成歡，目前凶事終須吉，緊急還來漸漸寬。身臨天喜與青龍，定期喜事入門中，若逢驛馬身臨動，出路求謀事事通。身爻切忌入空亡，作事難成且守常，化入空亡尤要忌，勸君安分守家邦。」

註釋：

①「守常」，固守常法；按照常規。

飛伏生剋吉凶歌

伏剋飛神爲出暴，飛來剋伏反傷身，伏去生飛名泄炁①，飛來生伏得長生。爻逢伏剋飛無事，用見飛傷伏不寧，飛伏不和爲無助，伏藏出現審來因。

鼎升曰：

古今圖書集成本《卜筮全書．闡奧歌章．飛伏生尅吉凶歌》原文作：「伏尅飛神爲出暴，飛來尅伏反傷身，伏去生飛名洩氣，飛來生伏得長生。爻逢伏尅飛無事，用見飛傷伏不寧，飛伏比和爲有助，伏藏出現審來因。」

註釋：

①「炁」，音qì【器】。古代哲學概念，代表先天，是一切生命與事物的來源，不同於氣。

斷易勿泥[1]神煞

易卦陰陽在變通，五行生剋妙無窮。時人[2]須辨陰陽理，神煞休將定吉凶。

鼎升曰：

古今圖書集成本《卜筮全書．闡奧歌章．斷易勿泥神殺歌》原文作：「易卦陰陽在變通，五行生尅妙無窮。時人不辨陰陽理，神殺將來定吉凶。」

註釋：

①「泥」，拘泥。

②「時人」，當時的人。

六爻安靜訣

卦遇六爻安靜，當看用與日辰，日辰剋用及相刑，作事宜當謹慎。更在世應推究，忌神切莫加臨，世應臨用及原神，作事斷然昌盛。

鼎升曰：

《卜筮全書．闡奧歌章．六爻安靜訣》原文作：「卦遇六爻安靜，須看用與日辰，日辰尅用及衝刑，其事最當謹慎。更在世應推究，忌神切莫加臨，世應臨用及元辰，作事斷然昌盛。」

六爻亂動訣

六爻亂動事難明，須向宮中看用神。用若休囚遭剋害，須知此事費精神。

鼎升曰：

《卜筮全書．闡奧歌章．六爻亂動訣》原文作：「六爻亂動事難明，須向親宮看用神。用若休囚遭尅害，須知此事費精神。」

忌神歌

看卦先須看忌神，忌神宜靜不宜興。忌神急要逢傷剋，若遇生扶用受刑。

鼎升曰：

《卜筮全書．闡奧歌章．忌神歌》原文作：「看卦先須看忌神，忌神宜靜不宜興。忌神急要逢衝尅，若遇生扶用受刑。」其下註解爲：「忌爻若遇生扶，用爻便受刑尅。」

原神歌

原神發動志揚揚，用伏藏兮也不妨。須要生扶兼旺相，最嫌化剋及逢傷。

鼎升曰：

《卜筮全書．闡奧歌章．元辰歌》原文作：「元辰出現志揚揚，用伏藏兮也不妨。須要生扶兼旺相，最嫌衝尅及刑傷。」

用神不上卦訣

正卦如無變又無，就將首卦六親攻。動爻生用終須吉，若遇爻重剋用凶。

鼎升曰：

《卜筮全書·闡奥歌章·用爻不上卦或落空亡訣》原文作：「用象如無或落空，就將本卦六親攻。動爻生用終須吉，若遇交重尅用凶。」

用神空亡訣

發動逢冲不謂空，靜空遇尅却爲空。忌神最喜逢空吉，用與原神不可空。春土夏金秋樹木，三冬逢火是真空。旬空又值真空象，再遇爻傷到底空。

鼎升曰：

古今圖書集成本《卜筮全書·闡奥歌章·用爻空亡訣》原文作：「空在旁宮不斷空，空如出現却爲空。忌神最喜逢空吉，用與元辰不可空。春土夏金秋見木，三冬逢火是眞空。旬中占得眞空卦，縱吉須知到底凶。」

用神發動訣

用爻發動在宮中，縱値休囚亦不凶。更得生扶兼旺相，管教作事永亨通。

日辰訣

問卦先須看日辰，日辰剋用不堪親。日辰與用相生合，作事何愁不趂①心。

鼎升曰：

《卜筮全書・闡奧歌章・日辰訣》原文作：「問卦先須問日辰，日辰尅用不堪親。日辰與用相生合，作事何愁不稱心。」

註釋：

①「趂」，音chèn【襯】。同「趁」。適合。

六親發動訣

父動當頭剋子孫，病人無藥主昏沉，姻親①子息應難得，買賣勞心利不存，觀望行人書信動，論官下狀②理先分，士人③科舉④登金榜⑤，失物逃亡要訴論。

子孫發動傷官鬼，占病求醫身便痊，行人買賣身康泰，婚姻喜美是前緣，産婦當生子易養，詞訟私和不到官，謁貴求名休進用⑥，勸君守分聽乎天。

官鬼從來剋兄弟，婚姻未就生疑滯⑦，病困門庭禍祟來，耕種蠶桑⑧皆不利，出外逃亡定見災，詞訟官非有囚繫⑨，買賣財輕賭博輸，失脫難尋多暗昧⑩。

財爻發動剋文書，應舉⑪求名總是虛，將本經營⑫爲大吉，親姻如意樂無虞⑬，行人在外身將動，産婦求神易脫除⑭，失物靜安家未出，病人傷胃更傷脾。

兄弟交重剋了財，病人難愈未離災，應舉奪標⑮爲忌客，官非陰賊⑯耗錢財，若帶吉神爲有助，出路行人便未來，貨物經商消折⑰本，買婢求妻事不諧。

鼎升曰：

古今圖書集成本《卜筮全書．闡奧歌章．六親發動訣》「兄弟交重尅了財」一段原文作：「兄弟交重尅了財，病人難愈未離災，應舉雷同爲大忌，官非陰賊耗錢財，若帶吉神爲有助，出路行人尚未來，貨物經商消折本，買婢求妻事不諧。」

註釋：

①「姻親」，由婚姻關係而結成的親戚。

②「下狀」，投遞狀紙。

③「士人」，士大夫；儒生。亦泛稱知識階層。

④「科舉」，隋唐到清代用以考選官吏的制度。

⑤「金榜」，科舉時代殿試揭曉的榜。

⑥「進用」，選拔任用。

⑦「疑滯」，因懷疑而停頓不前；不明白，無法解決。

⑧「蠶桑」，養蠶與種桑。

⑨「囚繫」，囚禁、拘禁；被拘禁的罪犯。

⑩「暗昧」，愚昧；昏庸；不光明磊落；不可告人之陰私、隱私；隱晦不明；昏暗。

⑪「應舉」，參加科舉考試；接受選用或舉薦。

⑫「將本經營」，拿本錢作買賣。
⑬「無虞」，沒有憂患、顧慮。
⑭「脫除」，脫離。此處指生孩子。
⑮「奪標」，奪得錦標。本指龍舟競賽中，奪取錦標獲勝，亦借以比喻考試及第，或優勝得獎。
⑯「陰賊」，陰狠殘忍；陰氣戕害。
⑰「消折」，虧損、損失；貶值。

六親變化歌

父母化父母，進神文書許，化子不傷丁，化鬼官遷舉，化財宅長憂，兄弟爲泄氣。

子孫化退神，人財不稱情，化父田蠶①敗，化財加倍榮，化鬼憂生產②，兄弟謂相生。

官化進神祿，求官應疾速，化財占病凶，化父文書遂，化子必傷官，化兄家不睦。

妻財化進神，錢財入宅來，化官憂戚戚，化子笑哈哈，化父宜家長，化兄當破財。兄弟化退神，凡占無所忌，化父妾奴驚，化財財未遂，化官弟有災，化子却如意。

鼎升曰：

古今圖書集成本《卜筮全書．闡奧歌章．六親變化歌》原文作：「父母化父母，文書定不許，化子進人丁，化鬼身遂舉，化財宅長憂，兄弟本身取。子孫化子孫，人財兩稱情，化父田蠶旺，化財加倍榮，化鬼憂病產，兄弟必相爭。官化官爲祿，求官宜疾速，化財占病凶，化父文書逐，化子必傷官，化兄家不睦。妻財化妻財，錢龍入宅來，化官憂戚戚，化子笑哈哈，化父宜家宅，化兄當破財。兄弟化兄弟，凡占無所利，化父父憂驚，化財財未遂，化官身有災，化子却如意。」

註釋：

①「田蠶」，植桑養蠶等事務；泛指農桑。

②「生産」，生育。

六獸歌斷

發動青龍附用通，進財進祿福無窮，臨仇遇忌都無益，酒色①成災在此中。

朱雀交重文印旺，煞神相併漫勞功，是非口舌皆因此，動出生身却利公。

勾陳發動憂田土，累歲②迍邅③爲忌逢，生用有情方是吉，若然安靜不迷蒙④。

螣蛇鬼剋憂縈絆⑤，怪夢陰魔⑥暗裏攻，持木落空休道吉，逢冲之日莫逃⑦凶。

白虎交重喪惡事，官司病患必成凶，持金動剋妨人口，遇火生身便不同。

玄武動搖多暗昧，若臨官鬼賊交攻⑧，有情生世邪無犯，仇忌臨之姦盜⑨凶。

鼎升曰：

古今圖書集成本《卜筮全書．闡奧歌章．六神歌斷》原文作：「發動青龍萬事通，進財進祿福無窮，臨凶遇殺都無礙，惟忌臨金與落空。

朱雀交重文印旺，殺神相併謾勞功，是非口舌皆因此，持水臨空却利公。

勾陳發動憂田土，累歲迍邅與殺逢，持水落空方脫灑，縱饒安靜也迷蒙。

螣蛇發動憂縈絆，怪夢陰魔暗裏攻，持木落空方始吉，交重旺相必然凶。

白虎交重喪事惡，官司病患必成凶，持金坐世妨人口，遇火臨空便不同。

元武動搖多暗昧，若臨旺相賊交攻，土爻相併邪無犯，帶殺依然咎在躬。」

註釋：

①「酒色」，酒和女色。

②「累歲」，歷年；連年。

③「迍邅」，音 zhūnzhān【諄沾】。處境艱險，前進困難。

④「迷蒙」，矇昧糊塗；迷茫；模糊不明；迷惑蒙騙。

⑤「縈絆」，牽纏；牽掛。

⑥「陰魔」，妖魔鬼怪。

⑦「逊」，同「逃」。

⑧「交攻」，交相指責、抨擊；一齊進攻。

⑨「姦盜」，奸人盜賊；爲非作歹、劫盜財物。

日月建傳符

日建加青龍，財祿①喜重重，朱雀宜施用②，勾陳事未通，螣蛇多怪異，白虎破財凶，玄武陰私③擾，應在日時中，月建如臨此，斷法亦相同。

鼎升曰：

古今圖書集成本《卜筮全書·闡奧歌章·日建傳符》原文作：「日建加青龍，財祿喜重重，朱雀宜施用，勾陳事未通，螣蛇多怪異，白虎破財凶，元武陰私撓，應在日辰中。」其標題後註解爲：「子日子爻動，管一日之事。」

古今圖書集成本《卜筮全書·闡奧歌章·月建直符》原文作：「月建爲青龍，動則不雷同，內搖人口旺，外動祿財豐。前三爲朱雀，文書不待約，吉助有升遷，殺交遭繫縛。後三爲元武，所謀皆不許，在外損錢財，在家憂宅主。對宮爲白虎，凡占當忌取，外動有憂驚，內搖生疾苦。後一爲勾陳，連連碎事侵，旺相尤爲咎，休囚禍福深。螣蛇正辰起，逐月逆流行，內外皆爲咎，空亡却稱情。」其標題後註解爲：「正月寅爻動是也，主管一月之事。」

據明汪之顯《新刻元龜會解斷易神書．四建直符》記載：「年建天符、月建直符、日建傳符、時建直符：年建者，太歲上卦也，主管一年之事也；月建者，即直月之建也，上卦，主管一月之事；日建者，即本日之日辰，若值上卦，主管一日之事也；時建者，即本日之時，主管一時之事也。」

註釋：

①「財祿」，發財做官。

②「施用」，施行，實行；使用。

③「陰私」，隱秘不可告人的事。

八卦相配

乾爲老父陽屬，坤爲老母陰屬，震爲長男陽屬，巽爲長女陰屬，坎爲中男屬陽，離爲中女屬陰，艮爲少男屬陽，兌爲少女屬陰。

六甲旬空起例

甲子旬中戌亥空，甲寅旬中子丑空，甲辰旬中寅卯空，
甲午旬中辰巳空，甲申旬中午未空，甲戌旬中申酉空。

假如甲子日至癸酉，十日爲一旬，旬內無戌亥，故曰戌亥空；又如甲寅日至癸亥，旬內無子丑，故曰子丑空。餘旬如例。

月破定例

立春正月節，建寅破申。驚蟄二月節，建卯破酉。
清明三月節，建辰破戌。立夏四月節，建巳破亥。
芒種五月節，建午破子。小暑六月節，建未破丑。
立秋七月節，建申破寅。白露八月節，建酉破卯。
寒露九月節，建戌破辰。立冬十月節，建亥破巳。
大雪十一月節，建子破午。小寒十二月節，建丑破未。

凡月建所冲之爻名爲月破。

卜筮正宗卷之一終

卜筮正宗卷之二

古吳洞庭西山王維德洪緒著

壬午舉人弟　需遵時　叅訂

吳庠　鍾英子燦

蔡鑑升明

門人　謝朝柱巨材

任用淵潛菴　同較

男其龍雲客 章琢軒

後學　李凡丁鼎升校註

卦爻呈象并飛伏神卦身定例

乾卦 金屬

壬戌	壬申	壬午	甲辰	甲寅	甲子
、世	、	、	、應	、	、
父母	兄弟	官鬼	父母	妻財	子孫

乾者，健也。乾宮之首卦，名曰「八純」。財官父兄子俱全，爲本宮下七卦之伏神也。

天風姤① 金屬

壬戌	壬申	壬午	辛酉	辛亥	辛丑
、	、	、應	、	、	〃世
父母	兄弟	官鬼	兄弟	子孫	父母
		卦身		伏寅木妻財	

姤者，遇也。卦中獨缺妻財：以乾卦第二爻寅木，伏于本卦第二爻亥水之下，木長生在亥，亥水是飛神，寅木是伏神，水生木，謂之「飛來生伏得長生」。

天山遯② 金屬

壬戌	壬申	壬午	丙申	丙午	丙辰
、	、應	、	、	〃世	〃
父母	兄弟	官鬼	兄弟	官鬼	父母
				伏寅木妻財	伏子水子孫

遯者，退也。卦中缺妻財、子孫：以乾卦第二爻寅木，伏于本卦第二爻午火之下，午火是飛神，寅木是伏神，木生火，謂之「伏去生

飛」，名爲「泄氣」；以乾卦子水子孫伏于本卦初爻辰土之下，水墓在辰，謂之「伏神入墓于飛爻」也。

天地否③ 金屬

干支	爻	六親	備註
壬戌	、應	父母	
壬申	、	兄弟	卦身
壬午	、	官鬼	
乙卯	〃世	妻財	
乙巳	〃	官鬼	
乙未	〃	父母	伏子水子孫

否者，塞也。卦中缺子孫：以乾卦初爻子水子孫，伏于本卦初爻未土之下，未土是飛神，子水是伏神，土剋水，謂之「飛來剋伏」。

風地觀 金屬

干支	爻	六親	備註
辛卯	、	妻財	
辛巳	、	官鬼	伏申金兄弟
辛未	〃世	父母	
乙卯	〃	妻財	
乙巳	〃	官鬼	
乙未	〃應	父母	伏子水子孫

觀者，觀也。卦中缺兄弟、子孫：以乾卦第五爻申金兄弟爻，伏于本卦第五爻巳火之下，巳火是飛神，申金是伏神，金長生在巳，謂之「伏下長生」，遇引卽出；以乾卦初爻子水子孫，伏于本卦初爻未土

之下，未土是飛神，子水是伏神，土剋水，謂之「飛來剋伏」。

山地剝　金屬

干支	爻	六親	註
丙寅	、	妻財	
丙子	〃世	子孫	伏申金兄弟
丙戌	〃	父母	卦身
乙卯	〃	妻財	
乙巳	〃應	官鬼	
乙未	〃	父母	

剝者，落也。中缺兄弟：以乾卦第五爻申金，伏于本卦第五爻子水之下，子水是飛神，申金是伏神，金生水，謂之「伏去生飛」，名爲「泄氣」。

火地晉　金屬

干支	爻	六親	註
己巳	、	官鬼	
己未	〃	父母	
己酉	、世	兄弟	
乙卯	〃	妻財	卦身
乙巳	〃	官鬼	
乙未	〃應	父母	伏子水子孫

晉者，進也。乃乾宮之第七卦，名曰「游魂」。卦內缺子孫：以乾卦初爻子水子孫，伏于本卦初爻未土之下，未土是飛神，子水是伏神，土剋水，謂之「飛來剋伏」。

火天大有 金屬

卦身			
	己巳	、應	官鬼
	己未	〃	父母
	己酉	、	兄弟
	甲辰	、世	父母
卦身	甲寅	、	妻財
	甲子	、	子孫

大有者，寬也。乃乾宮之末卦，名「歸魂」。卦中財官父兄子俱全，不須尋伏。

坎爲水 水屬

戊子	〃世	兄弟
戊戌	、	官鬼
戊申	〃	父母
戊午	〃應	妻財
戊辰	、	官鬼
戊寅	〃	子孫

坎者，陷也。乃坎宮之首卦，名曰「八純」。卦內財官父兄子俱全，爲本宮下七卦之伏神也。

水澤節 水屬

卦身 戊子	戊戌	戊申	丁丑	丁卯	丁巳
、、	、	、、應	、、	、	、世
兄弟	官鬼	父母	官鬼	子孫	妻財

節者，止也。卦中財官父兄子俱全，不須尋伏。

水雷屯④ 水屬

戊子	戊戌	戊申	庚辰 伏午火妻財	庚寅	庚子
、、	、應	、、	、、	、、世	、
兄弟	官鬼	父母	官鬼	子孫	兄弟

屯者，難也。卦中缺妻財：以坎卦第三爻午火，伏于本卦第三爻辰土之下，辰土是飛神，午火是伏神，火生土，謂之「伏去生飛」，名爲「泄氣」。

水火既濟　水屬

爻	干支	六親	伏神
〃應	戊子	兄弟	
、	戊戌	官鬼	
〃	戊申	父母	
、世	己亥	兄弟	伏午火妻財
〃	己丑	官鬼	
、	己卯	子孫	伏寅木卦身

既濟者，合也。卦中缺妻財：以坎卦第三爻午火，伏于本卦第三爻亥水之下，亥水是飛神，午火是伏神，火絕在亥，謂之「伏神絕于飛爻」也。

澤火革　水屬

爻	干支	六親	伏神
〃	丁未	官鬼	
、	丁酉	父母	
、世	丁亥	兄弟	
、	己亥	兄弟	伏午火妻財
〃	己丑	官鬼	
、應	己卯	子孫	卦身

革者，改也。卦中缺妻財：以坎卦第三爻午火，伏于本卦第三爻亥水之下，亥水是飛神，午火是伏神，火絕在亥，謂之「伏神絕于飛爻」也。

雷火豐　水屬

爻	干支	六親	備註
、、	庚戌	官鬼	卦身
、、世	庚申	父母	
、	庚午	妻財	
、	己亥	兄弟	
、、應	己丑	官鬼	
、	己卯	子孫	

豐者，大也。卦中財官父兄子俱全，不須尋伏。

地火明夷　水屬

爻	干支	六親	備註
、、	癸酉	父母	卦身
、、	癸亥	兄弟	
、、世	癸丑	官鬼	
、	己亥	兄弟	伏午火妻財
、、	己丑	官鬼	
、應	己卯	子孫	

明夷者，傷也。乃坎宮之第七卦，名曰「游魂」。卦中缺妻財：以坎卦第三爻午火，伏于本卦第三爻亥水之下，亥水是飛神，午火是伏神，火絕在亥，謂之「伏神絕于飛爻」也。

鼎升曰：

原卦中「卦身」，原本無，據文意補。

地水師 水屬

癸酉	癸亥	癸丑（伏申金 卦身）	戊午	戊辰	戊寅
〃應	〃	〃	〃世	、	〃
父母	兄弟	官鬼	妻財	官鬼	子孫

師者，衆也。乃坎宮之末卦，名曰「歸魂」。卦中財官父兄子俱全，不須尋伏。

艮爲山 土屬

丙寅	丙子	丙戌	丙申	丙午	丙辰
、世	〃	〃	、應	〃	〃
官鬼	妻財	兄弟	子孫	父母	兄弟

艮者，止也。乃艮宮之首卦，名曰「八純」。卦內財官父兄子俱全，爲本宮下七卦之伏神也。

山火賁⑤ 土屬

干支	爻	六親	附註
丙寅	、	官鬼	
丙子	〃	妻財	卦身
丙戌	〃應	兄弟	
己亥	、	妻財	伏申金子孫
己丑	〃	兄弟	伏午火父母
己卯	、世	官鬼	

賁者，飾也。卦中缺父母、子孫：以艮卦第二爻午火，伏于本卦第二爻丑土之下，丑土是飛神，午火是伏神，火生土，謂之「伏去生飛」，名爲「泄氣」。

鼎升曰：原解末應補以「以艮卦第三爻申金子孫，伏于本卦第三爻亥水之下，亥水是飛神，申金是伏神，金生水，謂之『伏去生飛』，名爲『泄氣』」一句。

山天大畜 土屬

干支	爻	六親	附註
丙寅	、	官鬼	
丙子	〃應	妻財	
丙戌	〃	兄弟	
甲辰	、	兄弟	伏申金子孫
甲寅	、世	官鬼	伏午火父母
甲子	、	妻財	

大畜者，聚也。卦中缺父母、子孫：以艮卦第二爻午火，伏于本卦第二爻寅木之下，寅木是飛神，午火是伏神，木生火，火長生于寅，謂之「飛來生伏得長生」；以艮卦第三爻申金子孫，伏于本卦第三爻辰土之下，辰土是飛神，申金是伏神，土生金，謂之「飛來生伏」。

山澤損 屬土

干支	爻	六親	附註
丙寅	、應	官鬼	
丙子	〃	妻財	
丙戌	〃	兄弟	
丁丑	〃世	兄弟	卦身　伏申金子孫
丁卯	、	官鬼	
丁巳	、	父母	

損者，益也。卦中缺子孫：以艮卦第三爻申金子孫，伏于本卦第三爻丑土之下，丑土是飛神，申金是伏神，金墓在丑，謂之「伏神入墓于飛爻」也。

火澤睽⑥ 屬土

干支	爻	六親	附註
己巳	、	父母	
己未	〃	兄弟	伏子水妻財
己酉	、世	子孫	
丁丑	〃	兄弟	
丁卯	、	官鬼	卦身
丁巳	、應	父母	

睽者，背也。卦中缺妻財：以艮卦第五爻子水妻財，伏于本卦第五爻未土之下，未土是飛神，子水是伏神，土剋水，謂之「飛來剋伏」。

鼎升曰：

原卦名與原解中「睽」俱作「睽」，顯誤，徑改。

天澤履 土屬

干支	爻	六親	伏
壬戌	、	兄弟	
壬申	、世	子孫	伏子水妻財
壬午	、	父母	
丁丑	〃	兄弟	
丁卯	、應	官鬼	
丁巳	、	父母	伏辰土卦身

履者，禮也。卦中缺妻財：以艮卦第五爻子水妻財，伏于本卦第五爻申金之下，申金是飛神，子水是伏神，金生水，水長生于申，謂之「飛來生伏得長生」。

風澤中孚 土屬

干支	爻	六親	伏
辛卯	、	官鬼	
辛巳	、	父母	伏子水妻財
辛未	〃世	兄弟	
丁丑	〃	兄弟	伏申金子孫
丁卯	、	官鬼	
丁巳	、應	父母	

中孚者，信也。乃艮宮第七卦，名曰「游魂」。卦中缺妻財、子孫：以艮卦第五爻子水妻財，伏于本卦第五爻巳火之下，巳火是飛神，子水是伏神，水絕在巳，謂之「伏神絕于飛爻」也；以艮卦申金子孫，伏于本卦第三爻丑土之下，丑土是飛神，申金是伏神，金墓在丑，謂之「伏神入墓于飛爻」也。

風山漸 屬土

伏寅木卦身	伏子水妻財				
辛卯	辛巳	辛未	丙申	丙午	丙辰
、應	、	〃	、世	〃	〃
官鬼	父母	兄弟	子孫	父母	兄弟

漸者，進也。乃艮宮之末卦，名曰「歸魂」。卦中缺妻財：以艮卦第五爻子水妻財，伏于本卦第五爻巳火之下，巳火是飛神，子水是伏神，水絕在巳，謂之「伏神絕于飛爻」也。

鼎升曰：

原卦中「伏寅木卦身」，原本無，據文意補。

震爲雷　木屬

庚戌	庚申	庚午	庚辰	庚寅	庚子
〃世	〃	、	〃應	〃	、
妻財	官鬼	子孫	妻財	兄弟	父母

震者，動也。乃震宮之首卦，名曰「八純」。卦中財官父兄子俱全，爲本宮下七卦之伏神也。

雷地豫　木屬

		卦身			伏子水父母
庚戌	庚申	庚午	乙卯	乙巳	乙未
〃	〃	、應	〃	〃	〃世
妻財	官鬼	子孫	兄弟	子孫	妻財

豫者，悅也。卦中缺父母：以震卦初爻子水父母，伏于本卦初爻未土之下，未土是飛神，子水是伏神，土剋水，謂之「飛來剋伏」。

雷水解 木屬

庚戌	丶丶	妻財	
庚申	丶丶應	官鬼	
庚午	丶	子孫	
戊午	丶丶	子孫	
戊辰	丶世	妻財	
戊寅	丶丶	兄弟	伏子水父母

解者，散也。卦中缺父母：以震卦初爻子水父母，伏于本卦初爻寅木之下，寅木是飛神，子水是伏神，水生木，謂之「伏去生飛」，名爲「泄氣」。

雷風恒 木屬

庚戌	丶丶應	妻財	
庚申	丶丶	官鬼	
庚午	丶	子孫	
辛酉	丶世	官鬼	
辛亥	丶	父母	卦身 伏寅木兄弟
辛丑	丶丶	妻財	

恒者，久也。卦中缺兄弟：以震卦第二爻寅木，伏于本卦亥水之下，亥水是飛神，寅木是伏神，水生木，木長生在亥，謂之「飛來生伏得長生」。

地風升　木屬

伏神／卦身	干支	爻	六親
卦身	癸酉	〃	官鬼
	癸亥	〃	父母
伏午火子孫	癸丑	〃世	妻財
卦身	辛酉	、	官鬼
伏寅木兄弟	辛亥	、	父母
	辛丑	〃應	妻財

升者，進也。卦中缺兄弟、子孫：以震卦第二爻寅木兄弟，伏于本卦第二爻亥水之下，亥水是飛神，寅木是伏神，水生木，木長生在亥，謂之「飛來生伏得長生」；以震卦第四爻午火子孫，伏于本卦第四爻丑土之下，丑土是飛神，午火是伏神，火生土，謂之「伏去生飛」，名爲「洩氣」。

水風井　木屬

伏神／卦身	干支	爻	六親
	戊子	〃	父母
	戊戌	、世	妻財
伏午火子孫	戊申	〃	官鬼
伏辰土卦身	辛酉	、	官鬼
伏寅木兄弟	辛亥	、應	父母
	辛丑	〃	妻財

井者，靜也。卦中缺兄弟、子孫：以震卦第二爻寅木兄弟，伏于本卦第二爻亥水之下，亥水是飛神，寅木是伏神，水生木，木長生在亥，謂之

「飛來生伏得長生」；以震卦第四爻午火子孫，伏于本卦第四爻申金之下，申金是飛神，午火是伏神，火剋金，謂之「伏剋飛神爲出暴」。

澤風大過　木屬

丁未	丁酉	丁亥 伏午火子孫	辛酉	辛亥 伏寅木兄弟	辛丑
〃	、	、世	、	、	〃應
妻財	官鬼	父母	官鬼	父母	妻財

大過者，禍也。乃震宮第七卦，名曰「游魂」。卦中缺兄弟、子孫：以震卦第二爻寅木兄弟，伏于本卦第二爻亥水之下，亥水是飛神，寅木是伏神，水生木，木長生在亥，謂之「飛來生伏得長生」；以震卦第四爻午火子孫，伏于本卦第四爻亥水之下，亥水是飛神，午火是伏神，火絕在亥，謂之「伏神絕于飛爻」也。

澤雷隨　木屬

丁未	丁酉 伏申金卦身	丁亥 伏午火子孫	庚辰	庚寅	庚子
〃應	、	、	〃世	〃	、
妻財	官鬼	父母	妻財	兄弟	父母

隨者，順也。乃震宮之末卦，名曰「歸魂」。卦中缺子孫：以震卦第四爻午火，伏于本卦第四爻亥水之下，亥水是飛神，午火是伏神，火絕在亥，謂之「伏神絕于飛爻」也。

巽爲風 木屬

辛卯	辛巳（卦身）	辛未	辛酉	辛亥	辛丑
、世	、	〃	、應	、	〃
兄弟	子孫	妻財	官鬼	父母	妻財

巽者，順也。乃巽宮之首卦，名曰「八純」。卦內財官父兄子俱全，爲本宮下七卦之伏神也。

風天小畜 木屬

辛卯	辛巳	辛未	甲辰（伏官鬼酉金）	甲寅	甲子（卦身）
、	、	〃應	、	、	、世
兄弟	子孫	妻財	妻財	兄弟	父母

小畜者，塞也。卦中缺官鬼：以巽卦第三爻酉金，伏于本卦第三爻辰土之下，辰土是飛神，酉金是伏神，土生金，謂之「飛來生伏」。

鼎升曰：原卦中「卦身」，原本無，據文意補。

風火家人　木屬

干支	爻	世應	六親	伏神
辛卯	、		兄弟	
辛巳	、	應	子孫	
辛未	〃		妻財	卦身
己亥	、		父母	伏官鬼酉金
己丑	〃	世	妻財	
己卯	、		兄弟	

家人者，同也。卦中缺官鬼：以巽卦第三爻酉金，伏于本卦第三爻亥水之下，亥水是飛神，酉金是伏神，金生水，謂之「伏去生飛」，名爲「泄氣」。

風雷益　木屬

干支	爻	世應	六親	伏神
辛卯	、	應	兄弟	
辛巳	、		子孫	
辛未	〃		妻財	
庚辰	〃	世	妻財	伏官鬼酉金
庚寅	〃		兄弟	
庚子	、		父母	

益者，損也。卦中缺官鬼：以巽卦第三爻酉金，伏于本卦第三爻辰土之下，辰土是飛神，酉金是伏神，土生金，謂之「飛來生伏」。

天雷无妄　木屬

壬戌 伏卯木卦身	壬申	壬午	庚辰	庚寅	庚子
丶	丶	丶世	〃	〃	丶應
妻財	官鬼	子孫	妻財	兄弟	父母

无妄者，天災也。卦內財官父兄子俱全，不須尋伏。

鼎升曰：原卦中「伏卯木卦身」，原本無，據文意補。

火雷噬嗑⑦　木屬

己巳	己未	己酉	庚辰	庚寅	庚子
丶	〃世	丶	〃	〃應	丶
子孫	妻財	官鬼	妻財	兄弟	父母

噬嗑者，囓⑧也。卦內財官父兄子俱全，不須尋伏。

山雷頤　木屬

干支	爻	六親	伏神
丙寅	、	兄弟	
丙子	〃	父母	伏巳火子孫
丙戌	〃世	妻財	
庚辰	〃	妻財	伏酉金官鬼　卦身
庚寅	〃	兄弟	
庚子	、應	父母	

頤者，養也。乃巽宮第七卦，名曰「游魂」。卦中缺子孫、官鬼：以巽卦第三爻酉金官鬼，伏于本卦第三爻辰土之下，辰土是飛神，酉金是伏神，土生金，謂之「飛來生伏」；以巽卦第五爻巳火子孫，伏于本卦第五爻子水之下，子水是飛神，巳火是伏神，水剋火，謂之「飛來剋伏」。

山風蠱　木屬

干支	爻	六親	伏神
丙寅	、應	兄弟	卦身
丙子	〃	父母	伏巳火子孫
丙戌	〃	妻財	
辛酉	、世	官鬼	
辛亥	、	父母	
辛丑	〃	妻財	

蠱者，事也。乃巽宮之末卦，名曰「歸魂」。卦中缺子孫：以巽卦第五爻巳火，伏于本卦第五爻子水之下，子水是飛神，巳火是伏神，水

剋火，謂之「飛來剋伏」。

離爲火　火屬

卦身					
己巳	己未	己酉	己亥	己丑	己卯
、世	〃	、	、應	〃	、
兄弟	子孫	妻財	官鬼	子孫	父母

離者，麗也。乃離宮之首卦，名「八純」。卦內財官父兄子俱全，爲本宮下七卦之伏神也。

火山旅　火屬

			伏亥水官鬼	卦身	伏卯木父母
己巳	己未	己酉	丙申	丙午	丙辰
、	〃	、應	、	〃	〃世
兄弟	子孫	妻財	妻財	兄弟	子孫

旅者，客也。卦中缺父母、官鬼：以離卦初爻卯木父母，伏于本卦初爻辰土之下，辰土是飛神，卯木是伏神，木剋土，謂之「伏剋飛神爲出暴」；以離卦第三爻亥水官鬼，伏于本卦第三爻申金之下，申金是飛神，亥水是伏神，金生水，水長生在申，謂之「飛來生伏得長生」。

火風鼎　火屬

己巳	己未	己酉	辛酉	辛亥	辛丑
、	〃應	、	、	、世	〃
兄弟	子孫	妻財	妻財	官鬼	子孫

卦身　伏卯木父母（辛丑旁注）

鼎者，定也。卦中缺父母：以離卦初爻卯木父母，伏于本卦初爻丑土之下，丑土是飛神，卯木是伏神，木剋土，謂之「伏剋飛神爲出暴」。

火水未濟　火屬

己巳	己未	己酉	戊午	戊辰	戊寅
、應	〃	、	〃世	、	〃
兄弟	子孫	妻財	兄弟	子孫	父母

伏亥水官鬼（戊午旁注）

未濟者，失也。卦中缺官鬼：以離卦第三爻亥水官鬼，伏于本卦第三爻午火之下，午火是飛神，亥水是伏神，水剋火，謂之「伏剋飛神爲出暴」。

山水蒙　火屬

爻	干支	六親	附註
、	丙寅	父母	
〃	丙子	官鬼	
〃世	丙戌	子孫	卦身　伏酉金妻財
〃	戊午	兄弟	
、	戊辰	子孫	
〃應	戊寅	父母	

蒙者，昧也。卦中缺妻財：以離卦第四爻酉金妻財，伏于本卦第四爻戊土之下，戊土是飛神，酉金是伏神，土生金，謂之「飛來生伏」。

風水渙　火屬

爻	干支	六親	附註
、	辛卯	父母	
、世	辛巳	兄弟	
〃	辛未	子孫	伏酉金妻財
〃	戊午	兄弟	伏亥水官鬼
、應	戊辰	子孫	卦身
〃	戊寅	父母	

渙者，散也。卦中缺妻財、官鬼：以離卦第三爻亥水官鬼，伏于本卦第三爻午火之下，午火是飛神，亥水是伏神，水剋火，謂之「伏剋飛神爲出暴」；以離卦第四爻酉金妻財，伏于本卦第四爻未土之下，未土是飛神，酉金是伏神，土生金，謂之「飛來生伏」。

天水訟 火屬

爻	干支	六親	伏神
、	壬戌	子孫	
、	壬申	妻財	
、世	壬午	兄弟	
〃	戊午	兄弟	伏亥水官鬼
、	戊辰	子孫	
〃應	戊寅	父母	伏卯木卦身

訟者，論也。乃離宮第七卦，名曰「游魂」。卦中缺官鬼：以離卦第三爻亥水官鬼，伏于午火之下，午火是飛神，亥水是伏神，水剋火，謂之「伏剋飛神爲出暴」。

天火同人 火屬

爻	干支	六親
、應	壬戌	子孫
、	壬申	妻財
、	壬午	兄弟
、世	己亥	官鬼
〃	己丑	子孫
、	己卯	父母

同人者，親也。乃離宮之末卦，名曰「歸魂」。卦中財官父兄子俱全，不須尋伏。

鼎升曰：

原卦中「官鬼己亥」，原本作「妻財己酉」，顯誤，逕改。

坤為地 屬土

干支	爻	六親
癸酉	〃世	子孫
癸亥（卦身）	〃	妻財
癸丑	〃	兄弟
乙卯	〃應	官鬼
乙巳	〃	父母
乙未	〃	兄弟

坤者，順也。乃坤宮之首卦，名曰「八純」。卦內財官父兄子俱全，為本宮下七卦之伏神也。

地雷復 屬土

干支	爻	六親
癸酉	〃	子孫
癸亥	〃	妻財
癸丑	〃應	兄弟
庚辰	〃	兄弟
庚寅（伏巳火父母）	〃	官鬼
庚子（卦身）	丶世	妻財

復者，反也。卦中缺父母：以坤卦第二爻巳火父母，伏于本卦第二爻寅木之下，寅木是飛神，巳火是伏神，木生火，火長生在寅，謂之「飛來生伏得長生」。

地澤臨 土屬

癸酉	〃	子孫	
癸亥	〃應	妻財	
癸丑	〃	兄弟	卦身
丁丑	〃	兄弟	卦身
丁卯	、世	官鬼	
丁巳	、	父母	

臨者，大也。卦中財官父兄子俱全，不須尋伏。

地天泰 土屬

癸酉	〃應	子孫	
癸亥	〃	妻財	
癸丑	〃	兄弟	
甲辰	、世	兄弟	
甲寅	、	官鬼	卦身 伏巳火父母
甲子	、	妻財	

泰者，通也。卦中缺父母：以坤卦第二爻巳火父母，伏于本卦第二爻寅木之下，寅木是飛神，巳火是伏神，木生火，火長生在寅，謂之「飛來生伏得長生」。

雷天大壯　土屬

庚戌	庚申	庚午	甲辰	甲寅	甲子
〃	〃	、世	、	、	、應
兄弟	子孫	父母	兄弟	官鬼	妻財
			伏卯木 卦身		

大壯者，志也。卦中財官父兄子俱全，不須尋伏。

澤天夬⑨　土屬

丁未	丁酉	丁亥	甲辰	甲寅	甲子
〃	、世	、	、	、應	、
兄弟	子孫	妻財	兄弟	官鬼	妻財
			卦身	伏巳火 父母	

夬者，決也。卦中缺父母：以坤卦第二爻巳火父母，伏于本卦第二爻寅木之下，寅木是飛神，巳火是伏神，木生火，火長生在寅，謂之「飛來生伏得長生」。

水天需 土屬

伏／卦身	納甲	爻	六親
伏酉金　卦身	戊子	〃	妻財
	戊戌	、	兄弟
	戊申	〃世	子孫
	甲辰	、	兄弟
伏巳火父母	甲寅	、	官鬼
	甲子	、應	妻財

需者，須也。乃坤宮之第七卦，名曰「遊魂」。卦中缺父母：以坤卦第二爻巳火父母，伏于本卦第二爻寅木之下，寅木是飛神，巳火是伏神，木生火，火長生在寅，謂之「飛來生伏得長生」。

水地比 土屬

伏／卦身	納甲	爻	六親
	戊子	〃應	妻財
	戊戌	、	兄弟
卦身	戊申	〃	子孫
	乙卯	〃世	官鬼
	乙巳	〃	父母
	乙未	〃	兄弟

比者，和也。乃坤宮之末卦，名曰「歸魂」。卦中財官父兄子俱全，不須尋伏。

兌爲澤　金屬

		卦身			
丁未	丁酉	丁亥	丁丑	丁卯	丁巳
〃世	、	、	〃應	、	、
父母	兄弟	子孫	父母	妻財	官鬼

兌者，悅也。乃兌宮之首卦，名曰「八純」。卦內財官父兄子俱全，爲本宮下七卦之伏神也。

澤水困　金屬

			卦身		
丁未	丁酉	丁亥	戊午	戊辰	戊寅
〃	、	、應	〃	、	〃世
父母	兄弟	子孫	官鬼	父母	妻財

困者，危也。卦中財官父兄子俱全，不須尋伏。

澤地萃　金屬

干支	爻	六親
丁未（卦身）	〃	父母
丁酉	、應	兄弟
丁亥	、	子孫
乙卯	〃	妻財
乙巳	〃世	官鬼
乙未（卦身）	〃	父母

萃者，聚也。卦中財官父兄子俱全，不須尋伏。

鼎升曰：原卦中初爻「卦身」，原本無，據文意補。

澤山咸　金屬

干支	爻	六親
丁未（卦身）	〃應	父母
丁酉	、	兄弟
丁亥	、	子孫
丙申	、世	兄弟
丙午（伏卯木妻財）	〃	官鬼
丙辰	〃	父母

咸者，感也。卦中缺妻財：以兌卦第二爻卯木妻財，伏于本卦第二爻午火之下，午火是飛神，卯木是伏神，木生火，謂之「伏去生飛」，名爲「泄氣」。

水山蹇⑩ 金屬

干支	爻	六親	伏
戊子	〃	子孫	
戊戌	、	父母	伏 酉金 卦身
戊申	〃世	兄弟	
丙申	、	兄弟	
丙午	〃	官鬼	伏 卯木 妻財
丙辰	〃應	父母	

蹇者，難也。卦中缺妻財：以兌卦第二爻卯木妻財，伏于本卦第二爻午火之下，午火是飛神，卯木是伏神，木生火，謂之「伏去生飛」，名爲「泄氣」。

地山謙 金屬

干支	爻	六親	伏
癸酉	〃	兄弟	
癸亥	〃世	子孫	
癸丑	〃	父母	
丙申	、	兄弟	
丙午	〃應	官鬼	伏 卯木 妻財
丙辰	〃	父母	

謙者，退也。卦中缺妻財：以兌卦第二爻卯木妻財，伏于本卦第二爻午火之下，午火是飛神，卯木是伏神，木生火，謂之「伏去生飛」，名爲「泄氣」。

雷山小過　金屬

‖	庚戌	父母		
‖	庚申	兄弟		
、	庚午	官鬼	世	伏子孫亥水
、	丙申	兄弟		
‖	丙午	官鬼		伏妻財卯木　卦身
‖	丙辰	父母	應	

小過者，過也。乃兌宮第七卦，名曰「遊魂」。卦中缺妻財、子孫：以兌卦卯木妻財，伏于本卦第二爻午火之下，午火是飛神，卯木是伏神，木生火，謂之「伏去生飛」，名爲「泄氣」；以兌卦第四爻亥水子孫，伏于本卦第四爻午火之下，午火是飛神，亥水是伏神，水剋火，謂之「伏剋飛神爲出暴」。

鼎升曰：原卦中「兄弟庚申」，原本作「兄弟庚午」，顯誤，徑改。

雷澤歸妹　金屬

‖	庚戌	父母	應	
‖	庚申	兄弟		卦身
、	庚午	官鬼		伏子孫亥水
‖	丁丑	父母	世	
、	丁卯	妻財		
、	丁巳	官鬼		

歸妹者，大也。乃兌宮之末卦，名曰「歸魂」。卦中缺子孫：以兌卦第四爻亥水子孫，伏于本卦第四爻午火之下，午火是飛神，亥水是伏神，水剋火，謂之「伏剋飛神爲出暴」。

鼎升曰：

原卦中「卦身」，原本無，據文意補。

已上逐卦伏神及卦身定例，因《易林補遺》有「陽伏陰，陰伏陽」，《卜筮全書》有「乾坤來往換」等法之誤，故以逐卦細陳[11]，以便後學。如六爻安靜，及動變之爻又無用神者，當推此例；如卦中變爻見有用神及卦身者，已有用神，不必再查伏神矣。假如天山遯卦安靜，缺妻財，以乾卦二爻寅木，伏遯卦二爻午火之下；如遯卦初爻發動，變成天火同人卦，初爻丙辰父母，卽變出己卯妻財，當以卯木妻財爲用神，不必看寅木矣。餘卦倣此。

鼎升曰：

原文中「《卜筮全書》有『乾坤來往換』等法」，古今圖書集成本《卜筮全書·啟蒙節要·飛伏神歌》原文作：「乾坤來往換，艮兌兩邊求，震巽相抽取，坎離遞送流。」原解作：「乾卦伏神從坤卦尋，坤卦伏神從乾卦取。兩宮互相交換，下六宮一如此例。假如乾卦六爻子寅辰午申戌，其伏神用坤卦未巳卯丑亥酉。又如天風姤卦，外三爻是本宮出現，不必看其伏神；內三爻是巽宮來，方要察其本宮：子寅辰伏在丑亥酉內也。至風地觀、山地剝、火地晉，內外卦皆是別宮，其本宮六爻皆伏藏於內。至火天大有歸魂卦，外三爻是伏藏，內三爻是出現。餘宮各卦可以類推。」原註作：「凡看伏神，因用爻不上卦，或被衝尅，不得已而摻索之。學者自宜變通，不可拘泥。」

另參卷之三《伏神正傳第六》與《闢〈易林補遺〉伏神之謬》兩節。

註釋：

①「姤」，音 gòu【購】。

②「遯」，音 dùn【鈍】。

③「否」，音 pǐ【痞】。

④「屯」，音 zhūn【諄】。

⑤「賁」，音 bì【畢】。

⑥「睽」，音 kuí【葵】。

⑦「噬嗑」，音 shìhé【士盒】。

⑧「囓」，音niè【涅】。咬。

⑨「夬」，音guài【怪】。

⑩「蹇」，音jiǎn【撿】。

⑪「陳」，排列；陳述；呈現。

卜筮正宗卷之二終

卜筮正宗卷之三

古吳洞庭西山王維德洪緒著
壬午舉人弟　需遵時參訂
吳　庠　鍾　英子燦
蔡　鑑升明
門　人　謝朝柱巨材同較
任用淵潛菴
男其龍雲客
章琢軒
後　學　李凡丁鼎升校註

十八論

用神分類定例①第一

凡占祖父母、父母、師長②、家主③、伯、叔、姑、姨、與我父母同輩或與父母年若④之親友，及牆城、宅舍、舟車、衣服、雨具、求雨⑤、紬布⑥、氈⑦貨、章奏⑧、文章、舘室⑨，俱以父母爻爲用神。

凡占功名⑩、官府⑪、雷電、鬼神、丈夫、夫之兄弟同輩及夫之相與⑫朋友、亂臣⑬、盜賊、邪祟⑭、憂疑、病症、尸首、逆風，俱以官鬼爻爲用神。

凡占兄弟、姊⑮妹、姊妹丈、妻之兄弟、世兄弟⑯，結盟⑰、同寅⑱及知交⑲朋友，俱以兄弟爻爲用神。

凡占嫂與弟婦、妻妾及友人之妻妾、婢僕、物價、錢財、珠寶、金銀、倉庫、錢糧⑳、什物㉑、器皿㉒，及問天時晴明，俱以妻財爻爲用神。

凡占兒、女、孫、姪、女壻㉓、門生㉔、忠臣、良將、藥材、僧道、六畜、禽鳥、順風、解憂避禍，及問天時日月星斗㉕，俱以子孫爻爲用神。

註釋：

①「定例」，常規；慣例；定律。

②「師長」，老師和尊長。

③「家主」，主人；家長。

④「年若」，年齡相彷。

⑤「求雨」，因久旱而求神降雨。

⑥「紬布」，粗絲織成的絹。「紬」，音chōu【𩍩】。粗綢。用廢繭殘絲紡織成的織物。

⑦「氈」，音zhān【霑】。羊毛或其它動物毛經濕、熱、壓力等作用，縮製而成的塊片狀材料。

⑧「章奏」，臣僚呈報皇帝的文書。

⑨「舘室」，宮室、宮舘。

⑩「功名」，此處指科舉稱號或官職名位。

⑪「官府」，政府機關；長官、官吏。

⑫「相與」，此處指結交。

⑬「亂臣」，此處指作亂的臣子。

⑭「邪祟」，作祟害人的鬼怪；邪惡而作祟的事物。

⑮「姊」，音zǐ【仔】。女兄，姐姐。

⑯「世兄弟」，有世交的平輩男性之間的互稱。

⑰「結盟」，指結拜爲兄弟姐妹。

⑱「同寅」，同僚。共事的官吏。

⑲「知交」，此處指彼此投合，互相結交。

⑳「錢糧」，錢財和糧食；田賦；租稅；薪水。

㉑「什物」，各種物品器具。多指日常生活用品。

㉒「噐皿」，泛指盆、罐、碗、杯、碟等日常用具或玻璃儀器。「噐」，同「器」。「皿」，音mǐn【敏】。盤盂碗盞一類飲食盛器的總稱。

㉓「壻」，同「婿」。

㉔「門生」，東漢時指再傳弟子，後世亦指親授業的學生；科舉考試及第者對主考官自稱；宋朝因薦舉而改官者對舉主自稱。

㉕「星斗」，特指北斗星；此處泛指天上的星星。

世應論用神第二

凡卦中世應二爻，世爲自己，應作他人。世應相生相合，是云賔①主相投②；世應相剋相冲，可見兩情不睦。凡占自己疾病，或問壽數，或問出行吉凶，諸凡③損益自身者，以世爻爲用也；凡占無尊卑之稱呼、未曾深交之朋友、九流④術士⑤、仇人、敵國，或指實某處地頭，或指此山此水此寺此塔等類，俱以應爻爲用神也。如占自己有一地可造坟否，則世爲穴塲⑥，應爲對案⑦；如將買他人之地而欲造坟，問此地若葬益利我家否，以應作穴塲，世是我家也。

註釋：

①「賔」，同「賓」。

②「相投」，彼此合得來。

③「諸凡」，所有；一切。

④「九流」，先秦至漢初的九大學術流派。包括儒家、道家、陰陽家、法家、名家、墨家、縱横家、雜家、農家。泛指各學術流派。也泛指各種才藝。

⑤「術士」，以占卜、星相等爲職業的人；法術之士；策士，謀士；儒生；儒生中講陰陽災異的一派人。

⑥「穴場」，「穴」，指龍穴，堪輿家稱土中氣脈結聚處，謂其原理猶如人體的經絡穴位，是氣血的凝聚點。穴是尋氣的最終目標，以山環水抱、藏風得水爲主要特徵。穴所在之處爲穴場。

⑦「對案」，又稱近案、前案、案山、迎砂、中陽。穴山對面近處的矮山，位置在穴山與朝山之間，好像貴人辦公的書桌，憑案以處理各類事務。堪輿家謂其有助於蓄積穴山之氣。

用神問答第三

或曰：僕占主人，以父母爻爲用神；主人占僕，不以子孫爻爲用神，而以財爻爲用神。何也①？答曰：一切撫養庇護我身者，以父母爻爲用神，即如城垣②宅舍、舟車衣服等類是也；金銀物件、婢僕等一切驅使之類，以財爻爲用神是也。又曰：占兄弟之妻、妻之姊妹，以財爻爲用；占夫之兄弟，以官爻爲用。何也？答曰：兄弟之妻、妻之姊妹，與妻同輩人也，既夫占妻以財爻爲用，皆是財爻爲用矣；夫之兄弟，與夫同輩人也，既妻占夫以官爻爲用，皆是官爻爲用矣。又問：古書俱載兄弟爲風雲，今以官鬼之爻爲逆風，子孫之爻爲順風。何也？答曰：貴人以官爲官星，庶人③以鬼爲禍祟；貴人以子孫之爻爲惡煞，庶人以子孫之爻爲福神。官乃拘束之星，鬼乃憂疑阻滯之宿，如連日風雨，或遇逆風、疾病纏染、官司擾害、盜賊憂虞，人心豈暢？福神能制官鬼、善解憂愁，故爲之用也。

註釋：

①「何也」，爲什麼。

②「城垣」，城墻。「垣」，音yuán【元】。矮墻；墻、城墻；城池；官署的代稱。

③「庶人」，此處指平民百姓。

原忌仇神論第四

凡占卦要知原神，先看用神何爻，生用神之爻卽是原神也。如用神旬空月破、衰弱或伏藏不現，得原神動來生之，或日辰月建作原神生之，必待用爻出旬出破、得令值日，所求必遂矣；如用神旺相，原神休囚不動，或動而變墓、變絶、變剋、變破、變退，或被日辰月建剋制，皆不能生用，是用神根蒂①被傷矣，是不惟無益，而反有損也。

凡占卦要知忌神，亦先看用神，剋用神之爻卽是忌神也。如忌神動來剋用，而用爻出現不空，則受剋也；倘卦中又動出一爻原神生用，則忌神反生原神，是名「貪生忘剋」，則用神根蒂深固矣，其吉更倍也。如忌神獨發，而用神旬空，謂之「避空」；如伏藏不現，謂之「避凶」；如月建日辰生用，謂之「得救」：如是等仍爲吉兆，夫亦何嫌何疑哉？如忌神變回頭之剋，或日辰月建剋冲之，或動爻制忌之，謂之「賊欲害我，是賊先受害」也，我又何傷？如日辰月建生扶忌神，或忌神叠叠②剋用，卽使用神避空伏藏者，至出空出透時，便受其毒，難免其灾也。

凡占卦要知仇神，先看剋制原神、生扶忌神者，卽是仇神也。如卦中仇神發動，則原神被傷、用神無根、忌神倍力③，其禍可勝道④耶？

註釋：

①「根蒂」，植物的根及瓜果的把兒。比喻事物的根基或基礎。

②「疊疊」，層層重疊。此處指很多。

③「倍力」，力量加倍。

④「勝道」，說完、說盡。

飛神正論第五

飛神有六：凡卦既有伏神，伏神之上者，飛神一也；六獸五類，飛神二也；他宮五類贅①入本宮，取財官父兄子，飛神三也；一卦中，上下兩爻一類，內靜外興，外飛內，四也；外靜內興，內飛外，五也；內外皆興，飛去，六也。

註釋：

①「贅」，音zhuì【墜】。此處指附加、附著。

伏神正傳第六

夫伏神者，謂卦之有缺用神，纔看用神伏于何爻之下。既有用神現，卽使旬空月破動靜生剋合沖者，皆由機關①之所發，是有病處，必以藥醫之：故空要值日，破要填合，伏待出露，沖待合、合待沖，此乃物窮必變②、嚣滿則傾③。若以「破空爲無用；以乾爲坤之伏；大有五類俱全，又扯否卦爲伏；又爻爻有伏」之說，豈非病失藥醫？其傳謬矣！至于④學者無門可入。今陳⑤一定不易之理，以便學者易于陞堂⑥。且乾坤艮兌坎離震巽乃八宮之首卦，名曰「八純」，其爻全金木水火土，其象備官父子財兄，本宮下七卦如缺一者，卽以首卦爲伏：假令姤遁無財，須向乾宮借寅木；遁否晉觀缺水，移乾子水伏初爻；觀剝少金，乾卦中金爲伏。今以乾卦爲法，他宮他卦，皆是以本宮首卦爲下七卦之伏神也。

鼎升曰：

「破空爲無用；以乾爲坤之伏；大有五類俱全，又扯否卦爲伏；又爻爻有伏」之說，出自《易林補遺·元集·易林總斷章》。

據明萬曆刊本《易林補遺·元集·易林總斷章》記載，「飛伏在二儀交換，定然陽伏陰而陰伏陽」條文下原解作：「易有太極，是生兩儀，兩儀生四象，四象生八卦：乾爲老陽，坤爲老陰，震爲長男，巽爲長女，坎爲中男，離爲中女，艮爲少男，兌爲少女。故曰：乾坎艮震屬陽，巽離坤兌屬陰。飛伏者，乃陰陽互換之理：凡占陽卦而伏陰，卜陰卦而伏陽。且如卜得乾卦爲飛，便取坤卦爲伏；若得坤卦爲飛，便取乾卦爲伏。其餘雷風水火山澤，互換是也。八純飛伏如此定之。又論乾宮：姤遁否觀剝晉六卦者，皆伏親宮乾卦，惟獨大有歸魂伏在否卦是也。又如坎宮二至七卦皆伏坎水，惟獨師卦伏既濟。又說艮內惟獨歸魂當還第四。八宮同例，不必細陳。」「爻爻有伏有飛，伏無不用」條文下原解作：「飛伏者，往來隱顯之神也。飛爲已往，伏爲將來。若卦內有用神，不居空陷，不必更取伏神；如六爻不見主象者，卻取伏神推之。且如父占子病。未月甲寅旬壬戌日，卜得乾卦安靜。此卦子値旬空，本爲凶兆，豈知伏出坤卦癸亥水子孫，在壬申金之下，水賴金生，正所謂『飛來生伏得長生』，反爲有救。後至甲子日，本宮子象當權，病得瘥也。且如問求財。三月卯日，卜得既濟卦。六位無才，只有本宮戊午火爲才，又伏在亥水之下，飛能尅伏，必無才也。又如求才。秋月甲申日，卜得睽之歸妹。此卦六爻無才，須看艮宮丙子水，所嫌伏在未土之下。水被土傷本不爲美，豈知未土空亾，透出子水，況投長生申日，反主亨通。後至戊子日，果得厚利也。又論問求才。丑月甲午旬癸卯日，卜得噬嗑卦。此卦辰才落空，未才月破，此二才皆無用也。所喜巽宮辛丑土才正臨月建，伏於庚子水下，又得土旺於子，更論伏尅飛神爲出暴，必主吉祥。稍嫌卯日尅才，故當日未得，次早甲辰日兄弟又空，內才幇比，反獲倍利也。」

註釋：

①「機關」，比喻事物最關緊要的部分；對事情起決定作用的因素。

②「物窮必變」，當事物發展到極點、窮盡的時候，就必須求變化，變化之後便能夠通達，適合需要。語出《周易‧繫辭》：「《易》，窮則變，變則通，通則久。」後因以「窮則思變」表示人處於艱難環境，就會設法改變現狀。

③「器滿則傾」，容器裝得太滿，就會傾倒。比喻人過分自傲常導致失敗。

④「至于」，以至於。

⑤「陳」，排列；陳述；呈現。

⑥「陞堂」，比喻學問技藝已入門。語出《論語‧先進》：「子曰：『由也升堂矣，未入於室也。』」後因以「陞堂入室」稱贊在學問或技藝上的由淺入深，漸入佳境。

六獸評論第七

青龍最喜悅而多仁，附忌神凡謀不利。白虎最凶勇而好殺，生用神諸爲①則吉。朱雀剋身，口舌是非常有；如來生用，文書②音信當回。勾陳屬土，空則田園欠熟③；剛强剋世，公差④牽扯拘遲。螣蛇怪異虛驚。玄武私情⑤盜賊。白虎血神，生產⑥偏宜發動。午官朱雀，化水何忌火災？螣蛇木鬼欺身，恐自縊⑦難逃枷鎖。玄武官生靜世，交小人莫慮干連⑧。世剋靜青龍，巡捕戲場酒肆⑨。土鬼動勾陳，論祈禱速酬太歲⑩，問病原⑪腫脹黃浮⑫。畧舉六神取用，莫將六獸推尊。遇吉神般般云吉，持凶宿件件稱凶。

鼎升曰：

據唐段成式《酉陽雜俎．諾皋記下》記載：「工部員外郎張周封言，舊莊城東狗脊觜【其下小註：《水經注》言此狗架觜】西，嘗築牆於太歲上，一夕盡崩。且意其基虛，功不至，乃率莊客指揮築之。高未數尺，炊者驚叫曰：『怪作矣！』遽視之，飯數斗悉躍出蔽地，着牆匀若蠶子，無一粒重者，矗牆之半如界焉。因詣巫酹地謝之，亦無他焉。」據唐段成式《酉陽雜俎續集．支諾皋中》記載：「萊州卽墨縣有百姓王豐兄弟三人。豐不信方位所忌，常於太歲上掘坑，見一肉塊，大如斗，蠕蠕而動，遂塡其坑。肉隨塡而出，豐懼，棄之。經宿，長塞於庭。豐兄弟奴婢數日內悉暴卒，唯一女存焉。」

註釋：

①「諸爲」，所做的一切。

②「文書」，文字圖籍；書籍；文章；公文；案牘；字據；契約；書札。

③「熟」，成熟，植物的果實等完全長成；有收成；豐收；土壤顆粒均勻疏鬆。

④「公差」，舊時官方的差役。

⑤「私情」，此處指男女間不正當的感情。

⑥「生產」，女人生孩子。

⑦「自縊」，用繩索自勒其頸而死。俗稱上吊。「縊」，音yì【益】。勒頸而死；上吊。

⑧「干連」，牽連。

⑨「酒肆」，酒館。「肆」，鋪子。

⑩「土鬼動勾陳，論祈禱速酬太歲」，卽俗謂「太歲頭上動土」。在太歲所在的方位及相反的方位動土興建，會招來災禍，必須祭謝太歲以消除災禍。「太歲」，指太歲之神。古代數術家認爲太歲亦有歲神，凡太歲神所在的方位及相反的方位，均不

可興造、移徙、嫁娶、遠行，犯者必凶。此說源於漢代，傳至後世，說愈繁而禁愈嚴，有十二太歲、六十太歲、流年太歲、本命太歲等區分。民間則多用每年的地支生肖，即子鼠、丑牛等十二太歲作爲太歲之神。《欽定協紀辨方書・義例・太歲》引《神樞經》：「太歲，人君之象。率領諸神，統正方位，斡運時序，總成歲功……若國家巡狩省方，出師畧地，營造宮闕，開拓封疆，不可向之；黎庶修營宅舍，築壘墻垣，並須迴避。」

⑪「病原」，病因。引起疾病的根源。

⑫「黃浮」，虛黃浮腫。「虛黃」，病證名。多因勞倦太過，氣血兩虛所致。症見口淡，怔忡，耳鳴，腳軟，怠惰無力，寒熱微作，小便濁澀，皮膚雖黃而爪甲如常。「浮腫」，虛腫、水腫。

四生逐位論第八

火生于寅也，金生于巳也，水、土生于申也，木生于亥也。火庫于戌，絶于亥；金庫于丑，絶于寅；水、土庫于辰，絶于巳；木庫于未，絶于申。此長生墓絶定例，卦卦必用者長生，爻爻須究者墓絶，除三者之餘，卦中俱弗①重也。假令火之沐浴于卯，爲相生；火之冠帶于辰、衰于未、養于丑，爲泄氣；巳火臨官于巳，爲伏吟；午火臨官于巳，爲退神；巳火帝旺于午，爲進神；午火帝旺于午，爲伏吟；午火衰于未者，爲相合；午火病于申，巳、午火死于酉者，爲仇神；巳火病于申者，爲相合，胎于子者，爲相剋；午火胞胎于子，爲剋、爲沖、爲反吟：由此觀之，餘神奚足重哉②！

註釋：

①「弗」，不。

②「奚足重哉」，哪裡值得重視啊。

月破論第九

凡卦中月破之爻，乃關因①之所現也。動者亦能生剋他爻，變者亦能生剋本爻。目下雖破，出月不破矣；今日雖破，值日不破矣。月破最喜逢合填實，遠應年月，近應日時。如破而安靜，再值旬空衰弱，遇動爻月建日辰剋害，此等月破，謂之「真破」，到底破矣！

註釋：

①「關因」，事物最關緊要的部分；對事情起決定作用的因素。

旬空論第十

凡卦中爻遇旬空，乃神機發現于此也：如旺相旬空，或休囚發動、日辰生扶、動爻生扶、動爻變空伏而旺相，此等旬空到底有用，不過待其出旬值日，有合空、冲起、冲實填補之法，後卷占驗註明；如休囚安靜，或日辰剋、動爻剋、伏而被剋、靜逢月破，值此等旬空者，謂之「真空」，到底空矣！

反吟卦定例第十一

反吟卦有二，有卦之反吟，有爻之反吟：卦之反吟，卦變相冲也；爻之反吟，爻變相冲也。爻變相冲者，查卦中惟有坤變巽、巽變坤。乾卦坐于西北，乾右有戌，乾左有亥；巽卦坐于東南，巽右有辰，巽左有巳：兩卦相對，有辰戌、巳亥相冲。故乾爲天卦變巽爲風卦、巽卦變乾；天風姤卦變風天小畜、小畜變姤：此乾、巽二卦相冲，反吟卦也。坎卦坐于正北，坎下坐子；離卦坐于正南，離下坐午：兩卦相對，有子午相冲。故坎爲水卦變離、離爲火卦變坎；水火既濟變未濟、火水未濟變既濟：此坎、離二卦相沖，反吟卦也。艮卦坐于東北，艮右有丑，艮左有寅；坤卦坐于西南，坤右有未，坤左有申：二卦相對，有丑未、寅申相沖。故艮爲山卦變坤、坤爲地卦變艮；山地剝卦變謙、地山謙卦變剝：此艮、坤二卦相沖，反吟卦也。震卦坐于正東，震下坐卯；兌卦坐于正西，兌下坐酉：兩卦相對，有卯、酉相沖。故震卦變兌、兌卦變震；雷澤歸妹變隨、澤雷隨卦變歸妹：此震、兌二卦相沖，反吟卦也。子變午、午變子，丑變未、未變丑，寅變申、申變寅，卯變酉、酉變卯，辰變戌、戌變辰，巳變亥、亥變巳：亦以此變出相沖，乃爻之反吟也。

鼎升曰：

原文中「兩卦相對，有卯、酉相沖」句，原本作「兩卦兩對，有卯、酉相沖」，當誤，據前後文意改。

伏吟卦定例第十二

伏吟卦有三。乾卦變震、震變乾，无妄變大壯、大壯變无妄：此子寅辰復化子寅辰、午申戌復化午申戌，內外卦之伏吟，一也。

姤卦變恒、恒變姤，遁變小過、小過變遁，否變豫、豫變否，豐變同人、同人變豐，履變歸妹、歸妹變履，解變訟、訟變解：此午申戌復化午申戌，外卦之伏吟，二也。

大有卦變噬嗑、噬嗑變大有，屯卦變需、需變屯，大畜變頤、頤變大畜，隨變夬、夬變隨，小畜變益、益變小畜，泰變復、復變泰：此子寅辰復變子寅辰，內卦之伏吟，三也。伏吟，惟乾變震、震變乾，查他卦無伏吟也。

旺相休囚論第十三

春令木旺火相，夏令火旺土相，秋令金旺水相，冬令水旺木相，四季之月土旺金相：此八者，旺相也；春土金兮，夏金水兮，秋木火兮，冬火土兮：此八者，休囚也。凡卦中旺相之爻，倘被日辰及動爻剋制，目下貪榮①得令，過時仍受其毒：此旺相者，暫時之用也；凡卦中休囚之爻，如得日辰及動爻生扶，目下雖不能逞志②，遇時仍然得意：此休囚者，待時之用也。

註釋：

①「榮」，此處指繁華、繁榮。

②「逞志」，遂了心志，感到快意。

合中帶剋論第十四

凡卦中子爻變丑、戌爻變卯，此子與丑合、卯與戌合，合中帶剋，合三剋七之分：如旺相得月日生扶幇比，或卦中動爻生之，是作合論也；如休囚失令，被月日剋之，或卦中動爻剋之，是作剋論也。惟申金化巳火者，卽無月日與動爻相生，不作剋論，乃化合、化長生也；倘寅月日占之，是三刑會聚，申被寅冲，則不可以吉論矣。

合處逢冲、冲中逢合論第十五

合處逢冲有三：凡得六合變六冲，一也；日月冲爻，二也；動爻變冲，三也。冲中逢合亦有三：凡得六冲變六合，一也；日月合爻，二也；動爻變合，三也。合處逢冲，謀雖成而終散；冲中逢合，事已散而復成。

絶處逢生、剋處逢生論第十六

金絶于寅，木絶于申，水、土絶于巳，火絶于亥。譬如寅日占卦，金爻絶于寅，如卦中有土爻動而生之，是絶處逢生也；申日占卦，木爻則絶于申，如卦中有水爻動而生之，是絶處逢生也；巳日占卦，水爻則絶于巳，如卦中有金爻動而生之，是絶處逢生也；亥日占卦，火爻則絶于亥，如卦中有木爻動而生之，是絶處逢生也。惟巳日占卦，土爻絶于巳，如月建生扶幇比，土爻不謂絶也，謂之日生；如土化出巳，有日月幇比，不云化絶，乃云回頭生也：如月日制土，則是絶于日也，則是化絶于爻也。如酉日占卦，寅爻被剋，卦中有水爻動而生之，是剋處逢生矣。餘例如之。大凡絶處逢生，寒谷逢春①；剋處逢生，凶後見吉也。

註釋：

①「寒谷逢春」，寒冷貧瘠的山谷之地遇到春天，變得溫暖富庶起來。比喻生活、心情或其他事物由壞變好。

變出進、退神論第十七

凡卦中亥變子、丑變辰、寅變卯、辰變未、巳變午、未變戌、申變酉、戌變丑，乃進神也。進神者，吉凶倍增其勢也。凡卦中子變亥、戌變未、酉變申、未變辰、午變巳、辰變丑、卯變寅、丑變戌，乃退神也。退神者，吉凶漸減其威也。

卦有驗、不驗論第十八

凡人問卦，惟致誠①可以感格②神明。故齋莊③戒謹④，指占一事，神前祝告⑤，而後卜之，則是用是原、是忌是仇，動靜生剋、合冲變化，旬空月破、月建日辰，研究其理，無不驗也。如卜者不審其本來之心，而妄斷之，則理有不通，不驗也；兼問幾事，則數有不逮⑥，不驗也；如姦盜邪淫之事，則天有不容⑦，不驗也；或乘便偶占，毫無誠敬，不驗也。又如與人代占，必先說明是何名分，方可就其親疎⑧上下分別用神，以爲占驗，庶⑨無差誤：假如奴僕代主來占，則以父母爻爲用神。今乃有人自顧體面，不説實情，假托親戚，以致用神看差，雖占無益，不驗也；更或求卜之人，心雖誠敬，或阻于他事，令人代卜，而代卜之人心或不誠，不驗也；又或一事而今日占之，明日又占之，或一人連占四五卦，是「再三瀆，瀆則不告⑩」，不驗也。

註釋：

①「致誠」，使誠心達到極點；極其真誠。

②「感格」，感動、感化；感通、感應。「格」，感通。誠心能與鬼神或外物互相感應。

③「齋莊」，嚴肅誠敬。

④「戒謹」，猶戒慎。小心謹慎。

⑤「祝告」，禱告於神靈。

⑥「逮」，音dài【帶】。到，及。

⑦「不容」，不允許。

⑧「踈」，音shū【書】。同「疏」。

⑨「庻」，將近，差不多；希望，但願；或許，也許。

⑩「再三瀆，瀆則不告」，如果二次、三次來問卜，就成爲「瀆」，亦卽冒犯；冒犯，就不再告訴他。語出《周易・蒙》：「蒙，亨。匪我求童蒙，童蒙求我。初筮告，再三瀆，瀆則不告。利貞。」

闢《增刪卜易》之謬

夫人因事有憂疑，惟卜可決，必致誠求卜，神必以吉凶相告，當以生尅制化動靜之理細推，無不應驗。豈李文輝作《增刪卜易》一書，首章云「此書有十二篇秘法，单教世之全不知五行生尅之士，亦不必念卦書，只要學會點課①，就知決斷吉凶：知功名之成敗、知財物之得失、知疾病之生死、知禍福之趨避。種種諸事，概不必念卦書，則知決斷，乃吾師野鶴老人苦心于世之秘法，萬兩黃金無處求」等語。閱其秘法曰：「求名以官爻爲用神，以子孫爻爲忌神。不要念卦書，不要看生尅制化、動靜冲合，只要會裝卦，對神禱告曰：我若有功名，求賜官爻持世。卜一卦，官爻不臨世，再卜；再卜又無，再再卜，或明日再卜。倘得官爻持世，固知有名；倘得子孫持世，固知無名。求財，見財爻持世則有，見兄弟持世則無；卜病，見有用神持世則生，見有忌神持世則死。諸卜皆以用神持世斷吉，忌神持世斷凶，如無用神忌神持世，必要卜見方止。」予想李文輝又愚也，何不以筶爿禱告聖陰陽②爲吉凶斷，更捷徑③于此法也。今之乩④筶者，豈不值萬萬兩黃金乎？總之，李文輝侮聖人之易，迷後世之途，予故闢之。

鼎升曰：

野鶴老人創秘法之本意，是在提示後學「欲知未來之吉凶，除卜之外，無他矣」，「試去行之，爾見其靈，從此自肯念書學卜」。

據拙作《全本校註增刪卜易．辛未仲秋改換首卷》記載：「此書首卷，自前十三篇起至二十四篇止，另有一段秘法，單教世之全不知五行生剋之士，亦不必念卦書，只要學會點卦，就知決斷吉凶：知功名之成敗，知財物之得失，知疾病之死生，知禍福之趨避。此四宗大事，竟不必念卦書，則知決斷，乃野鶴老人苦心於世之秘法，萬兩黃金無處求。」據拙作《全本校註增刪卜易．八宮六十四卦名章》記載：「野鶴曰：昔者吾友宦遊時，以此《全圖》相送。友曰：予不知五行，焉知斷卦？予曰：先學點卦，點出卦象看是何卦，即在《全圖》內尋出此卦，照樣裝排世應、五行、六親，不用念卦書，即不知五行生剋之理，亦能決斷四宗大事。不管卦中動與不動，即照《全圖》內，單看世爻。占防憂慮患者，若得子孫持世，無憂；官鬼持世，憂疑難解，須宜加意防之。占功名者，若得官鬼持世，即許成名；子孫持世，且宜待時。占求財，妻財持世者，必得；兄弟持世者，難求。占疾病者，若得六沖卦，近病不藥而愈，久病妙藥難調……今吾友不知五行之理，神亦早知，如若求名，禱於神曰：功名若成，賜我官鬼持世；倘若失望，賜我子孫持世。如占防憂慮患，禱於神曰：目下若有禍者，卦得官鬼持世；若能免禍逃災者，賜我子孫持世。所得之卦，自然顯而易見。若又隱微者，即是神亦欺人，何以爲神？況予作此一段簡易之法，單欲教其全不知五行之士學會占卦，即照《全圖》裝排，就知決斷四宗大事。倘若稍知五行之理者，不可以此爲法……或又問曰：假令占防災慮患，若得子孫持世，自是無憂；若得官鬼持世，驚恐必見。倘卦中並不現者，何以決之？予曰：一卦不現，再占一卦；再占不現，明日又占。昔人泥其不敢再瀆，所以無法。予見《易經》有云：『三人占，聽二人之言。』古人一事既可決於三處，今人何妨再瀆？予生平以來，稍得其奥者，全賴多占之力也。事之緩者，遲日再占；事之急者，歇歇又占。不拘早晚，不必焚香，深更半夜亦可占之。只要單爲此事而占，不可又占他事。但有心懷兩三事而占卦者，非一念之誠，決無靈驗。假令占功名，或是官鬼持世，或是子孫持世，得其一者，得失已知，不必占矣。不可厭其子孫持世，務必求其官鬼持世而後已，此非理也。如占求財，或是妻財持世，或是兄弟持世，得其一者則止，不必再占。倘一事而與衆人同其禍福者，各占一卦，決之更易：即如行舟遇暴風，家中防火燭，人人俱可占之，但有一卦若得子孫持世，皆同無患；又如占疾病，病人自占，若不得六沖卦者，一家俱可代占，但有一人得六沖之卦，或係近病，或係久病，吉凶自了然矣……予又告吾友曰：此法甚善，名爲『賽錦囊』。予幼時止會點卦，不知裝卦，照此《全圖》裝排決斷，少經離亂，風波顛險，危處叨安，賴此之力。但予還有秘法，一並教爾：凡係自身之禍福者，只宜暗中卜之，照此決斷，不可令人在傍，占過之時，吉凶自知。切不可又將此卦而問識者。爾若安心問人，神亦早知，所得之卦，定有深奧。寧可存此卦帖，待事過之後，然後問人……告吾友曰：世人凡有疑難，開口則曰求神問卜，可見欲知未來之吉凶，除卜之外，無他矣。予習《周易》有年，所卜之事，感應之理，就如神聖開口說話，真令人毛骨慄然。因爾不知《周易》之妙，不念卦書，不得不送此秘訣，試去行之，爾見其靈，從此自肯念書學卜……」

註釋：

①「點課」，此處指用銅錢卜卦，畫出一卦中六個爻的單拆重交。

②「筶爿禱告聖陰陽」，「筶爿」，又稱「杯筊」、「杯珓」或「杯教」等。占卜用具。蚌殼或形似蚌殼的兩片竹木。其占卜方法是在神明前參拜，說明請示祈求的事情，再將筶爿合在掌心，略爲上拋擲出落於地，視筶爿陰陽組合狀態以定吉凶。凸起部份爲陰，平面部份爲陽。一陰一陽代表所請示祈求之事得到神明應允和贊同。兩片皆陽，代表神明笑而不答，意爲陳述不清、無法裁示或明知機緣未至，何必有

此一問；或所提問題自有主張、已有定數，何必多此一問；也可以解讀爲神明主意未定，需要重新請示。兩片皆陰，代表神明否定、生氣，或者不應許所求之事。「爿」，音pán【磐】。木材的半邊，左半邊爲爿，右半邊爲片；劈成片的竹木。

③「捷徑」，便捷的近路。「捷」，同「捷」。

④「丟」，音dū【督】。丟，扔，摔。

闢《易林補遺》伏神之謬

凡卦中用神不出現，查變爻有，不必尋伏神矣。倘變爻又無，然後查用神伏于何爻之下，看有提拔、沒有提拔，以定吉凶，無不應驗。其法譬如坤宮坤爲地卦，六爻五類備全，假使用爻旬空月破、刑冲剋害，卽就其本爻有病者論吉凶。如復、臨、泰、大壯、夬、需、比七卦，倘正卦與變卦皆無用神，卽將坤爲地卦內用神，爲伏本卦某爻之下，此法乃萬古一定不易，豈如張星元《易林補遺·總斷》所云「飛伏在二儀①交換，定然陽伏陰而陰伏陽。乾坤來往換，震巽兩邊②求，艮兌相抽取，坎離遞③送流」等語哉？∴若據彼將天風姤卦爲地雷復卦之伏神，不知地雷復卦所缺者文書爻，應將本宮首卦爲伏，取坤之二爻巳火文書，伏復卦二爻寅木之下，寅木爲飛，巳火爲伏，謂之「飛來生伏」，如占文書、長輩事，屢驗巳日；若據張星元以天風姤卦爲復卦之伏，取姤卦第四爻午火，伏復卦第四爻丑土下，妄將午火伏丑土泄氣之下爲凶，竟不以巳火伏長生之下爲吉。又如天山遁卦缺子孫，必以乾卦初爻子水子孫伏遁卦初爻辰土之下，水庫居辰，謂之「入墓于飛爻」也，看有提拔者吉，無提拔者凶，此亦萬古不易之法；而張星元竟將地澤臨卦第五爻癸亥水，伏遁卦第五爻申金之下，則曰「用神伏長生之下吉」，是扯張甲當李乙，妄論吉凶。又言用神上卦，如遇旬空月破、刑冲剋害，卽當尋伏。又言歸魂卦，皆將本宮第四卦爲伏：據稱大有卦初爻子水子孫值旬空，該將天地否卦爲伏神，而否卦六爻之內並無子孫，還是以出現旬空者凶乎，還是以伏卦中沒有用神，無吉無凶乎？畧闢其伏神一二之謬，以示後學。

鼎升曰：

原文中「《易林補遺．總斷》所云『飛伏在二儀交換，定然陽伏陰而陰伏陽。乾坤來往換，震巽兩邊求，艮兌相抽取，坎離遞送流』等語」，當僅指八宮首卦、八純卦而言，「八純飛伏如此定之」。參本卷前《伏神正傳第六》。

註釋：

①「二儀」，陰陽；天地；日月。

②「邉」，同「邊」。

③「遆」，音dì【第】。同「递」。交替，輪流。

闢《易林補遺》胎養衰病之謬

凡卜卦，爻遇長生、沐浴、冠帶、臨官、帝旺、衰、病、死、墓、絶、胎、養，卦中所重者，長生、墓、絶，其沐浴、冠帶等七件，各有合沖、生剋、扶拱、進退神分別。假如申酉金沐浴于午，金化午，乃「回頭剋」也；或午日占，乃「日辰剋」也。如申化酉，曰「進神」；如酉化申，曰「退神」。如金化未戌土，曰「回頭生」。如酉化卯，曰「反吟」。申化辰，曰「回頭生」；酉化辰，曰「化生合」也。生剋制化合沖之間，神機報在。豈張星元以「胎養半吉之祥」，以「衰病半凶之禍」：若以「胎養半吉之祥」，假令巳午火長生于寅、胎于子，寅卯木胎于酉，子亥水養于未，還是化胎養半吉之祥，還是化回頭剋沒有半吉？如金爻爲用，動化戌土，是回頭生，凡占全吉，若據張星元說，「衰病半凶之禍」；又如午火化未土，是化合，諸占欲散者得之見阻，欲成者得之可成。半凶半吉之謬，誤人不淺矣！故闢之。

鼎升曰：

據明萬曆刊本《易林補遺．元集．易林總斷章》記載，「衰病半凶之禍，受尅全凶；胎養半吉之祥，得生全吉」條文下原解作：「自古成功者退，故爲衰；初泄氣時，故爲病：此二爻，不可便爲凶兆也。如再得生扶者，復有用處，比旺相同；如遭尅制，便爲不祥。論五行之氣，旺而衰，衰而病，病而死，死而墓，墓而絕，絕而復轉爲胎，胎既成而爲養，養後又起長生，此乃週而復始之道也。胎養二爻，相近長生，故有半吉。細辨胎不如養，養力更加：如再得扶助者，與長生彷彿也；如逢尅破，仍不爲祥。」

闢《卜筮全書》世身之謬

《卜筮全書》以「子午持世身居初，丑未持世身居二，寅申持世身居三，卯酉持世身居四，辰戌持世身居五，巳亥持世身居六」，其註云：「持世之辰是子，卽以初爻安世身。如世爻旬空月破、日辰刑沖剋害，不必看世，當察身爻，以身爻代世爻之勞：如身爻吉，則言吉；身爻凶，則言凶。」今人宗①之，大誤于事！不知卦中所重者，生剋制化、空破刑沖動靜。如占自己吉凶，理當推世，以世爲我，以定吉凶是也：倘世爻逢凶、身爻逢吉，還是在于世之凶乎，還是在于身爻之吉乎？由此觀之，而「子午持世身居初爻」諸謬甚矣！

鼎升曰：

「子午持世身居初……」見《卜筮全書·啓蒙節要·安身訣》，但其下並無「持世之辰是子……」之註。據《易隱·安身訣》記載：「子午持世身居初，丑未持世身居二，寅申持世身居三，卯酉持世身居四，辰戌持世身居五，巳亥持世身居六。凡卦之身，用之爲重；世之身，司事還輕。世若不空不破，不須論身；世或空破，禍福方憑身象，蓋取身以代世之勞耳。」又據明萬曆刊本《易林補遺·元集·易林總斷章》記載，「事有大小，始終緩急……世空無主却憑身」條文下註解作：「……主卦內身爻有二，有卦之身，有世之身，二者大不同也：卦之身，月卦是也；世之身，『子午持世身居初』之類是也。凡卦之身，用之爲重；世之身，司事還輕。世若不空不破，不須論身伏之爻；世或空亡，禍福方憑身位。」

註釋：

①「宗」，尊重。亦指推尊而效法。

辯天醫①星之謬

凡占延醫用藥，以應爻爲醫生，以子孫爻爲藥石②，此係萬古不易之理。今術家③不察應爻之有用無用，不看子孫爻之動靜旺衰，竟查天醫星之有無，則曰「天醫上卦，服藥有效，醫生可用；或查天醫不上卦，服藥無效，醫生不可用」。倘天醫不上卦，而應臨子孫發動有氣，剋鬼生身，竟斷醫生不明，服藥無效，有失先天④之妙旨⑤。況醫生可寄⑥死生、有關人命，予故辯之。

註釋：

①「天醫」，《卜筮全書·神殺歌例·天醫》：「占病遇此爻動，雖凶有救。天醫正卯二猪臨，三月隨丑四未尋，五蛇六兔七居亥，八丑九羊十巳存，十一再來尋卯上，十二亥上作醫人。」《新鍥纂集諸家全書大成斷易天機·吉神歌訣》：「病人有此爻上卦，必主明醫下藥有効也。」「月解：月解正二起於申，三四還從酉上臨，五六之

月居戌上，七八能行亥上存，九十之月臨午位，子丑兩月未宮停。病人有此解神，天醫上卦即痊也。」《易冒·諸星章》：「天醫，上帝之司，救療之神也。」

②「藥石」，藥劑和砭石。泛指藥物。

③「術家」，此處指操占驗、陰陽等方術的人。

④「先天」，指伏羲所作之《易》。

⑤「妙旨」，精深微妙的主旨意趣。

⑥「寄」，委託，託付。

闢妄論本命①之謬

大凡占病，當推用神。用神，卽如父占子病吉凶，以子孫爻爲用神類是也。今術家竟不絫究用神生剋制化之理，而以病人之本命論吉凶死活，則曰「本命上卦，斷之生；本命不上卦，斷之死」。且如用神受傷無救，而本命上卦，還是斷他用神受傷無救必死耶，還是斷他本命上卦不死耶?後學不可以病人之本命妄斷吉凶可也。

鼎升曰：

據明萬曆刊本《易林補遺·利集·疾病吉凶章》記載，「忌變生而用變尅……休把卦名推禍福，莫將神煞決憂禎。空身空命皆非忌，無鬼無才豈足憑？」條文下原解作：「……其中有論卦名者，切不可也。《經》云：『易卦淵源論五行，陰陽之理本生生。可憐愚昧無知識，顛倒陰陽論卦名。』今有人論神煞者，亦非也。《經》云：『易卦陰陽在變通，五行生尅妙無窮。時人不辨陰陽理，神煞將來定吉凶。』假令子占父病，父爻旺相，墓門煞或大煞又動，用爻有氣，豈能死乎？又如夫占妻病，才爻無氣，父兄皆動，縱得月解、天醫同發，用既遭傷，豈不死也？故此五行爲重，神煞難憑。星家專忌本命空亡，此非正道。且如甲子旬占，空當戌亥，寰中萬萬屬猪屬犬生人，豈皆命絕？……」

註釋：

①「本命」，人的生年干支。此處當特指地支，即生肖所屬。

辯《卜筮全書》神煞之謬

昔京房①作卦書，以神煞斷卦：如出行忌往亡②，疾病忌喪車③、沐浴④、哭聲⑤等煞，醫藥看天醫，求財忌劫煞⑥，詞訟看官符⑦。種種星煞，難以枚舉⑧，以致後學宗之，不執定五行生剋制化，一味⑨以神煞爲憑。至明劉伯溫⑩先生作《千金賦》云「自古神煞之多端，何如生剋制化之一理？⑪」，斷易之法，始得歸于正宗矣！

註釋：

①「京房」，字君明，東郡頓丘（今河南清豐西南）人，本姓李。漢元帝時官至魏郡太守。治易學，師從梁人焦延壽，詳於災異，開創京氏易學，有《京氏易傳》存世。因上封事言災異，下獄而死。

②「往亡」，《欽定協紀辨方書．義例．往亡》引《堪輿經》：「往者去也，亡者無也。其日忌拜官上任、遠行歸家、出軍征討、嫁娶尋醫。」《易冒．諸星章》：「往亡法曰：正寅二巳三申位，四豬五兔六馬悲，七雞八鼠九辰忌，十羊子犬丑牛危。」《卜筮全書．黃金策．總斷千金賦》：「往亡，凶殺也。出行遇之，雖大象吉利，必阻其行，死亡故也。若臨於所喜之爻動，吾必以爲利，而不以爲害。」

③「喪車」，《卜筮全書．神殺歌例．喪車殺》：「喪車春鷄夏鼠來，秋兔冬馬好安排。人來占病無他斷，教君作急買棺材。」《易冒．鬼神章》：「喪車，棺槨之殃。」

④「沐浴」，《卜筮全書．神殺歌例．沐浴殺》：「沐浴殺難當，春辰夏未殃，秋戌冬丑是，殺動病人亡。」《易林補遺．利集．搜决神鬼章》：「沐浴起例：正月卯、二月子、三月酉、四月午，只此四位輪之。」

⑤「哭聲」，疑爲「天哭」之誤。《卜筮全書·神殺歌例·天哭殺》：「占病大忌。哭聲正五九居羊，二六十月在猴鄉，三七十一鷄啼叫，四八十二犬猖狂。」

⑥「劫煞」，《卜筮全書·神殺歌例·劫殺》：「凡事忌之。申子辰兮蛇開口，亥卯未兮猴速走，寅午戌嫌猪面黑，巳酉丑兮虎哮吼。」《卜筮全書·天元賦·求財章》：「劫殺乃求財之大忌，若臨財位，必不可得。」

⑦「官符」，《卜筮全書·神殺歌例·槌門官符》：「正七虎行村，二八鼠當門，三九居戍位，四十弄猴孫，五十一逢騎馬走，六十二月透龍門。」《易林補遺·利集·搜決神鬼章》：「官符起例：正月從午上起，順行十二位。」

⑧「枚舉」，一一列舉。

⑨「一味」，單純；一直。

⑩「劉伯溫」，劉基。明代政治家，字伯溫，諡文成。浙江青田人，曾隱居青田山中著書立說，世稱青田先生。精天文兵法，爲明太祖朱元璋平天下立下汗馬功勞，封誠意伯。《明史·劉基列傳》謂「基博通經史，於書無不窺，尤精象緯之學」。

⑪「自古神煞之多端，何如生尅制化之一理？」，卷之四《〈黃金策·總斷千金賦〉直解》作：「是故吉凶神煞之多端，何如生尅制化之一理？」

辯貴人①祿②馬③之謬

今人多以貴人之爻爲官宦④，以祿爻爲俸祿⑤，以驛馬爲來人。槩以此論，不知貴人祿馬臨原神用神，當以吉斷。假如卜終身，白虎官爻持世，得貴人臨之，當以武職功名許之；如無貴人并臨，當以病患强暴⑥斷之。若貴人之爻臨忌神動來尅害，不可以貴人爲吉；如貴人臨官鬼爻持世，不可以官鬼爲禍患言凶。且如卜行人，當察用神，如用神臨驛馬動，歸期可訂；如驛馬動而用爻受傷，不可以驛馬斷其來。凡問俸祿，當以財爻爲用神是也，若棄財爻之吉凶，而獨以祿爻爲俸者，亦謬矣。祿係豐足之神，馬係行動之宿，貴人不過分別人品清高⑦微賤之神：此三者，臨吉神是吉，臨凶宿是凶，學者不可槩推。

註釋：

①「貴人」，此處指「天乙貴人」。神煞名。《卜筮全書·神殺歌例·天乙貴人》：「謁貴用之。甲戊兼牛羊，乙己鼠猴鄉，丙丁猪鷄位，壬癸兔蛇藏，庚辛逢馬虎，此是貴人方。」明萬民英《三命通會·論天乙貴人》：「其神最尊貴，所至之處，一切凶煞隱然而避。」另參卷之一《啓蒙節要·貴人歌訣》。

②「祿」，此處指「天元祿」。神煞名。《卜筮全書·神殺歌例·天元祿》：「凡事

遇之大吉……甲祿在寅，乙祿在卯，丙戊祿在巳，丁己祿居午，庚祿居申，辛祿在酉，壬祿在亥，癸祿在子。」另參卷之一《啓蒙節要・祿馬羊刃歌》。

③「馬」，驛馬。神煞名。《卜筮全書・神殺歌例・驛馬》：「出行及占行人，俱要看之。寅午戌馬居申，申子辰馬居寅，巳酉丑馬在亥，亥卯未馬在巳。」另參卷之一《啓蒙節要・祿馬羊刃歌》。

④「官宦」，泛指官員。

⑤「俸祿」，官吏的薪水。

⑥「强暴」，強橫凶暴；強暴的勢力或行爲。

⑦「清高」，職位顯達高貴；純潔高尚。

辯《易林補遺》應爲他人之謬

凡占交疎①之常人，當以應爻爲他人，以應爻爲用神也。若異姓兄弟，或父叔之友、子孫之友，必分別稱呼老幼取用神是也，不可槩曰「我占他人，以應爻爲用神」。予因張星元不論父友、子友，皆以應爻爲用神，甚至奴僕、妻婢、弟兄、父母、叔伯、隣長②，槩曰「我代他占，皆以應爲用神」，今據張星元作《妻妾奴僕去留章》云「以財爲主，應象爲憑」，《疾病章》云「代卜他人看應爻，若臨月破最難逃。遇冲遇剋身難救，逢旺逢生病必消。生應原神宜發動，剋他忌象怕重交。卦身有氣還須吉，應位逢官禍必招」，又有《鬪毆爭競章》云「以世應爲主，生剋爲憑」：假如子姪與人鬪毆爭競，惟恐受虧故卜，豈可不看子孫爻生剋，竟以「世爻爲主，生剋世應爲憑」乎？又有《詞訟章》云「以官爻爲主，父母爻爲憑」，「文詞相訴至公庭③，須看官爻父母興」：倘然官父二爻動來剋我，還是以官父二爻動，說有主有憑是吉乎，還是剋害我者是凶乎？今之術家，凡遇代占，則不論尊卑，槩以應爻爲用，凡爲詞訟④獨用官爻，總不論用神生剋制化，予不得不辯之！

鼎升曰：

明萬曆刊本《易林補遺．貞集．妻僕去留章》副標題作「以才爻爲主，應象爲憑」；《易林補遺．利集．疾病吉凶章》有「代問他人看應爻，若臨月破最難逃。遇冲遇尅身難救，逢旺逢生病必消。生應元神宜發動，尅他忌象怕重交。卦身有氣還須吉，應位逢官禍必招」條文；《易林補遺．貞集．鬥毆爭競章》副標題作「以世應爲主，生尅爲憑」；《易林補遺．貞集．興詞舉訟章》副標題作「以官鬼爲主，父母爲憑」，有「文詞相訴至公庭，須要官爻父母興」條文。

註釋：

①「交疎」，交情淡薄。

②「隣長」，《周禮》官名，掌理一鄰中互相糾舉及收容安置之事；鄰居之間的負責人。

③「公庭」，此處指公堂，法庭。

④「詞訟」，訴訟；訴狀。

闢《易林補遺》月破旬空之謬

凡卦中月破之爻，發動旺相，或遇動爻生合、日神生合，或化回頭生合，不過在月內不能爲吉凶，出月值日合補，亦能吉能凶。張星元言：「月破無可救解，槩以凶推。」凡卦中旬空之爻，或旺相安靜、休囚發動、日辰生合冲之，或變出者、或伏而有提拔者，屢試屢驗，應在出旬。不意張星元言「旬空之爻，猶如卦中無此一爻也。惟月建臨之，則曰『月建不作旬空，日辰不爲月破』」，致後學一見月破，無可解救；一見旬空，沒有此爻。又曰「月建不作旬空」，註曰「全空、半空：凡陽日遇陽爻，陰日遇陰爻，皆作全空；陽日遇陰爻，陰日遇陽爻，皆作半空」。試問：如人占病，或得全空者，固知其必死；倘得半空者，還是病人死一半、活一半耶？其謬極至此，不得不闢之。

鼎升曰：

據明萬曆刊本《易林補遺．元集．易林總斷章》記載，「凡値旬空或臨月破，吉不能合生於物，凶不能冲剋於神。凶者旬空之殺，當辨興衰；惡者月破之神，無分生剋」條文原解作：「卦內空亡及月破之爻，永不能生扶他象，又不剋制他人，冲合亦然。空亡又不受他爻生剋。用爻空者爲凶，又看旺相者輕，休囚者重；如臨月破之爻，不拘衰旺，槩作凶推，縱有動爻日主來生，不能扶起：逢生不受，遇剋能招，故此爻毫無所用也。」「日建豈爲月破？月建非作旬空」條文原解作：「凡月破之爻，決無解救，惟獨日主臨之，不爲月破：且如正月申日、二月酉日，占者不犯也。旬內空亡，亦有全空、半空者也：陽日遇陽爻、陰日逢陰象，皆作全空；陽日逢陰、陰日逢陽者，皆作半空。惟月建之爻，永不落旬中之空也：且如四月甲午旬占者，巳爻不空也。」

辯互卦

古大聖①以蓍草②演③成一卦，推體象、用象、互象、爻辭④，定事之吉凶。體象爲我，用象爲事。卦有內三爻、外三爻，世坐之處爲體，應坐之處爲用。譬如天地否卦，世居內坤第三爻，應居外乾第六爻，卽以內宮坤卦爲體象，以外宮乾卦爲用象，內坤屬土，外乾屬金，謂之體去生用，不吉。再看互卦。互卦之法，亦以否卦爲例：除上六爻单，除下初爻拆，從第二爻起至四爻，見拆、拆、单，卽內宮互成艮卦，從三爻至五爻，見拆、单、单，卽外宮互成巽卦，艮卦屬土，巽卦属木，木爲乾宮否卦之財，如求妻財者得之，謂之用來剋體，吉。爻辭者，爻見单，屬陽，曰九；爻見拆，屬陰，曰六。卽乾卦初爻，《易》曰：「初九：潛龍勿用⑤。」又如否卦初爻，《易》曰：「初六：拔茅茹，以其彙，貞吉亨⑥。」否之四爻，曰：「九四：有命無咎，疇離祉⑦。」鬼谷子⑧仙師⑨，因易理浩蕩深遠，恐愚人不能參透⑩，以錢代蓍卜，定財官父兄子生剋制化，分別原用仇忌四神刑冲剋害、生扶拱合、動靜空破之法，使後學易覺，吉凶易剖。自後，以蓍演易者，不察互、體、用象、爻辭而不靈；以錢卜卦者，用之則不驗：學者宜知蓍演錢卜，斷法不同。

註釋：

①「大聖」，此處指道德最完善、智能最超絕、通曉萬物之道的人。

②「蓍草」，多年生草木植物，一本多莖，可入藥。古代用其莖以占卜。「蓍」，音shī【師】。

③「演」，推算演繹。

④「爻辭」，指說明《周易》六十四卦各爻象的文辭。如「初九：潛龍勿用」，「初九」是爻題，「潛龍勿用」是《乾》卦初爻的爻辭。

⑤「潛龍勿用」，蛟龍隱藏蟄伏，既不能也不可有所作爲。

⑥「拔茅茹，以其彙，貞吉亨」，拔起一把茅草，只見它們的根連在一起，物以類聚，找它們時要以其種類來識別。結果是吉祥的，亨通。

⑦「有命無咎，疇離祉」，奉行天命，替天行道，開通閉塞，沒有災禍，大家互相依附都可以獲得福分。

⑧「鬼谷子」，戰國時縱橫家之祖，亦有政治家、陰陽家、預言家、教育家等身份。傳說爲蘇秦、張儀師，另傳說亦爲孫臏、龐涓師。楚人，籍貫姓氏不詳，因其所居號稱鬼谷子或鬼谷先生。傳說原名王詡，又作王禪、王利、王通，世亦稱王禪老祖；一說字詡，道號玄微子。

⑨「仙師」，對道士或有道者的敬稱。

⑩「參透」，澈底瞭解、識破。

闢《易林補遺》終身大小限之謬

或爲功名而卜終身有無，或因貧賤而卜終身富貴，或爲無子而卜終身有無，或卜壽夭①，或習藝業②而卜終身可賴③，或爲行道④而卜終身可行，或爲弟兄子姪之終身如何：種種卜者，各有用神。諸書惟《增刪卜易》有野鶴「論分占終身之法」甚妥，大槩總言，「卜終身吉凶，宜向六親生剋制化、刑沖剋合、動靜空破之間是問，神必以吉凶之機現于爻，以成敗之機現于卦」。

憶予于戊辰年辰月丙辰日（子丑空），卜自己終身成敗。得旅之蠱卦——⑤

兄	、	巳
子	〃	未
才	○應	酉　化戌
才	、	申
兄	X	午　化亥
子	〃世	辰　伏卯

彼時祖業⑥豐裕⑦，妄想富貴。此卦子孫朱雀持世，官爻入墓于日，顯然功名不可問也。文書爻伏于世爻陰象之下，顯然早年失慈⑧；卦得

六合，財福得合，顯然祖業豐厚：此皆卜卦前之事也。方⑨上有嚴君⑩，新婚未幾⑪，後來興廢刑傷，自然有驗。孰知辛未年喪父、得子：是年父爻入墓之年也；五爻爲長房，持未土子孫，果得長子。甲戌年生次子。予語一友曰：奇哉！此卦五爻持未，長子屬羊；四爻化戌，次子屬犬；初爻持辰，必末子屬龍矣！友曰：土主五數，該有五子。予曰：非也！一重土，數主五，以衰旺爲之增減；今子孫多現，理當見一有一。後至丁丑年生一子。友曰：汝言後子屬龍，今屬牛者何來？予曰：雖得此子，不在數中，恐難養耳！果次年卽夭。至庚辰年，果得子。自甲戌歲，予年二十六，家業漸廢。己卯遠行，壬午二月歸，妻已故矣！節年⑫顛沛⑬，竟以賣卜爲生。或曰：因何廿六歲顛沛起？予曰：交甲戌年，應財值年旬空、財臨白虎化月破、世位逢沖之年，謂合處逢沖也；卯年沖應上財爻，以致夫妻遠別；妻死不面，妻財爻又受午年之剋也，卯月，妻財爻又逢月建沖之；至于賣卜爲業，朱雀持世、卦屬離宮，斯文⑭之象；次子無成，白虎戌土子孫，值年、月、日三破；甲申年始得安穩。由此卦觀之，《黃金策》云「若問成家，嫌六冲之爲卦；要知創業，喜六合之成爻」，予之先成後敗者，此也。若以《易林補遺》「初爻起，每爻各管五年，是大限；初爻起，每爻各值一年，是小限」，予廿一歲至廿五歲，大限在五爻，臨未土子孫，廿三歲何致父故？三十一歲至三十五歲，大限在初爻，臨辰土子孫，三十四歲何致剋妻？大限如是，小限可知矣！又曰「變卦管三十歲後」，何于廿六歲已先破家？三十五歲至四十歲，大限在第二爻兄弟勾陳處，何以反得安穩？若以互卦內見巽爲文書、外見兌金爲妻財，而卦中既互有文書、妻財，何至雙親早喪、中年失偶⑮？若依張星元之法，不過惑人曰。終身卦要如是推筭⑯大限、小限，不比尋常小卦，酧謝⑰宜多，究竟禍福吉凶，並無絲毫之驗。後人欲卜終身者，當知興廢大局報于卦，刑傷剋害、際遇機緣報于爻，若年年如是、月月照常，而爻中不及報應，妄推無准；莫若名利、禍福、壽夭，逐件分占，便可顯而易見也！學者當用意⑱推詳之。

鼎升曰：

據拙作《全本校註增刪卜易．身命章》記載：「諸書占身命，謂『妻財子祿，一卦能包；壽夭窮通，六爻兼盡』。殊不知父子財官兄弟，各有相忌相傷，若以一卦而兼斷者，即如『父母旺相，雙慶之徵』，又曰『父旺傷子』，豈世之有父母者，皆無子嗣之人也？又曰『見兄則財莫能聚，又爲尅妻之神』，又曰『兄弟爻興，紫荊並茂』，倘值旺兄持世，尅妻耶，耗財耶，手足無傷耶？《易林補遺》有曰：『兄動妻亡財耗散。』執此論者，世之貧人寒士，盡皆失偶之人？至於財官子孫，皆同此論，不暇細辨。勢必兼而斷者，即先賢猶在，執此問之，知亦無從置喙。覺子曰：予今得其法者，分占之法也。占父母，占兄弟，另占一卦；占終身財福何如，占終身功名有無，占終身夫妻偕老否，占終身子嗣及壽元，俱宜分占。」

據明萬曆刊本《易林補遺．元集．身命造化章》記載，「主卦乃胎元根本，限行少壯之初；之卦爲體骨精神，運轉中年之境」條文原解作：「所占者爲主卦，內外二象爲本：旺則家資豐厚，衰則產業輕微。又論大限行法：初爻管五年，一至五歲；二爻管五年，六至十歲；三爻管五年，十一至十五；外三爻分十五年，共三十歲。三旬之外，却以變卦爲憑。變卽之也。之卦內三爻分管十五年，三十一至四十五；外三爻又管十五年，共至六十歲。倘占卦靜，無之，却取互卦六爻，照前行限。」「桑榆暮景，伏卦稽查；小限遊行，世爻起法」條文原解作：「六旬之上，以致終身，皆評伏卦。又不取六爻分于六限，止將體用二宮，管其禍福：八旬之下，內卦推之；自耄至終，細觀外象。又論小限行法，必從主卦世爻論起：且如世在二爻，卽二爻爲一歲也，二歲在初爻，三歲在六爻，自上至下，週而復始。人年六旬之外，專憑小限而推。」「大限則五年一度，小限則一載一宮。并看流年，方窮壽算。最喜生而帶合，切嫌尅又加冲」條文原解作：「凡大限、小限與流年，皆喜相生相合，各嫌相尅相冲。又看限與流年，生合用爻則吉，尅冲主象則凶。」

王洪緒先師出生於清聖祖康熙八年【公元1669年，己酉年】，「卜自己終身成敗」的戊辰年當爲清聖祖康熙二十七年【公元1688年，戊辰年】，但經查萬年曆，無論使用平氣法還是定氣法，此年皆無辰月丙辰日，王洪緒先師所憶當誤，此卦存疑。

又無論使用平氣法還是定氣法，清聖祖康熙二十七年【公元1688年，戊辰年】丙辰日有六：乙卯月丙辰口、丁巳月丙辰日、己未月丙辰日、辛酉月丙辰日、癸亥月丙辰日、乙丑月丙辰日。

註釋：

①「壽夭」，長壽與短命。

②「藝業」，技藝；學業。

③「賴」，依靠；憑藉；賴以爲生。

④「行道」，實踐自己的主張或所學；修道；職業；行當。

⑤原本無卦象，徑補。

⑥「祖業」，祖先留下來的遺產；祖傳的產業。

⑦「豊裕」，富足寬裕。

⑧「慈」，慈母的省稱。多用以自稱其母。

⑨「方」，當時。

⑩「嚴君」，此處指父親。

⑪「未幾」，不久。

⑫「節年」，積年；歷年。

⑬「顛沛」，比喻世道衰亂或人事挫折。

⑭「斯文」，儒士；文人。

⑮「失偶」，死了配偶。

⑯「筭」，同「算」。

⑰「酧謝」，用金錢、禮物等表示謝意。「酧」，同「酬」。

⑱「用意」，用心研究或處理問題。

闢《易林補遺》家宅之謬

斷家宅之謬者，惟《易林補遺》之說。即如其「以卦分旺相死沒：立春後，艮旺、震相、巽胎、離沒、坤死、兌囚、乾休、坎廢；春分後，震旺、巽相」等說，又云「凡看人宅六事①，內外二卦皆臨旺相，爻內總無財官，也主興隆；如臨死囚休廢，總有財官、青龍、天喜②，亦無佳兆③」。試問，倘立春後，卜得頤、小過、蠱、漸、恒、益等卦，俱値旺相胞胎，必斷其富貴無窮之好？如卜得晉、明夷、臨、萃、比、師等卦，必斷其敗壞不止之凶？由此論之，生剋制化之理烏有④，竟爲吉凶禍福捷徑之法？其謬猶可。其大謬者，「以官爻爲家主之爻，又以五爻爲家主之爻」，倘遇官爻壞、五爻好，則家主之吉凶何分？據云「子孫動，則廣進家資⑤」，此一句係古法也，雖則不謬，然以官鬼爲家主，則子孫不可動，動則剋傷官爻矣！若據張星元之論，欲要進家業者，反欲剋傷其父乎？又據云「初爲兒女與雞鵝、井連基地⑥」，試問，初爻逢凶，兒女、雞鵝、井泉⑦、地基⑧槩凶矣？豈死雞鵝之家，兒女亦必死乎，井必頹⑨乎，基必破乎？「二言妻妾兼猫犬、竈及華堂⑩」，試問，二爻逢凶，妻妾、猫犬、竈與華堂槩凶矣？豈死猫犬之家，妻妾亦必至于死乎？死妻妾之家，乃因竈與華堂之碍乎？止陳兩爻之謬，其餘不及盡述。凡卜家宅，當以用神分別明白，後卷有《家宅》六爻分斷，學者詳之，庶無誤矣！

鼎升曰：

據明萬曆刊本《易林補遺．亨集．人宅六事章》【本節內引文皆出自此處】記載，「一卦之中，可決一家之休咎；六爻之內，能分六事之盈虧。家庭消長，係於卦不係於爻；人口災祥，在乎爻不在乎卦。內曰宅居，喜逢旺相；外云人口，忌值休囚。要見吉凶，還詳生尅」條文原解作：「論卦衰旺之法：立春後，艮旺、震相、巽胎、離没、坤死、兌囚、乾休【「乾休」，原本作「乾體」，當誤，據文意改】、坎廢；春分後，震旺、巽相、離胎、坤没、兌死、乾囚、坎休【「坎休」，原本作「坎體」，當誤，據文意改】、艮廢……」

「內外興隆無祿馬，終見亨通；宅人衰廢有才官，也須愁嘆」條文原解作：「……凡看人宅六事，內外二卦皆臨旺相之鄉，爻內縱無官鬼妻才、貴人福德者，也主興隆；人宅二爻俱值死囚休廢，或落空亡，縱有才官、青龍天喜者，亦無佳兆。」

「先言二象，次辨六親。鬼是正廳，父爲堂屋……」條文原解作：

「官鬼爲正廳，又爲家堂，又爲家主……」「世乃來占之主，應當問卦之妻……或令家人祝告，六爻所屬難分，止論五爲家主之爻，二爲宅母之命……」條文原解作：「……若家人代占，以五爻爲宅長，二爻爲宅母。以上所言，皆論代占之事，雖不以六爻所屬之分，各有用爻分定。惟有家主來占，方取六爻分宮而察……」

又有「子孫動則廣進家資，父母興則多傷禽獸」條文。

「既占闔宅，當審六爻。初爲兒女與鷄鵝、井連基地，二推妻妾兼猫犬、灶及華堂……」條文原解作：「初爻爲基址、爲井、爲溝、爲小口，又爲鷄鵝鴨之類；二爻爲房屋、爲華堂、爲灶、爲宅母、爲妻妾，又爲猫犬之類……」

註釋：

①「六事」，堪輿術語。陽宅六事包括內六事和外六事。內六事爲門、竈、井、厠、碓磨（包括倉庫）、畜欄；外六事爲道路、池塘、橋梁、廟宇、佛塔。術家認爲，內、外六事的方位坐向，與人口的禍福休咎有密切關係，其中尤以門的地位最爲重要。

②「天喜」，《卜筮全書·神殺歌例·天喜》：「百事有喜，占胎尤要看之。春戌夏丑爲天喜，秋辰冬未二三指。世上遇此必懽忻，百事得之皆有理。」《易冒·諸星章》：「且天喜之爲星也，孟春建寅，則喜在戌；仲春建卯，則喜在亥；季春建辰，則喜在子。

蓋以成爲喜也。」《易冒・鬼神章》：「天喜者，利市吉慶之神也。」

③「佳兆」，吉兆，好的徵兆。

④「烏有」，虛幻；不存在。

⑤「家資」，家庭所有的財產。

⑥「基地」，此處指建築物地基所占用的土地。

⑦「井泉」，水井。

⑧「地基」，地面；地皮；承受建築物重量的土層或巖層，土層一般經過夯實。

⑨「頹」，此處指坍塌。

⑩「華堂」，正房；高大的房子。也泛指房屋的正廳。

闢《易林補遺》婚姻嫁娶之謬

婚姻嫁娶，惟《易林補遺》之說最謬，「以內外卦、世應爻爲主，以陰陽、財鬼爻爲憑。凡男卜女家，內卦爲夫，外卦爲婦；又以世爲夫，應爲婦。凡女卜男家，以外卦爲夫，內卦爲婦；世爻爲婦，應爻爲夫」等說，使後學無定見①。假如男家卜婚姻，或遇外卦凶而應爻吉，此婚姻亦好亦不好？究竟可配不可配耶？今人宗之，不問父母叔伯爲卜子姪女婚，不問兄弟母舅爲卜甥弟女婚，一槩以世應論夫婦、官鬼妻財爲夫婦，不以用神生剋制化之理定其夫婦之吉凶，大失先天妙旨。孰知世應財官，各有分別。世爻爲我家，應爻爲彼家。女人自卜嫁此郎爲夫，當以官爻爲夫，世爲自己，官世相生相合、官陽世陰，此謂之得地；男人自卜娶此女爲妻，當以財爲婦，世爲自己，財世相生相合、財陰世陽，亦謂之得地。或父母尊長輩爲子孫婚，欲配某家女爲媳，以子孫爲用神：世上子孫，或陽象子孫，皆指言我家之男也；應上子孫，或陰象子孫，皆指言彼之女也。無沖破，有生合，自然可配，夫婦和諧；無生合，有沖剋，自然夫婦不睦；或休囚，或受剋，自然不壽②。如父爲子婚，世位而受傷者，自然悖逆③而刑翁④；財爻而受生者，自然孝順而益姑⑤。或爲弟娶、妹嫁者，皆以兄弟爻爲用神也。

曾于午建乙卯日（子丑空），父爲女擇壻。得否卦安靜——⑥

父	戌	、應	
兄	申	、	
官	午	、	
才	卯	〃世	
官	巳	〃	
父	未	〃	伏子

一人執此卦問予曰：世陰應陽、官星旺令、卦得六合、日辰持財、

財官相生、六爻安靜，是必佳偶⑦乎？予曰：若依張星元論，是佳偶也；子孫伏而旬空，是必無子息⑧也。據予斷，子水子孫伏陰爻未土之下，惟恐令愛⑨不壽耳！其人不然⑩而去。後成姻不久，此女病故。

又一人，申月甲午日（辰巳空），父爲子擇媳。得復之噬嗑卦——

子	X	酉（化巳）
才	、、	亥
兄	X應	丑（化酉）
兄	、、	辰
官	、、	寅（伏巳）
才	、世	子

予曰：應爻合成子孫局生世，不但嫁資⑪豐厚，更可享其孝順之福。後至巳年完婚⑫，果孝順賢淑⑬，贈嫁⑭不凡⑮。若據張星元之說，官爲夫，此卦寅木夫星月破，又被金局剋，是必剋夫，何完婚已及二十年，翁姑在堂⑯，夫婦和諧，不惟子多，近已得孫矣！後學當如是斷，庶無棄吉就凶，以致誤人婚配也。

鼎升曰：

原文首句「婚姻嫁娶」，原本作「一婚姻嫁娶」，當誤，徑改。

明萬曆刊本《易林補遺．亨集．婚姻嫁娶章》副標題作「以內外世應爲主，陰陽才鬼爲憑」。條文「易道無窮，須把陰陽爲首；人倫有五，還將夫歸爲先。純陽，恐男子之鰥，無才如此；純陰，慮女人之寡，無鬼亦然」原解作：「凡論婚姻之事，先看陰陽，次憑才官：卦若純陽或無才者，定見傷妻；純陰之卦或缺官爻，夫當早喪。」條文「夫唱婦隨，卦必陰陽得位；男情女喜，爻當才鬼俱全」原解作：「內卦爲夫，外卦爲婦；又以世爲夫，應爲婦。若得內陽外陰，或世陽應陰，二者皆爲得位，婚姻遇之，百年和合；若內陰外陽，或世陰應陽，皆是陰陽交錯，夫妻半遂其心。又如世應陰陽得位，內外純陰純陽；或內外陰陽得位，世應純陰純陽：皆爲半吉。若內外世應皆值純陽純陰，不成夫婦：自古純陰不生、純陽不化，須得一陰一陽，方成配偶。復論鬼爲夫，才爲婦：有鬼無才，有夫無婦；有才無鬼，有婦無夫；卦若才鬼俱全，夫婦方能諧老。」

明萬曆刊本《易林補遺．亨集．女卜男婚章》副標題作「以官爻爲主，應象爲憑」。條文「女卜男婚當用官，才興子靜是良緣」原解作：「女占夫，以官爻爲主：官旺爲佳，鬼空莫用。又嫌子動傷官，所喜才興助鬼。」條文「妻看內爻夫看外，世爲女體應爲男」原解作：「女占男，反取內爲婦，外爲夫；又以世爲婦，應爲夫。」條文「夫擇婦兮陰應美，婦擇夫兮陽應懽。陰陽得位方和合，縱然交錯樂長年」原解作：「夫娶婦，世陽應陰爲得位；女嫁男，世陰應陽爲得位。或內陰外陽者，亦同。若得陰陽得位，喜悅無窮；縱然陰陽交錯，也主權諧。」

註釋：

①「定見」，一定的主張、見解。

②「不壽」，年少而死。泛指死亡。

③「悖逆」，違逆；忤逆。

④「翁」，丈夫的父親。

⑤「姑」，丈夫的母親。

⑥原本無卦象，徑補。下卦同。

⑦「佳偶」，感情融洽、生活美滿的夫妻；美好的配偶。

⑧「子息」，子嗣，兒子；泛指兒女。

⑨「令愛」，敬稱別人的女兒。

⑩「不然」，不以爲是。

⑪「嫁資」，女子出嫁時，娘家陪嫁的財物。

⑫「完婚」，指男子結婚。多指長輩爲晚輩娶妻。也泛指男女結婚。

⑬「賢淑」，形容女子善良溫厚。

⑭「贈嫁」，陪嫁。出嫁時，娘家贈送的物品或陪侍。

⑮「不凡」，不尋常、不平凡。

⑯「在堂」，父母親尚在。

辯六爻諸占之謬

《天玄賦》以六爻定諸占之例，惟「占國事[1]，以五爻爲天子[2]之位；家宅，以二爻爲宅，五爻爲人；坟墓，以五六爻爲氣絶之位」此三者稍近乎理，然亦宜以用神生剋制化斷之。其天時、産育、行人、田禾、求謀、疾病、買賣、詞訟、盜賊、鬪毆、蠶桑、六畜、出行、鬼神等種種定位，槩不以用神生剋制化之理推斷，惟以定例而決事之吉凶，大失先天之玄妙。卽就其天時，「以六爻爲日，以五爻爲雨」，試問，晴雨不以子孫父母爻推之，竟以五爻六爻爲可決乎？又如「初爻爲産母，二爻爲胎孕」，試問，産母不看用神，胎孕不察子孫，竟以初爻二爻爲可決吉凶乎？其餘種種之謬，難以盡辯，望後學詳之。

鼎升曰：

據《卜筮全書．天玄賦．國朝章》記載：「五爻爲天子，近親賢而遠去奸邪。」

據《易隱．家宅占》記載，「【住宅】以二爻爲用，又以父母爲用也」，「【人口】以五爻爲用也」。

據《卜筮全書．闡奧歌章．墳墓章》記載：「五六兩爻俱不吉。」

據《卜筮全書．黃金策．墳墓》記載：「絕嗣無人，端爲世居五六。」

據闡易齋本與談易齋本《卜筮全書．闡奧歌章．附六爻諸占定位》記載：「天時，五爻雨，六爻天日。」古今圖書集成本《卜筮全書》無此《闡奧歌章．附六爻諸占定位》一節。

據《卜筮全書．天玄賦．六甲章》記載，「六爻最怕空亡，諸位皆嫌鬼値」條文原解作：「六爻之中，初産母，二胞胎，至上皆有關係，故不宜空……」

註釋：

①「國事」，國家的大事；國家的政事。

②「天子」，古以君權爲神所授，故稱帝王爲天子。

卜筮正宗卷之三終

卜筮正宗卷之四

古吳洞庭西山王維德洪緒註
壬午舉人弟　需遵時　叅訂
吳　庠　鍾　英子燦
　　　　蔡　鑑升明
門　人　謝朝柱巨材　同較
　　　　任用淵潛菴
　　　　男其龍雲客 章琢軒
後　學　李凡丁鼎升校註

《黃金策・總斷千金賦》直解[①]

註釋：

①「直解」，直接領悟；即時了解。

動靜陰陽，反覆遷變。

動就是交重之爻，靜就是单拆之爻。交拆之爻屬陰，重单之爻屬陽。若爻是单拆，這謂之安靜，安靜的爻沒有變化的理；若爻是交重，這謂之發動，發動的爻然後有變。故此交、交、交原是坤卦，屬陰，因他動了，就變作单、单、单，是乾卦屬陽了。大凡物動，就有個變頭①，爲甚麼交就變了单，重變了拆？該把那個「動」字，當做一個「極②」字的意思解說。古云「物極則變③，器滿則傾④」，假如天氣熱極，天就作起風雲來；倘風雨大極，就可晴息了。故古註⑤譬「以穀舂⑥之成米，以米炊之成飯」。若不以穀舂，不以米炊，是不去動他了，到底穀原是穀，米原是米，豈不是不動則不變了？發動之內，也有變好，亦有變壞，陽極則變陰，陰極則變陽，這個意思就是「動靜陰陽，反覆遷變」了。

鼎升曰：

古今圖書集成本《卜筮全書·黃金策·總斷千金賦》中「以穀舂之成米，以米炊之成飯」原解作：「蓋卦爻有動則變，無動則不變。假如穀之一物，若不動，則終於穀耳。及被舂之則成米，又炊之則成飯：其舂與炊，猶卦爻之動也；其米與飯，猶卦爻之變也。然穀之舂爲米也，有成粒而爲糧者，有不成粒而爲粞者，又有糠粃而不爲人所用者；及其米之爲飯也，有精鑿而爲人所愛食者，亦有饐餲而爲人所惡棄者。是米與飯，皆有美惡不同；猶變出之爻，亦有吉凶不同也。」

註釋：

①「變頭」，吳語中指變化、變故。

②「極」，盡頭；極限。

③「物極則變」，事物發展到極限就會向相反的方面轉化。

④「器滿則傾」，容器裝得太滿，就會傾倒。「噐」，同「器」。

⑤「古註」，此處指《卜筮全書》中的註解。

⑥「舂」，音chōng【充】。把穀物以杵臼搗去皮殼。

雖萬象之紛紜，須一理而融貫①。

此一節，只講得一個「理」字，那「象」字當作「般②」字解。「理」就是中庸③之理，卦中刑冲伏合、動靜生剋制化之間，有一個一定不易之「理」在裏頭，拿這個卦「理」評到中庸之極至處，雖萬「般」紛紛論頭④，一「理」可以融貫矣！

鼎升曰：

《卜筮全書．黃金策．總斷千金賦》原解作：「象，卽空刑生合等象；理，卽生尅制化之理。」

註釋：

①「融貫」，融會貫通。把各方面的知識或道理參合在一起，從而得到全面透徹的理解。

②「般」，量詞。樣；種類。

③「中庸」，儒家的政治、哲學思想。主張待人、處事不偏不倚，無過無不及。

④「論頭」，道理、見解。

夫①人有賢、不肖②之殊，卦有過、不及之異。太過者損之斯成，不及者益之則利。

賢、不肖之殊，人生之不齊③也；過、不及之異，卦爻之不齊也。人以中庸之德爲至，卦惟中和④之象爲美。德至中庸，則無往而不善；象至中和，則無求而不遂。故卦中動靜生剋、合冲空破、旺衰墓絶、現伏等處，就有太過、不及的理在焉。大凡卦理，只論得中和之道：假如亂動，要搜獨靜之爻；安靜，要看逢冲之一日；月破，要出破填合；旬空，要出旬值日；動待合、靜待冲；

剋處逢生、絶處逢生；沖中逢合、合處逢沖。這些法則，就是「太過者損之斯成，不及者益之則利」。舊註以用神多現爲「太過」，以用神只一位、不值旺令爲「無炁」，謂「不及」，其意淺矣！不知卦中無不有太過、不及者，就是動靜生剋合沖、旬空月破、旺衰墓绝、伏藏出現，個個字可以當他太過，亦可以當他不及，此活潑⑤之中自有玄妙，學者宜加意叅之。

鼎升曰：

闡易齋本與談易齋本《卜筮全書．黄金策．總斷千金賦》原解作：「賢、不肖之殊，人生之不齊也；過、不及之異，卦爻之不齊也。人以中庸之德爲至，卦以中和之象爲美。德至中庸，則無往而不善；象至中和，則何求而不遂哉！故凡卜易，須抑其過、引其不及，歸于中道，則凡事皆不期然而然矣。此卜易之大旨，故揭于篇首。今人但知不及者不成，不知太過者，亦不能成也。何謂『過』？主事爻重疊太多是，多則不專一，所以不成福，故宜『損之』；何謂『不及』？主事爻卽一位，而又不得其時是，不及則無炁，所以不成事，故宜『益之』。損益之道，生扶拱合，及尅害刑衝是。且如土爲主事爻，有三五重，太過，須得寅卯月或寅卯日，或卦有寅卯爻動尅之，然後成事，所爲『損之』也；又如金爲主事爻，在夏月令，無炁，須得月建日辰生扶，或動爻合助，方能有成，所爲『益之』也。大抵太過者，吉不能成其吉，凶不能成其凶。」

註釋：

①「夫」，助詞。用於句首，表發端。

②「不肖」，不成材；不正派。

③「齊」，相同；一樣。

④「中和」，中正平和，不偏不倚。中庸之道的主要內涵。儒家認爲能「致中和」，則天地萬物均能各得其所，達於和諧境界。

⑤「活潑」，靈活，不呆板；生動自然。

生扶拱合，時雨①滋②苗。

生我用爻者謂之生，扶我用爻者謂之扶，拱我用爻者謂之拱，合我用爻者謂之合。生者，卽金生水類，五行相生也。扶者，卽亥扶子、丑扶辰、寅扶卯、辰扶未、巳扶午、未扶戌、申扶酉。拱者，卽子拱亥、卯拱寅、辰拱丑、午拱巳、未拱辰、酉拱申、戌拱未。合有二合、三合、六合：二合者，卽子與丑合類；三合者，卽亥卯未合成木局類；六合者，卽卦得六合卦也。此節亦承上文而言，不及者宜益之耳。倘若用爻衰弱冲破，得了生扶拱合，就如旱苗得雨，則苗勃然③興之矣；倘若卦中忌神衰弱冲破，得了生扶拱合，謂之助桀爲虐④，其禍愈甚矣！學者宜別之。下三條倣此。

註釋：

①「時雨」，應時的雨水。

②「滋」，滋生；生長。

③「勃然」，興起、奮起的樣子；突然。

④「助桀爲虐」，幫助夏桀行暴虐之事。比喻幫助壞人幹壞事。「桀」，即夏桀，夏朝最後一位君主，相傳是暴君；「虐」，殘暴。

尅害刑冲，秋霜殺①草。

尅者，相尅，卽金尅木類是也；害者，六害，卽子害未、丑害午、寅害巳、卯害辰、申害亥、酉害戌是也；刑者，卽寅巳申等類是也；冲者，子午相冲等類是也。此亦結上文而言：倘用神衰弱，並無生扶拱合，反見尅害刑冲，故喻之「秋霜殺草」也。大凡刑冲尅三者，卦中常驗，六害並無應驗，尤當辨焉。

註釋：

①「殺」，滅，除去。此處引申爲使草木枯萎。

長生帝旺，爭如①金谷之園②。

長生，卽火長生于寅類也；帝旺，卽火帝旺于午類也。用神遇之，雖衰弱者亦作有氣論，故以「金谷」譬焉。此節論用神長生帝旺在日辰上頭，不言長生帝旺于變爻裏邉。若以變爻遇帝旺而言，誤矣！假如午火又化出午火來，這是伏吟卦了，有甚麼好處？安得以「金谷」喻之？大凡用神帝旺于日辰上主速，長生于日辰上主遲。葢長生猶人初生，長養③以漸④；帝旺猶人壯時，其力方銳⑤：所以長生遲而帝旺速也。

註釋：

①「爭如」，怎麼比得上；不如。

②「金谷之園」，金谷園。晉代石崇所建的庭園，極盡奢華富麗，名盛一時。位於河南洛陽郊區金谷澗中。離城十里，中有清泉茂林，果樹藥草，金田十頃，豬雞鵝羊無數。石崇常宴請賓客於園中，登高臨水，飲酒賦詩。後人以此比喻豪華的私家園苑。

③「長養」，撫育培養；長大；生成。

④「漸」，緩進；逐步；成長；滋長；逐漸。

⑤「銳」，旺盛；快速。

死墓絕空，乃是泥犂①之地。

死墓絕，皆從長生數起。空是旬空。死者，亡也，猶人病而死也；墓者，蔽②也，猶死而葬于墓也；絕者，厭絕③也，猶人死而根本斷絕也；空者，虛④也，猶深淵薄冰⑤之處，人不能踐履⑥也。泥犂，地獄名，言其凶也。這四者與剋害刑沖意思相倣，又引有過、不及之意。倘用神無生扶拱合，反遇死墓絕空，故以「泥犂」喻之。大凡卦中爻象，只講得長生、墓、絕三件，向日辰是問，就是變出來的也要看。惟沐浴、冠帶、臨官、帝旺、衰、病、死、胎、養，不可向變出之爻是問；若化出來的，當以生剋沖合、進神退神、反吟伏吟論也。

註釋：

①「泥犂」，亦作「泥犁」。佛教語。梵語的譯音。意爲地獄。在此界中，一切皆無，爲十界（地獄、餓鬼、畜生、阿修羅、人、天、聲聞、緣覺、菩薩、佛）中最

惡劣的境界。

②「蔽」，隱蔽，躲藏；蒙蔽；覆蓋；遮擋。

③「厭絶」，因嫌棄而絶情。

④「虗」，同「虛」。

⑤「氷」，同「冰」。

⑥「踐履」，踐踏。

日辰爲六爻之主宰，喜其滅項以安劉①。

日辰乃卜筮之主，不看日辰，則不知卦中吉凶輕重了。葢日辰能冲起、冲實、冲散那動空靜旺的爻象，能合能填月破之爻，衰弱的能扶助幇比，强旺的能抑挫制伏，發動的能去制得，伏藏的能去提拔，可以成得事，可以壞得事，故爲「六爻之主宰」也。如忌神妄動、用神休囚，倘得日辰去剋制那忌神、生扶了用神，凡事轉凶爲吉，故曰「滅項興劉」。

註釋：

①「滅項以安劉」，除滅項羽，使劉邦能夠安全。比喻消滅奸惡之徒，扶持良善的人。

月建乃萬卦之提綱①，豈可助桀而為虐？

月建乃卜筮之綱領。月建亦能救事壞事，故言「萬卦之提綱」。若是卦中有忌神發動，剋傷用神，倘遇月建生扶那忌神，這是「助桀為虐」了；倘忌神剋用神，如遇月建剋制忌神、生扶那用神，就是救事了。凡看月建，只論得生剋，與日辰相同。大凡月建的禍福，不過司權于月內，不能始終其事，而日辰不論久遠，到底有權的。就是長生、沐浴、冠帶這十二神，與日辰固有干係②，與月建上不過只論得月破、休囚、旺相、生剋。今有人說衰病死墓于月建上不好，長生帝旺于月建上好，種種誤傳，不可信也。

鼎升曰：

古今圖書集成本《卜筮全書·黃金策·總斷千金賦》原條文作：「月建乃萬卜之提綱，豈可助桀而為虐。」原解作：「月建乃龍德之神，故卜卦以是為提綱。須詳其有無刑衝尅害，有無生扶拱合，與世身主象有無干涉，便見吉凶。月建中有乃是真有，如壞事乃真正壞事也。且如占財，卦中無財，月建是財，向後終須可得；若卦中有財，月建尅財，定多艱阻，須過此一月，方可得；如卦中無財，月建又無財，而日辰是財，可許當日便有些，財少受尅，則不中矣。蓋月建成得事，日辰即可扶也。且如五月內占小兒病，得大過卦。卦中無子孫爻，而月建午火正旺，為主象，不斷其死。餘倣此。凡看月建，與日辰同，亦喜其扶持用爻，尅制忌爻；忌爻旺動而又生扶之，其禍尤甚。」

註釋：

①「提綱」，提舉綱的總繩，舉綱。比喻抓住大的或主要的。

②「干係」，關係。

最惡者歲君，宜靜而不宜動。

卽本年太歲①之爻，曰「歲君」，係天子②之象。既能最惡，豈不能最善？既宜安靜，豈不宜于發動乎？若是太歲那一爻，臨忌神發動，來剋冲世身用象，主災厄不利，一歲之中屢多駁雜③，故曰「最惡」，故宜安靜：此言歲君若臨忌辰，則宜靜而不宜動也。若是太歲那一爻，動來生合世身主象，主際遇④頻加，一歲之中連增喜慶，當言最善，亦宜發動。若用神臨之，其事必干⑤朝廷；若日辰動爻冲之，謂之犯上⑥：毋⑦論公私，皆宜謹慎可也。

鼎升曰：

原文中「若用神臨之，其事必干朝廷」句，原本作「若用神臨之，其事必午朝廷」，當誤，據《卜筮全書・黃金策・總斷千金賦》文意改。《卜筮全書・黃金策・總斷千金賦》此條文下有「若爲主事爻入卦，其事必干朝廷」句。如意堂本《重編卜筮正宗・黃金策總斷・千金賦詳解》作「若用神臨之，其事必忤朝廷」，《增刪卜易・增刪〈黃金策・千金賦〉》此條文下有「占官事者，必于朝廷」句，俱當誤。

註釋：

①「太歲」，指太歲之神。古代數術家認爲太歲亦有歲神，凡太歲神所在的方位及相反的方位，均不可興造、移徙、嫁娶、遠行，犯者必凶。此說源於漢代，傳至後世，說愈繁而禁愈嚴，有十二太歲、六十太歲、流年太歲、本命太歲等區分。民間則多用每年的地支生肖，卽子鼠、丑牛等十二太歲作爲太歲之神。《欽定協紀辨方書・義例・太歲》引《神樞經》：「太歲，人君之象。率領諸神，統正方位，斡運時序，總成歲功……若國家巡狩省方，出師畧地，營造宮闕，開拓封疆，不可向之；黎庶修營宅舍，築壘墻垣，並須迴避。」

②「天子」，舊稱統治天下的帝王。古代認爲帝王乃受天命而有天下，所以帝王爲上天的兒子。

③「駁雜」，紊亂不順；困頓坎坷。

④「際遇」，遭遇，多指碰到好的機會。

⑤「干」，干犯；沖犯；干擾；關涉。

⑥「犯上」，冒犯或違抗尊長。

⑦「毋」，音wú【蕪】。不。表示否定。

最要者身位，喜扶而不喜傷。

身，卽月卦身也。「陽世還從子月起，陰世還從午月生」，其法見《啓蒙節要》篇內。大抵成卦之後，看卦身現與不現，與月建、日辰、動爻有無干涉，則吉凶便知。占事爲事體①，占人爲人身。惟喜生扶拱合，不宜剋害刑沖。凡占卦，以卦身爲占事之主，故曰「最要」也。

鼎升曰：

「陰世還從午月生」，原本作「陰世還從干月生」，顯誤，據卷之一《啓蒙節要．安月卦身訣》中「陰世則從五月起」文意改。

註釋：

①「事體」，事情；事情的體統。

世爲己、應爲人，大宜契合①；動爲始、變爲終，最怕交爭②。

爻重爲動，動則陽變爲陰，陰變爲陽。卦中遇此，當以動爻爲事之始，變爻爲事之終。發動之爻，變剋變沖，謂之「交爭」。凡世應宜生合用神，怕變剋沖也。

註釋：

①「契合」，投合，意氣相投；泛指結好；結盟，結拜。

②「交爭」，相互爭論；相互爭戰；以直言互相諫諍；爭執、紛爭。

應位遭傷，不利他人之事；世爻受制，豈宜自己之謀？

應位者，該當一個用神解說。如占他人，亦各有用神分別：或占交疏①之人及無尊卑之人，是應爲他人也；倘占父友、家主②、師長輩，這是父母爻爲用神是了；子孫之友，這是子孫爻爲用神了；妻妾奴婢，這是妻財爻爲用神了。那父友、自友及子孫之友，雖是他人，當分別老幼稱呼名分取用，不可一槩以應位誤斷。如卜損益自己之事，以世爻爲自己也，世若受制，豈宜于自己之謀乎？

註釋：

①「交疎」，交情淡薄。「疎」，音shū【書】。同「疏」。

②「家主」，主人；家長。

世應俱空，人無准實。

此節亦引上文而言世應也。但凡謀事，勢必托人：世空則自己不實；應空則他人不實；若世應皆空，彼此皆無准實，謀事無成。或世應空合，謂之虛約而無誠信：如托尊長輩謀事，而得父母爻生合世爻，托之自然有益；倘或應空，總得長輩之力，而那一邉不實，亦難成事也。

內外競發，事必翻騰。

競者，冲剋也；發者，發動也。凡占的卦，內外紛紛亂動、亂冲、亂擊，是人情不常，必主事體反覆翻騰也。

世或交重，兩目顧瞻於馬首①；應如發動，一心似托於猿攀。

馬首是瞻，或東或西；猿猱②攀木，自心靡③定。世以己言，應以人言。《書》④曰：「應動恐他人有變，世動自己遲疑；皆言其變遷更改，不能一⑤其思慮耳。」此引上文世應爲彼我之意，又引競發有翻騰而言。其事之吉凶，縱不外乎生扶拱合、剋害刑冲、空破間耳。

鼎升曰：

《卜筮全書．黃金策．總斷千金賦》原解作：「世應皆不宜動，動則反變不常。馬首是瞻，或東或西；猿猱攀木，身心靡定：皆言其變遷更改，不能一其思慮也。但世以己言，應以人言。《海底眼》云『應動他人心易變』，以應推之，世可知也。」

註釋：

① 「兩目顧瞻於馬首」，馬首是瞻。原指作戰時，士兵依主將的馬頭決定前進的方向。後比喻毫無主見，服從指揮或跟隨他人進退，不敢稍加違背。

② 「猱」，音náo【撓】。動物名。猿屬。體矮小，尾金色，臂長柔軟，善攀緣而輕捷，上下如飛。又名「狨」或「猕猴」。

③ 「靡」，副詞。不；沒。表示否定。

④ 「《書》」，此處指《卜筮全書》。

⑤ 「一」，專一。

用神有氣無他故，所作皆成；主象徒存更被傷，凡謀不遂。

用神者，如占文書長輩，以父母爻爲用神之類是也；主象者，亦卽用神也。故字，該作病字解。何謂之病？凡用神遇刑冲剋害，就是病了。如卦中用神旺相，遇了病，可待去病日期，亦能成事；如旺相而又無刑冲剋害等病，凡謀必從心所欲，無不可成矣。倘用神衰弱無氣，而又遇月建日辰刑冲剋害，猶如一個天元①不足、瘦弱不堪的人，豈可再加之以病乎？故爻弱而又受刑冲剋害者，凡事枉費心力，終無可成之理。蓋用爻雖然出現，別無生助，而卦中又無原神，縱有而値空破壞者，謂之「主象徒存」，徒存者，徒然出現也，謀事焉能遂意哉！

鼎升曰：

《卜筮全書．黃金策．總斷千金賦》原條文作：「用爻有氣無他故，所作皆成；主象徒存更被傷，凡謀不遂。」

註釋：

①「天元」，万物生育之根本。

有傷須救。

傷，傷剋用神之神也；救，救護用神之神也。如申金是用神，而被午火發動來剋，則申爻有傷矣；若得日辰是子，或動爻是子，子去冲剋午火，或亥日亥爻制伏午火，則午火有制，而申金豈非有救乎？倘月建冲剋用神，得日辰去生合用神；又或日辰去剋用神，卦中動出一爻生他：這便是有傷得救了。凡遇有傷得救，每事先難後易、先凶後吉。用神得救，仍爲有用耳。

鼎升曰：

古今圖書集成本《卜筮全書．黃金策．總斷千金賦》原解作：「傷者，身世主象見傷於他爻也；救者，動爻日辰制伏於忌爻也。且如用臨申金，而被午火動尅，則申爻受傷矣。若得日辰是未字，合住之，不使之尅；或日辰是子字，衝散之，不能來尅；或日辰是亥字，制伏之，不許其尅：皆爲有救也。其他刑害等類，皆倣此。若世身主象，見傷於月建日辰者，則眞受其禍，蓋二者在卜卦之主，無可救之道也。」闡易齋本與談易齋本《卜筮全書．黃金策．總斷千金賦》「蓋二者在卜卦之主」句，俱作「蓋二者爲卜卦之主」。

無故勿空。

故者，謂受傷的意思；勿字，該當他不字解說。大凡旬空之爻安靜，又遇月建日辰剋制，這是有過之空了，卽使出旬值日，亦不能爲吉爲凶，這樣旬空，到底無用之空矣；若旬空之爻發動，或得月建日辰生扶拱合他，或日辰沖起他，或動爻生合他，這是無故之空，待其出旬值日得令之時，仍復能事，故曰「無故之空爻，勿以爲空」也。雖值旬空，而沒有受月建日辰剋傷的，不可當他真空論。又如用神化回頭剋，又見會局來剋，來剋太過，豈不是有故了？若是日月不傷他，用神一空，則不受其剋，亦稱「無故」矣。古有避凶之說，亦近乎無故之理。舊註誤以「無傷剋之爻不可空，日月二建剋他又宜空」，大失先天之妙旨①，又失是篇之文理矣！

鼎升曰：

《卜筮全書．黃金策．總斷千金賦》原解作：「夫旬中空亡，有有故而空者，有無故而空者：凡遇日月動爻傷尅，而在空亡，謂『有故而空』，避之可也；若無刑衝尅害，而身世主象自落空亡，此爲『無故而空』，大凶之兆，占病必死，占事不成，占人有難。蓋空則雖有日辰動爻，難以扶持救拔之故也。」

註釋：

①「妙旨」，精微幽深的旨意。

空逢冲而有用。

凡遇卦爻旬空，今人不拘吉凶，槩以無用斷之，殊不知見日辰冲，亦有可用之處。葢冲則必動，動則不空，所以「空逢冲而有用」也。

合遭破以無功。

此節獨言合處逢冲。葢卦爻逢合，如同心協力，事必克濟①，凡謀望欲成事者得之，則無不遂矣。倘合處遇冲刑破剋，惟恐奸詐小人兩邊破說②，必生疑惑猜忌之心：如寅與亥合，本相和合，若見申日，或遇申爻動來冲剋寅木，則害了亥水矣！故曰「合遭破以無功」。合者，成也，和好之意；破者，散也，冲開之意。凡欲成事，而得合處逢冲之卦者，事必臨成見散；凡欲散之事，而得合處逢冲之卦者，必遂意也。冲中逢合者，反是。

註釋：

①「克濟」，謂能成就。

②「破說」，解釋說明；分析解釋。

自空化空，必成凶咎①。

自空者，用爻值旬空也；化空者，亦言用爻化值旬空也；凶咎，言不能成事。此節亦引上文謀望之事而言。凡謀望，無不欲成事，倘用爻空，或用爻動化空，則動有更變、空有疑惑，事必無成，故曰「凶咎」也。

註釋：

①「凶咎」，災殃。

刑合剋合，終見乖①淫②。

合者，和合也，凡占見之，無不吉利。然人不知合中有刑有剋：合而有剋，終見不和；合而有刑，終見乖戾③。且如用未字爲財爻，午字爲福爻，午與未合，然午帶自刑，名爲「刑合」；又如子字爲財爻，子與丑合，丑土能剋子水，謂之「剋合」：如占妻妄，始和終背，諸事終乖戾也。

鼎升曰：

闡易齋本與談易齋本《卜筮全書．黃金策．總斷千金賦》原條文俱同。古今圖書集成本《卜筮全書．黃金策．總斷千金賦》原條文作：「刑合尅合，終見乖違。」乖違者，違背、背離、隔絕、離散、不如意、挫折、反常、顛倒也。

註釋：

①「乖」，背離；違背。

②「淫」，引申爲過失。

③「乖戾」，不和諧，不一致；行爲不合人情。

動値合而絆住。

大凡動爻不遇合，然後爲動；若有合則絆住，而不能動矣。既不能動，則不能生物剋物矣。如日辰合之，須待冲其本爻日至，可應事之吉凶；如旁爻動來合之，須待冲那旁爻之日至，可應事之吉凶矣。假如用丑土財，而子日合之，待未日應事；子爻合之，待午日應事。又如子孫爻動，而被日辰合住，則不能生財，待冲動子孫期至，方有財也。餘倣此。

靜得衝而暗興。

大凡不發動的爻，不可便言安靜，若被日辰冲之，則雖靜亦動，謂之暗動：猶如人臥而被人呼喚，卽不能安然而睡。既是卦中發動的爻，也能冲得安靜的爻。且爻遇暗動者，猶人在私下作事也：暗動之爻生扶我，定叨①私下一人幫襯②；倘或剋害我，定被一人在私下謀損。其理深微。應事在于合日。

註釋：

①「叨」，承受。用於對受人恩惠及禮物表示感謝的謙詞。

②「幫襯」，幫助；贊助；指給予幫助的人。

入墓難剋，帶旺匪①空。

入墓難剋者，言動爻入墓，不能去剋他爻也；又言他爻入墓，不受動爻所剋也。假如寅木發動，本去剋土，倘遇未日占卦，那木入墓于未日；或化出是未，是入墓于未爻也：則不能去剋土矣。又如寅動剋土，而土爻遇辰日，則入墓于日辰；或化辰爻，入墓于變爻：皆不受寅木之剋。故曰「入墓難剋」。旺相者，卽如春令木旺火相，夏令火旺土相，秋令金旺水相，冬令水旺木相，四季之月土旺金相，古謂「當生者旺，所生者相」是也，此爻空亡，不作空論；又云「旺相之爻過一旬，過旬仍有用」：故曰「匪空」。

註釋：

①「匪」，同「非」。

有助有扶，衰弱休囚亦吉。

此節獨指用神而言也。且如春天占卦，用爻屬土，是衰弱休囚，本爲不美，倘得日辰動爻生扶拱合，雖則無氣，不作弱論：譬如貧賤之人，而得貴人之提拔也。忌神倘無氣，則不宜扶助也。

貪生貪合，刑冲剋害皆忘。

此節亦指用神而言也。倘用神遇刑冲剋害，皆非美兆，若得旁有生爻合爻，則彼貪生貪合，自不爲患矣，故曰「忘冲忘剋」。假如用神是巳，卦中動出寅字來，寅本刑巳，但寅木能生巳火，故巳火貪其生，而忘其刑也；又如卦中動出亥字來冲剋巳火，又得動出卯字來，則亥水貪生于卯，而忘剋于巳也；如寅字動，則亥水貪合于寅，而忘冲于巳也：此乃貪合、貪生，忘剋、忘冲、忘刑之例。餘皆倣此，推詳①可也。

註釋：

①「推詳」，推究詳察。

別衰旺以明剋合，辨動靜以定刑冲。

此節分別衰旺、動靜、生剋制化、陰陽之理。若獨別衰旺，不辨動靜，則膠①于所用矣。如旺爻本能剋得衰爻，若安靜，縱旺而不能去剋衰爻了；衰爻本不敢去剋旺爻，若發動了，就剋得旺爻了：蓋動猶人之起，靜猶人之伏。雖則旺相，不過目下一時旺；雖則衰弱，亦不過目下一時衰：俟旺者退氣、衰者得扶，而衰爻可剋旺爻矣。如旺爻動剋衰爻，而無日辰救護者，立時受其剋也。惟是日辰能冲剋得動靜之爻，卽如動爻生剋不得那日辰；若是月建載在卦中，那動爻也能剋得他了。如此，則衰旺動靜之理明矣。

鼎升曰：

闡易齋本與談易齋本《卜筮全書・黃金策・總斷千金賦》原解作：

「夫地支有不和者，無怪乎其相尅也，相衝、相刑、相害是也。然不別衰旺、辨動靜，則膠于所用也。蓋旺爻能尅衰爻，衰爻尅不得旺爻；旺爻合得起衰爻，衰爻合不起旺爻。動爻刑得靜爻，靜爻刑不得動爻；動爻衝得靜爻，靜爻衝不得動爻故也。餘皆倣此。又如日辰與卦爻，則又日辰害得卦爻，卦爻害不得日辰。餘亦倣此。或問：靜與衰爻傷不得動與旺，若遇動爻反衰，靜爻反旺，則如之何？曰：兩爻俱靜，以旺爲先；有動，以動爲急。蓋動猶人之起，靜猶人之伏，彼雖旺，何畏哉？故曰『動爻急如火』。如占婚，以間爻爲媒，間有兩爻，亦當以此定之：若俱靜俱動，或無旺無衰，則當取動爻、日辰衝之者爲正；無衝，則看併起者爲媒也；又無合併，然後看日辰生扶之爻。如此，則事歸于一，而無兩端之疑矣。此篇乃卜筮之精微處也。故凡此類，不能不辨，不得不載，學易者勿以瑣碎目之可也。」

註釋：

①「膠」，拘泥；固執。

併不併、衝不衝，因多字眼。

併者，謂卦中之爻，日辰臨之也；冲者，謂卦中之爻，日辰冲之也；不字，言所併之爻不能併，所冲之爻不能冲也。何謂「不能併」？假如子日占卦，卦中見有子爻作用神，日辰併之，倘子爻衰弱，已有日辰併之，便作旺論；然亦不可子爻化墓化絶化剋，此謂日辰變壞，不能爲善于爻，而凶反見于本日也，故曰「併不能併」也。何謂「不能冲」？又如子日占卦，卦中見有午字作用神，日辰冲之，如子爻在卦中動來冲剋午爻；若得子爻化墓化絶化剋，此謂日辰化壞，不能爲害于午，而其吉反見于本日也，故曰「冲不能冲」也。此二者，皆因子日占卦，卦中多這個子爻變壞了，所以如此。餘如此例。

刑非刑、合非合，爲少支神。

刑，三刑也；合，合局也。如寅巳申爲三刑，丑戌未爲三刑，子卯爲二刑，辰午酉亥爲自刑。假如卦中有寅巳二字而無申，有寅申二字而無巳，有巳申二字而無寅，爲少一字，而不成刑也；如亥卯未爲三合，申子辰爲三合，巳酉丑爲三合，寅午戌爲三合，假如有亥卯而無未，有未卯而無亥，有亥未而無卯，爲少一字，而不成合也。

三刑三合之法，必須見全：有兩爻動，則刑合得一爻起；如一爻動，則刑合不得兩爻起了；如卦中刑合縱見全，倘俱安靜，便不成刑合了。如此占驗，就明白曉暢矣。

鼎升曰：

《卜筮全書・黃金策・總斷千金賦》中以上二則條文合成「併不併、衝不衝，因多字眼；刑非刑、合非合，爲少支神」一則條文。談易齋本《卜筮全書・黃金策・總斷千金賦》原解作：「卦爻既成，未免有合併刑衝類。然多一字，則不成其名；而少一字，亦不成其名也。且如子日卜卦，卦中有一子字，則謂之『併』；若有二子字，則分開而太過矣，名雖爲『併』，而實不能併也。二午則不衝，二丑則不合，二未則不害，二卯則不刑，二巳則不尅：此多一字，而不成其名也。又如寅巳申爲三刑，若有寅巳二字而無申字，或有寅申兩字而無巳字，或有申巳兩字而無寅字，則不成刑。又如亥卯未爲三合，或有卯未而無亥，或有亥卯而無未，或有亥未而無卯，則不成合：此少一字，而不成其合也。三刑三合，須見兩爻動，刑合得一爻起；一爻動，刑合不得兩爻起：此又不可不知。三刑古訣謂『丑刑戌，戌刑未，未刑丑』類，最誤初學：蓋三者相見，彼此皆刑，非謂丑能刑戌，而不能刑未；未能刑丑，而不能刑戌也。如辰午酉亥爲自刑，《問卜易覽》以『辰見辰，午見午，酉見酉，亥見亥』定之，尤爲謬妄：蓋自刑者，以其自刑，而不與他爻相刑之謂也，又奚必見辰見午爲刑哉？」

爻遇令星，物難我害。

令星者，月建之辰也；物者，指卦中動爻而言。倘用神是月建之辰，而月建乃健旺得令星也，卽使動爻來傷，何足懼哉？故曰「物難爲我之害」也。

鼎升曰：

古今圖書集成本《卜筮全書·黃金策·總斷千金賦》原解作：「令星者，四季月令之辰。春木、夏火、秋金、冬水，亦是得時健旺之星。雖見刑衝尅害，不能挫其勢，故曰『物難我害』。逢空一半力。」

伏居空地，事與心違。

伏者，伏神也。六爻之內而缺用神，當查本宮首卦用神爲伏，卦上六爻爲飛。飛爲顯，伏爲隱。若六爻之中並無用神，而伏神又值旬空，倘無提拔者，謀事決難成就，故曰「事與心違」。

伏無提拔終徒爾[①]，飛不推開亦枉然。

亦引上文之意。伏者，言用神不現，而隱伏于下也，如無日月動爻生扶拱合，謂之「伏無提挈[②]」；飛者，是用神所伏之上顯露神也；推者，冲也，言冲開飛神，使伏神可出也。

鼎升曰：

《卜筮全書·黃金策·總斷千金賦》原條文作：「伏無提挈終徒爾，飛不摧開亦枉然。」古今圖書集成本《卜筮全書·黃金策·總斷千金賦》原解作：「伏神空亡，凡事不利，不須再看；若不空亡，必須衝開飛神，提起伏神，然後有望。假如占文書，得賁卦。六爻無父，而丙午文書却伏在六二己丑他宮兄弟下，可言相識把住文書也。得日辰動爻有未，刑衝得丑破，或有寅卯尅得丑，方可露出伏神文書爲用爻。又須得子衝起午，有未合起午，有寅卯生扶午，方得其力。否則，遲滯難成，不可便指爲有用也。故伏要提，飛要開，二者不可偏廢也。六衝最緊，六害不能出，亦不能破，卜易不可不知。六爻所伏是事情，有根有苗，終須再發；無動無伏，無生無化，無旺氣，又世坐空亡，永無再發之理。如十二月甲辰日，占被人訴訟，得賁卦。世坐卯鬼空亡，便爲無始，其事已散；却不知丙午文書，伏在他宮兄弟爻下，當時未曾損壞；又日辰併起空爻下本宮丙辰兄弟，口舌尚存。春來木鬼旺相，生起文書，其事必再發。此看伏神法也。又如丁亥日占訟，得觀卦。世應比和，父在空亡，謂之兩無心；而世下伏神又落空亡，後必不爭論。此爲不再發之例也，宜細玩之。」

註釋：

①「徒爾」，徒然，枉然。

②「提挈」，此處指提拔、提攜。「挈」，音qiè【竊】。帶，領；用手提著。

空下伏神，易於引拔。

言伏神在旬空飛爻之下。葢本爻既空，猶無攔絆，則伏神得引拔而出也。引者，是拱扶併之神；拔者，亦生扶拱合、冲飛引伏之意。

制中弱主，難以維持。

制者，言月建日辰制剋也；弱主者，指衰弱之爻也。如用神衰弱，而又被日月二建制剋，縱得動爻生之，亦不濟事。葢衰弱之爻，再遇日月剋者，如枯枝朽樹，縱有如膏之雨①，難以望其生長新根。此指用神出現而言也，如伏神如是，縱遇併引，亦無用矣。

註釋：

①「如膏之雨」，久旱後下的雨；及時雨。

日傷爻真罹①其禍，爻傷日徒受其名。

日辰爲六爻主宰，總其事者也；六爻爲日辰臣属，分治其事者也。是以日辰能刑冲剋害得卦爻，卦爻不能刑冲剋害于日辰也。月建與卦爻亦然。

註釋：

①「罹」，音li【離】。遭受苦難或不幸。

墓中人不冲不發。

大抵用爻入墓，則多阻滞，諸事費力難成，須待日辰動爻冲之，或冲剋其墓爻，方有用也。古《書》云：「冲空則起，破墓則開。」

鼎升曰：

古今圖書集成本《卜筮全書·黃金策·總斷千金賦》原解作：「大抵用爻入墓，則被阻滯，諸事費力難成，須得日辰動爻，衝破或尅破其墓，方有用也。假如戊寅日占財，得同人之乾卦。用爻入墓，喜得日辰尅破之，果有。此一卦，或見用空入墓，以爲無財，殊不知雖空而遇衝，雖墓而尅破，衝空則實，破墓則開，所以爲有用財也。」

身上鬼不去不安。

身，借用而言世也。但凡官鬼持世爻上，如自己若非職役①之人，以官鬼爲憂疑阻滯之神，須得日辰動爻冲剋去之，方可安然無慮矣。或忌神臨于世上亦然。但不可剋之太過，恐我亦傷。先聖曰：「人而不仁，疾之已甚，亂也。」惟貴得其中和耳。

鼎升曰：

「人而不仁，疾之已甚，亂也」，語出《論語·泰伯》：「子曰：『好勇疾貧，亂也。人而不仁，疾之已甚，亂也。』」意爲：「孔子說：『以勇敢自喜却厭惡自己的貧困，這是一種禍害。對於不仁的人，痛恨他太甚，這也是一種禍害。』」

註釋：

①「職役」，猶職事。多指較爲低賤的職務。也指古代官府分派民戶充當官差並供應財物的徭役。

德入卦而無謀不遂，忌臨身而多阻無成。

德，合也，和合中自有恩情德義。故凡謀爲，用神動來合世，或用神化得生合，或日辰臨用合世，或日辰生合用爻，皆德入卦中，而「無謀不遂」矣。但合處見沖，恐有更變。倘忌神如是，則「多阻而無成」矣！

鼎升曰：

《卜筮全書·黃金策·總斷千金賦》中本條文分作「德入卦而無謀不遂」與「忌臨身而多阻無成」二則條文。古今圖書集成本《卜筮全書·黃金策·總斷千金賦》中「忌臨身而多阻無成」條文原解作：「忌者，忌爻也，如用財則兄弟爲忌爻，用官則子孫爲忌爻之類。此爻持臨身世，不拘公私，皆主阻滯而不順；若或休囚無氣，亦見費力艱難；如旺則必不成矣。其餘所用倣此。」

卦遇凶星，避之則吉。

凶星，卽是忌神。凡用爻被月建日辰傷剋，不論空伏，始終受制，無處可避；如無月日傷剋，獨遇卦爻中忌神發動來傷，若用爻值旬空伏藏，不受其剋，謂之「避」，待冲剋忌神之日，其凶可自散矣！如用爻出現不空，便受其毒，難免其傷也。故曰「避之則吉」。

鼎升曰：

古今圖書集成本《卜筮全書·黃金策·總斷千金賦》原解作：「凶星者，刑衝剋害也；避之者，六甲空亡也。夫空之一字，極有元妙，若執眞空，便失先天之旨。蓋百物自空中來，無中生有，逮歸於空，空中不受傷剋，反有可成之機。如六爻安靜，用爻無故自空，此爲眞空，萬事無成；若被日辰動爻刑衝剋害於用爻，而用爻在空，此爲避凶而空，《金鎖元關》所謂『剋空爲用』是也，卽是不壞，但目下略阻，過旬卽成。如六月壬申日，占子病，得姤之大過卦。父母旺動，用爻無氣，本爲凶兆，喜得用爻在空避之，果至丙子日愈。蓋至丙子，則前面已過，又遇用爻帝旺之地故也。」

爻逢忌殺，敵之無傷。

爻者，用爻也，如求財以財爻爲用之類是也；敵，救護之意。譬如求財，卦中財爻屬木，倘有金爻動來剋財，凶也；或得火爻發動剋金，則金爻自治不暇，焉能剋木？木爻無患矣！故曰「敵之無傷」。

鼎升曰：

古今圖書集成本《卜筮全書·黃金策·總斷千金賦》原解作：「忌爻發動，凡事不利。喜得比肩同類，幫助用爻以敵之，不弱於彼，事亦可成。假如用爻在未，而卦中動出寅卯字，則土被木尅，而受其傷矣；若得月建日辰上，有辰戌丑未幫扶未土以敵之，則彼將寡不敵眾，而自止矣。又如七月乙未日，爲脫役事，占得損之節卦。官鬼發動，財爻助鬼傷身，本不可脫；喜得日辰未土，六五又變戌土，扶助世上丑土，有氣敵之，鬼不能傷。果應無事。」

主象休囚，怕見刑冲剋害；用爻變動，忌遭死墓絶空。

主象，亦言用神也，如値休囚，已不能爲事矣，豈可再見刑剋？如用神發動，猶人勇往直前，豈可自化墓絶？

用化用，有用無用；空化空，雖空不空。

用神化用神，有有用之用神，有無用之用神。有用者，用神化進神；無用者，用神化退神，并伏吟卦也：故以有用無用分別之。空爻安靜，則不能化；空爻發動，則能化。既發動，動不爲空也，化出之空，亦因動而化。凡動爻值空，或動爻變空，皆不作真空論，出旬有用矣。

養主狐疑①，墓多暗昧②。化病兮傷損，化胎兮勾連。

長生、沐浴、冠帶、臨官、帝旺、衰、病、死、墓、絶、胎、養，此十二神，卦中惟是長生、墓、絶三件，卦卦須看，爻爻要查，其餘沐浴、冠帶、臨官、帝旺、衰、病、死、胎、養各神，俱另有生剋冲合、進神退神、伏吟反吟論，不可執疑于養主狐疑、病主傷損、胎主勾連。《十八論》內已明論之，學者宜自詳辨。

註釋：

①「狐疑」，猜疑，懷疑；猶豫。

②「暗昧」，不光明磊落；不可告人之陰私、隱私；隱晦不明；昏暗；不清晰；愚昧；

昏庸。

凶化長生，熾①而未散。

用爻化入長生者吉。如凶神化入長生者，則其禍根始萌，日漸增長也，必待墓絶日，始鋤②其勢。

註釋：

①「熾」，昌盛；興盛。

②「鋤」，鏟除；消滅。

吉連沐浴①，敗而不成。

沐浴，其名敗神，又稱沐浴煞，乃無廉無耻之神，其性淫敗，然而有輕重分別：卽如金敗于午，敗中兼剋；寅木敗于子，敗中兼生；卯木敗于子，敗中兼刑；水敗于酉，敗中兼生；土敗于酉，敗中兼洩氣；火敗于卯，敗中兼生。惟占婚姻，最宜忌之：倘夫擇妻姻，得財爻而化沐浴，兼生者，必敗門風②；兼剋者，因姦殺身。卽如諸占，倘世爻化之，生者，因色壞名；剋者，因姦喪命；有救者，險裏逃生。故曰「吉神不可化沐浴」也。

註釋：

①「沐浴」，多主淫亂、酒色亡家。明萬民英《三命通會·論五行旺相休囚死並寄生十二宮》：「五曰沐浴，又曰敗，以萬物始生，形體柔脆，易為所損，如人生後三日以沐浴之，幾至困絶也。」《易林補遺·元集·易林總斷章》：「沐浴之爻，又爲敗論，總是一爻內有分辨。其中逢生爲沐浴，遇尅爲敗。」

②「門風」，家族世代相承的傳統。

戒回頭之剋我，勿反德以扶人。

回頭剋，乃用神自化忌神，如火爻化水之類是也。諸占世爻身爻用爻，遇之不吉也。凡用神動出，生合世爻，是有情于我，謀爲易成也；或用神發動，不來生合世身，而反生合應爻及旁爻者，皆謂「反德扶人」，凡占遇之，所求不易，是損己利人之象也。

惡曜孤寒，怕日辰之併起。

惡曜，指忌神言也；孤，孤獨無生扶拱合也；寒，衰弱無氣也。凡占遇忌神孤寒，則永無損害我矣！惟怕日辰併起，而孤寒得勢，終不免其損害；如值月建，真可畏也。

用爻重疊，喜墓庫之收藏。

如卦中用爻重疊太過，最喜用神之墓持臨身世，謂之「歸我收藏」也。

事阻隔兮間發，心退悔兮世空。

間爻者，世應當中兩爻是也。蓋此二爻居世應之中，隔彼此之路，動則有人阻隔。要知何等人阻，以五類推之：如父母動，卽尊長之輩是也。凡世爻旬空，其人心怠意懶，不能勇往精進①，以成其事，故曰「心退悔兮世空」。

註釋：

①「精進」，精明上進；銳意求進。

卦爻發動，須看交重；動變比和，當明進退。

凡卦發動之爻，須看交重。交主未來，重主已往：如占逃亡，見父母并朱雀發動，若爻是交，當有人來報信；如値重爻，則信已先知。他倣此。動變比和者，指言進退二神也：如寅木化卯是進神，卯變寅是退神，《十八論》內詳明。進主上前，退主退後。

煞生身，莫將吉斷；用剋世，勿作凶看。葢生中有刑害之兩防，而合處有剋傷之一慮。

煞者，忌神也；生者，生合也；身者，如自占以世而言也。如卦中忌神發動，則有傷于用神矣，卽使生合我，有何益哉？況生合之中，有刑有害有剋：如忌神生世，兼有刑剋者，不但謀事無成，所求不得，恐因謀而致咎。卽如一人鄉試①，于辰月癸酉日，卜得節之坎卦。世爻巳火化寅木忌神，生中帶刑，又卯木忌神暗動生世，後至臨場②病出：此是忌生身也，生中帶刑也。害者相同。剋者猶重。又如用神動來剋世，謂之物來尋我，凡謀易就，勿因剋我當做凶看；得用神剋世，本是吉也，不宜又去生合應爻，謂之厚于彼而薄于我，則雖用神剋世，亦作凶看，不可不知也。

註釋：

①「鄉試」，明、清兩代每三年一次在各省省城（包括京師）舉行的考試。凡本省生員與監生、蔭生、官生、貢生，經科考、錄科、錄遺考試合格者，均可應考。清朝規定，每逢子、午、卯、酉年舉行，遇慶典加科爲恩科。考期在八月，分三場。考中的稱舉人，第一名稱解元。

②「臨場」，此處指參加鄉試的時候。

刑害不宜臨用，死絕豈可持身？

凡用神、身、世，遇日辰相刑，必主不利：占事不成、占物不好、占病沉重、占人有病、占婦不貞①、占文卷②必破綻、占訟有刑。害爻不過壞事，大槩相倣。化者亦然。須推衰旺生剋，分其輕重詳之。死絕于日辰之爻，臨持世、身、用神者，諸占不利。變動化入者亦然。然有絕處逢生之辨，學者宜知。

註釋：

①「貞」，婦女守一而終的節操。

②「文卷」，爲應科舉考試所作的文章；公文案卷；泛指文章。

動逢衝而事散。

葢冲之一爻，不可一例推之。如旬空安靜之爻，逢冲曰「起」；旬空發動之爻，逢冲曰「實」；安靜不空之爻，逢冲曰「暗動」；發動不空之爻，逢冲曰「散」，又曰「冲脫」。凡動而逢冲，散脫者，吉不成吉，凶不成凶也。

絶逢生而事成。

大凡用神臨于絶地，不可執定絶于日辰論之，用神化絶皆是也。倘遇生扶，乃凶中有救，大吉之兆，名曰「絶處逢生」。

如逢合住，須衝破以成功。

卦中用神忌神，遇日辰合或自化合，或有動爻來合，不拘吉凶，皆不見效，須待沖破日期，可應事之吉凶。假如用爻動來生世，凡事易成，若遇合住，則又阻滯，須待沖之日，事始有成。此下皆斷日期之法也。

若遇休囚，必生旺而成事。

斷日期之法，不可執一①，當以活法推之，庶無差誤。如用爻合住，固以沖之日期斷矣；或用爻休囚，必生旺之期能成其事，故無氣當以旺相月日斷之。如用爻旺相不動，則以沖動月日斷之；若用爻有氣發動，則以合日斷之；或有氣動合日辰，或日辰臨之動，或日辰臨之動來生合世身，卽以本日斷之。若用爻受制，則以制煞月日斷之。若用爻得時旺動，而又遇生扶者，此爲太旺，當以墓庫月日斷之；若用爻無氣發動，而遇生扶，卽以生扶月日斷之。若用爻入墓，當以冲墓冲用月日斷之。若用爻旬空安靜，卽以出旬逢冲之日斷之；若用爻旬空發動，卽以出旬值日斷之；若用爻發動旬空被合，卽以出旬冲日斷之；若用爻旬空安靜被冲，卽以出旬合日斷之；若用爻旬空發動逢冲，謂之冲實，卽以本日斷之。已上斷法，撮②其大要，其中玄妙之理，學者自當融通活變③，分其輕重，別其用忌，斷無差矣。

註釋：

①「執一」，固執一端，不知權變。

②「撮」，摘取（要點）。

③「活變」，靈活處置。

速則動而剋世，緩則靜而生身。

此亦斷日辰之法也。如占來人，定其遲速，若用神動而剋世，來期甚速；如動而生世則遲；如靜而生世，則又遲矣。更宜以衰旺動靜推驗，則萬無一錯：如衰神發動剋世，比旺動來剋者又緩矣。餘倣此。

父亡而事無頭緒，福隱而事不稱情。

此一節，指言公事當看文書，文書者，卽父母爻也；凡私事，須看福德，福德者，卽子孫爻也。凡占功名、公門①、公事，以父母爻爲頭緒，當首賴文書，次尊官鬼。如文書爻空亡，恐事未的確②，故曰「父亡而事無頭緒」。凡占私事，以子孫爻爲解憂喜悅之神，又爲財之本源，豈可伏而不現？故曰「福隱則事不稱情」也。

註釋：

①「公門」，舊稱政府官署。

②「的確」，確切真實。

鬼雖禍灾，伏猶無炁。

官鬼一爻，雖言其禍灾之神，然六爻之內，亦不可無。宜出現安靜，不宜藏伏，藏伏了，謂之「卦中無炁」。況那官爻，諸占皆有可賴①之處，故此要他：卽如占名，以官爻爲用；占文書，以官爻爲原神；占訟，以官爻爲官；占病，以官爻爲病；占盜賊，以官爻爲盜賊；占怪異，以官爻爲怪異；占財，如無官爻，恐兄弟當權，不無損耗。

註釋：

①「賴」，依賴。

子雖福德，多反無功。

多，多現；反，受剋。惟占名，子孫爲惡煞，除此，皆以子孫之爻爲福德神也：占藥，以子孫之爻爲用神，若卦中多現，必用藥雜亂，服之無功；如占求財，遇子孫爻受傷，不惟無利，恐反致虧本。

究父母，推爲體統①；論官鬼，斷作禍殃。財乃祿神，子爲福德。兄弟交重，必至謀爲多阻滯。

此雖槩言五類之大畧，然亦有分別用之。假如占終身，以父母爻論其出身，如臨貴人有炁，是宦家②之後；如臨刑害無氣，乃貧賤之兒。如占禍殃，當推官鬼附臨何獸，或值玄武，卽盜賊之殃。財乃人之食祿，故曰「祿神」；子孫可解憂剋鬼，故曰「福德」。兄弟爲同輩刼財，動則剋財爭奪，故曰「凡謀多阻滯」也。

鼎升曰：

《卜筮全書·黃金策·總斷千金賦》原條文作：「究父母，推爲體統；論官鬼，斷作禍殃。財乃祿神，子爲福德。兄弟交重，必主謀爲多阻滯。」

註釋：

①「體統」，此處指人的出身。

②「宦家」，仕宦之家。

卦身重疊，須知事體兩交關①。

卦身，卽月卦身也，其法「陽世還從子月起，陰世還從午月生」，《啓蒙節要》論明矣。凡卦身之爻，爲所占事之體也，若六爻中有兩爻出現，必是鴛鴦②求事，或事于兩處。若帶兄弟，必與人同謀；兄弟剋世，或臨官鬼發動，必有人爭謀其事也。卦身不出現，事未有定向；出現生世、持世、合世，其事已定。宜出現，不宜動。動則須防有變，如變壞，則事變壞矣。若持世，知此事自可掌握；若臨應，知此事權柄在他。或動他爻變出者，卽知此人亦屬其事：如子孫爲僧道、子姪輩類。或伏于何爻之下，亦依此類推詳。如六爻飛、變、伏皆無卦身，其事根由③未的④。空亡墓絶，諸事難成。大抵卦身當作事體看，不可誤作人身看。若占人相貌美惡，以卦身看可知矣。凡遇身剋世，則事尋我吉；世剋身則凶。若得身爻生合世爻，更吉。

註釋：

①「交關」，相牽涉、關聯；混雜、交錯。

②「鴛鴦」，此處比喻成雙配對的事務、事情。

③「根由」，緣故；來歷。

④「的」，確實；准定。

虎興而遇吉神，不害其爲吉；龍動而逢凶曜，難掩其爲凶。玄武主盜賊之事，亦必官爻；朱雀本口舌之神，然須兄弟。疾病大宜天喜①，若臨凶煞必生悲；出行最怕往亡②，如係吉神終獲利。是故吉凶神煞之多端，何如生剋制化之一理？

大抵卜易，當執定五行六親，不可雜以神煞亂斷。蓋古書神煞，至京房③先生作易，亂留吉凶星曜，以迷惑後學，如天喜、往亡、大煞④、大白虎⑤、大玄武⑥之類皆是，今人宗之，無不敬信⑦。然神煞太多，豈能辨用？合⑧以六獸而言，其法莫不以青龍爲吉，白虎爲凶，見朱雀以爲口舌，見玄武以爲盜賊。不分臨持用神、原神、忌神、仇神，槩以六獸之性斷之，大失先天之妙旨。何則⑨？白虎動固凶也，若臨所喜之爻，生扶拱合于世身，則何損于吾？故曰「凶不害其爲吉」。青龍動固吉也，若臨所忌之爻，刑沖剋害乎用神，則何益于事？故「雖吉而難掩其爲凶」。朱雀雖主口舌，然非兄弟併臨，則不能成口舌也。玄武雖主盜賊，若非官爻併臨，則不能稱盜賊也。蓋六獸之權，依于五行六親生剋故也。又如天喜，吉星也，占病遇之，雖大象凶惡，竟不以死斷，因天喜故也；若臨忌神，我必以爲悲，而不以爲喜。往亡，凶煞也，出行遇之，雖大象吉利，竟斷其凶，因死之故也；若臨所喜之爻，動來生扶拱合世身用爻者，吾必以爲利，而不以爲害。蓋神煞之權輕，而五行之權重故也。由是觀之，遇吉則吉，遇凶則凶，係于此而不係于彼，有驗于理而不驗于煞，何必徒取幻妄之說哉！不然，吾見其紛紛繁劇⑩，適足以害其理而亂人心，豈能一一中節⑪耶？蓋神煞無憑，徒爲斷易之多岐⑫，而不若「生剋制化之一理」爲妥。能明其理，則圓神⑬活變，自有條理而不惑矣！六親，本也；六獸，末也；至于天喜、往亡、大醫⑭、喪車⑮等吉凶神煞，末中之至末也。欲用之者，惟六獸可也。必當急于本而緩其末。然六獸但可推其情性形狀，至于吉凶得失，當專以六親生剋爲主。學能如此，則本末兼該⑯，斯不失其妙理，而一以貫之⑰矣！

註釋：

①「天喜」，《卜筮全書・神殺歌例・天喜》：「百事有喜，占胎尤要看之。春戌夏丑爲天喜，秋辰冬未二三指。世上遇此必懽忻，百事得之皆有理。」《易冒・諸星章》：「且天喜之爲星也，孟春建寅，則喜在戌；仲春建卯，則喜在亥；季春建辰，則喜在子。蓋以成爲喜也。」《易冒・鬼神章》：「天喜者，利市吉慶之神也。」

②「往亡」，《協紀辨方書・義例・往亡》引《堪輿經》：「往者去也，亡者無也。其日忌拜官上任、遠行歸家、出軍征討、嫁娶尋醫。」《易冒・諸星章》：「往亡法曰：正寅二巳三申位，四豬五兔六馬悲，七雞八鼠九辰忌，十羊子犬丑牛危。」《卜筮全書・黃金策・總斷千金賦》：「往亡，凶殺也。出行遇之，雖大象吉利，必阻其行，死亡故也。若臨於所喜之爻動，吾必以爲利，而不以爲害。」

③「京房」，字君明，東郡頓丘（今河南清豐西南）人，本姓李。漢元帝時官至魏郡太守。治易學，師從梁人焦延壽，詳於災異，開創京氏易學，有《京氏易傳》存世。因上封事言災異，下獄而死。

④「大煞」，亦稱「大殺」。說法有二。其一，《協紀辨方書・義例・大煞》引《神樞經》：「大煞者，月中廉察也。所值之月，忌出軍征討、嫁娶納財、豎柱上樑、移徙置室。」《卜筮全書・闡奧歌章・國事章》：「大殺：正戌、二巳、三午、四未、五寅、六卯、七辰、八亥、九子、十丑、十一申、十二酉是也。」其二，《協紀辨方書・義例・大煞》：「《歷例》曰：大煞者，歲中刺史也，主刑傷鬭殺之事。所理之地，出軍不可向之，併忌修造。犯者主有刑殺。」「曹震圭曰：大煞者，是歲三合五行建旺之辰，將星之位，名曰刺史。」

⑤「大白虎」，《易林補遺・亨集・人宅六事章》：「小白虎，從庚辛日起。大白虎，正月從申上順行十二位。若發動，或持世，皆主凶喪，帶鬼發尤盛。」

⑥「大玄武」，《易林補遺・亨集・人宅六事章》：「小玄武，從壬癸日起。大玄武，正月從亥上順行十二位。若發動，或持世，或臨鬼，皆主失脫。」

⑦「敬信」，尊敬和信任。

⑧「合」，統一，整個。

⑨「何則」，爲什麼。多用於自問自答。

⑩「紛紛繁劇」，極其繁雜而紛亂的干擾。

⑪「中節」，中肯；恰當。

⑫「岐」，物的分支或事有分歧。

⑬「圓神」，圓通而不固執己見。

⑭「天醫」，《卜筮全書·神殺歌例·天醫》：「占病遇此爻動，雖凶有救。天醫正卯二猪臨，三月隨丑四未尋，五蛇六兔七居亥，八丑九羊十巳存，十一再來尋卯上，十二亥上作醫人。」《新鍥纂集諸家全書大成斷易天機·吉神歌訣》：「病人有此爻上卦，必主明醫下藥有効也。」「月解：月解正二起於申，三四還從酉上臨，五六之月居戌上，七八能行亥上存，九十之月臨午位，子丑兩月未宮停。病人有此解神，天醫上卦即痊也。」《易冒·諸星章》：「天醫，上帝之司，救療之神也。」

⑮「喪車」，《卜筮全書·神殺歌例·喪車殺》：「喪車春雞夏鼠來，秋兔冬馬好安排。人來占病無他斷，教君作急買棺材。」《易冒·鬼神章》：「喪車，棺槨之殃。」

⑯「該」，具備、兼備。吳語指擁有。

⑰「一以貫之」，用一個根本性的事理貫通事情的始末或全部的道理。

嗚呼！卜易者知前則易。

世人卜易，皆泥①古法，能變通者，鮮②矣。故有「龍虎推其悲喜，水火斷其雨晴，空亡便以凶看，月破皆言無用，身位定爲人身，應爻槩稱代卜」，凡此之類，難以枚舉③。劉伯溫④先生作是書，取理之長，舍義之短，闡古之幽⑤，正今之失，凡世之執迷于前法者，亦莫不爲之條解⑥。有志是術者，苟能究明前說，自知通變⑦之道矣！其于易也何有⑧？

鼎升曰：

古今圖書集成本《卜筮全書·黃金策·總斷千金賦》原解作：「世人卜筮，皆執古法，不知通變，達其道者鮮矣！故有『龍虎推其悲喜，水火斷其雨晴，空亡執作凶吉，身位定爲人論』，凡此之類，難以枚舉。予作是書，取理之長，舍義之短，闡古之幽，正今之失，凡庸占俗卜之執迷古法者，亦莫不爲之條解。有志是術者，苟能究明前說，自知通變之道矣！其於易也何有？故曰『卜易者知前則易』。」

註釋：

①「泥」，拘泥。

②「鮮」，少。

③「枚舉」，一一列舉。

④「劉伯溫」，劉基。明代政治家，字伯溫，謚文成。浙江青田人，曾隱居青田山中著書立說，世稱青田先生。精天文兵法，爲明太祖朱元璋平天下立下汗馬功勞，封

誠意伯。《明史・劉基列傳》謂「基博通經史，於書無不窺，尤精象緯之學」。

⑤「幽」，隱秘，隱微。

⑥「條解」，細緻分析。

⑦「通變」，通曉變化之理；變通；不拘常規，適時變動。語出《周易・繫辭》：「極數知來之謂占，通變之謂事。」

⑧「何有」，用反問的語氣表示不難。

求占者鑒①後則靈。

推占者固當通變，而求占者，亦不可不知求卜之道也！後，誠心是也。

註釋：

①「鑒」，觀察，審察。

筮必誠心。

聖人作《易》，幽贊神明①，以其道合乾坤故也。故凡卜易，必須真誠敬謹，專心求之，則吉凶禍福，自無不驗。今人求卜，多有科頭跣足②，短衫露體；甚至有不焚香、不洗手者；更有富貴自驕，差家人代卜，或煩親友代卜，孰不知自雖發心，而代者未必心虔。忽畧如此，而欲求神明之感格③者，未之有也。可不慎歟④？

註釋：

①「幽贊神明」，暗中受神明佐助。語出《周易．說卦》：「昔者聖人之作《易》也，幽贊於神明而生蓍。」

②「科頭跣足」，不戴帽子，光著腳。比喻極爲隨意，不受拘束。「跣」，音xiǎn【顯】。光腳、赤腳。

③「感格」，感於此而達於彼。

④「歟」，音yú【魚】。語氣詞。表示疑問語氣。

何妨子日。

陰陽曆書①中，有「子不問卜」之說，故今人多忌此日。劉國師②謂吉凶之應，皆感于神明，神明無往③不在，無時不格，能格其神，自無不驗矣。故凡卜易，惟在人之誠不誠，不在日之子不子也。

鼎升曰：

古今圖書集成本《卜筮全書．黃金策．總斷千金賦》原解作：「陰陽曆書中，有『子不問卜』之說，故今人多忌此日。愚謂吉凶之應，皆感於神明，神明無往不在，無日不可格，能格其神，自無不驗矣。故凡卜筮，在人之誠與不誠，不在日之子與非子也。且其說又有『辰不哭泣』之忌，若辰日臨喪，亦可以笑對弔者耶？此不足信也，明矣。且如丙子日，袁柳莊卜脫役事，得姤卦安靜。鬼臨應爻，却被日辰衝動，世受六害，果應難脫。又談朝輔卜訴訟，得蒙之未濟卦。父母空亡，果應不成。又戊子日周焚松卜官訟，得離之賁卦。日辰扶起官鬼，衝尅世爻，財爻又動，此必助鬼傷身。果被婦人執罪。又丙子日卜倭寇，得噬嗑卦。鬼爻衰靜，果應不來；但被日帶父爻六害，乃受風雨淋漓之苦也。以上數占，皆係子日，未嘗少誤。果如曆家言，何其事乃俱應耶？故凡占卜，貴乎秉誠，不貴擇日。」

註釋：

①「曆書」，依一定曆法編制的記載年月日時、節候、日常生活的宜忌、生肖運程等的專書。

②「劉國師」，劉伯溫。「國師」，太師的別稱。太師、太傅、太保三公之最尊者。《明史・劉基列傳》：「（明武宗）正德八年（公元1513年，癸酉年）加贈基太師，謚文成。」

③「無往」，無論到哪裡。常與「不」、「非」連用，表示肯定。

已上全篇，總說斷易之法，乃通章之大旨①，不如此，則諸事難決。有志於是者，當先觀此篇。若能沉潛②反覆，熟讀玩解，此理既明，則事至物來，迎刃而解矣！其於卜易也何有？

鼎升曰：

古今圖書集成本《卜筮全書·黃金策·總斷千金賦》原文作：「以上全篇，總說斷易之法，乃通章之大旨，不知此，則諸事難決。有志於是者，當先觀此篇。若能沉潛反覆，熟讀詳味，此理既明，則事至物來，固將迎刃而解矣！其於易也何有？」

註釋：

①「大旨」，主要意思；大要。

②「沉潛」，集中精神；潛心。

卜筮正宗卷之四終

卜筮正宗卷之五

古吳洞庭西山王維德洪緒註
壬午舉人弟　需遵時
吳　庠　鍾　英子燦　叅訂
蔡　鑑升明
門　人　謝朝柱巨材
任用淵潛菴　同較
男其龍雲客　章琢軒
後　學　李凡丁鼎升校註

天時

天道①杳冥②，豈可度③思夫旱潦；易爻微渺④，自能驗彼之陰晴。當究父財，勿憑水火。

《天玄賦》、《易林補遺》皆以水火爲晴雨之主，而不究六親制化，蓋執一不通之論也。且如以水爻爲雨，其言旺動驟雨、休囚微雨，然水居冬旺，則雨豈獨驟⑤于秋冬，而輕微於春夏耶？知乎此，不攻自破矣！凡卜天時，當看父財，勿論水火也。

鼎升曰：

《卜筮全書·黄金策·天時》原條文作：「天道杳冥，豈可度思夫旱潦；易爻微妙，自能驗彼之陰晴。當究父財，勿憑水火。」

註釋：

①「天道」，天氣；氣候；季節。

②「杳冥」，音yǎomíng【咬明】。奥秘莫測。

③「度」，音duó【奪】。推測；估計。

④「微渺」，精微要妙；幽微杳遠。

⑤「驟」，疾速；急速而猛；急促。

妻財發動，八方咸仰晴光；父母興隆，四海①盡沾雨澤②。

以父母爻爲雨，財動則剋制雨神，所以主晴。

註釋：

①「四海」，古代認爲中國四周環海，因而稱四周的環境爲「四海」。泛指天下各處。

②「雨澤」，雨水。

應乃太虛①，逢空則雨晴難擬②。

占天時，應空則雨晴難擬，須憑父財及日辰斷之。

鼎升曰：

《卜筮全書・黃金策・天時》原解作：「占天時與占人事一般。人事應空則難成，天時應空則難望。如久晴占雨則無雨，久雨占晴則不晴。若卦中雨爻動，其應空亦主遲緩，世空則來速也。世應俱空，雨晴難擬。須詳父母妻財及日辰斷之。」

註釋：

①「太虛」，天空。

②「擬」，揣度，推測。

世爲大塊①，受剋則天變非常。

應爲天，萬物之體也；世爲地，萬物之主也。若世受動爻刑尅，必有非常之變。

鼎升曰：

《卜筮全書・黃金策・天時》原解作：「應爲天，萬物之體也；世爲地，萬物之主也。若世受動爻刑尅，必有非常之變。如雨爻刑尅，必是惡雨；風爻刑尅，必遭惡風之類。又如財化火鬼，刑尅世爻，若夏月占卦，必是酷暑；卦無子孫及父母動者，則是迅雷驚電。餘倣此。」

註釋：

①「大塊」，宇宙、天地、大自然。此處指地。

日辰主一日之陰晴。

如父母爻動，被日辰剋制者，不雨；倘父母爻動，日辰生扶，主大雨。財爻動，日辰生扶，主烈日。日辰爲主也。

子孫管九天①之日月。

陽象子孫爲日，陰象爲月。旺則皎潔②，衰則晴淡。空伏蒙蔽，墓絶暗晦。墓宜逢沖，絶宜逢生。

鼎升曰：

原解中「晴淡」當爲「暗淡」之誤，以其形近而誤。錦章本《卜筮正宗．天時》作「暗淡」。古今圖書集成本《卜筮全書．黃金策．天時》原解作：「陽宮子孫爲日，陰宮子孫爲月。旺則皎潔，衰則暗淡，空伏則雖晴而被蒙蔽。子化子，日照霞明；屬陰則月明星燦。化出墓絕，始雖明朗，終成暗晦也。」闡易齋本與談易齋本《卜筮全書·黃金策·天時》俱作「晴淡」。

註釋：

①「九天」，天的中央及八方；傳說古代天有九重，九天指天的最高處。

②「皎潔」，光明潔白。

若論風雲，全憑兄弟。

風雲當看兄弟爻，以旺動衰靜論風雲大小濃淡。若問順風逆風，莫看兄弟，以子孫爲順風，官鬼爲逆風。

要知雷電，但看官爻。

官鬼在震宮動有雷，旺相霹靂①，化進神亦然。或卦無父母，雖雷不雨，父母值日方有雨也。

註釋：

①「霹靂」，響雷，震雷；雷擊。

更隨四季推詳①。

此節引上文而言。冬令不可以雷斷矣。

註釋：

①「推詳」，推究詳察。

須配五行參決。

五行各有時旺。春冬多霜雪氷①雹，夏秋多雷電朝露②。

註釋：

①「氷」，同「冰」。

②「朝露」，早上的露水。

晴或逢官，爲煙爲霧。

卦得晴兆，官鬼若動，有濃煙重霧、惡風陰晦。冬或大寒，夏或大熱。

雨而遇福，爲電爲虹。

卦得雨兆，子孫若動，有閃電彩虹。蓋子孫主彩色，虹與電亦有其象，故以類而推之。

應值子孫，碧落①無瑕疵之半點。

凡應臨子孫動者，日必皎潔。或財臨應動，化福亦然。

註釋：

①「碧落」，道教語。天空，青天。道家認爲東方最高的天有碧霞遍佈，故稱。

世臨土鬼，黃沙多散漫於千村①。

或父母爻空伏，而世臨土鬼發動，是落沙天②也。待父爻出空出透日，方有雨也。

註釋：

①「千村」，形容衆多的村落。

②「落沙天」，吳語中指清明前後有風沙的天氣。清顧祿《清嘉錄・神鬼天（落沙天）》：「清明前後，陰雨無定，俗呼『神鬼天』。或大風陡起，黃沙蔽日，又謂之『落沙天』。」

三合成財，問雨那堪①入卦。

卦有三合成財局，有彩霞無雨。三合父局有雨。

註釋：

①「那堪」，怎堪；怎能禁受。

五鄉連父，求晴怪殺臨空。

五鄉者，金木水火土五行也。惟父爻爲雨，以財爻爲忌煞，若求晴，最怪財爻旬空也。

鼎升曰：

《卜筮全書·黃金策·天時》原解作：「五鄉，財官父兄子也。五類中唯父母爲雨，此爻空亡，或休囚不動，雨未可望。若遇動爻化出父母，則主有雨；化出財爻，則主晴也。」

財化鬼，陰晴未定。

財主晴明，鬼主陰晦。如遇財鬼互化，或鬼財皆動，必主陰晴。

父化兄，風雨靡常①。

父主雨，兄主風。兩爻互化，或俱發動，皆主風雨交作②。凡論先後，當以動爲先，變爲後；俱動，則以旺爲先，衰爲後。

註釋：

①「靡常」，無常，沒有一定的規律。「靡」，音mǐ【米】。無；沒有。

②「爻作」，迭起；齊作。

母化子孫，雨後長虹①垂螮蝀②；弟連福德，雲中日月出蟾蜍③。

日月虹霓④，皆屬子孫。若遇父爻化出，必然雨後見虹；兄爻化出，則是雲中見日。

鼎升曰：

原條文中「日月」當爲「明月」之誤。錦章本《卜筮正宗．天時》作「日月」。《卜筮全書．黃金策．天時》原條文作：「母化子孫，雨後長虹垂螮蝀；弟連福德，雲中明月出蟾蜍。」

註釋：

①「長虹」，彩虹。

②「螮蝀」，音dìdōng【地東】。虹的別名。

③「蟾蜍」，音chánchú【纏除】。月亮的代称。

④「虹霓」，雨後或日出沒之際，天空所現的彩色弧。常有內外二環，內環顏色鮮豔稱虹，外環顏色暗淡稱霓。「霓」，音ní【麑】。

父持月建，必然陰雨連旬①。

如求晴，豈宜父持月建？若無子孫同財爻齊發，是必連旬陰雨也。

註釋：

①「連旬」，接連數旬。

兄坐長生，擬定①狂風累日②。

長生之神，凡事從發萌③之始。如父爻逢之，雨必連朝④；兄爻逢之，風必累日；官逢之，陰雲不散；財逢之，雨未可望。須至墓絕日，然後雨可止、風可息、雲可開、陰可晴也。

註釋：

①「擬定」，擬測事情且做確定。

②「累日」，連日；多日。

③「發萌」，事情剛剛顯露的發展趨勢或情況。

④「連朝」，連日。

父財無助，旱潦有常。

官鬼父母無氣，而財爻旺動者，必旱；子孫妻財無氣，而父母旺動者，必潦。遇此，最怕日月動來生扶，則潦必至淹沒，旱必至枯槁①。如父財二爻雖旺動，却有制伏，又無扶助，縱旱有日，縱潦有時。

註釋：

①「枯槁」，草木枯萎；乾涸，枯絕。「槁」，音gǎo【稿】。枯槁，乾枯。

福德帶刑，日月必蝕①。

子孫帶刑化官鬼，或官鬼動來刑害，或父帶螣蛇來剋，皆主日月有蝕。陽爻日，陰爻月。

註釋：

①「蝕」，此處特指日月食。日食指月球的影子掠過地球的表面，月食指月球進入地球的陰影內。

雨嫌妻位之逢冲。

占雨，若財爻暗動，則父母受其暗傷，雨未可望。

晴利父爻之入墓。

發動父爻入墓，而無日辰動爻衝開墓庫，則雨止。

子伏財飛，簷下曝夫①猶抑鬱。

財爻主晴不主日，得子孫出現，發動旺相，然後有日。倘無子孫，則財爻無根，官鬼必專權，非久晴之兆也。

註釋：

①「曝夫」，曬太陽的人。特指男人。

父衰官旺，門前行客①尚趦趄②。

雨以父爲主，得官爻旺動有雨。如父爻居空地，仍爲無雨，必密雲凝滯不散之象；待父爻出旬逢冲，當有雨也。

註釋：

①「行客」，過客；旅客。

②「趦趄」，音zīqiè【滋妾】。滞留；盤桓。

福合應爻，木動交而游絲①漫野。

子孫乃曠達②之神，若臨木動與應爻合，或在應上生合世身，必是風和日暖、游絲蕩颺③之天也。

註釋：

①「游絲」，蟲類所吐的絲，飛揚於空中，春夏兩季常見；飄動着的蛛絲；繚繞的爐煙。

②「曠達」，心胸豁達；心性恬適而不加拘束。

③「蕩颺」，飄揚；飄蕩。

鬼衝身位，金星會而陰霧迷空。

鬼臨金爻，動來冲剋世身，或冲剋應，或臨應上發動，皆主有濃煙重霧，蔽塞郊野之象。

卦值暗衝，雖空有望。

如占雨父空，占晴財空，若日辰冲之，則冲空不空。欲定日期，過旬有望。

爻逢合住，總動無功。

父動雨，財動晴，理固然也，若被日辰合住，雖動猶靜。待日辰沖父之日可雨，沖財之日可晴也。

合父鬼沖開，有雷則雨；合財兄剋破，無風不晴。

如動爻合住父爻，得官爻去沖動爻，先雷後雨；財被動爻合住，得兄弟剋破動爻，無風則不晴。

坎巽互交，此日雪花飛六出①。

坎巽者，指言父兄兩動。在冬令占，有風雪飄揚之象。

註釋：

①「六出」，雪花。因雪似花瓣分爲六片，故稱。

陰陽各半，今朝霖雨①慰三農②。

陰陽者，言官父二神也。如求雨，見官父皆旺動，而無沖合傷損，當日有雨也。

註釋：

①「霖雨」，連綿大雨；甘雨，時雨。

②「三農」，平地農、山農、澤農，後泛稱農民；或指春耕、夏耘、秋收。

兄弟木興係巽風，而馮夷①何其②肆虐③。

遇兄弟屬木，在巽宮旺動，刑剋世爻，當有颶風④之患。如父亦旺動，主風雨交作也。

鼎升曰：

《卜筮全書·黃金策·天時》原條文作：「兄弟木興係巽風，而馮夷何其肆惡。」

據晉干寶《搜神記·馮夷》記載：「宋時弘農馮夷，華陰潼鄉隄首人也。以八月上庚日渡河，溺死。天帝署爲河伯。又《五行書》曰：『河伯以庚辰日死。不可治船遠行，溺沒不返。』」據《後漢書·張衡列傳》註記載：「《聖賢冢墓記》曰：『馮夷者，弘農華陰潼鄉隄首里人，服八石，得水仙，爲河伯。』《龍魚河圖》曰：『河伯姓呂名公子，夫人姓馮名夷。』」

註釋：

①「馮夷」，傳說中的黃河之神，即河伯。泛指水神。相傳爲華陰潼陽人。一說因渡河淹死，被天帝封爲水神；一說因服食八石，得水仙而成神。亦有說法認爲河伯姓

呂名公子，夫人姓馮名夷。

②「何其」，多麼，何等。

③「肆虐」，自然界事物放肆侵擾或殘害；恣意殘殺或迫害。

④「颶風」，海上的大風。明以前將颱風稱爲颶風，明以後按風情不同有颱風和颶風之分。

妻財發動屬乾陽，而旱魃①胡爾②行凶。

財爻發動，或變入乾卦，而又遇月建日辰動爻生扶合助者，必主大旱。

鼎升曰：

《卜筮全書·黃金策·天時》原條文作：「妻財火動屬乾陽，而旱魃胡爾行凶。」

據明張岱《夜航船·荒唐部·恠異·旱魃》記載：「南方有恠物，如人狀，長三尺，目在頂上，行走如風。見則大旱，赤地千里。多伏古塚中。今山東人旱則偏搜古塚，如得此物，焚之即雨。」據今人陳子展《詩經直解》記載：「旱魃何物？《孔疏》云：『《神異經》曰、南方有人，長二三尺。袒身，而目在頂上。走行如風，名曰魃。所見之國大旱，赤地千里。一名旱母。遇者得之，投溷中，卽死，旱災消。』陳奐云：『《山海經》、大荒之中有山名不句。有黃帝女妭，本天女也，黃帝下之，殺蚩尤，不得復上，所居不雨。郭注妭音如旱魃之魃。《玉篇》妭下引《文字指歸》云、女妭禿無髮，所居之處天不雨也。』王先謙云：『《山海經．大荒北經》、係昆之山，有人衣青衣，名曰黃帝女妭。黃帝攻蚩尤冀州，蚩尤請風伯雨師縱大風雨。黃帝乃下天女曰妭，雨止，遂殺蚩尤。妭不得上，所居不雨。妭卽魃字之假借。』」

註釋：

①「旱魃」，傳說中引起旱災的怪物。「魃」，音bá【拔】。神話傳說中的旱神。

②「胡爾」，爲什麼這樣。

六龍①御天②，秖③爲蛇興震卦。

震爲龍象。若見青龍或辰爻在此宮旺動者，必有龍現。從父化辰，先雨後龍；如辰化父，先龍後雨。父爻安靜或空伏，龍雖現而無雨，化財亦然。

註釋：

①「六龍」，神話傳說日神乘車，駕以六龍，羲和爲御者。

②「御天」，控御天道，統治天下。語出《周易・乾》：「大明始終，六位時成，時乘六龍以御天。」

③「秖」，音zhǐ【紙】。同「祇」，仅仅，只。

五雷①驅②電，葢緣鬼發離宮。

有聲曰雷，無聲曰電。若鬼在離宮動，當以五雷驅電斷之，葢離爲彩色之象故也。火鬼亦然。

註釋：

①「五雷」，統稱爲雷。五雷所指不盡相同，影響比較大的説法有四：木雷、火雷、土雷、金雷、水雷；天雷、神霄雷、水宮雷、龍雷、社雷；風雷、火雷、山雷、水雷、土雷；龍雷、地雷、神雷、社雷、妖雷。《中華道教大辭典》引《無上九霄玉清大梵紫微玄都雷霆玉經》：「雷霆得天地之中炁，故曰五雷。」

②「驅」，駕馭；役使。

土星依父，雲行雨施①之天；木德扶身，日暖風和之景。

土主雲，父主雨，故土臨父動，有雲行雨施之象；木主風，財主晴，故木臨財動，有日暖風和之景。

註釋：

①「雨施」，降雨。比喻施澤廣泛而平均。

半晴半雨，卦中財父同興。

妻財、父母俱動，必然半晴半雨：父衰財旺，晴多雨少；父旺財衰，雨多晴少。

多霧多煙，爻上財官皆動。

財動主晴，鬼動主陰：官旺財衰，大霧重如細雨；鬼衰財旺，煙迷少頃①開晴。

註釋：

①「少頃」，片刻；一會兒。

身值同人①，雖晴而日輪②含曜③；世持福德，總雨而雷鼓④藏聲。

凡兄弟持世，動則剋財，財若旺相，亦非皎潔天氣；子孫持世，動則剋官，官若發動，雖雨必無雷聲。

鼎升曰：《卜筮全書·黃金策·天時》原條文作：「身値同人，雖晴而日輪含耀；世持福德，縱雨而雷鼓藏聲。」

註釋：

①「同人」，天火同人卦。闡釋和同的原則。引申爲志同道合的朋友或共事者、同行業中人。此處指兄弟爻。

②「日輪」，太陽。太陽形圓，運行不止，有如車輪。

③「含曜」，隱藏光明。「曜」，音yào【耀】。本義指日光。

④「雷鼓」，此處指雷，雷聲。

父空財伏，須究輔爻；尅日①取期，當明占法。

輔爻者，卽原神也。占雨，以父母爻爲用神，以官鬼爻爲原神；占晴，以財爻爲用神，以子孫爻爲原神。如用神空伏、衰旺、動靜、出現、墓絶、合冲、月破，當以病藥之法決斷日期。今以用神爲法，原神之例如之。卽如用神伏藏，俟用神出透之日應事。如用神安靜，俟冲靜之日應事。如用神旬空安靜，俟出旬逢冲之日應事。如用神靜空逢冲，謂之「冲起」，俟出旬逢合之日應事。如用神靜空逢合，俟出旬逢沖之日應事。如用神發動，而無他故者，俟逢合之日應事。如用神旬空發動逢沖，謂之「沖實」，本日應事。如用神發動逢合、動空逢合、及靜而逢合者，皆俟沖日應事。如用神入墓于日辰者，俟沖用神之日應事。如用神自化入墓者，俟沖開墓庫之日應事。如用神被旁爻動來合住，或自化出作合，俟沖開合我之爻之日應事。如用神月破，俟出月值日，或逢合之日應事。如用神絕于日辰，或化絕于爻者，俟長生日應事。如原神會局來生，而用神伏藏，俟出透之日應事。如旬空，俟出旬之日應事。如忌神會局來剋，而用神伏藏者，俟出透之日應事。如旬空，俟出旬之日應事。故合待沖、沖待合、絶待生、墓待開、破待補、空出旬、衰待旺等法，遠斷月日，近斷日時，故曰「剋日取期，當明占法」也。雨宜察父爻之空不空，晴宜察財爻之伏不伏。既知用神，還宜兼察原神，故曰「父空財伏，須究輔爻」。須字當作兼字解，而古註「疑以占雨而父空，不必宗父爻，當以輔爻推之；占晴而財爻伏，不必宗財爻，當以輔爻斷」，以辭害義②，故予瑣陳③。

鼎升曰：

原解中「以官鬼爻爲原神」句，原本作「以宮鬼爻爲原神」，顯誤，徑改。

古今圖書集成本《卜筮全書．黃金策．天時》原解作：「占雨，父爲主，鬼爲輔；占晴，財爲主，子爲輔。若財父皆空，或俱不出現，或一空一伏，則雨晴難定，須究輔爻衰旺動靜，庶可推決。如鬼爻旺動，日月動爻又來生合，亦主有雨；子孫旺動，鬼爻墓絕，亦主晴。或官與子俱靜，則有日辰生合衝併者爲急。如五月甲戌日，久晴，占雨。得屯卦。財不出現，父爻衰空，同是雨晴難定之象。喜得日辰衝併，卦中土鬼暗動，果應有雨。但鬼臨土爻剋水，所以雨亦不多也。」

註釋：

①「剋日」，約定或限定日期。

②「以辭害義」，因拘泥於辭義而誤會或曲解作者的原意。

③「瑣陳」，細述。

要盡其詳，別陰陽可推晴雨；欲知其細，明衰旺以決重輕。

此節言其大畧①而已。陰陽，動變之意；重，大也；輕，小也。以旺衰可決雨之大小也。

鼎升曰：

此條文在《卜筮全書．黃金策．天時》中分爲兩段條文。

前條文作：「要盡其詳，別陰陽而分晝夜。」原解作：「陰陽之分，當以卦宮取，勿以爻象論。陽以晝言，陰以夜言。或曰外卦陽爻，以上午斷；內卦陽爻，以下午斷；外卦陰爻，以上半夜斷；內卦陰爻，以下半夜斷。又陽化陰，晝與夜作；陰化陽，夜與晝作。又曰陽宮陽爻，午前推之；陽宮陰爻，午後推之。陰宮倣此。」

後條文作：「欲推其細，明衰旺以定重輕。」原解作：「衰旺以四時言，旺則重，衰則輕也。有炁而又臨生旺之地者愈甚，無炁而又臨墓絕之地者尤微。旺變衰，先重後輕；衰變旺，先輕後重也。」

註釋：

①「大畧」，大概；大要。

能窮易道之精微，自與天機①而脗合②。

註釋：

①「天機」，天之機密，猶天意。

②「脗合」，相符合；和諧。「脗」，同「吻」。

年時

陰晴寒暑，天道[1]之常；水旱兵災，年時之變。欲決禍福於一年，須審吉凶於八卦。

年時，一年中四時事也。國家、官府、天道、人物，皆在六爻內也。

註釋：

①「天道」，顯示徵兆的天象；自然界變化規律；天理，天意。

初觀萬物[1]，莫居死絶之鄉；次察羣黎[2]，喜在旺生之地。

萬物屬初爻，臨財福吉，臨官鬼凶。二爻爲人民之位，遇子孫四時安樂，逢官鬼一歲多災。

註釋：

①「萬物」，統指宇宙間的一切事物。

②「羣黎」，萬民；百姓。

三言府縣①官僚②，兄動則徵科③必迫④；四論九卿⑤宰相⑥，冲身則巡警⑦無私。

三爻以有司⑧官斷。生合世爻，有仁民愛物⑨之心。若臨子孫，清廉正直；臨官鬼，殘酷不仁；臨兄弟發動剋世，徵科急迫。若九卿上司⑩，皆看四爻。臨子孫生合世身，必然治國憂民，正直無私。

鼎升曰：

《卜筮全書．黄金策．年時》原條文作：「三言府縣官僚，兄動則徵科必迫；四論朝廷宰相，冲身則巡警無私。」

註釋：

①「府縣」，明兩京十三布政使司之下的地方行政機構和區劃，設府、州、縣三級，府上隸於京師或布政使司，下轄州、縣，爲地方二級行政機構和區劃。府州縣主管長官爲知府、知州、知縣，清沿用。

②「官僚」，官員；官吏。

③「徵科」，徵收賦稅。

④「迫」，逼迫；強迫；急迫。

⑤「九卿」，古代中央政府的九個高級官職。周秦時已有，後世並無大小之別，但究

指何種官職，歷代並無統一明文規定，記載亦不一致。明以六部尚書、都察院都御史、大理寺卿、通政使爲「大九卿」；太常寺卿、太僕寺卿、光祿寺卿、詹事、翰林學士、鴻臚寺卿、國子監祭酒、上林苑卿、尚寶司卿爲「小九卿」。清咸豐年間有以都察院、通政司、大理寺、太常寺、太僕寺、光祿寺、順天府尹、宗人府丞、理藩院爲九卿之名的記載。

⑥「宰相」，本爲掌握政權的大官的泛稱，後來用以指歷代輔助皇帝、統領群僚、總攬政務的最高行政長官。如秦漢之丞相、相國、三公，唐宋之中書、門下、尚書三省長官及同平章事，明清之大學士等。

⑦「巡警」，亦作「巡儆」。巡查警戒。「廵」，同「巡」。

⑧「有司」，指官吏。古代設官分職，各有專司，故稱。清代，有司即指京內外司道以下有一定職權的官員，例如郎中、員外郎、主事、同知、知州等。

⑨「仁民愛物」，君子仁愛百姓，因而愛惜萬物。舊指官吏仁愛賢能。語出《孟子·盡心章句上》：「君子之於物也，愛之而弗仁；於民也，仁之而弗親。親親而仁民，仁民而愛物。」

⑩「上司」，此處爲高級官職的通稱。

五爲君上①之爻，六是昊天②之位。

五爻爲天子③之位。最不宜動來刑剋世爻，其年必受朝廷剋剝④。若臨財福生合世爻，必有君恩；化出父母，當有赦宥⑤。空動，有名無實。六爻爲天，若空，其年必多怪異事，蓋天無空脫之理，所以主有變異也。

註釋：

①「君上」，君主。

②「昊天」，蒼天，遼闊廣大的天空。「昊」，音hào【皓】。廣漠的天宇。

③「天子」，舊稱統治天下的帝王。古代認爲帝王乃受天命而有天下，所以帝王爲上天的兒子。

④「剋剝」，剝削榨取。

⑤「赦宥」，寬恕；赦免。「宥」，音yòu【又】。寬恕；赦免。

應亦爲天，剋世則天心①不順；世還爲地，逢空則人物多災。

應爻又作外郡②，世爻又作本境看。

註釋：

①「天心」，天意；君主的心意。

②「外郡」，京都以外的州郡。

太歲逢凶乘旺，有溫州①之大颶。

太歲乃一年主星，惟遇子孫妻財爲吉，其他皆非所利。如臨兄動，其年多風；剋世必有風災。

鼎升曰：

原條文中「凶」當爲「兄」之誤，以其音近而誤。《卜筮全書·黃金策·年時》原條文作：「太歲逢兄乘旺，有溫州之大颶。」

溫州東瀕東海，夏秋季多颶風爲患。如《宋史·五行志》記載：「【宋孝宗乾道】二年【公元1166年，丙戌年】八月丁亥，溫州大風，海溢，漂民廬、鹽場、龍朔寺，覆舟溺死二萬餘人，江濱胔骼尚七千餘。」如《浙江通志·祥異》記載：「《續文獻通考》：【元成宗】大德元年【公元1297年，丁酉年】七月十四夜，溫州颶風暴雨，海溢，浪高二丈，壞田四萬四千餘畝，屋二千餘區。」如《元史·順帝本紀》記載：「【元惠宗至正四年，公元1344年，甲申年】秋七月戊子朔，溫州颶風大作，海水溢，地震。」

註釋：

①「溫州」，明初改溫州路爲溫州府，治所在永嘉縣，轄永嘉、樂清、平陽三縣及瑞

安一州，範圍大約等同今浙江省溫州市（不包含泰順縣西南少數地區、文成縣大部分）及台州市所轄溫嶺市西南部少數地區、玉環縣與麗水市青田縣東部少數地區、福建福鼎市沙埕鎮台山列島。

流年①值鬼帶刑，成漢寢②之轟雷③。

太歲臨官鬼動，多雷多災。六爻無官，年月不帶，或衰絶，皆吉。

鼎升曰：

據《後漢書．五行志》記載：「【漢】桓帝建和三年【公元149年，己丑年】六月乙卯，雷震憲陵【漢順帝劉保陵】寢屋。先是梁太后【漢順帝劉保皇后梁妠】聽兄冀枉殺李固、杜喬。」

註釋：

①「流年」，一年的運氣。此處指太歲。

②「寢」，陵寢。古代帝王的墳墓。

③「轟雷」，響雷。

發動妻財，旱若成湯①之日；爻重父母，潦如堯帝②之時。

若止占年時水旱，財臨太歲發動，而父爻衰弱者，主亢旱③；若父持太歲發動，子孫衰弱者，主大水。

鼎升曰：

據《管子．山權數》記載：「湯七年旱，禹五年水，民之無饘賣子者。湯以莊山之金鑄幣，而贖民之無饘賣子者；禹以歷山之金鑄幣，而贖民之無饘賣子者。故天權失，人地之權皆失也。」據《漢書．食貨志》記載：「故堯、禹有九年之水，湯有七年之旱，而國亡捐瘠者，以畜積多而備先具也。」又據《史記．五帝本紀》對堯帝的記載：「嗟，四嶽，湯湯洪水滔天，浩浩懷山襄陵，下民其憂，有能使治者？」

註釋：

①「成湯」，商的開國君主。初居亳，爲夏方伯，專主征伐。夏桀無道，湯興兵伐之，放桀於南巢，遂有天下。

②「堯帝」，古帝陶唐氏。相傳爲帝嚳次子，初封於陶，又封於唐，在位百年，有德政，後傳位於舜。一說堯晚年德衰，爲舜所囚，其位也爲舜所奪。

③「亢旱」，很久不下雨；大旱。

猛烈火官，回祿①興災於熙應。

火鬼發動，主有火災。若與世無干，而與應爻關礙②者，隣人被災也。以內外論遠近耳。

鼎升曰：

原條文中「熙應」疑爲「昭應」之誤，以其形近而誤。《卜筮全書‧黃金策‧年時》與《卜筮正宗‧年時》諸本多作「熙應」，惟錦章本《卜筮正宗‧年時》作「照應」，後諸本各有沿用。

宋真宗於大中祥符二年【公元1009年，己酉年】始建玉清昭應宮，極侈土木。據《續資治通鑑長編‧【宋】真宗》記載：「作玉清昭應宮，尤爲精麗，屋室有小不中程，雖金碧已具，必毀而更造，有司不敢計其費。」據《續資治通鑑‧宋紀》記載，禮部尚書張詠臨終奏疏，有「不當造宮觀，竭天下之才，傷生民之命」之語。又據《宋史‧五行志》記載：「【宋仁宗天聖】七年【公元1029年，己巳年】六月丁未，玉清昭應宮災。初，【宋真宗】大中祥符元年【公元1008年，戊申年】，詔建宮以藏天書。【宋真宗大中祥符】七年【公元1014年，甲寅年】，宮始成，凡二千六百一十楹。至是，火發夜中，大雷雨，至曉而盡。」

註釋：

①「回祿」，傳說中的火神名。因稱火災爲回祿。

②「閡碍」，妨礙；阻礙；涉及，牽連。

汪洋①水鬼，玄冥②作禍於江淮③。

水鬼發動，主有水灾。在外卦動，他處渰④沒；在內卦動，近處河決。若不剋世，雖溢無事。

鼎升曰：

江淮水災多發生於夏秋季的長江中下游及淮河流域。如據《元史·五行志》記載：「【元惠宗元統二年，公元1334年，甲戌年】六月，淮河漲，漂山陽縣【今淮安市淮安區】境內民畜房舍。」如據《明史·五行志》記載：「【明太祖洪武八年，公元1375年，乙卯年】十二月，直隸蘇州、湖州、嘉興、松江、常州、太平、寧國，浙江杭州俱水。」

註釋：

①「汪洋」，寬廣無際，形容水勢浩大的樣子；或指廣闊無邊的海。

②「玄冥」，傳說中的水神名。一說爲雨神。

③「江淮」，長江、淮河一帶。廣義上指江南、淮南地區，狹義上指長江、淮河之間的地區，即今江蘇、安徽的中部地區。

④「渰」，音yǎn【掩】。通「淹」。淹没。

尤怕屬金，四海干戈[1]如鼎沸[2]。

金鬼發動恐刀兵[3]。冲剋應爻、生合五爻，是朝廷征討[4]。如在外卦，又屬他宮，剋五爻或剋太歲，是外番[5]侵犯中華。或兩鬼俱動，必非一處作亂。或化回頭剋、月建日辰動爻剋制，雖反叛不妨。如休囚動，乃是盜賊。

註釋：

① 「干戈」，干和戈是古代常用兵器，因以作兵器的通稱；代指戰爭。

② 「鼎沸」，比喻聲勢洶湧或時局動盪不安，像水在鍋裡沸騰一樣。

③ 「刀兵」，泛指兵器；戰爭。

④ 「征討」，出兵討伐。

⑤ 「外番」，外國或外族。

更嫌值土，千門[1]疫厲[2]若符同[3]。

土鬼發動，或臨白虎，皆主瘟疫。若剋世，人多病死。有制不妨。

鼎升曰：《卜筮全書．黃金策．年時》原條文作：「更嫌值土，千門瘟疫若符同。」

註釋：

①「千門」，千家。

②「疫厲」，具有強烈傳染性，可造成一時一地大流行的急性烈性傳染病，又名瘟疫、時氣。「厲」，通「癘」。

③「符同」，符合；相同。

逢朱雀而化福爻，財動則旱蝗[①]相繼。

鬼帶朱雀動，刑剋身世，主有蝗虫之灾，蓋朱雀能飛故也。

鼎升曰：

《卜筮全書．黃金策．年時》原解作：「鬼帶朱雀動，化子孫，刑尅身世，主有蝗蟲之災。蓋朱雀能飛，子孫又禽蟲之屬故也。財臨太歲，雖非朱雀，若化子，在生氣爻上，亦然。更遇財爻亦動而無制伏者，必主旱蝗相繼之歲。」

註釋：

①「蝗」，蝗蟲。種類很多。一般指飛蝗，常成群飛翔，遮天蔽日，且大量啃噬農作物，是農業上的主要害蟲之一。有的地區叫螞蚱。

遇勾陳而加世位，兄興則饑饉①相仍②。

勾陳職專田土。官鬼逢之，必非大有③之年；持世剋世，定是歉收④之歲。財化兄，或與鬼俱動，則當饑饉相仍。

註釋：

①「饑饉」，災荒，莊稼收成很差或顆粒無收；荒年。「饉」，音jǐn【緊】。泛指歉收，饑荒；缺乏；餓死。

②「相仍」，相繼；連續不斷；依然；仍舊。

③「大有」，豐收。

④「歉收」，收成不好。

莽①興盜起，由玄武之當官。

鬼加玄武，動剋世爻，其年必多盜賊。若臨金，沖剋歲君或五爻者，謀動干戈，擾亂四海以犯上②也。

鼎升曰：

據《漢書·王莽傳》記載：「贊曰：王莽始起外戚，折節力行，以要名譽，宗族稱孝，師友歸仁。及其居位輔政，成、哀之際，勤勞國家，直道而行，動見稱述。豈所謂『在家必聞，在國必聞』，『色取仁而行違』者邪？莽既不仁而有佞邪之材，又乘四父歷世之權，遭漢中微，國統三絕，而太后壽考爲之宗主，故得肆其姦慝，以成篡盜之禍。推是言之，亦天時，非人力之致矣。及其竊位南面，處非所據，顛覆之勢險於桀紂，而莽晏然自以黃、虞復出也。乃始恣睢，奮其威詐，滔天虐民，窮凶極惡，毒流諸夏，亂延蠻貉，猶未足逞其欲焉。是以四海之內，囂然喪其樂生之心，中外憤怨，遠近俱發，城池不守，支體分裂，遂令天下城邑爲虛，丘壠發掘，害徧生民，辜及朽骨，自書傳所載亂臣賊子無道之人，考其禍敗，未有如莽之甚者也。昔秦燔《詩》、《書》以立私議，莽誦《六藝》以文姦言，同歸殊塗，俱用滅亡，皆炕龍絕氣，非命之運，紫色蠅聲，餘分閏位，聖王之驅除云爾！」

註釋：

①「莽」，王莽。西漢末年權臣，後篡奪皇位，自立新朝。傳統史家視爲「亂臣賊子」。

②「犯上」，此處指對抗朝廷，爲悖逆或叛亂之行。

災沴①異多，因螣蛇之御世。

螣蛇乃怪異之神，在第六爻上動，雖非官鬼，主有變異。鬼在六爻上動，雖非螣蛇，亦主變異也。

鼎升曰：

原條文中「災沴」當爲「宋殄」之誤，以其形近、不諳史實、妄改而誤。又因「宋殄」與前條文「莽興」對應，而「宋康王戴偃」暴虐無道，「新朝王莽」爲亂臣賊子。

《卜筮全書．黃金策．年時》原條文作：「宋殄異多，因螣蛇之御世。」古今圖書集成本《卜筮全書．黃金策．年時》原解作：「螣蛇乃妖怪之神。在六爻上動，雖非鬼，必主有大變異。鬼在六爻上動，雖非螣蛇，亦主大變。在乾宮或化入乾卦者，亦然。不在六爻，不落乾宮，而鬼帶螣蛇發動，則是世間有變異奇怪。如下文之所云也。」

「宋殄」即周諸侯國之一宋國滅亡。據《史記．宋微子世家》記載：「君偃【宋康王戴偃】十一年【公元前318年，癸卯年】，自立爲王。東敗齊，取五城；南敗楚，取地三百里；西敗魏軍，乃與齊、魏爲敵國。盛血以韋囊，縣而射之，命曰『射天』。淫於酒婦人。羣臣諫者輒射之。於是諸侯皆曰『桀宋』。『宋其復爲紂所爲，不可不誅』。告齊伐宋。王偃立四十七年【公元前286年，乙亥年】，齊湣王與魏、楚伐宋，殺王偃，遂滅宋而三分其地。」

註釋：

①「灾沴」，自然災害。「沴」，音li【力】。天地四時之氣不和而生的災害。

若在乾宮，天鼓①兩鳴於元末。

螣蛇官鬼動，若在乾宮，主有天鼓鳴之異。以五類分別，如金爻子孫，或化入兌卦者，有星月之異。餘倣此。

鼎升曰：

據《元史·順帝本紀》記載：「【元惠宗至正】二十七年【公元1367年，丁未年】春正月乙未，絳州夜聞天鼓鳴，將旦復鳴，其聲如空中戰鬭者。」「【元惠宗至正二十八年，公元1368年，戊申年】八月庚午，大明兵入京城，國亡。」

註釋：

①「天鼓」，天神所擊之鼓。傳說雲天鼓震則有雷聲。《史記·天官書》：「天鼓，有音如雷非雷，音在地而下及地。其所往者，兵發其下。」

如當震卦，雷霆①獨異於國初②。

螣蛇鬼動在震宮，有雷霆之異。如夏秋間，無雲而雷霆震也。震卦爲龍，若臨辰或化辰，主有龍現之象。

鼎升曰：

據《明史·五行志》記載：「【明太祖】洪武六年【公元1373年，癸丑年】十一月戊申，雷電交作。十三年【公元1380年，庚申年】五月甲午，雷震謹身殿。六月丙寅，雷震奉天門。十月甲戌，雷電。十二月己巳，廣州大風雨雷電。十八年【公元1385年，乙丑年】二月甲午，雷電雨雪。二十一年【公元1388年，戊辰年】五月辛丑，雷震玄武門獸吻。六月癸卯，暴風，雷震洪武門獸吻。」

註釋：

①「雷霆」，震雷，霹靂。

②「國初」，此處指明朝立國之初。

艮主山崩，臨應則宋都①有五石之隕②。

螣蛇鬼在艮宮動者，主有山崩之異。如元統③間山崩陷爲地之類。

鼎升曰：

據《左傳》記載：「【魯僖公】十六年【公元前644年，丁丑年】，春，隕石于宋五，隕星也；六鷁退飛，過宋都，風也。周內史叔興聘於宋，宋襄公問焉，曰：『是何祥也？吉凶焉在？』對曰：『今茲魯多大喪；明年齊有亂；君將得諸侯而不終。』退而告人曰：『君失問，是陰陽之事，非吉凶所生也，吉凶由人；吾不敢逆君故也。』」據《後漢書．天文志》記載：「【漢】殤帝延平元年【公元106年，丙午年】九月乙亥，隕石陳留四。《春秋》僖公十六年，隕石于宋五，傳曰隕星也。董仲舒以爲從高反下之象。或以爲庶人惟星，隕，民困之象也。」

據《元史．順帝本紀》記載，元惠宗元統年間【公元1333年至公元1335年】多有山崩事，但「山崩陷爲地」當爲元統二年【公元1334年，甲戌年】八月事：「辛未，赦天下。京師地震。雞鳴山崩，陷爲池，方百里，人死者甚衆。」又據《史記．周本紀》記載：「夫國必依山川，山崩川竭，亡國之徵也。」

註釋：

①「宋都」，「宋」，先秦子姓諸侯國，開國君主爲商紂王的庶兄微子啟。都商丘（今河南商丘南）。

②「隕」，音yǔn【允】。墜落。

③「元統」，元惠宗妥懽貼睦爾年號。公元1333年至公元1335年使用。

坤爲地震，帶刑則懷仁①有二所②之崩。

螣蛇鬼在坤宮動者，主有地震，逢金則有聲，帶刑則崩裂。坤卦爲牛，鬼臨丑動，必有牛異。乾坤二卦，是人有異事，非物也，如婦生鬚，男孕子。元末有此異。

鼎升曰：

古今圖書集成本《卜筮全書．黃金策．年時》原解作：「螣蛇鬼在坤宮動者，其年必主地震，逢金則有聲，帶刑則崩裂。坤卦又爲牛，若鬼臨丑，必有牛異，如戴人變牛類。乾坤二卦中，螣蛇鬼臨世動，乃是人有異事，非物也，如婦生鬚，男孕子類。坤乃純陰卦，螣蛇鬼動，與元武相合住者，必主晝晦。元末每多此異。」

據《元史．成宗本紀》記載，元成宗大德九年【公元1305年，乙巳年】夏四月，「乙酉，大同路地震，有聲如雷，壞官民廬舍五千餘間，壓死二千餘人。懷仁縣地裂二所，湧水盡黑，漂出松柏朽木，遣使以鈔四千錠、米二萬五千餘石賑之；是年租賦稅課徭役一切除免」。據《元史．五行志》記載：「【元成宗大德】九年四月己酉【當爲乙酉之誤，以其形近而誤】，大同路地震，有聲如雷，壞廬舍五千八百，壓死者一千四百餘人。懷仁縣地震，二所涌水盡黑，其一廣十八步，深十五丈，其一廣六十六步，深一丈。」

據《元史・五行志》記載，元惠宗至元元年【公元1335年，乙亥年】正月，「汴梁祥符縣市中一乞丐婦人，忽生髭鬚」。

又清紫陽道人《續金瓶梅》有言，「話表宋徽宗宣和年間【公元1119年至公元1125年】，有一女子生了髭鬚，有一男孕生子。此等妖事，載在《玉堂綱鑑》上，難道是我做書編的不成？蓋因國運將傾，陰陽相反，遂有此異。不消數年，大金兵入，這些蕩夫淫婦、賊吏貪奴，平生積得罪孽盡投天網」。

註釋：

①「懷仁」，今山西省懷仁市。

②「所」，處所；地方。

坎化父爻，雨血雨毛兼雨土。

坎卦騰蛇鬼動化父爻，皆以雨斷。雨血、雨毛、雨土，皆元末之異事也。

鼎升曰：

據《元史・五行志》記載：「【元惠宗】元統二年【公元1334年，

甲戌年】正月庚寅朔，河南省雨血。是日眾官晨集，忽聞燔柴煙氣，旣而黑霧四塞，咫尺不辨，腥穢逼人，逾時方息。及行禮畢，日過午，驟雨隨至，霑灑堊牆及裳衣皆赤。」「【元惠宗至正】十五年【公元1355年，乙未年】春，薊州雨血。」

據《元史．五行志》記載：「【元惠宗】元統二年【公元1334年，甲戌年】六月，彰德雨白毛，俗呼云『老君鬚』。民謠曰：『天雨氂，事不齊。』【元惠宗】至元三年【公元1337年，丁丑年】三月，彰德雨毛，如線而綠，俗呼云『菩薩線』。民謠云：『天雨線，民起怨，中原地，事必變。』六年【公元1340年，庚辰年】七月，延安路鄜州雨白毛，如馬鬃，所屬邑亦如之。【元惠宗】至正十三年【公元1353年，癸巳年】四月，冀寧榆次縣雨白毛，如馬鬃。七月，泉州路雨白絲。十八年【公元1358年，戊戌年】五月，益都雨白氂。十九年【公元1359年，己亥年】三月，興化路連日雨氂。二十五年【公元1365年，乙巳年】五月甲子，京師雨氂，長尺許，如馬鬃。二十七年【公元1367年，丁未年】五月，益都雨白氂。」

據《元史．五行志》記載：「【元惠宗】至元五年【公元1339年，己卯年】二月，信州雨土。」

巽連兄弟，風紅風黑及風施。

螣蛇鬼動巽宮化兄，主有異風：元順帝[1]時有黑風。若不化兄，勿作風斷，是草木禽獸之異：春秋[2]時六鷁[3]退飛[4]，唐庫中金錢化蝶類。

鼎升曰：

原條文中「風施」疑為「風旋」之誤，以其形近而誤。古今圖書集成本《卜筮全書·黃金策·年時》原條文作：「巽連兄弟，風紅風黑及風旋。」闡易齋本與談易齋本《卜筮全書·黃金策·年時》原條文俱作：「巽連兄弟，風紅風黑及風施。」

據《元史·五行志》記載：「【元惠宗至正】二十七年【公元1367年，丁未年】三月丁丑朔，萊州招遠縣大社里黑風大起，有大鳥自南飛至，其色蒼白，展翅如席，狀類鶴，俄頃飛去，遺下粟、黍、稻、麥、黃黑豆、蕎麥于張家屋上，約數升許，是歲大稔。」

據《左傳》記載：「【魯僖公】十六年【公元前644年，丁丑年】，春，隕石于宋五，隕星也；六鷁退飛，過宋都，風也。周內史叔興聘於宋，宋襄公問焉，曰：『是何祥也？吉凶焉在？』對曰：『今茲魯多大喪；明年齊有亂；君將得諸侯而不終。』退而告人曰：『君失問，是陰陽之事，非吉凶所生也，吉凶由人；吾不敢逆君故也。』」

據唐蘇鶚《杜陽雜編》記載：「【唐】穆宗皇帝殿前種千葉牡丹花，始開，香氣襲人，一朶千葉，大而且紅。上每覩芳盛，歎曰人間未有。自是宮中每夜卽有黄白蛺蝶萬數飛集於花間，輝光照耀，達曉方去。宮人競以羅巾撲之，無有獲者。上令張網於空中，遂得數百於殿內，縱嬪御追捉以爲娛樂。遲明視之，則皆金玉也。其狀工巧，無以爲比。而內人爭用絳縷絆其脚，以爲首飾。夜則光起粧奩中。其後開寶廚，覩金錢玉屑之內將有化爲蝶者，宮中方覺焉。」

註釋：

①「元順帝」，元北遷前最後一位皇帝。名妥懽貼睦爾，廟號惠宗。公元1333年至公元1368年在位，期间朝纲敗壞、稅賦沉重、天災頻仍，武裝反抗不斷。公元1368年（元惠宗至正二十八年，戊申年）明軍攻克大都（今北京），其北走應昌（今內蒙古克什克騰旗西達來諾爾附近），又二年死。

②「春秋」，時代名。孔子《春秋》記事，從周平王四十九年至周敬王三十九年（公元前722年至公元前481年），計242年，史稱春秋時代。今多以周平王東遷至韓、趙、魏三家分晉（公元前770年至公元前476年）爲春秋時代。

③「鷁」，音yì【毅】。水鳥名。形如鷺而大。羽色蒼白，善高飛。

④「退飛」，鳥飛遇風而退縮不進。

日生黑子①，宋恭②驚離象之反常。

螣蛇鬼動離宮，主有日異：如宋恭帝時，日中有黑子。若臨午爻，有火異也：如大德③間，火從空降，延燒④禾稼。

鼎升曰：

《卜筮全書・黃金策・年時》原條文作：「日生黑子，宋恭帝驚離象之反常。」

據《宋史・瀛國公本紀》記載：「【宋恭宗德祐二年，公元1276年，丙子年】二月丁酉朔，日中有黑子相盪，如鵝卵。辛丑，率百官拜表祥曦殿，詔諭郡縣使降。大元使者入臨安府，封府庫，收史館、禮寺圖書及百司符印、告敕，罷官府及侍衛軍。」據《宋書・五行志》記載：「晉惠帝永寧元年【公元301年，辛酉年】九月甲申，日有黑子。按京房占：『黑者，陰也。臣不揜君惡，令下見百姓惡君則有此變。』又曰，臣有蔽主明者。」

「大德間，火從空降，延燒禾稼」事，疑爲《新元史》、《欽定古今圖書集成》與《欽定續文獻通考》中如下記載之一：「【元成宗】大德三年【公元1299年，己亥年】十一月杭州火。」「大德六年【公元1302年，壬寅年】太廟災。按：《元史・成宗本紀》大德六年五月戊申太廟寢殿災。」「七年【公元1303年，癸卯年】三月都城火。九月溫州火。」「大德八年【公元1304年，甲辰年】五月，杭州火，燔四百家。九年【公元1305年，乙巳年】三月，宜黃、興國之大冶等縣火。」「九年十一月溫州火。」「大德九年，揚州再火，延燒千餘家，火及茂廬，皆風返而滅。」「【十年，公元1306年，丙午年】四月壬戌雲南羅雄州軍火。」「十年十一月武昌路火。」

註釋：

①「黑子」，太陽表面的黑點。也稱日斑、太陽黑子。太陽表面的氣體旋渦，溫度較鄰近的區域稍低，從地球上看像是太陽表面上的黑斑。

②「宋恭」，宋恭帝趙㬎。南宋第七代君主，公元1274年至公元1276年在位。有一不正式庙号「恭宗」。公元1276年領宋室降元後，又被迫剃髮出家，後被賜死。

③「大德」，元成宗鐵穆耳年号。公元1297年至公元1307年使用。

④「延燒」，火勢蔓延燃燒。

沼起白龍，唐玄①遭兌金之變異。

兌爲澤，主井池沼。若螣蛇鬼在宮動者，如唐玄宗時，沼中白龍乘空而起；元順帝太子②寢殿③後，新甃④一井，中有龍出，光燄⑤爍火，變幻不測，宮人見之，莫不震懾。

鼎升曰：

古今圖書集成本《卜筮全書．黃金策．年時》原條文作：「沼起白龍，唐元宗遭兌金之變異。」

據《太平廣記．神仙》記載：「羅公遠，本鄂州人也。刺史春設，觀者傾郡。有一白衣人，長丈餘，貌甚異，隨羣眾而至，門衛者皆怪之。俄有小童傍過，叱曰：『汝何故離本處，驚怖官司耶？不速去！』其人遂攝衣而走。吏乃擒小童至醮所，具白於刺史。刺史問其姓名。云：『姓羅，名公遠，自幼好道術。適見守江龍上岸看，某趣令回。』刺史不信，曰：『須令我見本形。』曰：『請俟後日。』至期，於水濱作一小坑，深纔一尺，去岸丈餘，引水入。刺史與郡人並看。逡巡，有魚白色，長五六寸，隨流而至，騰躍漸大，青煙如線，起自坎中。少頃，黑氣滿空，咫尺不辨。公遠曰：『可以上津亭矣。』未至，電光注雨如瀉，須臾即定。見一大白龍於江心，頭與雲連，食頃方滅。時玄宗酷好仙術，刺史具表其事以進。」

據《元史．五行志》記載：「【元惠宗至正】二十七年【公元1367年，丁未年】六月丁巳，皇太子寢殿新甃井成，有龍自井而出，光焰爍人，宮人震慴仆地。又宮牆外長慶寺所掌成宗斡耳朶內大槐樹，有龍纏繞其上，良久飛去，樹皮皆剝。」

註釋：

①「唐玄」，唐玄宗李隆基。公元712年至公元756年在位。因謚號「至道大聖大明孝皇帝」，亦稱「明皇」。唐玄宗曾開創唐鼎盛時期，史稱「開元盛世」，但從安史之亂始，唐逐漸衰落。

②「太子」，封建時代君主的兒子中被預定繼承君位的人。

③「寢殿」，帝王的寢宮，臥室。

④「甃」，音zhòu【咒】。此處指砌井壁、修治水井。

⑤「光燄」，光芒。「燄」，同「焰」。火苗、火花。

發動空亡，乃驗天書[1]之詐。

已上螣蛇發動，不臨空化空，其怪異或者有之。如遇冲遇空，是詐說非真：如宋真宗[2]時，天書下降之類。

鼎升曰：

據《宋史·眞宗本紀》記載：「【宋真宗】大中祥符元年【公元1008年，戊申年】春正月乙丑，有黃帛曳左承天門南鴟尾上，守門卒塗榮告，有司以聞。上召羣臣拜迎于朝元殿啓封，號稱天書。丁卯，紫雲見，如龍鳳覆宮殿。戊辰，大赦，改元，羣臣加恩，賜京師酺。幽州旱，求市麥種；夏州饑，請易粟，並許之……己卯，詔以天書之應，申儆在位。」

據《續資治通鑑長編·【宋】真宗》記載：「【宋真宗大中祥符元年，公元1008年，戊申年】春正月乙丑，上召宰臣王旦、知樞密院事王欽若等對於崇政殿之西序，上曰：『朕寢殿中帟幕，皆青絁爲之，旦暮間，非張燭莫能辨色。去年十一月十七日，夜將半，朕方就寢，忽一室明朗，驚視之次，俄見神人，星冠絳袍，告朕曰：「宜於正殿建黃籙道場一月，當降天書《大中祥符》三篇，勿泄天機。」朕悚然起對，忽已不見，遽命筆誌之。自十二月朔，即蔬食齋戒。於朝元殿建道場，結綵壇九級。又雕木爲輿，飾以金寶，恭佇神貺。雖越月，未敢罷去。適覩皇城司奏，左承天門屋之南角，有黃帛曳於鴟吻之上。朕潛令中使往視之，迴奏云：「其帛長二丈許，緘一物如書卷，纏以青縷三周，封處隱隱有字。」朕細思之，蓋神人所謂天降之書也。』旦等曰：『陛下以至誠事天地，仁孝奉祖宗，恭己愛人，夙夜求治，以至殊鄰修睦，獷俗請吏，干戈偃戢，年穀屢豐，皆陛下兢兢業業，日謹一日之所致也。臣等嘗謂天道不遠，必有昭報。今者，神告先期，靈文果降，實彰上穹佑德之應。』皆再拜稱萬歲。又言：『啟封之際，宜屏左右。』上曰：『天若譴示闕政，固宜與卿等祇畏改悔；若誡告朕躬，朕亦當側身自修，豈宜隱之而使眾不知也。』上即步至承天門，焚香望拜，命內侍周懷政、皇甫繼明升屋對捧以降。王旦跪進，上再拜受，置書輿上，復與旦等步導，却繖蓋，徹警蹕，至道場，授知樞密院陳堯叟啟封，帛上有文，曰：『趙受命，興於宋，付於恒。居其器，守於正。世七百，九九定。』既去帛啟緘，命堯叟讀之。其書黃字三幅，辭類《尚書·洪範》、《老子道德經》，始言上能以至孝至道紹世，次諭以清凈簡儉，終述世祚延永之意。讀訖，藏於金匱。旦等稱賀於殿之北廡。是夕，命旦宿齋中書，晚詣道場，旦趨往而上已先至。」

註釋：

①「天書」，道家稱元始天尊所說之經，或托言天神所賜之書。

②「宋真宗」，趙恒。北宋第三位君主，公元997年至公元1022年在位。初年正值經濟發展時期，可稱治世。但遼軍屢次進攻，威脅很大。公元1004年（宋真宗景德元年，甲辰年）澶淵之役，他雖親至前線督戰，終因畏敵約和，開創用歲幣求苟安的惡例。後偽造天書，大興祥瑞，封禪泰山，號爲「大功業」。又廣建宮觀，勞民傷

財。從此歲出日增，社會矛盾漸趨嚴重。

居臨內卦，定成黑眚①之妖。

螣蛇鬼在本宮內卦，妖怪見于家庭：宋徽宗②時，有黑眚見掖庭③之類。

鼎升曰：

據元馬端臨《文獻通考．物異考》記載：「宋元豐【宋神宗趙頊年號】末，嘗有物大如席，夜見寢殿上，而神宗登遐。元符【宋哲宗趙煦年號】末，又數見，而哲宗山陵。至大觀【宋徽宗趙佶年號】間，漸晝見。【宋徽宗】政和元年【公元1111年，辛卯年】以後，大作，每得人語聲則出。先若列屋摧倒之聲，其形僅丈餘，髣髴如龜，金眼，行動硜硜有聲。黑氣蒙之，不大了了，氣之所及，腥血四灑，兵刃皆不能施。又或變人形，亦或爲驢，自春歷夏，晝夜出無時，遇冬則罕見。多在掖庭宮人所居之地，亦嘗及內殿，後習以爲常，人亦不大怖。宣和【宋徽宗趙佶年號】末，寖少出，而亂【靖康之亂】遂作。」

註釋：

①「黑眚」，五行水氣而生的災禍。五行中水爲黑色，故稱。「眚」，音shěng。災

異；妖祥。

②「宋徽宗」，趙佶。北宋第八位君主。公元1100年至公元1126年在位。尊信道教，自稱「教主道君皇帝」。通百藝，尤精書畫，創瘦金體。疏於國事，任用群小，朝政紊亂。金兵南侵時，傳位於子宋欽宗趙桓。金人攻陷京師開封府，與子欽宗以及幾乎全部宋太宗一系的趙宋皇族、后妃、官吏同被擄走，北宋滅亡，史稱「靖康之亂」。金廢爲昏德公，受盡折磨，後病死於五國城。傳元脫脫撰《宋史》時歎曰：「宋徽宗諸事皆能，獨不能爲君耳！」

③「掖庭」，宮殿中的旁舍，妃嬪的住所。「掖」，音yè【夜】。宮旁的屋舍。

欲知天變於何方，須究地支而分野①。

凡遇變異之象，須看見于何方，以所傷之方定之。如子爲齊域，丑爲吳域，寅爲燕域之類。

鼎升曰：

據《晉書．天文志》記載：「自軫十二度至氐四度爲壽星，於辰在辰，鄭之分野，屬兗州。自氐五度至尾九度爲大火，於辰在卯，宋之分野，屬豫州。自尾十度至南斗十一度爲析木，於辰在寅，燕之分野，屬幽州。自南斗十二度至須女七度爲星紀，於辰在丑，吳越之分野，屬揚州。自須女八度至危十五度爲玄枵，於辰在子，齊之分野，屬青州。自危十六度至奎四度爲諏訾，於辰在亥，衞之分野，屬幷州。自奎五度至胃六度爲降婁，於辰在戌，魯之分野，屬徐州。自胃七度至畢十一度爲大梁，於辰在酉，趙之分野，屬冀州。自畢十二度至東井十五度爲實沈，於辰在申，魏之分野，屬益州。自東井十六度至柳八度爲鶉首，於辰在未，秦之分野，屬雍州。自柳九度至張十六度爲鶉火，於辰在午，周之分野，屬三河。自張十七度至軫十一度爲鶉尾，於辰在巳，楚之分野，屬荊州。」

註釋：

①「分野」，與星次相對應的地域。古以十二星次的位置劃分地面上州、國的位置與之相對應。就天文說，稱作分星；就地面說，稱作分野。

身持福德，其年必獲休祥①。

子孫爲福德，生財剋鬼神也。若得旺動，年必豐熟②，國正民安，官清太平，萬物咸亨③之象。

註釋：

①「休祥」，吉祥。

②「豐熟」，作物成熟豐收。

③「萬物咸亨」，此處指各種類的物，都能順利的生長。語出《周易·坤》：「坤厚載物，德合無疆。含弘光大，品物咸亨。」唐孔穎達《周易正義》：「咸亨者，包含以厚，光著盛大，故品類之物，皆得亨通。」

世受刑傷，此歲多遭驚怪。

世乃年時主爻，三農百姓、五穀①六畜②，皆係于此。臨財福旺相，必然稱意；如受歲月日及動爻剋，必多驚險。

註釋：

①「五穀」，通常指稻、黍、稷、麥、菽，但說法不一；泛指各種主要的穀物。

②「六畜」，馬、牛、羊、雞、犬、豬六種牲畜；泛指各種牲畜。

年豐歲稔①，財福生旺而無傷。

子孫得地、財爻有氣不空、兄鬼衰靜，必是豐年熟歲②。

註釋：

①「稔」，音rěn【忍】。莊稼成熟。

②「熟歲」，豐年。

冬暖夏凉，水火休囚而莫助。

以財父爻看水旱，水火爻看寒暑。若水居空地，冬必暖；火居死絶，夏必凉。若旺動剋世，暑必酷，寒必嚴①也。

註釋：

①「嚴」，凜冽。形容極寒。

他宫傷剋，外番侵凌①。

他宫爲外番，無他宫則看外卦。若來傷剋本宫，其年外番必來侵犯；外生内卦，必多進貢②。

鼎升曰：

古今圖書集成本《卜筮全書·黄金策·年時》原條文作：「他宫傷剋，外國侵凌。」闡易齋本與談易齋本《卜筮全書·黄金策·年時》原條文俱作：「他宫傷剋，夷狄侵凌。」

註釋：

①「侵凌」，侵犯欺凌。

②「進貢」，藩屬對宗主國或臣民對君主呈獻禮品。

本卦休囚，國家衰替①。

本宮爲國家，無本宮則看內卦。旺相國家強盛，無氣則國家衰替。

註釋：

①「衰替」，衰敗。

陰陽相合，定然雨順風調①。

凡遇世應相生，六爻相合，其年必主雨順風調。更得安靜，財福不空，必是豐登②之歲。

鼎升曰：

古今圖書集成本《卜筮全書．黃金策．年時》原條文作：「陰陽相合，必然雨順風調。」

註釋：

①「雨順風調」，風雨均及時而適量。比喻平順安樂的豐年。

②「豐登」，農田收成豐足。

兄鬼皆亡，必主民安國泰①。

兄弟乃剋剝②破敗③之神，官鬼係禍患灾殃之主。二者空亡，或不上卦，必主國泰民安。

註釋：

①「民安國泰」，人民安樂，國家太平。

②「剋剝」，刻薄、苛刻；剝削榨取。

③「破敗」，破壞；敗壞。

推明①天道，能知萬象之森羅②；識透玄機，奚啻③一年之休咎④？

鼎升曰：

古今圖書集成本《卜筮全書·黃金策·年時》原條文作：「唯明天道，能知萬象之森羅；識透元機，奚啻一年之休咎？」闡易齋本與談易齋本《卜筮全書·黃金策·年時》原條文俱作：「惟明天道，能知萬象之森羅；識透玄機，奚啻一年之休咎？」

註釋：

①「推明」，闡明；究明。

②「萬象之森羅」，天地間紛紛羅列的各種各樣的景象。形容包含的內容極爲豐富。

③「奚啻」，何止；豈但。「啻」，音chì【叱】。但；僅；止。

④「休咎」，吉凶；善惡。

國朝①

註釋：

①「國朝」，國政，朝政；國家，朝廷；本朝。

君恕①則臣忠，共濟②明良③之會④；國泰則民樂，當推禍福之原⑤。雖天地尚知其始終，況國家豈能無興廢？本宮旺相，周文王⑥創八百年之基；大象休囚，秦始皇⑦遺二世主之禍。

如臣卜，以本宮爲國爻，以太歲爲君爻，歲合爲后⑧爻，月建爲臣爻，日建爲東宮⑨，子孫爲黎庶⑩，父爻爲國。卜得本宮旺相，如周文王子孫享國八百年之久；若本宮休囚，大象又凶，則如秦始皇二世亡國。

鼎升曰：

「周文王創八百年之基」，指周朝自公元前1046年周武王滅商至公元前256年周赧王爲秦所滅，傳30代37王，共歷約791年。前期都鎬京【今陝西西安西南】，自周武王傳至公元前771年周幽王寵褒姒亡國，史稱西周；自周平王公元前770年東遷雒邑【今河南洛陽】至周赧王滅國，史稱東周。其中東周以公元前403年「三家分晉」爲節點，又分春秋和戰國兩個時期。

「秦始皇遺二世主之禍」，指秦亡於二世皇帝嬴胡亥。公元前210年，秦始皇出遊南方，病死沙丘宮，胡亥在趙高與宰相李斯幫助下，秘不發喪，發動沙丘之變，賜死長兄扶蘇，即位爲二世皇帝。秦二世即位後，殺兄弟姐妹二十餘人，趙高專權，行暴政，終激起陳勝、吳廣大澤之變，山東六國舊公室亦借機復國。公元前207年，趙高女婿閻樂強逼胡亥自刎於望夷宮。二世死後僅月餘，劉邦攻入咸陽，秦亡。

註釋：

①「恕」，推己及人；仁愛待物。

②「濟」，成功；成就。

③「明良」，賢明的君主和忠良的臣子。語出《尚書·皋陶謨》：「元首明哉，股肱良哉，庶事康哉！」

④「會」，時機；諸侯或群臣朝會盟主或天子。

⑤「原」，來源，起因。

⑥「周文王」，姬姓，名昌。商紂時爲西伯，建國岐山之下，積善行仁，政化大行。曾被紂王囚於羑里，後得釋歸。益行仁政，天下諸侯多歸從。子武王有天下後，追

尊爲文王。相傳伏羲作八卦，周文王推演爲六十四卦，以錢代蓍而占，稱「文王課」。

⑦「秦始皇」，嬴政。戰國時秦國國君、秦王朝建立者。公元前246年至公元前210年在位。公元前221年統一天下，建立歷史上第一個大一統帝國，把古時的皇與帝合稱爲「皇帝」，自稱「始皇帝」，廢謚法，以世計。廢封建，行郡縣，以集權中央；統一度量衡與文字；開闢馳道，修築長城，以鞏固國防；爲消除反側與箝制思想，沒收民間兵器，偶語詩書者棄市，又有焚書坑儒之事。五度巡行天下，北逐匈奴，南征百越。公元前210年死於巡遊途中。

⑧「后」，君王的正妻，皇后。

⑨「東宮」，太子所居之宮；亦指太子。

⑩「黎庶」，百姓；民眾。

九五逢陽，當遇仁明①之主；四爻值福，必多忠義之臣。

五爻爲君位，逢陽象，遇青龍財福，是仁明之君；四爻爲臣位，臨旺福乃敢諫②直臣③，臨兄鬼乃阿諛④佞臣⑤也。

註釋：

①「仁明」，仁愛明察。

②「諫」，諫諍，規勸；匡正；挽回。

②「直臣」，直言諫諍之臣。

④「阿諛」，迎合諂媚。「諛」，音yú【餘】。諂媚；奉承。

⑤「佞臣」，奸邪諂上之臣。「佞」，音nìng。奸邪；用花言巧語諂媚人。

歲剋衰宮，玉樹後庭花欲謝。

本宮衰弱，遇太歲剋，國有亂亡①之兆。陳後主②選宮女，曲有《玉樹後庭花》，君臣酣歌③，旦夕④爲常，後爲隋所滅。

鼎升曰：

據《陳書·皇后列傳》記載：「【陳】後主每引賓客對貴妃等遊宴，則使諸貴人及女學士與狎客共賦新詩，互相贈答，採其尤豔麗者以爲曲詞，被以新聲，選宮女有容色者以千百數，令習而哥之，分部迭進，持以相樂。其曲有《玉樹後庭花》、《臨春樂》等，大指所歸，皆美張貴妃、孔貴嬪之容色也。其略曰：『璧月夜夜滿，瓊樹朝朝新。』」

據《隋書·音樂志》記載：「及【陳】後主嗣位，耽荒於酒，視朝之外，多在宴筵。尤重聲樂，遣宮女習北方簫鼓，謂之《代北》，酒酣則奏之。又於清樂中造《黃鸝留》及《玉樹後庭花》、《金釵兩臂垂》

等曲，與幸臣等製其歌詞，綺豔相高，極於輕薄。男女唱和，其音甚哀。」據《隋書．五行志》記載：「禎明【陳後主陳叔寶年號】初，後主作新歌，詞甚哀怨，令後宮美人習而歌之。其辭曰：『玉樹後庭花，花開不復久。』時人以歌讖，此其不久兆也。」

據《舊唐書．音樂志》記載：「前代興亡，實由於樂。陳將亡也，爲《玉樹後庭花》；齊將亡也，而爲《伴侶曲》，行路聞之，莫不悲泣，所謂亡國之音也。以是觀之，蓋樂之由也。」

又據《陳後主集．樂府．玉樹後庭花》：「麗宇芳林對高閣，新妝豔質本傾城。映戶凝嬌乍不進，出帷含態笑相迎。妖姬臉似花含露，玉樹流光照後庭。」

註釋：

①「亂亡」，敗亂滅亡。

②「陳後主」，陳叔寶，字元秀，小字黃奴。南北朝時期陳朝末代皇帝，史稱「後主」。公元582年至公元589年在位。其間奢侈荒淫，不理國政，隋師至，猶奏伎行樂，後被俘至長安。曾作《玉樹後庭花》等豔體詩。明人輯有《陳後主集》。

③「酣歌」，沉湎於飲酒歌舞；盡興高歌。

④「旦夕」，早與晚；日夜；每天。

年傷弱世，鼎湖龍去①不多時。

已下指言國君自卜。如太歲刑冲剋害世爻，主疾病，或內難②將作。

鼎升曰：

據《史記・封禪書》記載：「黃帝采首山銅，鑄鼎於荆山下。鼎既成，有龍垂胡𩓐下迎黃帝。黃帝上騎，羣臣後宮從上者七十餘人，龍乃上去。餘小臣不得上，乃悉持龍𩓐，龍𩓐拔，墮，墮黃帝之弓。百姓仰望黃帝既上天，乃抱其弓與胡𩓐號，故後世因名其處曰鼎湖，其弓曰烏號。」

註釋：

①「鼎湖龍去」，帝王去世。

②「內難」，內亂。一般指國家內部的騷亂動蕩。

世臨沐浴①合妻財，夫差②戀西施③而亡國。

皆指言帝自卜也。如世臨沐浴，合財爻應爻，或沐浴動剋合世，必是好色。如夫差戀西施之美，爲越所滅。

鼎升曰：

據東漢趙曄《吳越春秋・句踐陰謀外傳》記載：「【越王句踐】十二年【公元前485年，丙辰年】，越王謂大夫種曰：『孤聞吳王淫而好色，惑亂沉湎，不領政事，因此而謀，可乎？』種曰：『可破。夫吳王淫而好色，宰嚭佞以曳心，往獻美女，其必受之。惟王選擇美女二人而進之。』越王曰：『善。』乃使相者國中得苧蘿山鬻薪之女，曰西施、鄭旦。飾以羅穀，教以容步，習於土城，臨於都巷。三年學服而獻於吳。乃使相國范蠡進曰：『越王句踐竊有二遺女，越國洿下困迫，不敢稽留，謹使臣蠡獻之。大王不以鄙陋寢容，願納以供箕箒之用。』吳王大悅，曰：『越貢二女，乃句踐之盡忠於吳之證也。』子胥諫曰：『不可，王勿受也……臣聞賢士國之寶，美女國之咎：夏亡以妹喜，殷亡以妲己，周亡以褒姒。』吳王不聽，遂受其女。」

據《史記·吳太伯世家》記載：「【吳王夫差】二十三年【公元前473年，戊辰年】十一月丁卯，越敗吳。越王句踐欲遷吳王夫差於甬東，予百家居之。吳王曰：『孤老矣，不能事君王也。吾悔不用子胥之言，自令陷此。』遂自剄死。越王滅吳，誅太宰嚭，以爲不忠，而歸。」

註釋：

①「沐浴」，多主淫亂、酒色亡家。明萬民英《三命通會·論五行旺相休囚死並寄生十二宮》：「五曰沐浴，又曰敗，以萬物始生，形體柔脆，易為所損，如人生後三日

以沐浴之，幾至困絕也。」《易林補遺・元集・易林總斷章》：「沐浴之爻，又爲敗論，總是一爻內有分辨。其中逢生爲沐浴，遇尅爲敗。」

②「夫差」，春秋末期吳國國君。吳王闔閭之子。公元前496年至公元前473年在位。即位後先在夫椒（今江蘇蘇州西南太湖中）打敗越兵，乘勝攻破越都，迫使越王勾踐屈服。又開鑿邗溝，以圖北進，在艾陵（今山東萊蕪東北）全殲齊兵。公元前482年，在黃池（今河南封丘西南）會盟諸侯，與晉爭霸，越兵乘虛攻入吳都。公元前473年，都城姑蘇（今江蘇蘇州）被勾踐攻破，夫差被圍困在吳都西面姑蘇山上，自殺，吳亡。

③「西施」，春秋越國美女。本爲浣紗女，適越王勾踐爲吳王夫差所敗，欲獻美女以亂其政，乃令范蠡獻西施，吳王夫差大悅，果迷惑忘政。後吳爲越所滅。

應帶咸池①臨九五，武后②革唐命③而爲周。

君自卜，以應爲皇后。若帶咸池，其后必淫。更居九五尊位剋世，如唐武后廢中宗④爲廬陵王，革唐命爲周。

鼎升曰：

參本卷後「白虎刑臨，武后淫而且悍」條文。

註釋：

①「咸池」，又稱「桃花」。凶神。古今圖書集成本《卜筮全書・神殺歌例・咸池殺》：「占婚大忌，主婦人淫亂。寅午戌兔從茆裏出，巳酉丑躍馬南方走，申子辰鷄叫亂人倫，亥卯未鼠子當頭忌。」

②「武后」，武曌。唐高宗后，武周皇帝。公元690年至公元705年在位。十四歲時被唐太宗選入宮內爲才人，太宗死後爲尼。不久被高宗召爲昭儀，公元655年（唐高宗永徽六年，乙卯年）立爲皇后，逐漸把持朝政，與高宗並稱「二聖」。後廢中宗李顯爲廬陵王，廢睿宗李旦爲皇嗣，自登帝位，稱聖神皇帝，成爲中國歷史上唯一女皇，改國號爲周，史稱武周。在位期間重視科舉制度和人才選拔，發展農業生產。任用酷吏，大興冤獄，晚年豪奢專斷。公元705年（唐中宗神龍元年，乙巳年）中宗復位，尊稱她爲「則天大聖皇帝」，後世通稱爲武則天。

③「革唐命」，武則天改唐爲周，以應天命。古代認爲王者受命於天，改朝換代是天命變更，因稱「革命」。

④「中宗」，唐中宗李顯。唐高宗與武后所出。公元684年繼高宗位，旋爲武后廢爲廬陵王。公元705年（唐中宗神龍元年，乙巳年）復位，恢復國號唐。公元710年（唐中宗景龍四年，庚戌年）崩，謚號大和大聖大昭孝皇帝（初謚孝和皇帝）。

遊魂遇空，虞舜①南巡②不返。

卦遇遊魂，不宜遷都③巡狩④。若加凶煞剋世，或世爻動化墓絶，如虞舜南巡，崩⑤于蒼梧⑥之野。

鼎升曰：

據《史記·五帝本紀》記載：「【舜】踐帝位三十九年，南巡狩，崩於蒼梧之野。葬於江南九疑，是爲零陵。」

註釋：

①「虞舜」，上古五帝之一。姓姚，名重華。因其先國於虞，帝舜、大舜、虞帝舜、舜帝皆其帝王號，故稱虞舜。爲古代傳説中的聖君。

②「南巡」，天子巡行南方。

③「遷都」，遷移國都。

④「巡狩」，天子巡視四方諸侯。

⑤「崩」，帝王或皇后之死。

⑥「蒼梧」，今廣西梧州下轄縣。一説爲今湖南寧遠南九疑山別名。

歸魂帶煞，始皇返國亡身。

若歸魂卦遇動爻剋世身，如始皇求仙海上，返國崩于沙丘①。

鼎升曰：

據《史記．秦始皇本紀》記載：「既已，齊人徐市等上書，言海中有三神山，名曰蓬萊、方丈、瀛洲，僊人居之。請得齋戒，與童男女求之。於是遣徐市發童男女數千人，入海求僊人。」「【始皇帝】三十七年【公元前210年，辛卯年】十月癸丑，始皇出游。」「方士徐市等入海求神藥，數歲不得，費多，恐譴，乃詐曰：『蓬萊藥可得，然常為大鮫魚所苦，故不得至，願請善射與俱，見則以連弩射之。』始皇夢與海神戰，如人狀。問占夢博士，曰：『水神不可見，以大魚蛟龍為候。今上禱祠備謹，而有此惡神，當除去，而善神可致。』乃令入海者齎捕巨魚具，而自以連弩候大魚出射之。自琅邪北至榮成山，弗見。至之罘，見巨魚，射殺一魚。遂並海西。至平原津而病。始皇惡言死，羣臣莫敢言死事。上病益甚，乃為璽書賜公子扶蘇曰：『與喪會咸陽而葬。』書已封，在中車府令趙高行符璽事所，未授使者。七月丙寅，始皇崩於沙丘平臺。丞相斯為上崩在外，恐諸公子及天下有變，乃祕之，不發喪。棺載轀涼車中，故幸宦者參乘，所至上食。百官奏事如故，宦者輒從轀涼車中可其奏事。獨子胡亥、趙高及所幸宦者五六人知上死。趙高故嘗教胡亥書及獄律令法事，胡亥私幸之。高乃與公子胡亥、丞相斯陰謀破去始皇所封書賜公子扶蘇者，而更詐爲丞相斯受始皇遺詔沙丘，立子胡亥爲太子。更爲書賜公子扶蘇、蒙恬，數以罪，賜死。」

註釋：

①「沙丘」，古地名。在今河北廣宗西北大平臺。相傳殷紂在此廣築苑臺，作酒池肉林，淫樂通宵；戰國趙武靈王被圍，餓死於沙丘宮；秦始皇巡視途中病逝於沙丘平臺。

子發逢空，張子房①起歸山②之計。

他宮子孫爲臣，若逢空動，被世剋害，必是君欲害臣。如漢張良棄職③，從赤松子④遊也。

鼎升曰：

據《資治通鑑．漢紀》記載：「張良素多病，從上入關，卽道引，不食穀，杜門不出，曰：『家世相韓；及韓滅，不愛萬金之資，爲韓報讎強秦，天下振動。今以三寸舌爲帝者師，封萬戶侯，此布衣之極，於良足矣。願棄人間事，欲從赤松子遊耳。』臣光曰：夫生之有死，譬猶夜旦之必然；自古及今，固未有超然而獨存者也。以子房之明辨達理，足以知神仙之爲虛詭矣；然其欲從赤松子遊者，其智可知也。夫功名之際，人臣之所難處。如高帝所稱者，三傑而已；淮陰誅夷，蕭何繫獄，非以履盛滿而不止耶！故子房託於神仙，遺棄人間，等功名於外物，置榮利而不顧，所謂『明哲保身』者，子房有焉。」

據晉干寶《搜神記．赤松子》記載：「赤松子者，神農時雨師也。服冰玉散，以教神農。能入火不燒。至崑崙山，常入西王母石室中，隨風雨上下。炎帝少女追之，亦得仙，俱去。至高辛時，復爲雨師，遊人間。今之雨師本是焉。」

註釋：

①「張子房」，張良。字子房。漢初名臣。本是韓國公子，秦滅韓後，圖謀恢復韓國，結交刺客，在博浪沙狙擊秦始皇未中，更姓名，隱於下邳，遇黃石公，得《太公兵法》。後爲漢高祖劉邦策畫定天下，封留侯。晚好黃老，學辟穀之術。卒謚文成。

②「歸山」，歸隱山林；退隱。

③「棄職」，擅離職守。

④「赤松子」，亦稱「赤誦子」、「赤松子輿」。相傳爲上古時神仙。《史記．留侯世家》中《索隱》：「《列仙傳》：『神農時雨師也，能入火自燒，崑崙山上隨風雨上下也。』」

將星①被害，岳武穆②抱籲天③之冤。

將星，如寅午戌日卜，午爻爲將星。其餘類推。若將星臨財子，必得忠良智勇；値官鬼白虎，必强悍之將。若將星持鬼剋害世爻，恐有造謀④之變；若將星被動爻剋害，如岳武穆遇秦檜⑤之害也。

鼎升曰：

據《宋史．岳飛列傳》記載：「初，檜逐趙鼎，飛每對客嘆息，又以恢復爲己任，不肯附和議。讀檜奏，至『德無常師，主善爲師』之語，惡其欺罔，恚曰：『君臣大倫，根於天性，大臣而忍面謾其主耶！』兀朮遺檜書曰：『汝朝夕以和請，而岳飛方爲河北圖，必殺飛，始可和。』檜亦以飛不死，終梗和議，己必及禍，故力謀殺之。以諫議大夫万俟卨與飛有怨，風卨劾飛，又風中丞何鑄、侍御史羅汝楫交章彈論，大率謂：『今春金人攻淮西，飛略至舒、蘄而不進，比與俊按兵淮上，又欲棄山陽而不守。』飛累章請罷樞柄，尋還兩鎮節，充萬壽觀使、奉朝請。檜志未伸也，又諭張俊令劫王貴、誘王俊誣告張憲謀還飛兵。檜遣使捕飛父子證張憲事，使者至，飛笑曰：『皇天后土，可表此心。』初命何鑄鞫之，飛裂裳以背示鑄，有『盡忠報國』四大字，深入膚理。既而閱實無左驗，鑄明其無辜。改命万俟卨。卨誣：飛與憲書，令虛申探報以動朝廷，雲與憲書，令措置使飛還軍；且言其書已焚。飛坐繫兩月，無可證者。或教卨以臺章所指淮西事爲言，卨喜白檜，簿錄飛家，取當時御札藏之以滅迹。又逼孫革等證飛受詔逗遛，命評事元龜年取行軍時日雜定之，傅會其獄。歲暮，獄不成，檜手書小紙付獄，卽報飛死，時年三十九。」「獄之將上也，韓世忠不平，詣檜詰其實，檜曰：『飛子雲與張憲書雖不明，其事體莫須有。』世忠曰：『「莫須有」三字，何以服天下？』時洪皓在金國中，蠟書馳奏，以爲金人所畏服者惟飛，至以父呼之，諸酋聞其死，酌酒相賀。」「論曰：西漢而下，若韓、彭、絳、灌之爲將，代不乏人，求其文武全器、仁智并施如宋岳飛者，一代豈多見哉。史稱關雲長通《春秋左氏》學，然未嘗見其文章。飛北伐，軍至汴梁之朱仙鎭，有詔班師，飛自爲表答詔，忠義之言，流出肺腑，眞有諸葛孔明之風，而卒死於秦檜之手。蓋飛與檜勢不兩立，使飛得志，則金讎可復，宋恥可雪；檜得志，則飛有死而已。昔劉宋殺檀道濟，道濟下獄，嗔目曰：『自壞汝萬里長城！』高宗忍自棄其中原，故忍殺飛，嗚呼冤哉！嗚呼冤哉！」

註釋：

①「將星」，神煞名。申子辰見子，寅午戌見午，巳酉丑見酉，亥卯未見卯。象徵領導統御能力，有掌權居官之能。明萬民英《三命通會・論將星華蓋》：「將星者，

如將劄中軍也，故以三合中位謂之將星。」

②「岳武穆」，岳飛。字鵬舉。相州湯陰（今河南湯陰）人，宋抗金名將。官至少保、樞密副使，封武昌郡開國公。後岳飛被宋高宗趙構下令殺害，死後多年宋孝宗趙昚為其平反，追謚武穆，後追贈太師、追封鄂王，改謚忠武，故後人稱呼岳武穆、武穆王、岳忠武王。

③「籲天」，向上天呼告。「籲」，音yù【玉】。呼喊，請求。

④「造謀」，設計謀劃。

⑤「秦檜」，字會之，宋江寧（今江蘇南京江寧）人。性陰險，晚年殘忍尤甚。高宗時為相，挾金人以自重，力持和議，阻止恢復，誣殺岳飛等，一時忠臣良將殆盡，和議乃成。卒謚忠獻，寧宗改謚謬醜。

應旺生合世爻，聖主①得椒房②之助。

應爲皇后，若旺相合世爻，更臨財福，主后智略③仁慈，導君以善。如漢馬后④、宋宣仁⑤，稱爲「女中堯舜⑥」是也。

鼎升曰：

據《後漢書．皇后紀》記載：「明德馬皇后諱某，伏波將軍援之小女也。少喪父母……后時年十歲，幹理家事，勑制僮御，內外諮稟，事同成人。」「后嘗久疾，太夫人令筮之，筮者曰：『此女雖有患狀而當大貴，兆不可言也。』後又呼相者使占諸女，見后，大驚曰：『我必爲此女稱臣。然貴而少子，若養它子者得力，乃當踰於所生。』」「由是選后入太子宮。時年十三。奉承陰后，傍接同列，禮則脩備，上下安之。遂見寵異，常居後堂。」「顯宗卽位，以后爲貴人。時后前母姊女賈氏亦以選入，生肅宗。帝以后無子，命令養之。謂曰：『人未必當自生子，但患愛養不至耳。』后於是盡心撫育，勞悴過於所生。肅宗亦孝性淳篤，恩性天至，母子慈愛，始終無纖介之閒。后常以皇嗣未廣，每懷憂歎，薦達左右，若恐不及。後宮有進見者，每加慰納。若數所寵引，輒增隆遇。【漢顯宗】永平三年【公元60年，庚申年】春，有司奏立長秋宮，帝未有所言。皇太后曰：『馬貴人德冠後宮，卽其人也。』遂立爲皇后。」「既正位宮闈，愈自謙肅。身長七尺二寸，方口，美髮。能誦《易》，好讀《春秋》、《楚辭》，尤善《周官》、《董仲舒書》。常衣大練，裙不加緣。」「十五年【公元72年，壬申年】，……。時楚獄連年不斷，囚相證引，坐繫者甚眾。后慮其多濫，乘閒言及，惻然。帝感悟之，夜起彷徨，爲思所納，卒多有所降宥。時諸將奏事及公卿較議難平者，帝數以試后。后輒分解趣理，各得其情。

每於侍執之際，輒言及政事，多所毗補，而未嘗以家私干。故寵敬日隆，始終無衰。」

據《續資治通鑑．宋紀》記載：「【宣仁聖烈高皇后】自垂簾以來，召用名臣，罷廢新法苛政，臨政九年，朝廷清明，華夏綏安。杜絕內降僥倖，裁抑外家私恩，文思院奉上之物，無問巨細，終身不取其一。人以爲『女中堯舜』。」

註釋：

①「聖主」，對聖明君主的尊稱。

②「椒房」，椒房殿，漢皇后所居宮殿，殿內以花椒子和泥塗壁，取溫暖、芬芳、多子之義；泛指后妃居住的宮室；后妃的代稱。

③「智畧」，才智與謀略。

④「漢馬后」，漢顯宗劉莊皇后。伏波將軍馬援小女。初被顯宗封爲貴人，因德冠後宮，又立爲后。顯宗逝，養子漢肅宗劉炟即位，尊爲皇太后。一生謙遜樸實、知書識禮、明理達義，對顯宗、肅宗兩朝政治起了重要作用。爲顯宗撰《顯宗起居註》，開創了新的史書體例。謚明德皇后。

⑤「宋宣仁」，宋英宗趙曙皇后。姓高氏。英宗逝，其子神宗即位，尊爲皇太后。神宗逝，太后遵神宗遺詔輔立幼主哲宗趙煦，尊爲太皇太后，垂簾聽政。主政期間，

任司馬光爲相，廢王安石新法，黨羽罷黜，且勤儉廉政，嚴於律己，勵精圖治，政治清明，經濟繁榮，被譽爲「女中堯舜」。謚宣仁聖烈皇后。

⑥「女中堯舜」，女性中的賢明人物。多用以美稱臨朝執政的賢能女主。「堯舜」，唐堯與虞舜的合稱，二人均爲古代聖君。

日辰拱扶子位，東宮攝①天子之權。

若本宮子孫生旺，更得日辰扶助，欲傳位②太子當國③，攝天子事也。

註釋：

①「攝」，代理。

②「傳位」，傳授帝王權位。

③「當國」，執政；主持國事。

世剋福爻，唐玄宗有殺兒之事。

若世剋本宮之墓絕子孫，太子遇讒①被害。如唐玄宗信李林甫②譖③，將太子瑛、鄂王瑤、光王琚④皆廢，復賜死。

鼎升曰：

據《新唐書·十一宗諸子列傳》記載：「玄宗三十子：劉華妃生

琮、第六子琬、第十二子璲，趙麗妃生瑛，元獻皇后生肅宗皇帝，錢妃生琰，皇甫德儀生瑤，劉才人生琚，武惠妃生一、第十五子敏、第十八子瑁、第二十一子琦……」「太子瑛，始王眞定，進王郢。【唐玄宗】開元三年【公元715年，乙卯年】，立爲皇太子。」「鄂王瑤，既封，遙領幽州都督、河北節度大使。」「光王琚，開元十三年【公元725年，乙丑年】始王，與儀、潁、永、壽、延、盛、濟七王同封。」「初，瑛母以倡進，善歌舞，帝在潞得幸。及即位，擢妃父元禮、兄常奴皆至大官。鄂、光二王母亦帝爲臨淄王時以色選。及武惠妃寵幸傾後宮，生壽王，愛與諸子絕等。而太子、二王以母失職，頗怏怏。惠妃女咸宜公主婿楊洄揣妃旨，伺太子短，譁爲醜語，惠妃訴于帝，且泣，帝大怒，召宰相議廢之。中書令張九齡諫曰：『太子、諸王日受聖訓，天下共慶。陛下享國久，子孫蕃衍，奈何一日棄三子？昔晉獻公惑嬖姬之讒，申生憂死，國乃大亂；漢武帝信江充巫蠱，禍及太子，京師蹀血；晉惠帝有賢子，賈后譖之，乃至喪亡；隋文帝聽后言，廢太子勇，遂失天下。今太子無過，二王賢。父子之道，天性也，雖有失，尚當掩之。惟陛下裁赦。』帝默然，太子得不廢。俄而九齡罷，李林甫專國，數稱壽王美以揠妃意，妃果德之。【開元】二十五年【公元737年，丁丑年】，迥復搆瑛、瑤、琚與妃之兄薛鏽異謀。惠妃使人詭召太子、二王，曰：『宮中有賊，請介以入。』太子從之。妃白帝曰：『太子、二王謀反，甲而來。』帝使中人視之，如言，遽召宰相林甫議，答曰：『陛下家事，非臣所宜豫。』帝意決，乃詔：『太子瑛、鄂王瑤、光王琚同惡均罪，並廢爲庶人；鏽賜死。』瑛、瑤、琚尋遇害，天下寃之，號『三庶人』。」

註釋：

①「讒」，說別人的壞話，說陷害人的話；說壞話的人；陷害別人的壞話，毀謗的話；奸邪之人。

②「李林甫」，唐宗室。性狡猾聰慧，善權謀諂媚。玄宗時爲相，結納宦官妃嬪，能察言觀色，迎合上意，故奏對皆稱旨。在朝十九年，權勢甚盛，專政自恣，釀成安史之亂。

③「譖」，同「譛」。音zèn。讒毀；誣陷。

④「琚」，佩玉。音jū【掬】。

子傷君位，隋楊廣①有弒②父之心。

本宮子孫旺動，剋害世爻，乃太子有篡位③之兆。如隋楊廣弒父，自立爲帝。

鼎升曰：

據《資治通鑑．隋紀》記載：「【隋文帝仁壽四年，公元604年，甲子年】上寢疾於仁壽宮，尚書左僕射楊素、兵部尚書柳述、黃門侍郎元巖皆入閤侍疾，召皇太子【楊廣】入居大寶殿。太子慮上有不諱，須預防擬，手自爲書，封出問素；素條錄事狀以報太子。宮人誤送上所，上覽而大恚。陳夫人平旦出更衣，爲太子所逼，拒之，得免，歸於上所；上怪其神色有異，問其故。夫人泫然曰：『太子無禮！』上恚，抵床曰：『畜生何足付大事！獨孤誤我！』乃呼柳述、元巖曰：『召我兒！』述等將呼太子，上曰：『勇【廢太子楊勇】也。』述、巖出閤爲敕書。楊素聞之，以白太子，矯詔執述、巖，繫大理獄；追東宮兵士帖上臺宿衛，門禁出入，並取宇文述、郭衍節度；令右庶子張衡入寢殿侍疾，盡遣後宮出就別室；俄而上崩。故中外頗有異論。」「乙卯，發喪，太子卽皇帝位。」

又據其註記載：「此上敍帝所以見弒。《考異》曰：趙毅《大業略記》曰：『高祖在仁壽宮，病甚，追帝侍疾，而高祖美人尤嬖幸者，唯陳、蔡二人而已。帝乃召蔡於別室，旣還，面傷而髮亂，高祖問之，蔡泣曰：「皇太子爲非禮。」高祖大怒，齧指出血，召兵部尚書柳述、黄門侍郎元巖等令發詔追庶人勇，即令廢立。帝事迫，召左僕射楊素、左庶子張衡進毒藥。帝簡驍健官奴三十人皆服婦人之服，衣下置仗，立於門巷之間，以爲之衛。素等既入，而高祖暴崩。』馬總《通曆》曰：『上有疾，於仁壽殿與百僚辭訣，並握手歔欷。是時唯太子及陳宣華夫人侍疾，太子無禮，宣華訴之。帝怒曰：「死狗，那可付後事！」遽令召勇，楊素祕不宣，乃屏左右，令張衡入拉帝，血濺屏風，寃痛之聲聞于外，崩。』今從《隋書》。」

註釋：

①「楊廣」，隋煬帝。隋第二位君主，隋文帝楊堅次子。公元604年至公元618年在位。荒淫奢侈，急功好利，慘酷猜忌，遠征高麗，開鑿運河，賦役繁苛，終激亂敗國，爲宇文化及弒於江都（今江蘇揚州江都區）。

②「弒」，古代卑幼殺死尊長叫弒。多指臣子殺死君主，子女殺死父母。

③「篡位」，奪取君位。

一卦無孫，宋仁宗[1]有絶嗣[2]之歎。

卦中無子孫，或子孫休囚，動入墓絶，必是國無太子。如宋仁宗無子而嘆。

鼎升曰：

據《宋史．宗室列傳》記載：「仁宗三子：長楊王昉，次雍王昕，次荊王曦，皆早亡。」據《宋史．后妃傳》記載：「初，仁宗未有嗣，后每勸帝擇宗子近屬而賢者，養于宮中，其選即英宗也。」據《續資治通鑑．宋紀》記載：「帝未有嗣，后從容勸帝選宗子養宮中，由是英宗自宮邸未齠齔養后所。」

註釋：

①「宋仁宗」，趙禎。北宋第四位君主。公元1022年至公元1063年在位。任富弼以和契丹，任韓琦、范仲淹以拒西夏，寬恕愛民，爲有宋第一仁主。

②「絶嗣」，沒有子孫；無子傳宗接代。

四爻剋子，秦扶蘇①中趙相②之謀。

四爻乃臣位，若旺動傷剋本宮子孫，則如秦太子扶蘇被趙高矯詔③賜死④。

鼎升曰：

《卜筮全書．黃金策．國朝》原條文作：「四爻尅子，秦扶蘇中趙高之謀。」

另參本卷前「歸魂帶煞，始皇返國亡身」條文。

註釋：

①「扶蘇」，秦始皇長子，太子。因勸阻秦始皇鎮壓儒生，被派往上郡監大將蒙恬軍。始皇死後，宦官趙高、丞相李斯偽造始皇詔書，命他自殺，擁立其弟胡亥。

②「趙相」，趙高。秦時宦官。始皇崩於沙丘，趙高與丞相李斯偽造遺詔，賜死太子扶蘇，立胡亥爲二世。後殺李斯，自爲丞相，專權用事，旋又弒二世，立子嬰。終爲子嬰所誅。

③「矯詔」，詐稱皇帝詔書。

④「賜死」，君主命令臣下自殺。

身值動官，唐太宗①禁庭②蹀血③。

身世持官帶殺旺動，必至殺剋兄弟。如唐太宗伏兵④玄武門⑤，射死建成⑥、元吉⑦，血流禁庭，馬蹀踐也。

鼎升曰：

據《新唐書．太宗本紀》記載：「初，高祖起太原，非其本意，而事出太宗。及取天下，破宋金剛、王世充、竇建德等，太宗功益高，而高祖屢許以爲太子。太子建成懼廢，與齊王元吉謀害太宗，未發。【唐高祖武德】九年【公元626年，丙戌年】六月，太宗以兵入玄武門，殺太子建成及齊王元吉。高祖大驚，乃以太宗爲皇太子。八月甲子，卽皇帝位于東宮顯德殿。」

據《舊唐書．太宗本紀》記載：「【唐高祖武德】九年【公元626年，丙戌年】，皇太子建成、齊王元吉謀害太宗。六月四日，太宗率長孫無忌、尉遲敬德、房玄齡、杜如晦、宇文士及、高士廉、侯君集、程知節、秦叔寶、段志玄、屈突通、張士貴等於玄武門誅之。甲子，立爲皇太子，庶政皆斷決。」「八月癸亥，高祖傳位於皇太子，太宗即位於東宮顯德殿。」

又據《資治通鑑．唐紀》對建成、元吉之死的記載：「建成、元吉至臨湖殿，覺變，卽跋馬東歸宮府。世民從而呼之，元吉張弓射世民，再三不彀，世民射建成，殺之。尉遲敬德將七十騎繼至，左右射元吉墜馬。世民馬逸入林下，爲木枝所絓，墜不能起。元吉遽至，奪弓將扼之，敬德躍馬叱之。元吉步欲趣武德殿，敬德追射，殺之。」

註釋：

①「唐太宗」，李世民。唐第二位君主，高祖李淵次子。廟號太宗。公元626年至公

元649年在位。聰明英武，兼通文學。隋末，輔佐高祖起兵，平定四方，代隋而有天下，受封爲秦王。即位後，銳意圖治，輕刑薄賦，海內昇平，世稱「貞觀之治」。又用李勣、秦叔寶等爲將，征服吐蕃、突厥，威及域外。西域各國尊爲天可汗。

②「禁庭」，此處指宮廷。

③「蹀血」，流血很多，踏血而行。形容殺人之多。「蹀」，音die【蝶】。蹈；踏；蹀步。

④「伏兵」，暗中隱藏埋伏的軍隊。

⑤「玄武門」，此處指唐太極宮北門。太宗爲秦王時，殺其兄太子建成、齊王元吉於此。舊址在今陝西西安。

⑥「建成」，李建成。唐高祖李淵長子。隨父起兵反隋，封隴西郡公，後立爲皇太子。據說屢次陰謀危害其弟李世民。公元626年（唐高祖武德九年，丙戌年）玄武門之變，與弟李元吉等被李世民所殺。追封息王，謚隱，史稱隱太子。

⑦「元吉」，李元吉。唐高祖李淵第四子，也是嫡四子。隨父起兵反隋，封齊王。後與兄李建成參與爭儲，公元626年（唐高祖武德九年，丙戌年）玄武門之變，與兄李建成等被李世民所殺。追封海陵郡王，謚剌，後改封巢王。

世安空弟，周泰伯①讓國②逃荊③。

世持空弟，與應爻生合，有吉神動剋，是兄弟推讓④天位⑤之象。如周泰伯託爲採藥，逃之荊蠻，讓位季歷⑥也。

鼎升曰：

據《史記．周本紀》記載：「古公有長子曰太伯，次曰虞仲。太姜生少子季歷，季歷娶太任，皆賢婦人，生昌，有聖瑞。古公曰：『我世當有興者，其在昌乎？』長子太伯、虞仲知古公欲立季歷以傳昌，乃二人亡如荊蠻，文身斷髮，以讓季歷。」

又據《後漢書．孝和孝殤帝紀》正文註記載：「《論語》孔子曰：『太伯三以天下讓，民無得而稱焉。』鄭玄注云：『太伯，周太王之長子，欲讓其弟季歷。太王有疾，太伯因適吳、越採藥，太王薨而不返，季歷爲喪主，一讓也。季歷赴之，不來奔喪，二讓也。終喪之後，遂斷髮文身，三讓也。』」

註釋：

①「泰伯」，一作太伯。周太王長子，有弟虞仲、季歷。泰伯知太王欲立季歷，以傳其子昌，遂與虞仲奔荊蠻，以讓季歷。泰伯自號句吳，爲春秋吳國的始祖。

②「讓國」，將國家或封地的統治權讓給賢者。

③「荆」，荆蠻，又稱楚蠻，中原人對吳楚越及南方人的總稱。一說爲楚國前身，西周初年成爲封國。楚國滅亡越國，其地屬於楚國。秦朝滅亡楚國，其地屬於秦國。但秦國諱「楚」，故改名爲荆。

④「推讓」，謙遜辭讓。

⑤「天位」，此處指天子之位，帝位。

⑥「季歷」，周太王第三子，周文王父。兄泰伯、虞仲出奔荆蠻，讓位於季歷。太王卒，立爲公季，修太王之業，傳位文王，武王時追尊爲王季。

凶神生合世爻，玄宗信林甫之佞。

若鬼煞動來生合世爻，必是佞臣阿諛，人君①信任。如唐玄宗信任李林甫一十九年，養成天下大亂②。

鼎升曰：

古今圖書集成本《卜筮全書．黄金策．國朝》原條文作：「凶神生合世神，元宗信林甫之佞。」闡易齋本與談易齋本《卜筮全書．黄金策．國朝》原條文作：「凶神生合世神，玄宗信林甫之佞。」

據《資治通鑑．唐紀》記載：「上【唐憲宗李純】問宰相【崔羣】：『玄宗之政，先理而後亂，何也？』崔羣對曰：『玄宗用姚崇、宋璟、盧懷愼、蘇頲、韓休、張九齡則理，用宇文融、李林甫、楊國忠則亂。故用人得失，所繫非輕。人皆以【唐玄宗】天寶十四年【公元755年，乙未年】安祿山反爲亂之始，臣獨以爲【唐玄宗】開元二十四年【公元736年，丙子年】罷張九齡相，專任李林甫，此理亂之所分也。願陛下以開元初爲法，以天寶末爲戒，乃社稷無疆之福！』」

又據《續資治通鑑．宋紀》記載：「金主【金熙宗完顏亶】曰：『【唐】太宗固一代賢君，【唐】明皇何如？』【韓】昉曰：『唐自太宗以來，唯明皇、憲宗可數。明皇所謂有始而無終者，初以艱難得位，用姚崇、宋璟，惟正是行，故能成開元之治；末年怠於萬機，委政李林甫，姦諛是用，以致天寶之亂【安史之亂】。苟能愼終如始，則貞觀【唐太宗李世民年號】之風，不難追矣。』金主稱善。」

註釋：

①「人君」，君主，帝王。

②「天下大亂」，此處指「安史之亂」。又稱「天寶之亂」。公元755年（唐玄宗天寶十四年，乙未年），平盧、范陽、河東三鎮節度使安祿山以討楊國忠之名，於范陽（治所在今北京西南）起兵造反，陷兩京（今西安和洛陽），玄宗逃往四川。祿山死，子慶緒繼之；慶緒死，史思明繼之；思明死，子朝義繼之，至公元763年（

唐代宗廣德元年，癸卯年），其亂始被郭子儀、李光弼等平定。安史之亂是唐由盛而衰的轉折點，也由此造成唐藩鎮割據。

君位剋傷四位，商紂①害比干②之忠。

四爻爲臣，持財子而被世爻動剋，如比干之盡忠，而被紂王之誅③也。

鼎升曰：

古今圖書集成本《卜筮全書·黃金策·國朝》原條文作：「君位傷尅四位，商紂害比干之忠。」

據《史記·殷本紀》記載：「紂愈淫亂不止。微子數諫不聽，乃與大師、少師謀，遂去。比干曰：『爲人臣者，不得不以死爭。』迺強諫紂。紂怒曰：『吾聞聖人心有七竅。』剖比干，觀其心。」

註釋：

①「商紂」，商紂王。商朝最後一任君王。名辛，爲帝乙的兒子，史稱「紂王」。夏商周斷代工程認爲他在公元前1075年至公元前1046年在位。曾平定東夷，使中原文化逐漸傳播到長江、淮河流域，奠定中國統一的規模。雖材力過人，然拒諫飾非、耽於酒色、暴斂重刑，遂導致民怨四起。周武王東伐至盟津（今河南洛陽轄區），

諸侯叛商者八百；戰於牧野（今河南新鄉轄區），紂軍敗，自焚於鹿臺。

②「比干」，商紂王的叔父，官少師。相傳因屢次勸諫紂王，被剖心而死。

③「誅」，殺戮。

離宮變入坎宮，帶凶煞①，而徽、欽②亡身於漠北③。

卦象凶，世又遭剋，或動入墓絶，乃死亡之兆。離南坎北，離化坎，由南入北。如宋徽、欽被金④所擄⑤，死于漠北。

鼎升曰：

據《宋史．徽宗本紀》記載：「明年【宋欽宗靖康二年，公元1127年，丁未年】二月丁卯，金人脅帝【宋徽宗趙佶】北行。【宋高宗趙構】紹興五年【公元1135年，乙卯年】四月甲子，崩于五國城【所在地說法不一：黑龍江依蘭一帶、黑龍江寧安東北、吉林扶餘】，年五十有四。」據《宋史．欽宗本紀》記載：「【宋欽宗靖康二年，公元1127年，丁未年】夏四月庚申朔，大風吹石折木。金人以帝【宋欽宗趙桓】及皇后、皇太子北歸。」「【宋高宗】紹興三十一年【公元1161年，辛巳年】五月辛卯，帝【宋欽宗趙桓】崩問至。」據《金史．海陵本紀》記載：「【金海陵王完顏亮正隆元年，宋高宗紹興二十六年，公元1156年，丙子年】六月庚辰，天水郡公赵桓【宋欽宗趙桓】薨。」

又據當爲野史的《徽欽北徙錄．帝崩馬下》記載：「【金海陵王完顏亮】貞元【天德？】二年，宋【高宗】紹興二十年【公元1150年，庚午年】庚午，完顏亮移帝【宋欽宗趙桓】於燕京【今北京】元帥府左廨中，拘禁如前，然已萌害殺之心矣。」「【金海陵王完顏亮】正隆六【五？】年，宋【高宗】紹興三十年【公元1160年，庚辰年】庚辰春，金主亮開宴，讌諸王及海濱侯耶律延禧，昏德侯趙桓，完顏亶之次子佑。酒酣，乃詐以較射擊球，首射殺延禧，次及佑並少帝，一時並死於非命，鞠場亂箭馬足之下，棄諸屍於野水中。先是帝將到燕京時，遇古寺胡僧，語之云：『禍在馬足之下。』至此時正驗矣。帝年六十歲，歿於亂箭之下，哀哉！」

又據話本《新刊大宋宣和遺事．貞集》記載：「【金海陵王完顏亮】正隆元年【宋高宗紹興二十六年，公元1156年，丙子年】七月一日，……帝【宋欽宗趙桓】猶在右廨院。至正隆五年【公元1160年，庚辰年】，命契丹海濱延禧并天水趙某皆往騎馬，令習擊掬。時帝手足顫掉，不能擊掬，令左右督責習之。正隆六年【公元1161年，辛巳年】，春，亮宴諸王及大將親王等於講武殿場，大閱兵馬，令海濱侯延禧、天水侯趙某各領一隊爲擊掬。左右兵馬先以羸馬易其壯馬，使人乘之。既合擊，有胡騎數百自埸隅而來，直犯帝馬，褐衣者以箭射延禧貫心，而死于馬下。帝顧見之，失氣墮馬。紫衣者，以箭中帝，帝崩，不收尸，以馬蹂之土中。褐衣、紫衣皆亮先示之意也。帝是歲年六十，終馬足之禍也。」

另參本卷前「居臨內卦，定成黑眚之妖」條文下對宋徽宗的註釋。

註釋：

①「凶煞」，此處指壞的卦象或壞的神煞。

②「徽、欽」，北宋徽宗、欽宗二帝的並稱。二帝於公元1127年（宋欽宗靖康二年，丁未年）爲金人所俘，後死於金國。「宋欽宗」，趙桓。宋第九位君主，徽宗趙佶長子。廟號欽宗。公元1126年至公元1127年在位。

③「漠北」，蒙古高原大沙漠以北的地區。

④「金」，朝代名。公元1115年（金太祖收國元年，宋徽宗政和五年，乙未年）女真族完顏部領袖阿骨打創建，建都會寧（今黑龍江阿城南）。金太宗完顏晟於公元1125年（金太宗天會三年，宋徽宗宣和七年，乙巳年）滅遼，次年滅北宋，先後遷都中都（今北京）、開封等地。疆域廣闊，與南宋對峙，是統治中國北部的一個王朝。末帝完顏承麟於公元1234年（金哀宗天興三年，宋理宗端平元年，甲午年）在蒙古和南宋聯合進攻下滅亡。共歷九帝，統治一百二十年。

⑤「擄」，俘獲；抓。

乾象化爲巽象，有吉曜，而孫、劉①鼎足②於東南③。

乾變巽宮，大象皆凶，若有吉曜，如劉先主④與吳、魏，三國⑤鼎足而立也。

註釋：

①「孫、劉」，三國吳主孫權與蜀主劉備的並稱。「孫權」，字仲謀，吳郡富春（今浙江富陽）人。繼兄策之後，據有江東，與蜀、魏對峙，成三分之業，後稱帝建業（今江蘇南京），國號吳，在位三十一年。卒謚大皇帝，簡稱爲「大皇」。世稱吳大帝。「劉備」，字玄德，涿郡涿縣（今河北涿州）人。三國蜀漢開國君主。東漢遠支皇族。東漢末起兵，參與鎮壓黃巾起義軍的戰爭。三顧茅廬始得諸葛亮輔佐。後與孫權聯合大敗曹操於赤壁，占領荊州，旋又奪取益州與漢中，自立爲漢中王。公元221年（蜀漢章武元年，辛丑年）稱帝，都成都。次年在吳蜀彝陵之戰中大敗，不久病死。謚號昭烈帝，史稱「劉先主」。

②「鼎足」，鼎有三足，比喻三方並峙之勢。

③「東南」，泛指國家領域內的東南地區。此處廣義上指曹魏、孫吳、蜀漢三國鼎立時所佔有的疆域，狹義上指曹操南征荊州，在赤壁之戰中被孫權與劉備聯軍擊敗，

形成三國鼎立的雛形。

④「先主」，開國君主。亦以稱三國蜀劉備。

⑤「三國」，東漢後出現的魏（建都洛陽）、蜀（建都成都）、吳（建都建業）鼎立的歷史時期。從公元220年（魏文帝黃初元年，庚子年）魏文帝曹丕稱帝始，至公元280年（烏程侯天紀四年，庚子年）吳亡止。或將漢獻帝在位的年代（公元189年至公元220年）亦計入。亦以指魏、蜀、吳三國。

國之治亂興衰，卦理推詳剖決①。

註釋：

①「剖決」，剖斷，決斷。

征戰

醫不執①方，兵不執法，堪推②大將之才能；謀事在人，成事在天③，當究先師④之妙論。觀世應之旺衰，以決兩家之勝負；將福官之强弱，以分彼我之軍師⑤。

世爲我，應爲彼。世旺剋應則勝，應旺剋世則負。子爲我之將，鬼爲彼之師。

註釋：

①「執」，固執；堅持；依據；遵照。

②「推」，推贊；推重；推許。

③「謀事在人，成事在天」，盡自己能力去做，但成功與否就取決於天命了。

④「先師」，前輩老師。

⑤「軍師」，此處指軍隊。

父母興隆，立望旌旗①之蔽野②；金爻空動，側聽金鼓③之喧天④。

父母爲旌旗。金動則聞金鼓聲，金空則響故也。

註釋：

①「旌旗」，旗幟的總稱。

②「蔽野」，遮蓋原野。形容數量眾多。

③「金鼓」，古時作戰壯聲勢的器具。擊鼓示意進軍，鳴金示意收兵。

④「喧天」，形容聲音很大，響徹天空。

財爲糧草之本根①，兄乃伏兵之形勢。

財爲糧草，旺多衰少，空爲無糧。兄爲伏兵，又爲奪糧之神，不宜旺動。

註釋：

①「本根」，根本。

水興扶世，濟川①宜駕乎輕舟；火旺生身，立寨②必安於勝地③。

水若動來生扶世身，或水爻子孫動，宜乘舟決戰以取勝；火若旺動生扶世身，結寨必得形勝之地也。

鼎升曰：

古今圖書集成本《卜筮全書·黃金策·征戰》原解作：「木爲舟楫，若動來生扶世身，或水爻與子孫動，宜乘舟決戰以取勝；火爲營寨，若旺動生扶世身，結寨必得形勝之地也。」闡易齋本與談易齋本《卜筮全書·黃金策·征戰》原解「木爲舟楫」俱作「水爲舟楫」。「木爲舟楫」當誤，以其形近而誤。

註釋：

①「濟川」，渡河。

②「立寨」，築營寨駐扎下來。

③「勝地」，制勝的地位、形勢；形勢有利的地方。

父母興持，主帥無寬仁①之德；子孫得地，將軍有決勝之才。

父母持世動，乃主帥不恤②士卒，上下離心③；若帶兄弟官鬼，須防自變。若子孫持世旺動，將軍必決勝千里。

註釋：

①「寬仁」，寬厚仁德。

②「恤」，音xù【續】。體恤；憐憫；顧及；顧念。

③「離心」，心志相違，不能合作同心。

水爻剋子，子孫强，韓信①背水陣而陳餘②被斬。

世持水動，或水爻剋子孫，若子孫亦動，得日月生扶，可效韓信背水戰而反勝也。

鼎升曰：

據《史記．淮陰侯列傳》記載：「【韓】信與張耳以兵數萬，欲東下井陘擊趙。趙王、成安君陳餘聞漢且襲之也，聚兵井陘口，號稱二十萬。廣武君李左車說成安君曰：『聞漢將韓信涉西河，虜魏王，禽夏說，新喋血閼與，今乃輔以張耳，議欲下趙，此乘勝而去國遠鬭，其鋒不可當。臣聞千里餽糧，士有飢色；樵蘇後爨，師不宿飽。今井陘之道，車不得方軌，騎不得成列，行數百里，其勢糧食必在其後。願足下假臣奇兵三萬人，從閒道絕其輜重；足下深溝高壘，堅營勿與戰。彼前不得鬭，退不得還，吾奇兵絕其後，使野無所掠，不至十日，而兩將之頭可致於戲下。願君留意臣之計。否，必爲二子所禽矣。』成安君，儒者也，常稱義兵不用詐謀奇計，曰：『吾聞兵法十則圍之，倍則戰。今韓信兵號數萬，其實不過數千。能千里而襲我，亦已罷極。今如此避而不擊，後有大者，何以加之！則諸侯謂吾怯，而輕來伐我。』不聽廣武君策，廣武君策不用。」「韓信使人閒視，知其不用，還報，則大喜，乃敢引兵遂下。未至井陘口三十里，止舍。夜半傳發，選輕騎二千人，人持一赤幟，從閒道萆山而望趙軍，誡曰：『趙見我走，必空壁逐我，若疾入趙壁，拔趙幟，立漢赤幟。』令其裨將傳飡，曰：『今日破趙會食！』諸將皆莫信，詳應曰：『諾。』謂軍吏曰：『趙已先據便地爲壁，且彼未見吾大將旗鼓，未肯擊前行，恐吾至阻險而還。』信乃使萬人先行，出，背水陳。趙軍望見而大笑。平旦，信建大將之旗鼓，鼓行出井陘口，趙開壁擊之，大戰良久。於是信、張耳詳弃鼓旗，走水上軍。水上軍開入之，復疾戰。趙果空壁爭漢鼓旗，逐韓信、張耳。韓信、張耳已入水上軍，軍皆殊死戰，不可敗。信所出奇兵二千騎，共候趙空壁逐利，則馳入趙壁，皆拔趙旗，立漢赤幟二千。趙軍已不勝，不能得信等，欲還歸壁，壁皆漢赤幟，而大驚，以爲漢皆已得趙王將矣，兵遂亂，遁走，趙將雖斬之，不能禁也。於是漢兵夾擊，大破虜趙軍，斬成安君泜水上，禽趙王歇。」「諸將效首虜，畢賀，因問信曰：『兵法右倍山陵，前左水澤，今者將軍令臣等反背水陳，曰破趙會食，臣等不服。然竟以勝，此何術也？』信曰：『此在兵法，顧諸君不察耳。兵法不曰「陷之死地而後生，置之亡地而後存」？且信非得素拊循士大夫也，此所謂「驅市人而戰之」，其勢非置之死地，使人人自爲戰；今予之生地，皆走，寧尚可得而用之乎！』諸將皆服曰：『善。非臣所及也。』」

註釋：

①「韓信」，漢初諸侯王。年輕時曾忍胯下之辱，後助漢高祖劉邦伐魏、舉趙、降燕、破齊，封爲齊王，後徙封楚王。高祖疑其背叛，擒置咸陽（今陝西咸陽東北），降封淮陰侯，終爲呂后所殺。善於將兵，自稱「多多益善」，著有《兵法》三篇，今佚。

②「陳餘」，秦末將領，代王兼趙國太傅。井陘（今河北井陘）之戰，韓信以數萬劣

勢兵力，奇正並用，背水列陣，擊破趙國二十萬大軍，敗後陳餘被斬。

陰象持兄，兄剋應，李愬①雪夜走②而元濟③遭擒。

兄爲伏兵。在內象動，剋應乃我之伏兵，剋世是他之伏兵。若在陽象，宜日間伏；在陰象，宜夜間伏。如唐憲宗④朝，李愬雪夜銜枚⑤，直擣⑥蔡城⑦，以擒吳元濟也。

鼎升曰：

據《資治通鑑·唐紀》記載：「愬每得降卒，必親引問委曲，由是賊中險易遠近虛實盡知之。」「李祐言於李愬曰：『蔡之精兵皆在洄曲，及四境拒守，守州城者皆羸老之卒，可以乘虛直抵其城。比賊將聞之，元濟已成擒矣。』愬然之。」「【唐憲宗元和十二年，公元817年，丁酉年，冬，十月】辛未，李愬命馬步都虞候、隨州刺史史旻留鎮文城，命李祐、李忠義帥突將三千爲前驅，自與監軍將三千人爲中軍，命李進誠將三千人殿其後。軍出，不知所之；愬曰：『但東行！』行六十里，夜，至張柴村，盡殺其戍卒及烽子。據其柵，命士少休，食乾糒，整羈靮，留義成軍五百人鎮之，以斷洄曲及諸道橋梁，復夜引兵出門；諸將請所之，愬曰：『入蔡州取吳元濟！』諸將皆失色。」「時大風雪，旌旗裂，人馬凍死者相望。天陰黑，自張柴村以東道路，皆官軍所未嘗行，人人自以爲必死；然畏愬，莫敢違。夜半，雪愈甚，行七十里，至州城；近城有鵝鴨池，愬令擊之以混軍聲。」「壬申，四鼓，愬至城下，無一人知者。李祐、李忠義钁其城，爲坎以先登，壯士從之；守門卒方熟寐，盡殺之，而留擊柝者，使擊柝如故。遂開門納衆，及裏城，亦然，城中皆不之覺。雞鳴，雪止，愬入居元濟外宅。或告元濟曰：『官軍至矣！』元濟尚寢，笑曰：『俘囚爲盜耳！曉當盡戮之。』又有告者曰：『城陷矣！』元濟曰：『此必洄曲子弟就吾求寒衣也。』起，聽於廷，聞愬軍號令曰：『常侍傳語。』應者近萬人。元濟始懼，曰：『何等常侍，能至於此！』乃帥左右登牙城拒戰。」「愬遣李進誠攻牙城，毀其外門，得甲庫，取器械。癸酉，復攻之，燒其南門，民爭負薪芻助之，城上矢如蝟毛。晡時，門壞，元濟於城上請罪，進誠梯而下之。甲戌，愬以檻車送元濟詣京師，且告于裴度。」

註釋：

①「李愬」，唐大將。字元直。鳳翔節度使李晟子。有謀略，善騎射，曾平定淮西留後吳元濟之亂，史稱「雪夜下蔡州」。封涼國公、鳳翔節度使。「愬」，音sù【訴】。告訴；訴說。

②「走」，疾行，奔跑。

③「元濟」，吴元濟。唐後期藩鎮首領。淮西節度使吴少陽子。因襲位不遂，自領軍務，縱兵焚掠舞陽（今河南舞陽西北）、葉縣（今河南葉縣南）等。後爲裴度討伐，將士多叛離，其割據地蔡州（治所在今河南汝南）爲唐將李愬乘虚襲破，俘後被斬。

④「唐憲宗」，李純，原名李淳。唐第十四位君主（除武則天外）。公元805年至公元820年在位。唐憲宗通過宦官俱文珍等人的協助，迫使父親唐順宗李誦讓位於自己，即「永貞内禪」。即位後，曾一度討平不服朝廷的藩鎮，短暫終結藩鎮割據，重新統一中國，史稱「元和中興」。公元820年（唐憲宗元和十五年，庚子年）被宦官殺死。此後唐形成宦官專權的局面。

⑤「銜枚」，古代行軍襲敵時，令軍士把箸横銜在口中，以防喧譁。

⑥「擣」，音dǎo【島】。同「搗」。沖擊，攻打，攻破。

⑦「蔡城」，治所在今河南汝南。

世持子而被傷，可效周亞夫①堅壁不戰②。

世持子孫，將必才能，可以剋敵。若被動剋，宜固守，不宜速戰。如漢景帝③時七國反④，帝使周亞大屯細柳⑤以攻之，中夜⑥軍驚，擾亂至帳下，亞夫堅臥⑦不起，深溝高壘⑧，數日乃定，遂破七國之兵。

鼎升曰：

原解有誤，「周亞夫屯細柳」並非發生在「七國反」時。據《史记·絳侯周勃世家》記載：「文帝之後六年【漢文帝後元六年，公元前158年，癸未年】，匈奴大入邊。乃以宗正劉禮爲將軍，軍霸上；祝茲侯徐厲爲將軍，軍棘門；以河內守亞夫爲將軍，軍細柳：以備胡。上自勞軍。至霸上及棘門軍，直馳入，將以下騎送迎。已而之細柳軍，軍士吏被甲，銳兵刃，彀弓弩，持滿。天子先驅至，不得入。先驅曰：『天子且至！』軍門都尉曰：『將軍令曰「軍中聞將軍令，不聞天子之詔」。』居無何，上至，又不得入。於是上乃使使持節詔將軍：『吾欲入勞軍。』亞夫乃傳言開壁門。壁門士吏謂從屬車騎曰：『將軍約，軍中不得驅馳。』於是天子乃按轡徐行。至營，將軍亞夫持兵揖曰：『介胄之士不拜，請以軍禮見。』天子爲動，改容式車。使人稱謝：『皇帝敬勞將軍。』成禮而去。既出軍門，羣臣皆驚。文帝曰：『嗟乎，此眞將軍矣！曩者霸上、棘門軍，若兒戲耳，其將固可襲而虜也。至於亞夫，可得而犯邪！』稱善者久之。月餘，三軍皆罷。乃拜亞夫爲中尉。」

至於「七國反」時，周亞夫當屯兵昌邑（治所在今山東巨野東南）。

據《史记．絳侯周勃世家》記載：「孝景三年【漢景帝初元三年，公元前154年，丁亥年】，吳楚反。亞夫以中尉爲太尉，東擊吳楚。因自請上曰：『楚兵剽輕，難與爭鋒。願以梁委之，絕其糧道，乃可制。』上許之。太尉既會兵滎陽，吳方攻梁，梁急，請救。太尉引兵東北走昌邑，深壁而守。梁日使使請太尉，太尉守便宜，不肯往。梁上書言景帝，景帝使使詔救梁。太尉不奉詔，堅壁不出，而使輕騎兵弓高侯等絕吳楚兵後食道。吳兵乏糧，飢，數欲挑戰，終不出。夜，軍中驚，內相攻擊擾亂，至於太尉帳下。太尉終臥不起。頃之，復定。後吳奔壁東南陬，太尉使備西北。已而其精兵果奔西北，不得入。吳兵既餓，乃引而去。太尉出精兵追擊，大破之。吳王濞弃其軍，而與壯士數千人亡走，保於江南丹徒。漢兵因乘勝，遂盡虜之，降其兵，購吳王千金。月餘，越人斬吳王頭以告。凡相攻守三月，而吳楚破平。」

註釋：

①「周亞夫」，西漢名將。武侯周勃之子，封條侯，文帝時爲將軍，治軍有名，景帝時討平七國之亂，官拜丞相，後坐事下獄，不食五日，嘔血而死。

②「堅壁不戰」，堅守壁壘，不與敵人交戰。

③「漢景帝」，劉啟。漢文帝長子。西漢第六位君主。公元前157年至公元前141年在

位。在位時採用黃老治術，實行無爲政治，節儉愛民。後因採用晁錯的主張，削奪諸侯王封地，引起七國之亂，幸賴太尉周亞夫平定，自此中央權力鞏固，諸王毫無實力。正式謚號爲「孝景皇帝」，後世省略「孝」字稱「漢景帝」。

④「七國反」，又稱「七王之亂」，發生於公元前154年（漢景帝初元三年，丁亥年）。時以吳王劉濞爲中心的七個劉姓宗室諸侯，不滿朝廷實行削藩政策而興兵反抗，終爲竇嬰、周亞夫平定。七王爲吳王劉濞、楚王劉戊、膠西王劉卬、膠東王劉雄渠、淄川王劉賢、濟南王劉辟光、趙王劉遂。

⑤「細柳」，細柳營。在今陝西咸陽西南。西漢周亞夫爲將軍時，屯兵於細柳，軍紀森嚴，天子欲入軍營，亦須依軍令行事。後以細柳營比喻模範軍營或泛指一般軍營。

⑥「中夜」，半夜。

⑦「堅臥」，安臥；按兵不動。

⑧「深溝高壘」，深的戰壕和高的營壘。指堅固的防禦工事。

應臨官而遭剋，當如司馬懿①固壘休兵②。

應持官旺，彼將才能，我難與敵，雖有子孫動，不能大勝。如三國時，司馬懿自料不能如孔明③，甘受巾幗④，堅壁不戰也。

鼎升曰：

據《晉書．高祖宣帝紀》記載：「【魏明帝曹叡青龍】二年【公元234年，甲寅年】，【諸葛】亮又率眾十餘萬出斜谷，壘于郿之渭水南原。」「會有長星墜亮之壘，帝【司馬懿。孫司馬炎稱帝後，追尊其爲高祖宣皇帝，因也稱晉宣帝】知其必敗……」「時朝廷以亮僑軍遠寇，利在急戰，每命帝持重，以候其變。亮數挑戰，帝不出，因遺帝巾幗婦人之飾。帝怒，表請決戰，天子不許，乃遣骨鯁臣衞尉辛毗杖節爲軍師以制之。後亮復來挑戰，帝將出兵以應之，毗杖節立軍門，帝乃止。初，蜀將姜維聞毗來，謂亮曰：『辛毗杖節而至，賊不復出矣。』亮曰：『彼本無戰心，所以固請者，以示武于其眾耳。將在軍，君命有所不受，苟能制吾，豈千里而請戰邪！』」「帝弟孚書問軍事，帝復書曰：『亮志大而不見機，多謀而少決，好兵而無權，雖提卒十萬，已墮吾畫中，破之必矣。』與之對壘百餘日，會亮病卒，諸將燒營遁走，百姓奔告，帝出兵追之。」「先是，亮使至，帝問曰：『諸葛公起居何如，食可幾米？』對曰：『三四升。』次問政事，曰：『二十罰已上皆自省覽。』帝既而告人曰：『諸葛孔明其能久乎！』竟如其言。」

註釋：

①「司馬懿」，字仲達，河內郡溫縣（今河南溫縣西）人。三國時魏國權臣、政治家、

軍事家，西晉奠基人。有雄才，多權變，曾抵禦蜀漢丞相諸葛亮的北伐軍，堅守疆土。歷經曹操、曹丕、曹叡、曹芳四代君主，晚年發動高平陵之變，奪取曹魏政權。其孫司馬炎終簒魏稱帝，建立晉朝，追尊其爲宣帝。

②「固壘休兵」，加固營壘，停止戰事。

③「孔明」，諸葛亮，字孔明。琅琊郡陽都（今山東沂南）人。三國時蜀漢政治家、軍事家。早年避亂荊州，後隱居隆中，劉備三訪其廬乃出。爲人足智多謀，忠心耿耿。曾敗曹操於赤壁，佐定益州，使蜀與魏、吳成鼎足之勢。劉備歿，輔助後主劉禪，封武鄉侯。志在攻魏以復中原，乃東和孫權，南平孟獲，與魏長期爭戰，後鞠躬盡瘁，卒於軍中，謚號忠武。

④「巾幗」，古代婦女用以覆髮的頭巾和髮飾。後因以爲婦女的代稱。

世持衰福得生扶，王翦[1]以六十萬眾而勝楚。

身世雖持子孫，衰弱亦難勝。若得月建日辰生扶，可效始皇時，王翦以六十萬眾，而成勝楚之功。

鼎升曰：

據《史記·白起王翦列傳》記載：「秦將李信者，年少壯勇，嘗以兵數千逐燕太子丹至於衍水中，卒破得丹，始皇以爲賢勇。於是始皇問李信：『吾欲攻取荊，於將軍度用幾何人而足？』李信曰：『不過用二十萬人。』始皇問王翦，王翦曰：「非六十萬人不可。』始皇曰：『王將軍老矣，何怯也！李將軍果勢壯勇，其言是也。』遂使李信及蒙恬將二十萬南伐荊。王翦言不用，因謝病，歸老於頻陽。李信攻平與，蒙恬攻寢，大破荊軍。信又攻鄢郢，破之，於是引兵而西，與蒙恬會城父。荊人因隨之，三日三夜不頓舍，大破李信軍，入兩壁，殺七都尉，秦軍走。」「始皇聞之，大怒，自馳如頻陽，見謝王翦曰：『寡人以不用將軍計，李信果辱秦軍。今聞荊兵日進而西，將軍雖病，獨忍弃寡人乎！』王翦謝曰：『老臣罷病悖亂，唯大王更擇賢將。』始皇謝曰：『已矣，將軍勿復言！』王翦曰：『大王必不得已用臣，非六十萬人不可。』始皇曰：『爲聽將軍計耳。』於是王翦將兵六十萬人，始皇自送至灞上。」「【始皇帝二十三年，公元前224年，丁丑年】王翦果代李信擊荊。荊聞王翦益軍而來，乃悉國中兵以拒秦。王翦至，堅壁而守之，不肯戰。荊兵數出挑戰，終不出。王翦日休士洗沐，而善飲食撫循之，親與士卒同食。久之，王翦使人問軍中戲乎？對曰：『方投石超距。』於是王翦曰：『士卒可用矣。』荊數挑戰而秦不出，乃引而東。翦因舉兵追之，令壯士擊，大破荊軍。至蕲南，殺其將軍項燕，荊兵遂敗走。

秦因乘勝略定荆地城邑。歲餘，虜荆王負芻，竟平荆地爲郡縣。」

註釋：

①「王翦」，戰國時秦名將。秦始皇滅六國，除韓外，其餘五國均爲王翦與其子王賁所滅。

卦有衆官臨旺子，謝玄①以八千之兵而破秦。

官父雖多而安靜，子孫雖少而旺動，必寡可勝衆也。如晉謝玄、劉牢②以八千兵，破秦王苻堅③九十萬衆也。

鼎升曰：

原解中「劉牢」當爲「劉牢之」之誤，以其不諳人名、妄刪而誤。古今圖書集成本《卜筮全書·黃金策·征戰》原條文作：「卦有衆官臨旺子，謝元以八千精兵而破秦。」原解作：「卦有官鬼父母，雖多而安靜休囚，子孫雖少而當權旺動，此乃寡勝衆之象。如晉謝元、劉牢之以八千兵渡江，破秦王符堅九十萬衆也。」

據《晉書·謝尚列傳》記載：「及苻堅自率兵次於項城，衆號百萬，而涼州之師始達咸陽，蜀漢順流，幽并係至。先遣苻融、慕容暐、張蚝、苻方等至潁口，梁成、王顯等屯洛澗。詔以玄爲前鋒、都督徐兗青三州揚州之晉陵幽州之燕國諸軍事，與叔父征虜將軍石、從弟輔國將軍琰、西中郎將桓伊、龍驤將軍檀玄、建威將軍戴熙、揚武將軍陶隱等距之，眾凡八萬。玄先遣廣陵相劉牢之五千人直指洛澗，即斬梁成及成弟雲，步騎崩潰，爭赴淮水。牢之縱兵追之，生擒堅僞將梁他、王顯、梁悌、慕容屈氏等，收其軍實。堅進屯壽陽，列陣臨肥水，玄軍不得渡。玄使謂苻融曰：『君遠涉吾境，而臨水爲陣，是不欲速戰。諸君稍却，令將士得周旋，僕與諸君緩轡而觀之，不亦樂乎！』堅眾皆曰：『宜阻肥水，莫令得上。我眾彼寡，勢必萬全。』堅曰：『但却軍，令得過，而我以鐵騎數十萬向水，逼而殺之。』融亦以爲然，遂麾使却陣，眾因亂不能止。於是玄與琰、伊等以精銳八千涉渡肥水。石軍距張蚝，小退。玄、琰仍進，決戰肥水南。堅中流矢，臨陣斬融。堅眾奔潰，自相蹈藉投水死者不可勝計，肥水爲之不流。餘眾棄甲宵遁，聞風聲鶴唳，皆以爲王師已至，草行露宿，重以飢凍，死者十七八。」

註釋：

①「謝玄」，東晉名將。具經國才略，善於治軍。公元383年（晉烈宗太元八年，癸未年），以精銳八千，破前秦苻堅百萬大軍於淝水（今安徽瓦埠湖一帶）。拜前將軍，封康樂縣公，卒謚獻武。

②「劉牢」，當為「劉牢之」之誤，以其不諳人名、妄刪而誤。東晉將領。初以驍勇為北府（今江蘇鎮江）兵將領。淝水之戰時為前鋒破敵，因戰功任龍驤將軍、彭城內史。東晉後期，握重兵，屢次干預朝政。曾鎮壓孫恩起義。後兵權被奪，自殺。

③「苻堅」，十六國時期前秦皇帝。公元357年至公元385年在位。曾滅前燕，取仇池，陷晉漢中，取成都，克前涼，定代地。任用王猛，修明國政，為五胡中最強盛的國家。王猛卒，大舉侵晉，與謝玄等戰於淝水，大敗而還。後為羌族首領姚萇擒殺。

兩子合世扶身，李、郭同心而興唐室①。

卦有兩子旺動生世，主有二將合謀勝敵。如唐李弼②、郭子儀③二人同心，以忠義自勵，終能靖亂④，復興⑤唐室。

鼎升曰：

原解中「李弼」當為「李光弼」之誤，以其不諳人名、妄刪而誤。《卜筮全書·黃金策·征戰》原解作：「子孫為將，世為國君。若卦中有兩子旺動，生扶世身，主國有二將，合謀勝敵之兆。如唐李光弼、郭子儀，二人同心，以忠義自勵，終能靖亂，復興唐室。」

據《新唐書·李光弼列傳》記載：「光弼用兵，謀定而後戰，能以少覆衆。治師訓整，天下服其威名，軍中指顧，諸將不敢仰視。初，與郭子儀齊名，世稱『李郭』，而戰功推爲中興第一。」

又據《資治通鑑．唐紀》記載：「【唐肅宗至德元年，公元756年，丙申年，正月】上命郭子儀罷圍雲中，還朔方，益發兵進取東京；選良將一人分兵先出井陘，定河北。子儀薦李光弼，癸亥，以光弼爲河東節度使，分朔方兵萬人與之。」「《考異》曰：杜牧《張保皋傳》曰：『安祿山亂，朔方節度使安思順以祿山從弟賜死，詔郭汾陽代之。後旬日，復詔李臨淮持節，分朔方半兵，東出趙、魏。當思順時，汾陽、臨淮俱爲牙門都將，二人不相能，雖同盤飲食，常睇相視，不交一言。及汾陽代思順，臨淮欲亡去，計未決，詔至，分汾陽兵東討。臨淮入請曰：「一死固甘，乞免妻子。」汾陽趨下，持手上堂偶坐，曰：「今國亂主遷，非公不能東伐，豈懷私忿時邪！」悉召軍吏，出詔書讀之，如詔約束。及別，執手泣涕，相勉以忠義。』按於時玄宗未幸蜀，唐之號令猶行於天下，若制書除光弼爲節度使，子儀安敢擅殺之！杜或得於傳聞之誤也。今從《汾陽家傳》及《舊傳》。」

另參本卷前「凶神生合世爻，玄宗信林甫之佞」條文。

註釋：

①「唐室」，唐王室，唐王朝。

②「李弼」，當爲「李光弼」之誤，以其不諳人名、妄刪而誤。唐名將。契丹人。安祿山叛亂，任河東節度使，與郭子儀進攻河北，收復十餘郡。又在太原擊敗史思明。公元759年（唐肅宗乾元二年，己亥年）升天下兵馬副元帥，率軍進擊安慶緒，被史思明擊敗，不久因功封臨淮郡王。後受宦官牽制，在洛陽附近北邙山戰敗。公元762年（唐肅宗寶應元年，壬寅年）出鎮徐州，進封臨淮王，世稱「李臨淮」。曾派兵鎮壓浙東袁晁起義。

③「郭子儀」，唐名將。曾平安史之亂，並聯回紇，征吐蕃。官至太尉、中書令，時稱「郭令公」。因封汾陽郡王，世稱「郭汾陽」。一生歷事玄宗、肅宗、代宗、德宗四朝，以一身而繫天下之安危二十年。卒謚忠武。

④「靖亂」，平定亂事。此處指平定安史之亂。

⑤「復興」，衰落後再興盛。

二福刑衝化絶，鍾、鄧互隙而喪身家①。

兩重子孫旺動，皆化入死墓絶空，雖勝敵，將必爭權奪寵，兩相殘害。如晉鍾會②、鄧艾③領兵平蜀，蜀平而嫌隙互生，乃至自相屠戮④，身家俱喪。

鼎升曰：

據《晉書．景帝紀》記載：「【魏元帝景元四年，公元263年，癸未年】夏，帝【晉文帝司馬昭】將伐蜀……於是徵四方之兵十八萬，使鄧艾自狄道攻姜維於沓中，雍州刺史諸葛緒自祁山軍于武街，絕維歸路，鎮西將軍鍾會帥前將軍李輔、征蜀護軍胡烈等自駱谷襲漢中。」「十一月，鄧艾帥萬餘人自陰平踰絕險至江由，破蜀將諸葛瞻於緜竹，斬瞻，傳首。進軍雒縣，劉禪降……表鄧艾爲太尉，鍾會爲司徒。會潛謀叛逆，因密使譖艾。」「【魏元帝】咸熙元年【公元264年，甲申年】春正月，檻車徵艾……鍾會遂反於蜀，監軍衛瓘、右將軍胡烈攻會，斬之。」

又據《三國志．魏書》記載：「會內有異志，因鄧艾承制專事，密白艾有反狀，於是詔書檻車徵艾。司馬文王【晉文帝司馬昭】懼艾或不從命，敕會並進軍成都，監軍衛瓘在會前行，以文王手筆令宣喻艾軍，艾軍皆釋仗，遂收艾入檻車。會所憚惟艾，艾既禽而會尋至，獨統大眾，威震西土。自謂功名蓋世，不可復爲人下，加猛將銳卒皆在己手，遂謀反。」「艾父子既囚，鍾會至成都，先送艾，然後作亂。會已死，艾本營將士追出艾檻車，迎還。瓘遣田續等討艾，遇於緜竹西，斬之。子忠與艾俱死，餘子在洛陽者悉誅，徙艾妻子及孫於西域。」

註釋：

①「身家」，本人和全家人的生命。

②「鍾會」，三國後期曹魏名將，曾任魏重要官職。公元263年（魏元帝景元四年，癸未年）與鄧艾分兵滅蜀。後欲據蜀自立，與蜀降將姜維共謀，因部下反叛失敗，身死。

③「鄧艾」，三國後期曹魏名將。曾建議司馬懿屯田兩淮，廣開漕渠，並著《濟河論》加以闡述。後任魏鎮西將軍，與蜀將姜維相拒。公元263年（魏元帝景元四年，癸未年）與鍾會分軍滅蜀。後鍾會誣其謀反，被殺。

④「屠戮」，殺戮，殺害。

子化死爻，曹操①喪師②於赤壁③。

子孫爲我軍卒，若動入死墓絶敗；應臨鬼父，動傷身世：必致損兵折將。如曹操爲周瑜④、黃蓋⑤火攻所敗。

鼎升曰：

據《三國志．魏書》記載：「【漢獻帝建安十三年，公元208年，戊子年，十二月】公【曹操】至赤壁，與【劉】備戰，不利。於是大疫，吏士多死者，乃引軍還。備遂有荆州、江南諸郡。」據《三國志．

吳書》記載：「時劉備爲曹公所破，欲引南渡江，與魯肅遇於當陽，遂共圖計，因進住夏口，遣諸葛亮詣權，權遂遣瑜及程普等與備幷力逆曹公，遇於赤壁。時曹公軍眾已有疾病，初一交戰，公軍敗退，引次江北。瑜等在南岸。瑜部將黃蓋曰：『今寇眾我寡，難與持久。然觀操軍船艦首尾相接，可燒而走也。』乃取蒙衝鬬艦數十艘，實以薪草，膏油灌其中，裹以帷幕，上建牙旗，先書報曹公，欺以欲降。又豫備走舸，各繫大船後，因引次俱前。曹公軍吏士皆延頸觀望，指言蓋降。蓋放諸船，同時發火。時風盛猛，悉延燒岸上營落。頃之，煙炎張天，人馬燒溺死者甚眾，軍遂敗退，還保南郡。備與瑜等復共追。曹公留曹仁等守江陵城，徑自北歸。」

註釋：

①「曹操」，字孟德，小字阿瞞，東漢沛國譙（今安徽亳州）人。有雄才，多權詐，能文學。起兵擊黃巾，討董卓，漸次剪削諸雄，自爲丞相，拜大將軍，爵魏公，旋進爵魏王，加九錫。後卒於洛陽，子曹丕篡漢。追謚武帝，廟號太祖。

②「喪師」，戰敗而損失軍隊。

③「赤壁」，山名。公元208年（漢獻帝建安十三年，戊子年）孫權與劉備聯軍大破曹操軍隊處。在今湖北武昌西赤磯山，與漢陽南紗帽山隔江相對。一說在今湖北赤

壁市西北，一說在今湖北嘉魚縣東北。宋蘇軾貶官至黃州（今湖北黃岡）時，曾寫下《念奴嬌．赤壁懷古》、《前赤壁賦》和《後赤壁賦》三部千古名篇，但一般認爲蘇軾實際遊覽的赤壁，是黃州東北的赤鼻磯，並非赤壁之戰實際發生地。

④「周瑜」，三國時吳國名將。字公瑾。有文武才，輔佐孫策平定江東，爲吳水軍都督。公元208年（漢獻帝建安十三年，戊子年）曹操占荊州後，統水陸兩軍數十萬，試圖南下，一舉擊滅東吳。瑜與魯肅審時度勢，指出曹操冒險用兵四患，並親率吳軍與劉備聯軍，大破曹操於赤壁。戰後兩年病逝，年僅三十六歲。

⑤「黃葢」，黃蓋。三國時吳國名將。初任郡吏，後隨孫堅起義。蓋姿貌嚴毅，善於養兵，每次征伐，士卒皆爭先。赤壁之役，建議火攻，大破曹軍，升任武鋒郎將。武陵蠻人造反時，領兵討伐，平定後，累加偏將軍，病逝於此官任上。「葢」，同「蓋」。

世逢絶地，項羽①自刎②於烏江③。

世爲國主④、三軍⑤之帥，宜旺動剋應。若衰世而被應爻刑冲剋害，動入死墓空絶者，如項羽自刎于烏江也。

鼎升曰：

據《資治通鑑．漢紀》記載：「【漢高祖五年，公元前202年，己亥年】十二月，項王至垓下，兵少，食盡，與漢戰不勝，入壁；漢軍及諸侯兵圍之數重。」「於是項王乘其駿馬名騅，麾下壯士騎從者八百餘人，直夜，潰圍南出馳走。平明，漢軍乃覺之，令騎將灌嬰以五千騎追之。項王渡淮，騎能屬者纔百餘人。至陰陵，迷失道，問一田父，田父紿曰『左』。左，乃陷大澤中，以故漢追及之。」「項王乃復引兵而東，至東城，乃有二十八騎；漢騎追者數千人。」「於是項王欲東渡烏江，烏江亭長檥船待，謂項王曰：『江東雖小，地方千里，衆數十萬人，亦足王也。願大王急渡！今獨臣有船，漢軍至，無以渡。』項王笑曰：『天之亡我，我何渡爲！且籍與江東子弟八千人渡江而西，今無一人還；縱江東父兄憐而王我，我何面目見之！縱彼不言，籍獨不愧於心乎！』乃以所乘騅馬賜亭長，令騎皆下馬步行，持短兵接戰。獨籍所殺漢軍數百人，身亦被十餘創。顧見漢騎司馬呂馬童，曰：『若非吾故人乎？』馬童面之，指示中郎騎王翳曰：『此項王也。』項王乃曰：『吾聞漢購我頭千金，邑萬戶；吾爲若德。』乃自刎而死。王翳取其頭；餘騎相蹂踐爭項王，相殺者數十人；最其後，楊喜、呂馬童及郎中呂勝、楊武各得其一體；五人共會其體，皆是，故分其戶，封五人皆爲列侯。」

註釋：

①「項羽」，名籍。楚国名將項燕之孫。力能扛鼎，才氣過人，與叔父項梁起兵吳中，梁敗死，羽繼爲將。公元前207年（秦二世三年，甲午年）鉅鹿之戰中，率楚軍五萬大破秦軍四十萬，自立爲「西楚霸王」。與劉邦爭天下，戰無不利，但垓下（今安徽靈璧東南）一戰，楚軍瓦解，自刎於烏江。

②「自刎」，割頸部自殺。

③「烏江」，水名。在今安徽和縣東北。附近原有烏江亭，相傳爲項羽兵敗自刎處。

④「國主」，一國的君主；對皇帝的貶稱。

⑤「三軍」，古代指步、車、騎三軍；也指左、中、右三軍，後爲軍隊的通稱。

水鬼剋身，秦苻堅有淝水之敗。

水鬼旺動，傷剋世身，敵兵必得舟楫①渡江之利。如秦苻堅，敗于謝玄八千渡江之兵也。

鼎升曰：

參本卷前「卦有眾官臨旺子，謝玄以八千之兵而破秦」條文。

註釋：

①「舟楫」，船隻；行船；船槳；船夫。「楫」，音ji【集】。船槳；划船，划水；船。

火官持世，漢高祖①遇平城之圍②。

火官帶鬼，賊寨必近；火爻持世，須防困圍。子孫旺動，被圍得勝；若子衰官旺，如漢高被圍平城，七日乃解。

鼎升曰：

據《漢書·匈奴傳》記載：「是時【漢高祖七年，公元前200年，辛丑年】，漢初定，徙韓王信於代，都馬邑。匈奴大攻圍馬邑，韓信降匈奴。匈奴得信，因引兵南踰句注，攻太原，至晉陽下。高帝自將兵往擊之。會冬大寒雨雪，卒之墮指者十二三，於是冒頓陽敗走，誘漢兵。漢兵逐擊冒頓，冒頓匿其精兵，見其羸弱，於是漢悉兵，多步兵，三十二萬，北逐之。高帝先至平城，步兵未盡到，冒頓縱精兵三十餘萬騎圍高帝於白登，七日，漢兵中外不得相救餉。匈奴騎，其西方盡白，東方盡駹，北方盡驪，南方盡騂馬。高帝乃使使間厚遺閼氏，閼氏乃謂冒頓曰：『兩主不相困。今得漢地，單于終非能居之。且漢主有神，單于察之。』冒頓與韓信將王黃、趙利期，而兵久不來，疑其與漢有謀，亦取閼氏之言，乃開圍一角。於是高皇帝令士皆持滿傅矢外鄉，從解角直出，得與大軍合，而冒頓遂引兵去。漢亦引兵罷，使劉敬結和親之約。」

註釋：

①「漢高祖」，劉邦。漢代開國之君，也是中國第一位平民皇帝。公元前206年至公元前195年在位。初爲泗上亭長，秦末群雄並起，劉亦起於沛縣，故時人稱之爲『沛公』。劉氏先項羽入關中，降秦王嬰，除秦苛法，與父老約法三章。項羽封劉爲漢王。後劉邦定三秦，俟時機成熟，滅羽而有天下，國號漢，定都於長安。廟號高祖。

②「平城之圍」，又名白登之圍。公元前200年（漢高祖七年，辛丑年），漢高祖劉邦被匈奴圍困于白登山（今山西大同東北馬鋪山）的事件。《漢書·匈奴傳》：「高帝先至平城，步兵未盡到，冒頓縱精兵三十餘萬騎圍高帝於白登，七日，漢兵中外不得相救餉。」

應官剋世卦無財，張睢陽[①]食盡而斃。

應爻持鬼剋世，卦中無財，乃食盡死亡之象。如張巡被圍睢陽城也。

鼎升曰：

據《資治通鑑·唐紀》記載：「【唐肅宗至德元年，公元756年，丙申年，二月】先是譙郡太守楊萬石以郡降安祿山，逼眞源令河東張巡使爲長史，西迎賊。巡至眞源，帥吏民哭於玄元皇帝廟，起兵討賊，吏民樂從者數千人；巡選精兵千人西至雍丘，與賈賁合。」「【唐肅宗至德二年，公元757年，丁酉年，正月】慶緒以尹子奇爲汴州刺史、河南節度使。甲戌，子奇以歸、檀及同羅、奚兵十三萬趣睢陽。許遠告急于張巡，巡自寧陵引兵入睢陽。」「【十月】尹子奇久圍睢陽，城中食盡，議棄城東走，張巡、許遠謀，以爲：『睢陽，江、淮之保障，若棄之去，賊必乘勝長驅，是無江、淮也。且我衆飢羸，走必不達。古者戰國諸侯，尚相救恤，況密邇羣帥乎！不如堅守以待之。』茶紙旣盡，遂食馬；馬盡，羅雀掘鼠；雀鼠又盡，巡出愛妾，殺以食士，遠亦殺其奴；然後括城中婦人食之，繼以男子老弱。人知必死，莫有叛者，所餘纔四百人。」「癸丑，賊登城，將士病，不能戰。巡西向再拜曰：『臣力竭矣，不能全城，生旣無以報陛下，死當爲厲鬼以殺賊！』城遂陷，巡、遠俱被執。尹子奇問巡曰：『聞君每戰皆裂齒碎，何也？』巡曰：『吾志吞逆賊，但力不能耳。』子奇以刀抉其口視之，所餘纔三四。子奇義其所爲，欲活之。其徒曰：『彼守節者也，終不爲用。且得士心，存之，將爲後患。』乃幷南霽雲、雷萬春等三十六人皆斬之。巡且死，顏色不亂，揚揚如常。」

註釋：

①「張睢陽」，張巡。唐開元（唐玄宗李隆基年號）進士。博通群書，曉戰陣法。安祿山反，巡起兵討賊，與許遠合兵守睢陽（今河南商丘境），拜御史中丞。食盡，殺妾以饗士，至羅雀鼠煮鎧弩以食。公元757年（唐肅宗至德二年，丁酉年）城破，罵賊不屈。賊斷其舌，落其齒，張巡嚼舌吞齒，被害而死。「睢」，音suī【荽】。

世鬼興隆生合應，呂文煥①無援而降。

旺鬼持世，乃困圍之象；卦又無財，子孫又弱，世又生合應爻，乃兵少食盡，降敵之兆。宋呂文煥守襄陽②，元兵圍久，賈似道③隱蔽不援，城中食盡遂降。

鼎升曰：

據《續資治通鑑．宋紀》記載：「【宋理宗景定元年，公元1260年，庚申年，三月】蒙古千戶郭侃，疏言建國號、築都城、立省臺、興學校等事及平宋之策，其略曰：『宋據東南，以吳越爲家，其要地則荊襄而已。今日之計，當先取襄陽。既克襄陽，彼揚、廬諸城，彈丸地耳，置之弗顧而直趨臨安，疾雷不及掩耳，江淮、巴蜀，不攻自平。』蒙古主頗采其言。」「【宋度宗咸淳三年，公元1267年，丁卯年】十二月，丙辰，以呂文煥改知襄陽府兼京西安撫副使。」「【宋度宗咸淳四年，公元1268年，戊辰年，八月】初，阿珠過襄陽，駐馬虎頭山，宿漢東白河口，曰：『若築壘于此，襄陽糧道可斷也。』至是整亦議築白河口及鹿門山，遣使以聞，許之。于是遂城其地。」「阿珠繼又築臺漢水中，與夾江堡相應，自是南軍援襄者皆不能進。」「【宋度宗咸淳八年，公元1272年，壬申年，五月】襄陽被圍五年，援兵不至，呂文煥竭力拒之。」「【宋度宗咸淳九年，公元1273年，癸酉年，二月】庚戌，京西安撫副使呂文煥以襄陽叛降元。」「襄陽久困，援絕，撤屋爲薪，緝關、會爲衣。文煥每一巡城，南望慟哭而後下，告急于朝。賈似道累上書請行邊，而陰使臺諫上章留己。樊城既破，復申請之，事下公卿雜議。監察御史陳堅等以爲師臣出，顧襄未必能及淮，顧淮未必能及襄，不若居中以運天下，帝從之。」「未幾，阿爾哈雅率總帥索多等移破樊攻具以向襄陽，一礮中其譙樓，聲如震雷，城中洶洶，諸將多踰城降者。初，劉整常躍馬獨前，與文煥語，爲文煥伏弩所中，幸甲堅不入，至是欲立碎其城，執文煥以快意。阿爾哈雅不可，乃身至城下，宣元主所降招諭文煥詔曰：『爾等拒守孤城，于今五年，宣力于主，固其宜也。然勢窮援絕，如數萬生靈何！若能納款，悉赦勿治，且加遷擢。』

文煥狐疑未決，因折矢與之誓。文煥乃出降，先納莞鑰，次獻城池，且陳攻郢之策，請己爲先鋒。」

註釋：

①「呂文煥」，南宋降元將領。宋度宗時守襄陽五年，公元1273年（宋度宗咸淳九年，癸酉年）城破後投降，爲元軍招降沿江州郡；又爲向導，引元軍東下。在元官至中書左丞、江淮行省右丞，公元1286年（元世祖至元二十三年，丙戌年）辭官。

②「襄陽」，今湖北襄陽。

③「賈似道」，南宋丞相。南宋滅亡前最後二十多年把持朝政。理宗時，以姊爲貴妃，累官至左丞相，兼樞密使。爲人好遊樂，淫奢專權。後元兵迫建康（今江蘇南京），宋軍屢敗，賈似道被劾貶逐，押解至漳州（今福建漳州南）木綿庵，爲押解人鄭虎臣所殺。

外宮子動化絶爻，李陵①所以降虜②。

子在外宮動，世被應剋，終必有敗。又化絶爻，不免降虜。如漢武帝③時李陵之事也。

鼎升曰：

據《史記·李將軍列傳》記載：「李陵既壯，選爲建章監，監諸騎。善射，愛士卒。天子以爲李氏世將，而使將八百騎。嘗深入匈奴二千餘里，過居延視地形，無所見虜而還。拜爲騎都尉，將丹陽楚人五千人，教射酒泉、張掖以屯衞胡。」「數歲，【漢武帝】天漢二年【公元前99年，壬午年】秋，貳師將軍李廣利將三萬騎擊匈奴右賢王於祁連天山，而使陵將其射士步兵五千人出居延北可千餘里，欲以分匈奴兵，毋令專走貳師也。陵既至期還，而單于以兵八萬圍擊陵軍。陵軍五千人，兵矢既盡，士死者過半，而所殺傷匈奴亦萬餘人。且引且戰，連鬭八日，還未到居延百餘里，匈奴遮狹絕道，陵食乏而救兵不到，虜急擊招降陵。陵曰：『無面目報陛下。』遂降匈奴。其兵盡沒，餘亡散得歸漢者四百餘人。」「單于既得陵，素聞其家聲，及戰又壯，乃以其女妻陵而貴之。漢聞，族陵母妻子。自是之後，李氏名敗，而隴西之士居門下者皆用爲恥焉。」

註釋：

①「李陵」，西漢將領，名將李廣之孫。漢武帝時，任騎都尉。公元前99年（漢武帝天漢二年，壬午年），率五千步兵，力戰匈奴十餘萬人，終因寡不敵眾，力竭而降，漢武帝怒而誅其全家。李陵居匈奴二十餘年後去世。

②「虜」，古時對北方外族或南人對北方人的蔑稱。

③「漢武帝」，劉徹。漢景帝之子，漢第六位君主。公元前141年至公元前87年在位。在位時，文治武功鼎盛。文治方面，改漢初以來沿用的黃老治術，罷黜百家，獨尊儒術；立樂府，集民歌；採司馬遷等人之議，修改曆法，以正月爲歲首。財經方面，採桑弘羊之法，收鹽稅，鐵、酒公賣，統一貨幣爲五銖錢，實行平準與均輸法，使國庫大增，社會繁榮。武功方面，改漢初以來對匈奴和親納幣的消極政策，積極用兵。一面派張騫通西域，一面派衛青、霍去病等人征討匈奴、南越、西南夷及朝鮮，擴增版圖。其時東西文化交流，南海商務繁盛。在位五十四年崩，享年七十歲。廟號武帝。

內卦福興生合應，樂毅①所以背②燕③。

子孫發動，反去生合應爻、傷剋身世，是我將卒有背主降敵之兆。如燕將樂毅，背燕投趙是也。

鼎升曰：

據《史記．樂毅列傳》記載：「樂毅賢，好兵，趙人舉之。及武靈王有沙丘之亂，乃去趙適魏。聞燕昭王以子之之亂而齊大敗燕，燕昭王怨齊，未嘗一日而忘報齊也。燕國小，辟遠，力不能制，於是屈身下士，先禮郭隗以招賢者。樂毅於是爲魏昭王使於燕，燕王以客禮待之。樂毅辭讓，遂委質爲臣，燕昭王以爲亞卿，久之。」「當是時，齊湣王彊，南敗楚相唐眛於重丘，西摧三晉於觀津，遂與三晉擊秦，助趙滅中山，破宋，廣地千餘里。與秦昭王爭重爲帝，已而復歸之。諸侯皆欲背秦而服於齊。湣王自矜，百姓弗堪。於是燕昭王問伐齊之事。樂毅對曰：『齊，霸國之餘業也，地大人眾，未易獨攻也。王必欲伐之，莫如與趙及楚、魏。』於是使樂毅約趙惠文王，別使連楚、魏，令趙嚪說秦以伐齊之利。諸侯害齊湣王之驕暴，皆爭合從與燕伐齊。樂毅還報，燕昭王悉起兵，使樂毅爲上將軍，趙惠文王以相國印授樂毅。樂毅於是并護趙、楚、韓、魏、燕之兵以伐齊，破之濟西。諸侯兵罷歸，而燕軍樂毅獨追，至于臨菑。齊湣王之敗濟西，亡走，保於莒。樂毅獨留徇齊，齊皆城守。樂毅攻入臨菑，盡取齊寶財物祭器輸之燕。燕昭王大說，親至濟上勞軍，行賞饗士，封樂毅於昌國，號爲昌國君。於是燕昭王收齊鹵獲以歸，而使樂毅復以兵平齊城之不下者。」「樂毅留徇齊五歲，下齊七十餘城，皆爲郡縣以屬燕，唯獨莒、即墨未服。會燕昭王死，子立爲燕惠王。惠王自爲太子時嘗不快於樂毅，及即位，齊之田單聞之，乃縱反閒於燕，曰：『齊城不下者兩城耳。然所以不早拔者，聞樂毅與燕新王有隙，欲連兵且留齊，南面而王齊。齊之所患，唯恐他將之來。』於是燕惠王固已疑樂毅，得齊反閒，乃使騎劫代將，而召樂毅。樂毅知燕惠王之不善代之，畏誅，遂西降趙。趙封樂毅於觀津，號曰望諸君。尊寵樂毅以警動於燕、齊。」

註釋：

①「樂毅」，戰國時燕國名將。昭王時拜爲上將軍，率領燕、趙、楚、韓、魏五國兵伐齊，下齊七十餘城，封昌國君。昭王死，惠王使騎劫代其職位，毅奔趙，封爲望諸君，後卒於趙。

②「背」，反叛；背棄。

③「燕」，周代諸侯國名。擁有今河北省北部和遼寧省西端，建都薊（今北京）。戰國時成爲七雄之一。後滅於秦。

鬼雖衰而遇生扶，勿追窮寇①。

官爻雖衰，若遇動爻日辰生扶拱合，是敵兵雖少，必有救援。

註釋：

①「窮寇」，陷於困境的敵人；走投無路的賊寇。「寇」，同「寇」。

子雖旺而遭剋制，毋①急興師②。

子孫雖旺，若被日辰動爻剋害，彼必有計，不可急攻，攻之必被摧折，雖不大敗，亦損軍威③。宜緩圖④之。

註釋：

①「毋」，音wú【蕪】。莫，不可。表示禁止。

②「興師」，出兵、帶兵出征。

③「軍威」，軍令的威嚴或指軍隊的士氣。

④「圖」，考慮；謀劃；計議。

鬼爻暗動傷身，吳王①被專諸②之刺。

旺官暗動，剋害世身，如吳王被專諸之刺。世剋暗動之鬼，或子動來救，如荊軻③刺秦王，不中，自反被誅也。

鼎升曰：

據《史記．刺客列傳》記載：「專諸者，吳堂邑人也。伍子胥之亡楚而如吳也，知專諸之能。」「伍子胥知公子光之欲殺吳王僚，乃曰：『彼光將有內志，未可說以外事。』乃進專諸於公子光。」「【吳王僚十二年，公元前515年，丙戌年】四月丙子，光伏甲士於窟室中，而具酒請王僚。王僚使兵陳自宮至光之家，門戶階陛左右，皆王僚之親戚也。夾立侍，皆持長鈹。酒既酣，公子光詳爲足疾，入窟室中，使專諸置匕首魚炙之腹中而進之。既至王前，專諸擘魚，因以匕首刺王僚，王僚立死。左右亦殺專諸，王人擾亂。公子光出其伏甲以攻王僚之徒，盡滅之，遂自立爲王，是爲闔閭。」

又據《史記．刺客列傳》記載：「荊軻者，衛人也。其先乃齊人，徙於衛，衛人謂之慶卿。而之燕，燕人謂之荊卿。」「居有閒，秦將樊於期得罪於秦王，亡之燕，太子【丹】受而舍之。」「秦將王翦破趙，虜趙王，盡收入其地，進兵北略地至燕南界。太子丹恐懼，乃請荊軻曰：『秦兵旦暮渡易水，則雖欲長侍足下，豈可得哉！』荊軻曰：『微太子言，臣願謁之。今行而毋信，則秦未可親也。夫樊將軍，秦王購之金千斤，邑萬家。誠得樊將軍首與燕督亢之地圖，奉獻秦王，秦王必說見臣，臣乃得有以報。』」「燕國有勇士秦舞陽，年十三，殺人，人不敢忤視。乃令秦舞陽爲副。」「荊軻奉樊於期頭函，而秦舞陽奉地圖柙，以次進。至陛，秦舞陽色變振恐，羣臣怪之。荊軻顧笑舞陽，前謝曰：『北蕃蠻夷之鄙人，未嘗見天子，故振慴。願大王少假借之，使得畢使於前。』秦王謂軻曰：『取舞陽所持地圖。』軻既取圖奏之，秦王發圖，圖窮而匕首見。因左手把秦王之袖，而右手持匕首揕之。未至身，秦王驚，自引而起，袖絕。拔劍，劍長，操其室。時惶急，劍堅，故不可立拔。荊軻逐秦王，秦王環柱而走。羣臣皆愕，卒起不意，盡失其度。而秦法，羣臣侍殿上者不得持尺寸之兵；諸郎中執兵皆陳殿下，非有詔召不得上。方急時，不及召下兵，以故荊軻乃逐秦王。而卒惶急，無以擊軻，而以手共搏之。是時侍醫夏無且以其所奉藥囊提荊軻也。秦王方環柱走，卒惶急，不知所爲，左右乃曰：『王負劍！』負劍，遂拔以擊荊軻，斷其左股。荊軻廢，乃引其匕首以擿秦王，不中，中桐柱。秦王復擊軻，軻被八創。軻自知事不就，倚柱而笑，箕踞以罵曰：『事所以不成者，以欲生劫之，必得約契以報太子也。』於是左右既前殺軻，秦王不怡者良久。」

註釋：

①「吳王」，姬姓，名僚，吳王壽夢的庶長子，《史記・吳太伯世家》中稱其是吳王餘眛的兒子。春秋时吳國第二十三位君主。公元前526年至公元前515年在位。屢興師伐楚。後被吳公子光的刺客專諸刺殺。

②「專諸」，春秋時刺客。伍子胥知吳公子光欲殺吳王僚以自立，乃薦專諸於光。公元前515年（吳王僚十二年，丙戌年），光伏甲士而具酒請王僚，使專諸置匕首魚腹中，乘進獻時刺僚。僚立死，左右亦殺專諸。光出其伏甲盡滅王僚之衛士，遂自立爲王，是爲闔閭。

③「荊軻」，戰國末著名刺客。燕太子丹奉爲上客，公元前227年（始皇帝二十年，甲戌年）銜命入秦，以進獻燕國督亢(今河北涿州、定興、新城、固安一帶)地圖和秦逃將樊於期人頭晉見秦王嬴政，獻圖時，圖窮而匕首見，行刺秦王不中，被殺。

子化官爻剋世，張飛①遭范、張之誅。

子孫化官鬼，生合應爻，反來剋害身世者，是我兵卒殺主降敵。如後漢張翼德，被部卒范疆、張達之刺帳下，因之而投孫權也。

鼎升曰：

原解中「范疆」當爲「范彊」之誤，以其形近而誤。古今圖書集成本《卜筮全書·黃金策·征戰》原解作：「子孫化官生合應，而尅害身世，乃是我兵卒謀殺主帥，而欲降敵之象。如後漢張飛，素不恤士卒，一日被范彊、張達梟首帳下，順流而投孫權也。」

據《三國志·蜀書》記載：「張飛字益德，涿郡人也，少與關羽俱事先主【劉備】。」「羽善待卒伍而驕於士大夫，飛愛敬君子而不恤小人。先主常戒之曰：『卿刑殺既過差，又日鞭撾健兒，而令在左右，此取禍之道也。』飛猶不悛。【蜀漢章武元年，公元221年，辛丑年】先主伐吳，飛當率兵萬人，自閬中會江州。臨發，其帳下將張達、范彊殺飛，持其首，順流而奔孫權。」

註釋：

①「張飛」，三國蜀漢大將。字益德，一作翼德。少與關羽俱事劉備，號萬人敵。官至車騎將軍，封西鄉侯。公元221年（蜀漢章武元年，辛丑年），劉備伐吳，飛率兵會合，出兵前爲部下所殺。

要識用兵之利器①，五行卦象併推詳。

土爲砲石，金爲刀箭，水木爲舟，火爲營寨。又乾兌爲刀，震巽爲弓馬②，火爲鎗③，坤爲野戰④類。若有剋應之神，宜用此器敵之；如應爻剋世，須防敵人用此器也。

註釋：

①「利器」，原指鋒利的武器，此處指武器。

②「弓馬」，騎射。亦泛指武事。

③「鎗」，同「槍」。一種尖頭有柄的刺擊兵器。此處當指火銃、土槍之類。

④「野戰」，此處指交戰於曠野所用的武器。

仁智勇嚴之將，豈越①於此？攻守剋敵用兵，當審於時。

鼎升曰：

據《十一家註孫子．計篇》記載：「將者，智、信、仁、勇、嚴也。」「杜牧曰：先王之道，以仁爲首；兵家者流，用智爲先。蓋智者，能機權、識變通也；信者，使人不惑於刑賞也；仁者，愛人憫物，知勤勞也；勇者，決勝乘勢，不逡巡也；嚴者，以威刑肅三軍也。楚申包胥使於越，越王勾踐將伐吳，問戰焉。夫戰，智爲始，仁次之，勇次之。不智，則不能知民之極，無以詮度天下之衆寡；不仁，則不能與三軍共飢勞之殃；不勇，則不能斷疑以發大計也。」「賈林曰：專任智則賊；偏施仁則懦；固守信則愚；恃勇力則暴；令過嚴則殘。五者兼備，各適其用，則可爲將帥。」

註釋：

①「越」，超越。

身命①

註釋：

①「身命」，此處指命運。

乾坤定位，人物肇①生。感陰陽而化育②，分智愚於濁清。既富且壽，世爻旺相更無傷；非夭卽貧，身位休囚兼受制。

人生一世，貧賤高低，欲知何等人物，但看世爻爲主。旺相又得日辰動爻生合，必主其人富貴福壽；若休囚無氣，而被日辰動爻剋制，其人非貧卽夭。

註釋：

①「肇」，音zhào【兆】。開始；創始。

②「化育」，化生長育；教化培育。

世居空地，終身作事無成；身入墓爻，到老求謀多戾①。

凡占身命，大忌世身空亡，主一生作事無成。如世身入墓，主其人如醉如痴②，不伶不俐，諸謀少就③。

鼎升曰：

《卜筮全書．黃金策．身命》原條文作：「世居空位，終身作事無成；身入墓爻，到老求謀多戾。」

註釋：

①「戾」，音li【力】。違背；違反。引申爲不順利；不幸。

②「如醉如痴」，因驚恐而發呆；形容陶醉的精神狀態。

③「就」，成；成功；完成。

卦宮衰弱根基淺，爻象豐隆命運高。

葢人之根源係于卦，命之吉凶係于爻，故「卦宮無氣根基薄，爻象得時命運高」。

若問成家，嫌六冲之爲卦；要知創業，喜六合之成爻。

遇六冲卦，必主作事有始無終；得六合卦，爲人交游①謙善②，基業③開拓。冲中逢合後成，合處逢冲後敗。

鼎升曰：

古今圖書集成本《卜筮全書．黃金策．身命》原條文作：「若問成家，嫌六衝之爲卦；欲知創業，喜六合之成爻。」闡易齋本與談易齋本《卜筮全書．黃金策．身命》原條文俱作：「若問成家，嫌六衝之爲卦；安知創業，喜六合之成爻。」

註釋：

①「交游」，交往、交際。

②「謙善」，謙恭和善。

③「基業」，事業的基礎；祖先遺留的產業。

動身自旺，獨立撐持①；衰世遇扶，因人創立。

世爻不遇生扶，而自強旺發動者，必白手成家②，無人幫助。若無氣，而遇日月動爻生扶，必遇人提扳③成家。

註釋：

①「撐持」，支持、支撐。

②「白手成家」，沒有憑藉，僅靠自己的力量創立家業。

③「提扳」，選拔提升。「扳」，同「拔」。

日時合助，一生偏得小人①心；歲月剋冲，半世未沾君子②德。

世爻遇年月日生合，得貴人親愛，小人忠敬；如見冲剋，不免欺凌。如父來合，定得父蔭③；兄來剋，受兄弟累。

註釋：

①「小人」，此處指平民百姓或地位比自己低的人。

②「君子」，此處指有地位的人。

③「蔭」，音yìn【印】。庇護；父祖被及子孫的恩澤。

遇龍子而無氣，總清高①亦是寒儒②。

青龍子孫持世，必然立志高遠，不慕功名富貴，如邵康節③、陶淵明④輩。子孫無氣，是絶俗⑤超羣⑥之寒士⑦也。

鼎升曰：

據《宋史．邵雍列傳》記載：「而【邵】雍探賾索隱，妙悟神契，洞徹蘊奧，汪洋浩博，多其所自得者。及其學益老，德益邵，玩心高明，以觀夫天地之運化，陰陽之消長，遠而古今世變，微而走飛草木之性情，深造曲暢，庶幾所謂不惑，而非依倣象類、億則屢中者。」「嘉祐【宋仁宗趙禎年號】詔求遺逸，留守王拱辰以雍應詔，授將作監主簿，復舉逸士，補潁州團練推官，皆固辭乃受命，竟稱疾不之官。」「雍高明英邁，迥出千古，而坦夷渾厚，不見圭角，是以清而不激，和而不流，人與交久，益尊信之。河南程顥初侍其父識雍，論議終日，退而歎曰：『堯夫，內聖外王之學也。』」

據《晉書．隱逸列傳》記載：「【陶】潛少懷高尚，博學善屬文，穎脫不羈，任眞自得，爲鄉鄰之所貴。」「以親老家貧，起爲州祭酒，不堪吏職，少日自解歸。州召主簿，不就，躬耕自資，遂抱羸疾。復爲鎮軍、建威參軍，謂親朋曰：『聊欲絃歌，以爲三徑之資可乎？』執事者聞之，以爲彭澤令……素簡貴，不私事上官。郡遣督郵至縣，吏白應束帶見之，潛歎曰：『吾不能爲五斗米折腰，拳拳事鄉里小人邪！』【晉安帝司馬德宗】義熙二年【公元406年，丙午年】，解印去縣，乃賦《歸去來》。」

註釋：

①「清高」，不願合群，孤芳自賞；純潔高尚。

②「寒儒」，貧寒的讀書人。

③「邵康節」，邵雍。北宋哲學家。字堯夫，自號安樂先生、伊川翁，謚號康節。少有志，讀書蘇門山百源（今河南輝縣西北）上，後人稱百源先生。屢授官不赴。精先天象數之學。著有《皇極經世》、《觀物內外篇》、《漁樵問對》、《伊川擊壤集》等書。傳《梅花易數》、《鐵板神數》亦爲雍所著，然俱乏依據。

④「陶淵明」，陶潛。東晉、劉宋文學家。字元亮，自號五柳先生，私謚靖節先生。

以清新自然的詩文著稱於世。詩名尤高，堪稱古今隱逸詩人的宗師。一生未曾擔任高官，曾任彭澤縣令，旋即歸隱田園，終生不再出仕。

⑤「絕俗」，超出世俗；棄絕塵俗；超過尋常。

⑥「超羣」，超出衆人之上；出類拔萃。

⑦「寒士」，魏、晉、南北朝時稱出身寒微的讀書人；多指貧苦的讀書人。

逢虎妻而旺強，雖鄙俗①偏爲富客。

白虎臨旺財持世，其人雖不知禮義②，然必家道③殷實④，如李澄⑤、蕭寵⑥之徒。旺財有制伏，亦粗知文墨也。

鼎升曰：

據《新唐書．李澄列傳》記載：「李澄，遼東襄平人，隋蒲山公寬之遠胄。以勇票隸江淮都統李峘府爲偏將。又從永平節度李勉軍，勉帥汴，表澄滑州刺史。李希烈陷汴，勉走，澄以城降賊，希烈以爲尚書令，節度永平軍。【唐德宗】興元元年【公元784年，甲子年】，澄遣盧融間道奉表詣行在。德宗嘉之，署帛詔內蜜丸，授澄刑部尚書、汴滑節度使，澄未即宣，乃行勒訓士馬。」「……又中官薛盈珍持節至，封澄武威郡王，賜實封，乃燔賊旗節自歸。」「【唐德宗】貞元初【公元

785年，乙丑年】，遷澄檢校尚書左僕射、養成軍節度使。二年卒，年五十四，贈司空。澄始封隴西公，後乃進王爵【武威郡王】，每上章，必疊署二封，士大夫笑其野。」

原解中「蕭寵」當爲「蕭宏」之誤，以其形近、音近而誤。據《南史·梁宗室列傳》記載，「臨川靖惠王【蕭】宏字宣達，【梁】文帝第六子也」，梁武帝六弟。封臨川王，官至侍中、太尉，領揚州刺史二十餘年。梁武帝蕭衍天监四年【公元505年，乙酉年】十月，「武帝詔宏都督諸軍侵魏」，「所領皆器械精新，軍容甚盛，北人以爲百數十年所未之有」，後因內部不和，加之夜間遇暴風雨，驚而棄軍逃跑，「諸將求宏不得，眾散而歸。棄甲投戈，填滿水陸，捐棄病者，強壯僅得脫身」。「宏性好內樂酒，沈湎聲色，侍女千人，皆極綺麗。愼衞寡方，故屢致降免。」「庫室垂有百間，在內堂之後，關籥甚嚴。有疑是鎧仗者，密以聞。」「宏性愛錢，百萬一聚，黃牓標之，千萬一庫，懸一紫標，如此三十餘間。」「上意彌信是仗，屋屋檢視。」「帝始知非仗，大悅，謂曰：『阿六，汝生活大可。』」「宏都下有數十邸出懸錢立券，每以田宅邸店懸上文券，期訖便驅券主，奪其宅。都下東土百姓，失業非一。帝後知，制懸券不得復驅奪，自此後貧庶不復失居業。晉時有《錢神論》，豫章王綜以宏貪吝，遂爲《錢愚論》，其文甚切。」「宏又與帝女永興主私通，因是遂謀弒逆，許事捷以爲皇后。」事敗，永興公主、蕭宏驚懼而死。

註釋：

①「鄙俗」，粗俗；庸俗。

②「禮義」，禮法道義。

③「家道」，家業；家境；家庭的命運。

④「殷實」，充實；富裕。

⑤「李澄」，唐將領，隋蒲山公李寬後代。驍勇善戰，初爲江淮都統李峘偏將，後投靠永平節度使李勉，升任滑州刺史，又歸降淮西叛藩李希烈。終歸朝廷。李澄始封隴西公，後進封武威郡王，每次上表章，必定把兩個爵號都署上，士大夫們嘲笑他鄙野無知。

⑥「蕭寵」，當爲「蕭宏」之誤，以其形近、音近而誤。南朝梁宗室大臣，梁文帝蕭順之第六子，梁武帝蕭衍弟。梁武帝天監四年（公元505年，乙酉年），興兵北伐，經歷洛口之敗。蕭宏魁梧俊美，容止可觀，但爲人怯懦貪鄙，奢侈無度，刻薄百姓。梁武帝普通七年（公元526年，丙午年），與梁武帝女永興公主私通，謀反，事敗，驚懼而死。謚靖惠。

父母持身，辛勤勞碌；鬼爻持世，疾病纏綿。遇兄則財莫能聚，見子則身不犯刑。

父母持世，主辛苦勞碌，動則剋傷子孫。官鬼爲禍殃，遇之則主帶疾或招官訟，若貴人并臨則貴。兄乃破敗之神，剋妻、破耗多端，一生不聚財物。遇子孫不能求名，一生官刑不犯，安閑自在，衣祿①豐盈，大怕休囚。

註釋：

①「衣祿」，俸祿；衣食福分。

祿薄而遇煞沖，奔走於東西道路。

以財爲祿，若臨死絶無氣，則祿薄，而世爻又被惡神衝動，無吉神救助，是至下之命。

福輕而逢凶制，寄食①於南北人家。

子爻若遇死墓絶空，謂之福輕，而世爻又被剋制，是受制于人，必主倚靠寄食于他人也。

註釋：

①「寄食」，依附別人生活。

子死妻空，絶俗離塵①之輩。

以福爲子，財爲妻。二爻若臨死墓絶空之地，乃是刑妻喪子之兆，必絶俗離塵輩也。

註釋：

①「絶俗離塵」，遠離世俗，超脱塵世。

貴臨祿到，出將入相①之人。

貴人祿馬旺臨身世，而官鬼父母又來扶助，或月建日辰生合，必是將相之兆，富貴非常之人。

註釋：

①「出將入相」，謂文武雙全，出戰領兵爲將，入閣理事爲相。亦泛指官居高位。

朱雀與福德臨身，合應乃梨園子弟①。

子孫是喜悦之神，朱雀又善言語，若臨身世，生合應爻，是合歡②

于他人，故爲子弟之兆，不然伶俐人③也。

註釋：

①「梨園子弟」，原指唐玄宗時梨園宮廷歌舞藝人的統稱。後泛指表演戲曲的藝人。「梨園」，唐玄宗時教練宮廷歌舞藝人的地方，後泛指戲班或演戲之所。「子弟」，舊指戲曲藝人。

②「合歡」，相聚而歡樂。

③「伶俐人」，聰慧的人。

白虎同父爻持世，逢金則柳市①屠人②。父母屬金，帶白虎持世，是宰猪羊之輩。蓋白虎臨金爲刀，而父母又剋子孫之神，子孫爲六畜，故曰屠人。

註釋：

①「柳市」，漢代長安九市之一；泛指柳樹成蔭的街市。

②「屠人」，以宰殺牲畜爲業的人。

世加玄武官爻，必然梁上之君子①；身帶勾陳父母，定爲野外之農夫。

武鬼主盜賊，如臨身世，乃梁上君子也。勾陳職專田土，加父母勤苦之神，持世者，乃耕種耘耨②之輩也。

鼎升曰：

古今圖書集成本《卜筮全書·黃金策·身命》原條文作：「世加元武官爻，必然梁上君子；身帶勾陳父母，定爲野外農夫。」

註釋：

①「梁上之君子」，梁上君子。躲在梁上的君子。竊賊的代稱。

②「耘耨」，音yúnnòu。猶耕耘。一般指作物生長期中，在植株之間鋤草、鬆土。

財福司權①，榮華②有日；官兄秉政③，破敗無常④。

若得財福二爻旺相發動，總目下淹蹇⑤，終須發達⑥；若見官兄當權旺動，雖目下亨利⑦，亦有破敗貧窮之時。

註釋：

①「司權」，掌權得勢。

②「榮華」，此處指榮耀顯貴。

③「秉政」，執政，掌握政權。

④「無常」，變化不定。

⑤「淹蹇」，艱難窘迫，坎坷不順。

⑥「發達」，發跡。指窮人變得有錢有勢。

⑦「亨利」，往來和好，通達順暢。

卦卜中年，凶煞幸無挫折；如占晚景①，惡星尤怕攻沖。

如卜中年運，或問財福，必須財福二爻旺相發動，生身或持世，得日月生合，又無動爻刑冲剋害身世，是必妻財子孫無刑剋破耗也。倘占中年功名運，不可子孫發動；世持官爻，並無日月動爻刑冲剋害，得日月動爻生扶拱合，又得九五之爻生合，是必官上加官也。如占生子，不宜子孫爻空伏墓絕，日月動爻剋之；如有日月動爻生扶提拔，卽斷其生扶提拔之年生子。後卷占驗註明，玆不細述。如占晚景結局，最怕世爻休囚，被日月動爻剋沖；如得子孫動來生世，當主晚年有子有孫，享孝順之福；如財爻相合無冲，許夫婦和諧；如子孫剋世，世爻旺相，縱有壽而子孫悖逆②；如子孫空絕無救，財爻無氣，老年孤獨不堪也。如問壽數，生世之爻爲壽，如生世之爻被何年刑冲剋害，又看何年月傷剋世爻，卽此年壽數止矣。《易林補遺》③定大、小二限，小限一爻管一年，正卦管前三十年，互卦管後三十年，互卦又互管六十歲後，予屢卜無驗，敢刪其謬，以示學者。

鼎升曰：

《卜筮全書・黃金策・身命》原條文作：「運至中年，凶殺幸無折挫；時當晚景，惡星尤怕攻衝。」古今圖書集成本原解作：「人命有三限，每一爻管五年。初二三爻共十五年；外三爻亦管十五年，共三十年；支卦六爻亦管三十年。正卦內三爻十五年爲早限，正卦外三爻十五年與支卦內三爻十五年爲中限，支卦外三爻爲末限。變卦爲支卦。凶殺惡星，即是官鬼兄弟刑衝尅害之類。早限遇之，則早年欠順；中限遇之，則中歲災殃；末限遇之，則晚景迍邅，老無結局。若子孫等吉神在正卦內三爻，得時旺動，主蔭下得意；在正卦外三爻見，三十年前，福如秋月；在支卦內三爻見，則三十年後財若春潮；至支卦外三爻見，則晚景榮華，康寧壽考。又如早限有惡星，末限有吉星者，必初年蹇滯，老景亨通也。餘倣此。要知吉凶之事，依五類推斷。如逢官爻生扶合助，主貴人提拔；或子孫來刑衝尅害，則有僧道相干之事也。宜通變。若六爻安靜，則當再占一卦以斷之。或以不動之卦，乾化坤、艮化震之類者，非。」

據明萬曆刊本《易林補遺．元集．身命造化章》記載，「主卦乃胎元根本，限行少壯之初；之卦爲體骨精神，運轉中年之境」條文原解作：「所占者爲主卦，內外二象爲本。旺則家資豐厚，衰則產業輕微。又論大限行法：初爻管五年，一至五歲；二爻管五年，六至十歲；三爻管五年，十一至十五；外三爻分十五年，共三十歲。三旬之外，却以變卦爲憑。變卽之也。之卦內三爻分管十五年，三十一至四十五；外三爻又管十五年，共至六十歲。倘占卦靜，無之，却取互卦六爻，照前行限。」「桑榆暮景，伏卦稽查；小限遊行，世爻起法」條文原解作：「六旬之上，以致終身，皆評伏卦。又不取六爻分于六限，止將體用二宮，管其禍福。八旬之下，內卦推之；自耄至終，細觀外象。又論小限行法，必從主卦世爻論起：且如世在二爻，卽二爻爲一歲也，二歲在初爻，三歲在六爻，自上至下，週而復始。人年六旬之外，專憑小限而推。」「大限則五年一度，小限則一載一宮。并看流年，方窮壽算。最喜生而帶合，切嫌尅又加冲」條文原解作：「凡大限、小限與流年，皆喜相生相合，各嫌相尅相冲。又看限與流年，生合用爻則吉，尅冲主象則凶。」

註釋：

①「晩景」，晩年；老年的景況。

②「悖逆」，違逆；忤逆。

③「《易林補遺》」，六爻經典。明張星元著。

正內不利，李密[1]髫齡[2]迍邅[3]。

正卦者，卜卦前之事。如正卦凶，已前多苦。

鼎升曰：

《卜筮全書．黃金策．身命》原條文作：「正內不利，李密髫齔迍邅。」古今圖書集成本原解作：「正卦內三爻乃初限，若逢官鬼凶神剋戰者，主童年多病。如李密九歲方能行，蓋幼年多疾故也。」

據《晉書．孝友列傳》記載：「父早亡，母何氏改醮。密時年數歲，感戀彌至，烝烝之性，遂以成疾。」「蜀平，泰始【晉武帝司馬炎年號】初，詔徵爲太子洗馬【職官名。太子外出時，在前導威儀】。密以祖母年高，無人奉養，遂不應命。乃上疏曰：臣以險釁，夙遭閔凶，生孩六月，慈父見背，行年四歲，舅奪母志。祖母劉愍臣孤弱，躬親撫養。臣少多疾病，九歲不行，零丁辛苦，至于成立……」

註釋：

①「李密」，又名虔，字令伯。蜀漢、西晉官員。父早亡，母改嫁，育於祖母。有《陳情表》流傳於後世，表中婉轉地陳述了爲孝養祖母，不能接受朝廷的徵召，被傳頌爲孝道的典範。

②「髫齡」，幼年；童年。「髫」，音tiáo【笤】。兒童下垂之髮。

③「迍邅」，音zhūnzhān【諄氈】。難行貌；遲疑不進；處境不利；困頓。

支卦有扶，馬援①期頤②矍鑠③。

支卦者，變卦也，管卜卦後之事。如變出生扶，將來旺健享福也。

鼎升曰：

《卜筮全書．黃金策．身命》原條文作：「支卦有扶，馬援耆頤矍鑠。」

據《後漢書．馬援列傳》記載：「援年十二而孤，少有大志，諸兄奇之……轉游隴漢閒，常謂賓客曰：『丈夫爲志，窮當益堅，老當益壯。』」「【漢光武帝建武】二十四年【公元48年，戊申年】，武威將軍劉尚擊武陵五溪蠻夷，深入，軍沒，援因復請行。時年六十二，帝愍其老，未許之。援自請曰：『臣尚能被甲上馬。』帝令試之。援據鞍顧眄，以示可用。帝笑曰：『矍鑠哉是翁也！』遂遣援率中郎將馬武、耿舒、劉匡、孫永等，將十二郡募士及弛刑四萬餘人征五溪。」

註釋：

①「馬援」，東漢著名軍事家。初依割據諸侯隗囂，後歸漢光武帝劉秀，拜伏波將軍，平交趾。援曾有「丈夫爲志，窮當益堅，老當益壯」及「男兒要當死於邊野，以馬革裹尸還葬耳」等語。世稱「馬伏波」。

②「期頤」，一百歲。此處指高壽。

③「矍鑠」，音juéshuò【爵朔】。老而強健。

一卦和同①，張公藝②家門雍睦③。

占身得六爻安靜，無沖破剋害，相生相合，則家門歡好。如張公藝九世同居，上和下睦也。

鼎升曰：

據《舊唐書·孝友列傳》記載：「鄆州壽張人張公藝，九代同居。北齊時，東安王高永樂詣宅慰撫旌表焉。隋開皇【隋文帝杨坚年號】中，大使、邵陽公梁子恭亦親慰撫，重表其門。貞觀【唐太宗李世民年號】中，特敕吏加旌表。麟德【唐高宗李治年號】中，高宗有事泰山，路過鄆州，親幸其宅，問其義由。其人請紙筆，但書百餘『忍』字。高宗爲之流涕，賜以縑帛。」

註釋：

①「和同」，調和；平和，不交戰。

②「張公藝」，唐壽張（今山東東平西南）人。九代同居，唐高宗曾親至其宅，問九世同居不分之法，公藝寫百餘「忍」字爲答。後世張姓者故稱「百忍堂」。

③「雍睦」，和睦、和好。

六爻攻擊，司馬氏①相殘骨肉②。

六爻亂動，卦又沖剋，或三刑六害者，必主親情不和，骨肉相殘。如晉司馬氏八王樹兵③，俱遭誅戮④。

鼎升曰：

《卜筮全書．黃金策．身命》原條文作：「六爻攻擊，司馬氏骨肉相殘。」

據清趙翼《廿二史劄記．晉書．八王之亂》記載：「武帝臨崩，欲以汝南王亮【其下小註：司馬懿之子，武帝叔父】與皇后父楊駿同輔政。駿匿其詔，矯令亮出鎮許昌。惠帝既立，賈后擅權，殺楊駿，廢楊太后，徵亮入，與衛瓘同輔政。亮與楚王瑋【其下小註：武帝第五子，惠帝之弟】不協。瑋諂於賈后，誣亮、瓘有廢立之謀。后乃使帝詔瑋殺亮、瓘，又坐瑋以矯殺亮、瓘之罪，即日殺瑋。后益肆淫恣，廢太子遹【其下小註：惠帝長子，非賈后生】，弒楊太后。時趙王倫在京師【其下小註：懿第九子，惠帝之叔祖】，素諂賈后。其嬖人孫秀說以『太子之廢，人言公實與謀，宜廢后以雪此聲』。倫從之。秀又恐太子聰明，終有疑于倫，不如待后殺太子而廢后，爲太子報讎，可以立功。乃使后黨諷后，后果殺太子。倫遂矯詔與齊王冏【其下小註：齊王攸之子，惠帝從弟】率兵入宮，廢后，幽于金墉城，尋害之。倫自爲相國、侍中，都督中外諸軍事。孫秀等恃勢肆橫。冏內懷不平，秀覺之，出冏鎮許昌。倫僭位，以惠帝爲太上皇，遷于金墉。于是冏及河閒王容【其下小註：司馬孚之孫，惠帝從叔，時鎮長安】、成都王穎【其下小註：武帝第十六子，惠帝之弟，時鎮鄴中】共起兵討倫。倫兵敗，其將王輿廢倫斬秀，迎惠帝復位。倫尋伏誅。穎遂還鄴。冏入京，帝拜冏大司馬，如宣、景輔魏故事。冏大權在握，沉湎酒色，不入朝，坐召百官，恣行非法。有校尉李含奔于長安，詐稱有詔使河閒王容討冏，容遂上表『請廢冏，以成都王輔政』。幷檄長沙王乂爲內主【其下小註：武帝第六子，惠帝之弟】。冏遣兵襲乂，乂徑入宮，奉帝討斬冏。容本以乂弱冏強，冀乂爲冏所殺，而以殺乂之罪討之，因廢帝立穎，己爲宰相，可以專政。及乂先殺冏，其計不遂。穎亦以乂在內，己不得遙執朝權。于是容遣將張方率兵與穎同向京師。帝又詔乂爲大都督，拒方等，連戰，先勝後敗。東海王越在京【其下小註：司馬泰之子，惠帝從叔祖】慮事不濟，與殿中將收乂送金墉，乂爲張方所殺。穎入京，尋還于鄴。容表穎爲皇太弟，位相國，乘輿服御及宿衛兵皆遷于鄴，朝政悉穎主之。左衛將軍陳眕不平，奉帝討穎。穎遣將石超敗帝于蕩陰。超遂以帝入于鄴。平北將軍王浚起兵討穎，穎戰敗，仍擁帝還洛陽。時容遣張方救穎，方遂挾帝及穎歸于長安。容廢穎，立豫章王熾【其下小註：武帝第二十五子，惠帝之弟，是爲懷帝】爲皇太弟。東海王越自徐州起兵，迎大駕。容又命穎統兵拒之河橋，戰敗，越兵入關，奉惠帝還洛陽。穎竄于武關、新野閒，有詔捕之，爲劉輿所害。容亦單騎逃太白山，其故將迎入長安。有詔徵容爲司徒，容入京，途次爲南陽王模所殺。惠帝崩，懷帝即位。越出討石勒而卒。此八王始末也。」

註釋：

①「司馬氏」，此處指晉朝司馬氏皇族。始於西晉武帝司馬炎，終於東晉恭帝司馬德文。

②「相殘骨肉」，至親家屬互相傷害。比喻自相殘殺。

③「八王樹兵」，史稱「八王之亂」。西晉皇族爭奪政權的鬥爭。晉初武帝大封同姓子弟爲王，諸王擁有軍政實權。惠帝即位，其妻賈后殺死輔政的楊駿和汝南王亮，旋又殺楚王瑋。公元300年（晉惠帝永康元年，庚申年）趙王倫殺賈后，次年廢惠帝自立。齊王冏、成都王穎聯兵殺倫，惠帝復位，冏專朝政。長沙王乂攻殺冏，河間王顒、成都王穎又殺乂，穎掌朝政。後東海王越攻殺穎、顒，公元306年（晉惠帝光熙元年，丙寅年）毒死惠帝，另立懷帝，獨握朝政。長達十六年的八王之亂結束。「樹兵」，引起戰亂。

④「誅戮」，殺戮。

閔子騫①孝孚②內外，父獲生身；孔仲尼③父④友⑤家邦⑥，兄同世合。

父母爻爲生我之親。若世能生合父母爻，如閔子騫之孝父母也。若世爻與兄弟生合，如孔仲尼之內和兄弟，外信朋友也。兄爻在本宮以兄弟言，在他宮以朋友言，看內外應爻，以別親疏。

鼎升曰：

古今圖書集成本《卜筮全書·黃金策·身命》原條文作：「閔子騫孝孚內外，父獲生身；孔夫子友於家邦，兄同世合。」

據《史記．仲尼弟子列傳》記載：「孔子曰：『孝哉閔子騫！人不閒於其父母昆弟之言。』不仕大夫，不食汙君之祿。『如有復我者，必在汶上矣。』」「【集解】陳羣曰：『言子騫上事父母，下順兄弟，動靜盡善，故人不得有非閒之言。』」又據《中國古代二十四孝全圖．單衣順母》記載：「周閔損，字子騫，早喪母。父娶後母，生二子，衣以棉絮；妒損，衣以蘆花。父令損御車，體寒，失紖。父察知故，欲出後母。損曰：『母在一子寒，母去三子單。』母聞，悔改。」「詩曰：身如冰鐵力難加，雨雪霏霏紖斷車。後母囘心全父志，天孝不敢怨蘆花。」

據《史記．孔子世家》記載：「孔子以四教：文，行，忠，信。絕四：毋意，毋必，毋固，毋我。所愼：齊，戰，疾。子罕言利與命與仁。不憤不啓，舉一隅不以三隅反，則弗復也。」「其於鄉黨，恂恂似不能言者。其於宗廟朝廷，辯辯言，唯謹爾。朝，與上大夫言，誾誾如也；與下大夫言，侃侃如也。」「入公門，鞠躬如也；趨進，翼如也。君召使儐，色勃如也。君命召，不俟駕行矣。」「魚餒，肉敗，割不正，不食。席不正，不坐。食於有喪者之側，未嘗飽也。」「是日哭，則不歌。見齊衰、瞽者，雖童子必變。」「『三人行，必得我師。』『德之不脩，學之不講，聞義不能徙，不善不能改，是吾憂也。』使人歌，善，則使復之，然後和之。」「子不語：怪，力，亂，神。」

註釋：

①「閔子騫」，名損，字子騫，春秋魯人。孔子弟子，以事父母孝順、對兄弟友愛聞於世，和顏淵以德行並稱。

②「孚」，信用；誠信。

③「孔仲尼」，孔子。名孔丘，字仲尼。春秋魯國陬邑（今山東曲阜）人。曾長期聚徒講學，開私人講學的風氣。古文學家說他曾刪《詩》、《書》，定《禮》、《樂》，贊《周易》，修《春秋》。他的思想經過系統化，形成爲儒家學派。孔子本人也被歷代統治者尊爲至聖先師。

④「父」，作爲父親對待；行爲像個父親。

⑤「友」，親近相愛。多用於兄弟之間。

⑥「家邦」，本指家與國，亦泛指國家。

世應相生，漢鮑宣①娶桓氏少君②爲婦；晦貞③相剋，唐郭曦招升平公主爲妻④。

世是一生之本，應爲百歲之妻。若見生合，必然夫唱婦隨⑤；若見冲剋，必然琴瑟不調⑥。

鼎升曰：

原條文中「郭曦」當爲「郭曖」之誤，以其形近、不諳史實而誤。據《舊唐書．郭子儀列傳》記載：「【郭子儀】子曜、旰、晞、昢、晤、曖、曙、映等八人，壻七人，皆朝廷重官。」「曖，子儀第六子。年十餘歲，尚【專指娶公主爲妻】代宗第四女昇平公主，時昇平年亦與曖相類。」

古今圖書集成本《卜筮全書．黃金策．身命》原條文作：「世應相生，漢鮑宣娶桓氏少君爲婦；悔貞相尅，唐郭曖尚升平公主爲妻。」闡易齋本與談易齋本《卜筮全書．黃金策．身命》原條文俱作：「世應相生，漢鮑宣娶桓氏少君爲婦；晦貞相尅，唐郭儀招升平公主爲妻。」

據《後漢書．列女傳》記載：「勃海鮑宣妻者，桓氏之女也，字少君。宣嘗就少君父學，父奇其清苦，故以女妻之，裝送資賄甚盛。宣不悅，謂妻曰：『少君生富驕，習美飾，而吾實貧賤，不敢當禮。』妻曰：『大人以先生脩德守約，故使賤妾侍執巾櫛。既奉承君子，唯命是從。』宣笑曰：『能如是，是吾志也。』妻乃悉歸侍御服飾，更著短布裳，與宣共挽鹿車歸鄉里。拜姑禮畢，提甕出汲。脩行婦道，鄉邦稱之。」

據《資治通鑑．唐紀》記載：「郭曖嘗與昇平公主爭言，曖曰：『汝倚乃父爲天子邪？我父薄天子不爲！』公主恚，奔車奏之。上曰：『此非汝所知。彼誠如是，使彼欲爲天子，天下豈汝家所有邪？』慰諭令歸。子儀聞之，因曖，入待罪。上曰：『鄙諺有之：「不癡不聾，不作家翁。」兒女子閨房之言，何足聽也！』子儀歸，杖曖數十。」又據唐趙璘《因話錄．宮部》記載：「郭曖嘗與昇平公主琴瑟不調，曖罵公主：『倚乃父爲天子耶？我父嫌天子不作。』公主恚啼，奔車奏之。上曰：『汝不知，他父實嫌天子不作。使不嫌，社稷豈汝家有也。』因泣下，但命公主還。尚父拘曖，自詣朝堂待罪。上召而慰之曰：『諺云：「不癡不聾，不作阿家阿翁。」小兒女子閨幃之言，大臣安用聽？』錫賚以遣之。尚父杖曖數十而已。」

註釋：

①「鮑宣」，西漢後期大臣。哀帝時，爲諫大夫，曾上書抨擊時政，指出「民有七亡而無一得」，「民有七死而無一生」，主張及時採取措施，緩和激化的社會矛盾。後任司隸。王莽執政時，被迫自殺。

②「桓氏少君」，名桓少君，漢鮑宣之妻。相傳本富家女子，嫁貧士鮑宣後，去盛裝，著布衣，提甕打水。比喻安於貧賤生活而有婦德的女子。

③「晦貞」，亦作「悔貞」，外卦爲悔，內卦爲貞。夫主外，妻主內，是夫妻正道。

④「唐郭曦招升平公主爲妻」，當爲「唐郭曖尚升平公主爲妻」之誤。唐名將郭子儀第六子郭曖娶唐代宗第四女昇平公主爲妻，生四子一女。女嫁廣陵郡王李純（後即位爲唐憲宗）爲妃，生唐穆宗李恒。

⑤「夫唱婦隨」，妻子唯夫命是從，處處順從丈夫。比喻夫婦相處和睦融洽。「唱」，倡導；發起。

⑥「琴瑟不調」，琴瑟合奏時，聲音沒有調整得和諧。比喻夫妻不和。

箕踞鼓盆歌①，世傷應位。

世持虎蛇臨兄弟，乘旺發動，刑害應爻，應爻臨無氣之地，必主剋妻。如春秋時，莊子②妻死，鼓盆而歌。

鼎升曰：

據《莊子．至樂》記載：「莊子妻死，惠子弔之，莊子則方箕踞鼓盆而歌。惠子曰：『與人居，長子老，身死不哭，亦足矣；又鼓盆而歌，不亦甚乎！』莊子曰：『不然，是其始死也，我獨何能無概然。察其始，而本無生；非徒無生也，而本無形；非徒無形也，而本無氣。雜乎芒芴之間，變而有氣，氣變而有形，形變而有生，今又變而之死；是相與爲春秋冬夏四時行也。人且偃然寢於巨室，而我噭噭然隨而哭之，自以爲有【不？】通乎命，故止也。』」

註釋：

①「箕踞鼓盆歌」，隨意張開兩腿坐著，形似簸箕，敲著瓦罐唱歌。典出《莊子·至樂》：「莊子妻死，惠子弔之，莊子則方箕踞鼓盆而歌。」後以「鼓盆」代指喪妻。

②「莊子」，莊周。戰國時宋國蒙（今河南商丘）人，約公元前369年至公元前286年在世。曾爲蒙漆園吏，故亦稱「蒙吏」、「蒙莊」、「蒙叟」。與梁惠王、齊宣王、孟子、惠施同時。又嘗隱居南華山，故唐玄宗天寶初，詔追號爲南華真人，稱其書爲《南華經》。其人生觀崇尚自然無爲，逍遙自得；政治觀則歸於無爲而治。與老子並爲道家思想的宗師，著有《莊子》。

河東獅子吼①，應制世爻。

應爻剋冲世爻，其人憑妻言語。如宋陳季常②河東獅吼之事也。

鼎升曰：

據《東坡詩話》記載：「陳慥，字季常，相國陳公弼之子，號龍丘居士。好賓客聲妓。其妻柳氏甚妬，坡公作詩嘲之曰：龍丘居士亦可憐，談空說有夜不眠。忽聞河東獅子吼，拄杖落手心茫然。」

坡公此詩選自《寄吳德仁兼簡陳季常》，《東坡全集》中載有全詩：「東坡先生無一錢，十年家火燒凡鉛。黃金可成河可塞，只有霜鬢無由玄。龍丘居士亦可憐，談空說有夜不眠。忽聞河東獅子吼，拄杖落手心茫然。誰似濮陽公子賢，飲酒食肉自得仙。平生寓物不留物，在家學得忘家禪。門前罷亞十頃田，清溪遶屋花連天。溪堂醉臥呼不醒，落花如雪春風顛。我遊蘭溪訪清泉，已辦布襪青行纏。稽山不是無賀老，我自興盡回酒船。恨君不識顏平原，恨我不識元魯山。銅駞陌上會相見，握手一笑三千年。」

註釋：

①「河東獅子吼」，比喻妒悍的妻子發怒，並借以嘲笑懼內的人。宋蘇軾有「忽聞河東獅子吼，柱杖落手心茫然」句，戲謔好友陳季常。陳季常好客，常邀客至家，而陳妻是河東郡柳氏，常敲牆趕客。「獅子吼」，佛家以喻威嚴。

②「陳季常」，陳慥。自號龍丘居士。少時仰慕遊俠朱家、郭解為人。稍壯，專心讀書，惜不遇。晚年信佛參禪，棄第宅，庵居蔬食，徒步往來山中，不與世相聞，戴方形高冠，人稱方山子。妻柳氏性妒悍，慥以懼內聞於世。

世值凶而應剋，願聽《雞鳴》。

倘世爻自帶兄官虎蛇等凶神者，反喜應來剋世，謂之剋我之凶，去我之病，主有賢妻。如齊襄公①荒怠②慢③政，得陳賢妃有夙夜④警戒相成⑤之道，故《詩》有《雞鳴》篇。

鼎升曰：

原解中「齊襄公」當爲「齊哀公」之誤，以其形近、不諳史實而誤。古今圖書集成本《卜筮全書·黃金策·身命》原解作：「若應雖來剋世，而世爻自帶刑害及兄官虎蛇等凶神者，則是彼來救我之失，去我之病，非有所傷於我，主其人必有賢妻。如齊哀公荒怠慢政，得陳賢妃有夙夜警戒相成之道，故《詩》有《雞鳴》篇。」闡易齋本與談易齋本《卜筮全書·黃金策·身命》原解中「齊哀公」俱作「齊襄公」。

據明郝敬《毛詩序說》記載：「古《序》曰：《雞鳴》，思賢妃也。毛公曰：哀公荒淫怠慢，故陳賢妃貞女，夙夜警戒相成之道焉。」又據《春秋左傳正義》記載：「哀公荒淫怠慢，國人作《雞鳴》之詩以刺之。」

據清李超孫《詩氏族考·齊風·雞鳴》記載：「齊哀公名不辰【其下小註：世本作不臣】，癸公之子，太公四世孫，謚法蚤孤短折曰哀。

《竹書紀年》：哀公名昴，周夷王三年，致諸侯，翦齊哀公昴。《史記》：哀公時，紀侯譖之周，周烹哀公。」

《詩經·國風·齊·雞鳴》其詩曰：「雞既鳴矣，朝既盈矣？匪雞則鳴，蒼蠅之聲。/東方明矣，朝既昌矣？匪東方則明，月出之光。/蟲飛薨薨，甘與子同夢？會且歸矣，無庶予子憎。」今人陳子展《詩經直解》謂：「今按：《雞鳴》，蓋詩人設爲妃與君問答，夙夜警戒，刺君失時晏起所作。」

註釋：

①「齊襄公」，姜姓，名諸兒，齊僖公子、齊桓公兄。春秋時齊國第十四位君主。公元前698年至公元前686年在位。在位期間荒淫無道，昏庸無能，與其異母妹文姜亂倫，派彭生殺害妹夫魯桓公，而後再殺彭生以謝魯。時齊國國力漸強，曾出兵攻打衛國、魯國、鄭國。公元前686年（齊襄公十二年，乙未年），遭連稱、管至父、公孫無知等人所殺，公孫無知自立爲君。

②「荒怠」，荒廢、懈怠。

③「慢」，懈怠輕忽。

④「夙夜」，朝夕，日夜。「夙」，音sù【訴】。早。

⑤「相成」，互相補充，互相成全。

身帶吉而子扶，喜聞鶴和①。

世帶吉神旺動，子孫又來生扶者，主有賢子共成事業，以濟②其美③。《易》曰：「鶴鳴在陰，其子和之。」

鼎升曰：

古今圖書集成本《卜筮全書・黃金策・身命》原解作：「世帶吉神旺動，子孫又來生扶者，主有賢子共成事業，以濟其美。《易》云：『鳴鶴在陰，其子和之。』」

註釋：

①「鶴和」，《周易・中孚》：「鳴鶴在陰，其子和之。」後以「鶴和」謂唱和，應答。

②「濟」，成就；助益。

③「美」，善；好。

福遇旺，而任、王育子皆賢。

子孫若旺相不空，及無傷害者，主有賢子。如任遥之子昉①、王渾之子戎②，見稱于阮籍③諸賢。

鼎升曰：

據《南史．任昉列傳》記載：「遙妻河東裴氏，高明有德行，嘗晝臥，夢有五色采旗蓋四角懸鈴，自天而墜，其一鈴落入懷中，心悸因而有娠。占者曰：『必生才子。』」

據《晉書．王戎列傳》記載：「王戎字濬沖，琅邪臨沂人也。」「阮籍與渾爲友。戎年十五，隨渾在郎舍。戎少籍二十歲，而籍與之交。籍每適渾，俄頃輒去，過視戎，良久然後出。謂渾曰：『濬沖清賞，非卿倫也。共卿言，不如共阿戎談。』」

註釋：

①「任遙之子昉」，任昉。南朝梁文學家。南齊中散大夫任遙之子。梁武帝時爲義興、新安太守，有政聲。性至孝，博學能文，藏書萬餘卷。著有《雜傳》、《地記》等書。

②「王渾之子戎」，王戎。西晉名士，竹林七賢之一。出身魏晉高門琅琊王氏，晉涼州刺史王渾之子。官至司徒，而於朝政無所匡救。性貪吝，田園遍諸州。

③「阮籍」，字嗣宗，三國時魏尉氏（今屬河南開封）人，竹林七賢之一。有儁才，性放誕，好老莊而嗜酒，反名教，曠達不拘禮俗。因遭時多忌，故藉酒自廢，以避禍患。官至兵部校尉，人稱「阮步兵」。因有賢名，世稱爲「大阮」，與其姪阮咸齊名。

子化凶，而房[1]、杜[2]生兒不肖[3]。

子孫動變月破、官鬼，與兄弟爻相合，或動變臨玄武，或與玄武官合，其子必不肖。蓋兄弟乃破敗之神，官鬼多災惹禍之宿，玄武奸險盜賊之星，月破無成之神故也。李英[4]嘗曰：「房、杜平生辛苦，又皆生子不肖。」

鼎升曰：

原解中「李英」當爲「李英公」之誤，以其不諳史實、脫字或妄刪而誤。「李英公」即唐初名將、英國公李勣。

古今圖書集成本《卜筮全書．黃金策．身命》原條文作：「子化兄，而房、杜生兒不肖。」原解作：「若子孫動變兄鬼者，其子必不肖，蓋兄弟乃破敗之神故也。李英公常曰：『房、杜平生辛苦，然生子不肖。』」闡易齋本與談易齋本《卜筮全書．黃金策．身命》原解中「常」俱作「嘗」。

據《新唐書．房玄齡列傳》記載：「【房玄齡】次子遺愛，誕率無學，有武力。尚高陽公主，爲右衛將軍。公主，帝所愛，故禮與它婿絕。主驕蹇，疾遺直【房玄齡長子】任嫡，遺直懼，讓爵，帝不許。主稍失愛，意怏怏。與浮屠辯機亂，帝怒，斬浮屠，殺奴婢數十人，主怨望，帝崩，哭不哀。高宗時，出遺直汴州刺史，遺愛房州刺史。主又誣遺直罪，帝敕長孫无忌鞫治，乃得主與遺愛反狀，遺愛伏誅，主賜死。遺直以先勳免，貶銅陵尉。詔停配享。」

據《新唐書．杜如晦列傳》記載：「【杜如晦長子】構位慈州刺史。次子荷，性暴詭不循法，尚城陽公主，官至尚乘奉御，封襄陽郡公。承乾【李承乾，唐太宗長子，貞觀初期太子】謀反，荷曰：『琅邪顏利仁善星數，言天有變，宜建大事，陛下當爲太上皇。請稱疾，上必臨問，可以得志。』及敗，坐誅。臨刑，意象軒驁。構以累貶死嶺表。」

據《新唐書．李勣列傳》記載，李勣臨終前，「謂弼【李勣弟】曰：『……我見房玄齡、杜如晦、高季輔皆辛苦立門戶，亦望詒後，悉爲不肖子敗之。我子孫今以付汝，汝可慎察，有不厲言行、交非類者，急榜殺以聞，毋令後人笑吾，猶吾笑房、杜也……苟違我言，同戮尸矣！』乃不復語」。

註釋：

①「房」，房玄齡。唐名相。博綜典籍，工書能文。參預玄武門之變，助李世民得帝位。輔佐太宗，居相位十五年。在職時夙夜勤強，明達吏治而務爲寬平，致貞觀之

治。卒謚文昭。

②「杜」，杜如晦。唐初名臣。隋末曾任滏陽尉。後歸唐，助李世民籌謀，臨機善斷。參預玄武門之變，助李世民得帝位。官至尚書右僕射。與房玄齡共掌朝政，有「房謀杜斷」之稱。

③「生兒不肖」，此處指房玄齡次子房遺愛謀反被殺、杜如晦次子杜荷謀反被殺。

④「李英」，當爲「李英公」之誤。「李英公」，原名徐世勣，或作世績，字懋功，亦作茂功。唐高祖李淵賜其姓李，後避唐太宗李世民諱改名爲李勣。唐初名將，曾破東突厥、高句麗，與李靖並稱。後因功被封英國公。歷事唐高祖、唐太宗、唐高宗三朝，深得朝廷信任和重任，朝廷倚之爲長城。

伯道①無兒，蓋爲子臨空位；卜商②哭子，皆因父帶刑爻。

子孫若臨空地，必主無子，如鄧伯道棄子而不生；若父帶虎蛇動剋子孫，如子夏哭子喪明③也。

鼎升曰：

據《晉書．良吏列傳》記載：「石勒過泗水，【鄧】攸乃斫壞車，以牛馬負妻子而逃。又遇賊，掠其牛馬，步走，擔其兒及其弟子綏。度不能兩全，乃謂其妻曰：『吾弟早亡，唯有一息，理不可絕，止應自棄我兒耳。幸而得存，我後當有子。』妻泣而從之，乃棄之。其子朝棄而暮及。明日，攸繫之於樹而去。」「攸棄子之後，妻不復孕。過江，納妾，甚寵之，訊其家屬，說是北人遭亂，憶父母姓名，乃攸之甥。攸素有德行，聞之感恨，遂不復畜妾，卒以無嗣。時人義而哀之，爲之語曰：『天道無知，使鄧伯道無兒。』弟子緦服攸喪三年。」

據《史記．仲尼弟子列傳》記載：「其【子夏】子死，哭之失明。」又據《禮記．檀弓》記載：「子夏喪其子而喪其明。曾子弔之曰：『吾聞之也：朋友喪明則哭之。』曾子哭，子夏亦哭，曰：『天乎！予之無罪也。』曾子怒曰：『商，女何無罪也？吾與女事夫子於洙泗之間，退而老於西河之上，使西河之民，疑女於夫子，爾罪一也；喪爾親，使民未有聞焉，爾罪二也；喪爾子，喪爾明，爾罪三也。而曰女何無罪與！』子夏投其杖而拜曰：『吾過矣！吾過矣！吾離羣而索居，亦已久矣。』」

註釋：

①「伯道」，鄧伯道，原名攸。晉武帝時人。累官尚書左僕射，廉明奉公，有政績。曾因避兵亂，攜子侄逃難，途中屢遇險，恐難兩全，乃棄去己子，保全侄兒。後終無子。

②「卜商」，字子夏。孔子重要弟子，「孔門十哲」之一。孔子去世後，曾在西河（今陝西渭南）創辦學堂並授業，魏文侯尊其爲師，咨問國政。孔門弟子之有著作傳

世者，以子夏最多。據說《毛詩》之學由子夏傳下，《論語》一書疑多出自子夏及其門人之手，後世也有認爲《易經》所流傳的解釋部分傳承自子夏，而傳授《公羊傳》的公羊高和《穀梁傳》的穀梁子，也都被認爲是子夏一派的門人。

③「喪明」，眼睛失明。

父如値木，竇君生丹桂五枝芳①。

若問子多少，當以五行生成數論之。若父爻屬木，則子孫屬土，土數五，如竇燕山生五子。

鼎升曰：

五行，一曰水、二曰火、三曰木、四曰金、五曰土。一水、二火、三木、四金、五土即「生數」。宇宙的發生最先是水，故數爲一；其次是火，故數爲二；水火即陰陽，陰陽能生萬物，木應春有生發萬物之象，故數爲三；有生長必有收穫，金主肅殺之秋，故數爲四；土旺四時，是水火木金的基礎，故數爲五。又因水木火金皆需土助，故此四者各加土的生數爲「成數」，即水六、火七、木八、金九。土不用成數，唯用生數，因天地之數皆在五之中。生數爲孤陽的奇數或孤陰的偶數，不起變化，加上土的生數五，才能正常生化作用，此即成數的含義。

據明蔣一彪《古文參同契集解》記載：「天地大數，莫過乎五，莫中乎五。蓋五爲土數，位居中央，合北方水一成六，合南方火二成七，合東方木三成八，合西方金四成九。數至九而止，九者，數之極也。以五數言，五一二三四六七八九之中，實爲中數也。數本無十，謂土成十者，乃北一、南二、東三、西四聚于中央，輳而成十也，故以中央之五散于四方，而成六七八九，則水火木金皆賴土而成。若以四方之一二三四歸于中央而成十，則水火木金皆返本還源，而會于土中也。」

據明蔣仲舒《堯山堂外紀．五代．馮道》記載：「范陽竇禹鈞，以諫議大夫致仕。五子俱登第，義方家法，為一時標表。馮道贈詩曰：『燕山竇十郎，教子有義方。靈椿一株老，仙桂五枝芳。』五子，長儀，禮部尚書；次儼，禮部侍郎，皆為翰林學士；次侃，左補闕；次偁，參知政事；次僖，起居郎。【其下小註：時謂竇氏五龍】」

註釋：

①「竇君生丹桂五枝芳」，「竇君」，竇禹鈞。五代後晉時幽州（今天津市薊州區）人，因幽州又稱燕山府，故人稱燕山竇十郎，又稱竇燕山。官至諫議大夫。竇燕山自幼喪父，侍母至孝。年過四十仍無子，後連生五子竇儀、竇儼、竇侃、竇偁、竇僖，相繼登科。侍郎馮道贈詩：「燕山竇十郎，教子有義方。靈椿一株老，丹桂五

枝芳。」「丹桂」，子息；科舉；才能出眾。

鬼或依金，田氏聚紫荊三本茂①。

如鬼爻屬金，則兄弟屬木矣，主有兄弟三人，如田真、田廣、田慶。

鼎升曰：

原條文中「聚」當爲「裂」之誤，以其形近而誤。古今圖書集成本《卜筮全書．黃金策．身命》原條文作：「鬼或依金，田氏列紫荊三本茂。」闡易齋本與談易齋本《卜筮全書．黃金策．身命》原條文俱作：「鬼或依金，田氏裂紫荊三本茂。」

據南朝梁吳均《續齊諧記》記載：「京兆田真兄弟三人，共議分財，生貲皆平均。惟堂前一株紫荊樹，共議欲破三片，明日就截之，其樹即枯死，狀如火燃。真往見之，大驚，謂諸弟曰：『樹本同株，聞將分斫，所以顦顇，是人不如木也。』因悲不自勝，不復解樹，樹應聲榮茂。兄弟相感，合財寶，遂爲孝門。真仕至太中大夫。【其下小註：陸機詩云三荊歡同株】」

註釋：

①「田氏聚紫荊三本茂」，田真兄弟三人分家，堂前一株待分割的紫荊樹忽然枯死，

兄弟三人決定不再分家，樹亦復榮。後因用「紫荊」爲有關兄弟的典故。

兄持金旺，喜看荀氏之八龍；弟依水强，驚睹陸公之雙璧①。

六親類，當以生成數推之，然不可不別衰旺，如逢生旺者倍加，休囚者減半。故兄持金旺，如荀淑②子兄弟八人，以八龍似之；若臨水旺相，如陸暐③與弟陸恭之④雙璧。若旺相有制，休囚有扶，又當以本數斷。餘倣此。

鼎升曰：

《卜筮全書·黃金策·身命》原條文作：「兄持金旺，喜看荀氏之八龍；弟倚水强，驚覩陸公之雙璧。」

據《後漢書·荀淑列傳》記載：「【荀淑】有子八人：儉，緄，靖，燾，汪，爽，肅，專，並有名稱，時人謂『八龍』。」「初，荀氏舊里名西豪，潁陰令勃海苑康以爲昔高陽氏有才子八人，今荀氏亦有八子，故改其里曰高陽里。」

據《魏書·陸俟列傳》記載：「【陸凱】長子暐，字道暉，與弟恭之並有時譽。洛陽令賈禎見其兄弟，歎曰：『僕以老年，更覩雙璧。』又嘗兄弟共候黃門郎孫惠蔚，惠蔚謂諸賓曰：『不意二陸復在座隅，吾德謝張公，無以延譽。』」「暐與恭之晚不睦，爲時所鄙。」

註釋：

①「陸公之雙璧」，陸暐與弟弟陸恭之都是北魏官員，在當時社會上享有很大的聲譽。洛陽縣令賈禎見到他們，曾經感歎道：「我在老年，又見到像雙壁一樣完美的人物。」「雙壁」，兩塊壁玉。喻指一對完美的人或物。

②「荀淑」，漢桓帝時人物，以品行高潔著稱。戰國荀子之後，孫荀彧爲曹操部下著名謀士。年少即有高名，博學而不好章句。恒帝時爲朗陵侯相，莅事明理，有「神君」之稱。育有八子，並有才名，時人稱爲「八龍」。

③「陸暐」，北魏官員。官至尚书右民、三公郎，又因事被免。後除伏波将军。卒後贈冠軍將軍、恒州刺史。擬《急就篇》爲《悟蒙章》，及《七誘》、《十醉》、章表數十篇。

④「陸恭之」，北魏官員。所歷並有聲績，官至征南將軍、東荊州刺史。卒後贈散騎常侍、衛將軍、吏部尚書、定州刺史。所著文章詩賦凡千餘篇。

若也爻逢重疊，須現在以推詳。

若卦中只有一位，可以五行數推；如兩重三重，即以現在幾爻，斷其二位、三位、幾位是也。

鼎升曰：

古今圖書集成本《卜筮全書．黃金策．身命》原條文作：「至若爻逢重疊，須現在以推詳。」原條文中「若也」，他本《卜筮正宗．身命》有作「若他」或「若用」，當誤。

財動剋親於早歲，兄衰喪偶於中年。

財動傷剋父母，兄動則剋妻財。

鼎升曰：

此條文在《卜筮全書．黃金策．身命》中分爲兩段條文。

古今圖書集成本《卜筮全書．黃金策．身命》前條文作：「財動初爻，令伯尅親於蚤歲。」原解作：「財動則傷父母，如在初爻，則早年見尅。如李密生六月，其父卽喪。」闡易齋本與談易齋本原解俱作：「財動則傷父母，如在初爻，則蚤年見尅。如李密生孩六月，其父卽喪。」「李密生孩六月」當爲「李密生六月」之誤，以其誤讀史籍而誤。

蜀漢、西晉官員李密李令伯，父早亡，母改嫁，育於祖母。曾向晉武帝上疏《陳情表》，內有「生孩六月，慈父見背」句，言及自己出生六個月時，父親卽去世，而「李密生孩六月」則易生歧義。

另參本卷前「正內不利，李密髫齡迍邅」條文。

古今圖書集成本《卜筮全書．黃金策．身命》後條文作：「兄與六位，張瞻喪偶於中年。」原解作：「兄動則尅妻財，如居六位，中年必如張瞻之尅妻也。」

據唐段成式《酉陽雜俎．夢》記載：「卜人徐道昇言，江淮有王生者，榜言解夢。賈客張瞻將歸，夢炊於臼中。問王生，生言：『君歸不見妻矣！臼中炊，固無釜也。』賈客至家，妻果卒已數月，方知王生之言不誣矣。」

化父生身，柴榮①拜郭威②爲父。

卦有父母，又化出父母來生合世身者，必重拜父母，身爲他人子。如五季③時，柴世宗之于周太祖也。

鼎升曰：

據《舊五代史．周書．世宗紀》記載：「世宗睿武孝文皇帝，諱榮，太祖【後周太祖郭威】之養子，蓋聖穆皇后之姪也。本姓柴氏，父守禮，太子少保致仕。」「年未童冠，因侍聖穆皇后，在太祖左右。時太祖無子，家道淪落，然以帝謹厚，故以庶事委之。帝悉心經度，貲用獲濟，太祖甚憐之，乃養爲己子。」

註釋：

①「柴榮」，五代周主，後周太祖郭威養子。取秦隴，平淮右，威震夷夏。崇儒斥佛，嘗廢國內佛寺，毀銅像以鑄錢。又修禮樂，定制度，皆可爲法於後世，是五代時期最英明的君主。在位六年卒，廟號世宗。

②「郭威」，後周太祖。五代周王朝的建立者。公元951年至公元954年在位。後漢時爲鄴都留守。公元951年（後漢隱帝乾祐四年，辛亥年）代後漢稱帝，建都汴（今河南開封），國號周，史稱後周。

③「五季」，後梁、後唐、後晉、後漢、後周五代。由唐滅亡開始，至宋統一大部分漢地爲止，是唐末藩鎮割據和唐後期政治的延續。

化孫合世，石勒①養季龍②爲兒。

卦有子孫，又外宮化出子孫，與身世生合者，主其人必有螟蛉之子③。如晉時後趙石勒子季龍是也。

鼎升曰：

「石勒養季龍爲兒」當爲石勒之父石周曷朱養石季龍爲兒之事，原解有誤，以其不諳史實而誤。據《魏書．羯胡石勒列傳》記載：「虎，字季龍，勒之從子【姪子】也。祖曰訇邪，父曰寇覓。寇覓有七子，虎第四。勒父幼而子之，故或謂之爲勒弟也。」

註釋：

①「石勒」，五胡十六國時代中，後趙的建立者。羯族。年青時被晉官吏掠賣到山東爲耕奴，因而聚眾起義。後投靠劉淵為大將，重用漢族失意官僚張賓，聯合漢族上層，發展成割據勢力。公元319年（後趙趙王元年，己卯年）稱趙王，建立政權，史稱後趙。公元329年（後趙太和二年，己丑年）初滅前趙，取得黃河流域大部分地區，建都襄國(今河北邢臺)。後稱帝。

②「季龍」，趙武帝石虎。字季龍。石勒侄。五胡十六國時代中，後趙的第三位皇帝。性殘忍，酷虐好殺。廢石勒子石弘自立，遷都於鄴（今河北臨漳西南）。在位期間窮兵黷武，頻繁與東晉、前燕、前涼交戰。強迫百姓當兵，五丁抽三。徵調數十萬人營建宮室，奪人妻女三萬以充後宮。廢耕地以爲獵場，賦稅徭役繁重。刑罰苛暴，民不聊生。身死不久，後趙隨即滅。

③「螟蛉之子」，蜾蠃常捕螟蛉喂它的幼蟲，古人誤認爲蜾蠃養螟蛉爲己子。後因以爲養子的代稱。

世陰父亦陰，賈似道母非正室①。

父與世皆屬陰者，必是偏生②庶出③。如宋賈似道是也。

鼎升曰：

據《宋史．賈似道列傳》記載：「賈似道字師憲，台州人，制置使【賈】涉之子也。」「【宋度宗咸淳八年，公元1272年，壬申年】十月，其母胡氏薨，詔以天子鹵簿葬之，起墳擬山陵，百官奉襄事，立大雨中，終日無敢易位。」

又據明郎瑛《七修類稿．辯證類．賈母》記載：「賈似道之母，諸家小說言之不一。或云逖婢，夜宿賈門，收而姦生似道；或云賈涉在鳳口遇洗衣婦人，挑而從之，因別買於其夫；或云涉為萬安丞時，與爨婢通，生似道。至言嫡不容其母，賣為石匠之妻，諸書所同也；然其形容惡賴，甚為慚惶。予意其母為人家之婢，必然；惡賴之事，因似道而故加之也。是以君子惡居下流，不然，何其紛紛耶？」

另參本卷前「世鬼與隆生合應，呂文煥無援而降」條文。

註釋：

①「正室」，嫡妻，正房。與側室、偏房相對。

②「偏生」，偏房所生的子女。

③「庶出」，妾所生的子女。亦包括沒有妾室地位的婢所生的婢生子，以及情婦所生的私生子。舊時多貴嫡賤庶，待遇有異。

身旺官亦旺，陳仲舉①器②不凡庸③。

官爻旺相，身世亦旺相，又逢貴人祿馬文書生合世爻者，必主異日金榜標名④。如陳仲舉爲不凡之器⑤。

鼎升曰：

《卜筮全書・黃金策・身命》原解作：「卦中官爻旺相，世身亦旺相，又逢貴人祿馬文書生合世爻者，必主異日金榜標名，龍門跳躍。如陳仲舉爲不凡之器。欲斷官職，依後功名類推。」

據《後漢書・陳蕃列傳》記載：「蕃年十五，嘗閑處一室，而庭宇蕪穢。父友同郡薛勤來候之，謂蕃曰：『孺子何不洒埽以待賓客？』蕃曰：『大丈夫處世，當埽除天下，安事一室乎！』勤知其有清世志，甚奇之。」「論曰：桓、靈之世，若陳蕃之徒，咸能樹立風聲，抗論惛俗。而驅馳嶮阸之中，與刑人腐夫同朝爭衡，終取滅亡之禍者，彼非不能絜情志，違埃霧也。愍夫世士以離俗爲高，而人倫莫相恤也。以遯世爲非義，故屢退而不去；以仁心爲己任，雖道遠而彌厲。及遭際會，協策竇武，自謂萬世一遇也。懍懍乎伊、望之業矣！功雖不終，然其信義足以攜持民心。漢世亂而不亡，百餘年間，數公之力也。」

又據南朝劉義慶《世說新語．德行》記載：「陳仲舉言爲士則，行爲世範，登車攬轡，有澄清天下之志。」

註釋：

①「陳仲舉」，陳蕃。東漢末名臣。桓帝時，與李膺等反對宦官而被免職。靈帝即位，封高陽侯，後與竇武謀誅宦官曹節、王甫等，事泄被害。爲人方峻疾惡，厭惡特權，對漢末士大夫崇尚氣節影響極大。

②「器」，才能；能力。比喻人才。

③「凡庸」，平凡；平庸。

④「金榜標名」，科舉殿試揭曉的榜上有名。也泛指科舉得中。

⑤「不凡之器」，不是平庸之輩。

化子合財，唐明皇有祿山①之子。

子從他宮化出，乃螟蛉子也。若與財爻相合，帶咸池玄武，必與妻妾有情。如安祿山與楊貴妃之通②也。

鼎升曰：

據《資治通鑑．唐紀》記載：「【唐玄宗天寶六年，公元747年，丁亥年，春，正月】祿山得出入禁中，因請爲貴妃兒。上與貴妃共坐，祿山先拜貴妃。上問何故，對曰：『胡人先母而後父。』上悅。」「【唐玄宗天寶十年，公元751年，辛卯年，春，正月】甲辰，祿山生日，上及貴妃賜衣服、寶器、酒饌甚厚。後三日，召祿山入禁中，貴妃以錦繡爲大襁褓，裹祿山，使宮人以綵輿舁之。上聞後宮歡笑，問其故，左右以貴妃三日洗祿兒對。上自往觀之，喜，賜貴妃洗兒金銀錢，復厚賜祿山，盡歡而罷。自是祿山出入宮掖不禁，或與貴妃對食，或通宵不出，頗有醜聲聞於外，上亦不疑也。」

註釋：

①「祿山」，安祿山。唐營州柳城（今遼寧朝陽南）胡人，本姓康，隨母嫁突厥人安延偃，改姓安，更名祿山。懂九蕃語言，驍勇善戰，被幽州節度使張守珪養以爲子。因戰功任平盧兵馬使、營州都督等職。後設法取得唐玄宗、楊貴妃信任，兼任平盧、范陽、河東三節度使，有衆十五萬。公元755年（唐玄宗天寶十四年，乙未年）在范陽（治所在今北京西南）起兵叛亂，南下攻陷洛陽。次年稱雄武皇帝，國號燕，建元聖武。遣軍破潼關，入長安，大肆殺掠。公元757年（唐肅宗至德二年，丁酉年）春，被其子慶緒所殺。

②「通」，私通；通姦。

內兄合應，陳伯常有孺子①之兄。

兄爻在內卦，乃兄弟，非朋友也。若與應爻或財爻相合，其妻必與兄弟相通。如陳平②之盜③嫂也。

鼎升曰：

據《史記．陳丞相世家》記載：「陳丞相平者，陽武戶牖鄉【今河南蘭考】人也。少時家貧，好讀書，有田三十畝，獨與兄伯居。伯常耕田，縱平使游學。平為人長美色。人或謂陳平曰：『貧何食而肥若是？』其嫂嫉平之不視家生產，曰：『亦食糠覈耳。有叔如此，不如無有。』伯聞之，逐其婦而棄之。」「伯常耕田，縱平使游學」當為「陳伯總是自己下田耕種，縱任陳平無牽掛的去跟隨老師讀書」之意，故原條文中「陳伯常」當為「陳伯」之誤，以其誤連上文而誤。

又因本卷前《年時》章有「日生黑子，宋恭驚離象之反常；沼起白龍，唐玄遭兌金之變異」條文，故此處條文似可改為「化子合財，唐玄有祿山之子；內兄合應，陳伯有孺子之兄」。

又據《史記．陳丞相世家》記載：「里中社，平為宰，分肉食甚均。父老曰：『善，陳孺子之爲宰！』平曰：『嗟乎，使平得宰天下，亦如是肉矣！』」故條文中「孺子」當爲「陳孺子」陳平之意。

而「陳平之盜嫂」，疑是陳平遭讒而被疑。據《史記．陳丞相世家》記載：「絳侯、灌嬰等咸讒陳平曰：『平雖美丈夫，如冠玉耳，其中未必有也。臣聞平居家時，盜其嫂；事魏不容，亡歸楚；歸楚不中，又亡歸漢。今日大王尊官之，令護軍。臣聞平受諸將金，金多者得善處，金少者得惡處。平，反覆亂臣也，願王察之。』漢王疑之，召讓魏無知。無知曰：『臣所言者，能也；陛下所問者，行也。今有尾生、孝己之行而無益處於勝負之數，陛下何暇用之乎？楚漢相距，臣進奇謀之士，顧其計誠足以利國家不耳。且盜嫂受金又何足疑乎？』漢王召讓平曰：『先生事魏不中，遂事楚而去，今又從吾游，信者固多心乎？』平曰：『臣事魏王，魏王不能用臣說，故去事項王。項王不能信人，其所任愛，非諸項卽妻之昆弟，雖有奇士不能用，平乃去楚。聞漢王之能用人，故歸大王。臣躶身來，不受金無以爲資。誠臣計畫有可采者，大王用之；使無可用者，金具在，請封輸官，得請骸骨。』漢王乃謝，厚賜，拜爲護軍中尉，盡護諸將。諸將乃不敢復言。」

註釋：

①「孺子」，小孩子。「孺」，音rú【如】。幼小；幼兒。

②「陳平」，漢初名臣。容貌俊美，幼嗜讀書。陳勝起義，投魏王咎，爲太僕。後從項羽入關，任都尉。旋歸劉邦，任護軍中尉，建議用反間計使項羽去謀士范增，並以爵位籠絡大將韓信，爲劉邦採納。漢立，封曲逆侯。惠帝、呂后時任丞相，以呂氏專權，不治事。呂后死，與周勃定計，誅殺呂產、呂祿等，迎立文帝，任丞相。卒謚獻。

③「盜」，私通；通姦。

應帶勾陳兼値福，孟德耀①復產於斯時②。

勾陳主黑醜誠實，子孫主賢淑，應爻爲妻。旺相臨之而無傷損者，妻如孟光，貌雖不揚③，而德甚美也。

鼎升曰：

據《後漢書．逸民列傳》記載：「梁鴻字伯鸞，扶風平陵人也。」「同縣孟氏有女，狀肥醜而黑，力舉石臼，擇對不嫁，至年三十。父母問其故。女曰：『欲得賢如梁伯鸞者。』鴻聞而娉之。」「乃共入霸陵山中，以耕織為業，詠詩書，彈琴以自娛。」「……【梁鴻】爲人賃舂。每歸，妻爲具食，不敢於鴻前仰視，舉案齊眉。」

註釋：

①「孟德耀」，孟光。東漢隱士梁鴻之妻。相傳梁鴻歸家，孟光每爲具食，舉案齊眉，以示對丈夫的敬重。後夫妻隱居於霸陵山中，以耕織爲生。孟光作爲古代賢妻的典型，模樣卻粗陋無比，肥醜而黑，又力能舉石臼。

②「斯時」，此時、這時。

③「不揚」，面貌不好看。

財臨玄武更逢刑，楊太真①重生②於今日。

玄武乃淫亂之神，若臨財爻，妻不貞潔③。發動與應爻相合，或與他爻相合，如楊貴妃汚行④尤甚。

鼎升曰：

古今圖書集成本《卜筮全書．黃金策．身命》原解作：「元武，淫亂之神，若臨財爻，必不貞潔。更加三刑六害，如楊貴妃汙穢尤甚。」

據《新唐書．后妃列傳》記載：「【楊貴妃】始爲壽王妃。【唐玄宗】開元二十四年【公元736年，丙子年】，武惠妃薨，後廷無當帝意者。或言妃姿質天挺，宜充掖廷，遂召內禁中，異之，卽爲自出妃意者，丐籍女官，號『太眞』，更爲壽王聘韋詔訓女，而太眞得幸。」

另參本卷前「化子合財，唐明皇有祿山之子」條文。

註釋：

①「楊太真」，楊玉環。相傳爲四大美人的「羞花」。初爲唐玄宗十八子壽王李瑁妃，後爲女道士，號太真。入宮後，得唐玄宗寵幸，封爲貴妃，父兄均驟貴，勢傾天下。及安祿山反，玄宗出奔，至馬嵬坡，六軍不肯前行，謂楊國忠通於胡人，而有安祿山之反，玄宗乃令殺國忠。六軍又不肯前行，謂楊國忠爲貴妃堂兄，堂兄有罪，堂妹亦難免，貴妃亦被縊死。

②「重生」，復生。

③「貞潔」，婦女在節操上沒有污點。

④「汚行」，卑汚的品行或行徑。「汚」，同「污」。

合多而眾煞爭持，乃許子和①之錢樹②。

應位財爻，見合過多，再加玄武刑害臨持者，乃娼妓也。如許子和爲妓，臨死謂其母曰「錢樹子倒矣」是也。

鼎升曰：

據唐段安節《樂府雜錄．歌》記載：「【唐】明皇朝有韋青，本是士人，嘗有詩：三代主綸誥，一身能唱歌。青官至金吾將軍。開元【唐玄宗李隆基年號】中，內人【唐代選入宮中的歌舞妓】有許和子者，本吉州永新縣樂家女也。開元末選入宮，卽以永新名之，籍於宜春院，既美且慧，善歌，能變新聲，韓娥、李延年歿後千餘載，曠無其人，至永新始繼其能。遇高秋朗月，臺殿清虛，喉囀一聲，響傳九陌，明皇嘗獨召李謨吹笛逐其歌，曲終管裂，其妙如此。又一日賜大酺於勤政樓，觀者數千萬衆，諠譁聚語，莫得聞魚龍百戲之音。上怒，欲罷宴。中官高力士奏請命永新出樓歌一曲，必可止諠。上從之。永新乃撩鬢舉袂，直奏曼聲，至是廣場寂寂若無一人，喜者聞之氣勇，愁者聞之腸絕。洎漁陽之亂【安史之亂】，六宮星散，永新爲一士人所得。韋青避地廣陵，因月夜憑闌於小河之上，忽聞舟中奏水調者，曰：『此永新歌也！』乃登舟與永新對泣。久之，青始亦晦其事。後士人卒，與其母之京師，竟歿於風塵。及卒，謂其母曰：『阿母，錢樹子倒矣！』」

註釋：

①「許子和」，又名許和子。唐玄宗時宮廷歌伎，後淪落風塵。

②「錢樹」，妓女。因妓院或鴇母把妓女當作搖錢樹，可憑恃妓女賺錢而得名。

官衆而諸凶皆避，如隋煬帝之綵①花。

凡月日動變，見官鬼爻太過，合財而財爻不臨玄武等煞者，必主其婦重婚再醮②，如隋煬帝西苑③剪綵爲花也。若本宮官鬼衝剋財爻者，乃生離活別之兆，非夫死再嫁者也。

鼎升曰：

古今圖書集成本《卜筮全書·黃金策·身命》原解作：「凡遇卦中有鬼，日辰月建是鬼，或又化出太過，生合財爻，而財爻不臨元武等凶神者，必主其婦重婚再醮。如隋煬帝西苑剪綵爲花，色渝則易之以新者，喻婦人夫死則再嫁也。若本卦鬼爻不受刑衝剋害，而鬼爻反來衝剋財爻者，乃是生離活別之兆，非夫死再嫁也。」

據《資治通鑑·隋紀》記載：「【隋煬帝大業元年，公元605年，乙丑年】五月，築西苑，周二百里；其內爲海，周十餘里；爲蓬萊、方丈、瀛洲諸山，高出水百餘尺，臺觀殿閣，羅絡山上，向背如神。北有龍鱗渠，縈紆注海內。緣渠作十六院，門皆臨渠，每院以四品夫人主之，堂殿樓觀，窮極華麗。宮樹秋冬彫落，則翦綵爲華葉，綴於枝條，色渝則易以新者，常如陽春。沼內亦翦綵爲荷芰菱芡，乘輿遊幸，則去冰而布之。十六院競以殽羞精麗相高，求市恩寵。上好以月夜從宮女數千騎遊西苑，作《清夜遊曲》，於馬上奏之。」

註釋：

①「綵」，彩色的絲織品。

②「再醮」，婦女再嫁。「醮」，音jiào【叫】。指女子嫁人；多指再嫁。

③「西苑」，苑名。在河南洛陽西。隋煬帝大業年間（公元605年至公元618年）初建，別名會通苑、芳華苑。周圍二百里，臺觀宮殿，華麗非常，爲皇家園林的鼻祖。

白虎刑臨，武后淫而且悍。

白虎乃强暴之神，婦人見之，必然凶悍，更加刑害臨財爻，如武則天，凶悍且淫也。

鼎升曰：

據唐駱賓王《駱丞集．代李敬業討武氏檄》記載：「僞臨朝武氏者，性非和順，地實寒微。昔充太宗下陳，曾以更衣入侍。洎乎晚節，穢亂春宮。密隱先帝之私，陰圖後庭之嬖。入門見嫉，蛾眉不肯讓人；掩袖工讒，狐媚偏能惑主。踐元后於翬翟，陷吾君於聚麀。加以虺蜴爲心，豺狼成性。近狎邪佞，殘害忠良；殺子屠兄，弒君鴆母。神人之所共疾，天地之所不容。猶復包藏禍心，竊窺神器。君之愛子，幽在別宮；賊之宗盟，委以重任。嗚呼！霍子孟之不作，朱虛侯之已亡。燕啄皇孫，知漢祚之將盡；龍漦帝后，識夏廷之遽衰。」

而武后之淫，終其一生，似亦不過薛懷義、沈南璆、張易之、張昌宗四面首。據《舊唐書．張行成列傳》記載：「天后令選美少年爲左右奉宸供奉，右補闕朱敬則諫曰：『臣聞志不可滿，樂不可極。嗜慾之情，愚智皆同，賢者能節之不使過度，則前聖格言也。陛下內寵，已有薛懷義、張易之、昌宗，固應足矣。近聞尚舍奉御柳模自言子良賓潔白美鬚眉，左監門衞長史侯祥云陽道壯偉，過於薛懷義，專欲自進堪奉宸內供奉。無禮無儀，溢於朝聽。臣愚職在諫諍，不敢不奏。』則天勞之曰：『非卿直言，朕不知此。』賜綵百段。」據《舊唐書．外戚列傳》記載：「後有御醫沈南璆得幸，薛師【薛懷義】恩漸衰，恨怒頗甚。」又據清趙翼《廿二史劄記．新舊唐書．武后納諫知人》記載：「武后之淫惡極矣，然其納諫知人，亦自有不可及者。」「至其所最寵倖而諱之者，宜莫如薛懷義、張易之、張昌宗。」「人主富有四海，妃嬪動至千百，后既身爲女主，而所寵倖不過數人，固亦無足深怪，故后初不以爲諱，并若不必諱也。」

青龍福到，孟母①淑而又慈。

青龍主仁慈，子孫主清正。若財臨青龍化子，或子臨青龍生財，其婦必慈祥愷悌②，賢德③如孟母也。

鼎升曰：

據漢劉向《列女傳．鄒孟軻母》記載：「鄒孟軻之母也。號孟母。其舍近墓。孟子之少也，嬉遊爲墓閒之事，踴躍築埋。孟母曰：『此非吾所以居處子。』乃去，舍市傍。其嬉戲爲賈人衒賣之事。孟母又曰：『此非吾所以居處子也。』復徙，舍學宮之傍。其嬉遊乃設俎豆，揖讓進退。孟母曰：『眞可以居吾子矣。』遂居。及孟子長，學六藝，卒成大儒之名。君子謂孟母善以漸化。《詩》云：『彼姝者子，何以予之？』此之謂也。孟子之少也，既學而歸，孟母方績，問曰：『學所至矣？』孟子曰：『自若也。』孟母以刀斷其織。孟子懼而問其故。孟母曰：『子之廢學，若吾斷斯織也。夫君子學以立名，問則廣知，是以居則安寧，動則遠害。今而廢之，是不免於廝役，而無以離於禍患也。何以異於織績而食，中道廢而不爲，寧能衣其夫子而長不乏糧食哉？女則廢其所食，男則墮於修德，不爲竊盜，則爲虜役矣！』孟子懼，旦夕勤學不息，師事子思，遂成天下之名儒。君子謂孟母知爲人母之道矣。

《詩》云：『彼姝者子，何以告之？』此之謂也。孟子既娶，將入私室，其婦袒而在內，孟子不悅，遂去不入。婦辭孟母而求去，曰：『妾聞夫婦之道，私室不與焉。今者妾竊墮在室，而夫子見妾，勃然不悅，是客妾也。婦人之義，蓋不客宿。請歸父母。』於是孟母召孟子而謂之曰：『夫禮，將入門，問孰存，所以致敬也。將上堂，聲必揚，所以戒人也。將入戶，視必下，恐見人過也。今子不察於禮，而責禮於人，不亦遠乎！』孟子謝，遂留其婦。君子謂孟母知禮，而明於姑母之道。孟子處齊，而有憂色。孟母見之曰：『子若有憂色，何也？』孟子曰：『不敏。』異日，閒居擁楹而嘆。孟母見之曰：『鄉見子有憂色，曰不也，今擁楹而嘆，何也？』孟子對曰：『軻聞之：「君子稱身而就位，不爲苟得而受賞，不貪榮祿。諸侯不聽，則不達其上；聽而不用，則不踐其朝。」今道不用於齊，願行而母老，是以憂也。』孟母曰：『夫婦人之禮，精五飰，羃酒漿，養舅姑，縫衣裳而已矣。故有閨內之修，而無境外之志。《易》曰：「在中饋，无攸遂。」《詩》曰：「無非無儀，惟酒食是議。」以言婦人無擅制之義，而有三從之道也。故年少則從乎父母，出嫁則從乎夫，夫死則從乎子，禮也。今子成人也，而我老矣。子行乎子義，吾行乎吾禮。』君子謂孟母知婦道。《詩》云：『載色載笑，匪怒匪教。』此之謂也。頌曰：孟子之母，教化列分。處子擇藝，使從大倫。子學不進，斷機示焉。子遂成德，爲當世冠。」

註釋：

①「孟母」，亞聖孟子的母親。姓仉。曾三次遷移，選擇良鄰；斷所織之布，以激勵孟子勤奮學習。舊時奉爲賢母的典範。

②「愷悌」，音kǎitì【凱替】。和樂平易。

③「賢德」，良善的品行。

逢龍而化敗兄，漢蔡琰①聰明而失節②。

財遇青龍，本主聰明，如化兄弟及沐浴，皆主不貞潔，兼不壽。如蔡琰文章絕世③，失節胡人④。

鼎升曰：

據《後漢書．列女傳》記載：「陳留董祀妻者，同郡蔡邕之女也，名琰，字文姬。博學有才辯，又妙於音律。適河東衞仲道。夫亡無子，歸寧于家。興平【漢獻帝劉協年號】中，天下喪亂，文姬爲胡騎所獲，沒於南匈奴左賢王，在胡中十二年，生二子。曹操素與邕善，痛其無嗣，乃遣使者以金璧贖之，而重嫁於祀。」

註釋：

①「蔡琰」，東漢詩人。字文姬，又作昭姬。東漢文學家、書法家蔡邕之女。自幼博學通音律，初嫁河東人衛仲道，夫亡無子。董卓之亂中，被掠入南匈奴十二年，嫁南匈奴左賢王，生二子。後被曹操重金贖回，再嫁屯田都尉董祀。作《悲憤詩》與《胡笳十八拍》等，但一般認爲後者是假託之作。

②「失節」，此處指女子失身、改嫁的行爲。

③「絕世」，冠絕當世。

④「胡人」，古代對北方異族及西域各民族的稱呼。

化子而生身世，魯伯姬①賢德而無疵②。

財動化出子孫，生合世身者，必有懿德③。如魯莊公④夫人伯姬，言行皆善，無疵可議之矣。

鼎升曰：

原解中「魯莊公」當爲「宋共公」之誤，以其不諳史實而誤。魯莊公夫人哀姜，而宋共公夫人姬姓，名不詳，史稱伯姬。

據漢劉向《列女傳．宋恭伯姬》記載：「伯姬既嫁於恭公十年，恭公卒，伯姬寡。至景公時，伯姬嘗遇夜失火，左右曰：『夫人少避火。』伯姬曰：『婦人之義，保傅不俱，夜不下堂，待保傅來也。』保母至矣，傅母未至也。左右又曰：『夫人少避火。』伯姬曰：『婦人之義，傅母不至，夜不可下堂，越義求生，不如守義而死。』遂逮於火而死。《春秋》詳錄其事，爲賢伯姬，以爲婦人以貞爲行者也。伯姬之婦道盡矣。」其後有小註云，「恭公十年」之「十」當作「七」，「至景公時」之「景」當作「平」。

註釋：

①「伯姬」，春秋魯宣公之女，宋共公夫人，亦稱共姬、恭伯姬。共公死後，執節守貞。公元前543年（魯襄公三十年，宋平公三十三年，戊午年），宋宮失火，左右勸其躲避，伯姬堅守「保傅不俱，夜不下堂」的婦人之義，被焚而死。後亦以伯姬代稱賢女。

②「疵」，此處指過失、缺點。

③「懿德」，美德；特指婦女的美德。「懿」，音yi【易】。美；美德。

④「魯莊公」，姬姓，名同。春秋魯國第十六位君主。公元前693年至公元前662年在位。在位時齊桓公曾發動長勺（今山東曲阜北）之戰，魯莊公採用曹劌建議，大敗齊軍。莊公的夫人哀姜爲齊襄公之妹，無子。

合而遇空，竇二女不辱於盜賊。

若他爻動來相合，或玄武咸池動來剋合，若財爻值空，如唐奉天①竇氏二女，被盜刦，投崖，寧②死不受辱也。

鼎升曰：

據《舊唐書·列女列傳》記載：「奉天縣竇氏二女伯娘、仲娘，雖長於村野，而幼有志操。住與邠州接界。永泰【唐代宗李豫年號】中，草賊數千人，持兵刃入其村落行剽劫，聞二女有容色，姊年十九，妹年十六，藏於岩窟間。賊徒擬爲逼辱，乃先曳伯娘出，行數十步，又曳仲娘出，賊相顧自慰。行臨深谷，伯娘曰：『我豈受賊污辱！』乃投之於谷。賊方驚駭，仲娘又投於谷。谷深數百尺，姊尋卒，仲娘脚折面破，血流被體，氣絕良久而蘇，賊義之而去。京兆尹第五琦感其貞烈，奏之，詔旌表門閭，長免丁役，二女葬事官給。京兆戶曹陸海著賦以美之。」

註釋：

①「奉天」，今陝西乾縣，屬咸陽市。

②「寧」，同「寧」。

靜而衝動，卓文君①投奔於相如②。

咸池玄武持財，若哀空不動者無碍。如日辰動爻沖之，如相如以琴挑動，卓文君夜奔相如，後當爐③賣酒。

鼎升曰：

據《史記．司馬相如列傳》記載：「會梁孝王卒，相如歸，而家貧，無以自業。素與臨邛令王吉相善，吉曰：『長卿久宦遊不遂，而來過我。』於是相如往，舍都亭。臨邛令繆爲恭敬，日往朝相如。相如初尚見之，後稱病，使從者謝吉，吉愈益謹肅。臨邛中多富人，而卓王孫家僮八百人，程鄭亦數百人。二人乃相謂曰：『令有貴客，爲具召之。』并召令。令既至，卓氏客以百數。至日中，謁司馬長卿，長卿謝病不能往，臨邛令不敢嘗食，自往迎相如。相如不得已，彊往，一坐盡傾。酒酣，臨邛令前奏琴曰：『竊聞長卿好之，願以自娛。』相如辭謝，爲鼓一再行。是時卓王孫有女文君新寡，好音，故相如繆與令相重，而以琴心挑之。相如之臨邛，從車騎，雍容閒雅甚都；及飲卓氏，弄琴，文君竊從戶窺之，心悅而好之，恐不得當也。既罷，相如乃使人重賜文君侍者通殷勤。文君夜亡奔相如，相如乃與馳歸成都。家居徒四壁立。卓王孫大怒曰：『女至不材，我不忍殺，不分一錢也。』人或謂王孫，王孫終不聽。文君久之不樂，曰：『長卿第俱如臨邛，從昆弟假貸猶足爲生，何至自苦如此！』相如與俱之臨邛，盡賣其車騎，買一酒舍酤酒，而令文君當鑪。相如身自著犢鼻褌，與保庸雜作，滌器於市中。卓王孫聞而恥之，爲杜門不出。昆弟諸公更謂王孫曰：『有一男兩女，所不足者非財也。今文君已失身於司馬長卿，長卿故倦游，雖貧，其人材足依也，且又令客，獨柰何相辱如此！』卓王孫不得已，分予文君僮百人，錢百萬，及其嫁時衣被財物。文君乃與相如歸成都，買田宅，爲富人。」

註釋：

①「卓文君」，漢富商卓王孫之女，有文才，善鼓琴。司馬相如飲於卓府，時文君新寡，相如以琴聲傳情，文君夜奔相如，同歸成都。卓王孫大怒，不予接濟。後二人回臨邛（今四川成都轄區）賣酒，卓王孫引以爲恥，不得已才將財物、僮僕分與，使回成都。後相如欲娶茂陵女爲妾，文君賦《白頭吟》，相如乃止。

②「相如」，司馬相如。字長卿，漢蜀郡成都人。爲人口吃而善著書，景帝時爲武騎常侍，後稱病免官。復以《子虛賦》得武帝賞識，又作《上林賦》以獻，拜爲郎。後奉使西南，轉遷孝文園令。相如之賦，詞藻瑰麗，氣韻排宕，爲漢賦辭宗，影響當代及後世甚鉅。

③「當爐」，也作「當壚」。對着酒壚；在酒壚前。「爐」，放置酒罈的土墩。

福引刑爻發動，衛共姜①作誓於《栢②舟》。

子孫旺動主剋夫，然子乃貞潔之神，主守節③之象。如衛共姜作《栢舟》詩，以死自誓也。

鼎升曰：

據明郝敬《毛詩序說》記載：「古《序》曰：《柏舟》，共姜自誓也。衛世子共伯蚤死，其妻守義，父母欲奪而嫁之，誓而弗許，故作是詩以絕之。」

《詩經．國風．鄘．柏舟》其詩曰：「汎彼柏舟，在彼中河。髧彼兩髦，實維我儀。之死矢靡它。母也天只，不諒人只！／汎彼柏舟，在彼河側。髧彼兩髦，實維我特。之死矢靡慝。母也天只！不諒人只！」

註釋：

①「衛共姜」，周時衛世子共伯之妻。共伯早死，共姜不再嫁。後常用爲女子守節的典實。

②「栢」，同「柏」。

③「守節」，寡婦不再嫁；婦女謹守禮節，能盡婦道。

身遭化鬼剋刑，班婕妤①感傷②乎秋扇③。

如卦象六合，而世爻化官鬼刑剋，以動爻爲始，以變爻爲終。如漢班姬于成帝④，始親愛，後疎絶⑤，所以見秋扇而感傷，作詞以寓其淒楚之意。

鼎升曰：

據《漢書．外戚傳》記載：「孝成【漢成帝劉驁謚號】班婕伃，帝初卽位選入後宮。始爲少使，蛾而大幸，爲婕伃，居增成舍，再就館，有男，數月失之。」「其後趙飛燕姊弟亦從自微賤興，踰越禮制，寖盛於前。班婕伃及許皇后皆失寵，稀復進見。【漢成帝】鴻嘉三年【公元前18年，癸卯年】，趙飛燕譖告許皇后、班婕伃挾媚道，祝詛後宮，詈及主上。許皇后坐廢。」「趙氏姊弟驕妒，婕伃恐久見危，求共養太后長信宮，上許焉。婕伃退處東宮，作賦自傷悼，其辭曰：承祖考之遺德兮，何性命之淑靈，登薄軀於宮闕兮，充下陳於後庭……」「至成帝崩，婕伃充奉園陵，薨，因葬園中。」

班婕妤「見秋扇而感傷」所作淒楚之詞，當爲《怨歌行》。據梁蕭統《文選．詩戊．樂府》記載，其詞曰：「新裂齊紈素，皎潔如霜雪。裁爲合歡扇，團團似明月。出入君懷袖，動摇微風發。常恐秋節至，涼風奪炎熱。棄捐篋笥中，恩情中道絕。」

註釋：

①「班婕妤」，漢成帝嬪妃、宮中女官，賢才通辯，爲帝所幸。後趙飛燕得寵，被譖，退侍太后於長信宮，作賦自傷，詞極哀楚。「婕妤」，音jiéyú【潔餘】。宮中女官名；特指漢成帝嬪妃、宮中女官班婕妤。「婕」，同「婕」。

②「感傷」，有所感觸而悲傷。

③「秋扇」，比喻色衰失寵的棄婦，或過時失去效用的事物。

④「成帝」，漢成帝劉驁。西漢第十二位君主。公元前33年至公元前7年在位。沉溺酒色，極盡奢侈。寵幸趙飛燕、趙合德，政權全由外戚控制。民生凋敝，國庫虛空，致使西漢迅速衰落。

⑤「疎絕」，亦作「疏絕」。疏遠斷絕。

二鬼爭權水父冲，錢玉蓮逢汝權於江滸①。

若有二鬼發動，俱來生合財爻，又遇水父來刑冲，而財爻值空者，必有兩夫爭權之象、父母逼勒②之兆，自有守節之操，故入于空。如孫汝權之于錢玉蓮類也。

鼎升曰：

「錢玉蓮逢汝權於江滸」的故事出自南戲劇本《荊釵記》，爲明初四大傳奇之一。作者不詳，一說作者爲元「吳門學究敬先書會柯丹邱」，國學大師王國維考定作者爲明太祖第十七子寧王朱權。《荊釵記》述錢玉蓮拒絕富豪孫汝權的求婚，寧嫁以荊釵爲聘的窮書生王十朋。王十朋中狀元後，因拒絕贅爲丞相女婿，被派往潮陽。孫汝權僞造休書，錢玉蓮的後母也逼玉蓮改嫁，玉蓮不從，投江自盡，爲福建安撫使錢載和所救，收爲義女。玉蓮亦誤以爲王十朋亡故。五年後，王十朋任吉安太守，繞道路過溫州，至江心玄妙觀追薦亡妻，恰逢玉蓮也來拈香悼夫，兩人驚疑如夢。當元宵千盞紅燈映亮甌江時，夫妻以荊釵爲憑，重新團聚。也有劇本述王十朋調任吉安太守時，錢載和也由福建安撫使升任兩廣巡撫，赴任途中路過吉安府，王十朋前去碼頭拜謁。當錢載和得知王十朋就是玉蓮的丈夫後，就在船上設宴，使十朋與玉蓮得以團圓。

然而據宋羅大經《鶴林玉露．王梅溪》記載：「王龜齡【王十朋，字龜齡，號梅谿】年四十七魁天下，以書報其弟夢齡、昌齡曰：『今日唱名，蒙恩賜進士及第，惜二親不見，痛不可言！嫂及聞詩、聞禮可以此示之。』詩、禮，其二子也。」由此可知，王十朋及第甚晚，已有二子，并非新娶，則今之《荊釵記》當不可信。

又據《晚清文學叢鈔．小說戲曲研究卷．客雲廬小說話》記載：「《荊釵記》玉蓮者，王梅谿先生十朋之女也。孫汝權，宋進士，與梅谿爲同年生，敦尚古誼。史浩主和議，先生劾其誤國八大罪，汝權實從慂焉。史氏啣恨，遂令門下客作傳奇，謬其事以衊之。前人之辨有然，幾疑玉蓮與崔鶯同一受誣矣。乃番禺陳曇《鄺齋雜記》引莊相伯言，『湖郡城內，有石牌坊一座，大書湖州協副將孫汝權同妻錢玉蓮建』，則孫又爲武人，而玉蓮其室也。茫茫千古，此案何時白耶？」又據清楊恩壽《詞餘叢話》記載：「《聽雨增記》：『孫汝權乃宋朝名進士，有文集行世。玉蓮則王十朋女也。十朋劾史浩八罪，汝權實嗾之，理宗雖不聽，而史氏子姓怨兩人刺骨，故作《荊釵記》，以玉蓮爲十朋妻，汝權有奪配之事。』又《南窗閒筆》：『錢玉蓮，宋名伎，從孫汝權。某寺殿成，梁上題「信士孫汝權同妻錢玉蓮喜捨」。』按此，則玉蓮確係汝權之妻矣。十朋無故受誣，殊爲可惡。」似此，則錢玉蓮當爲孫汝權之妻。

又據《宋史．史浩列傳》記載，史浩爲人寬厚，似不應作傳奇以衊王十朋，然人心惟危，亦未可知：「浩喜薦人才，嘗擬陳之茂進職與郡，上知之茂嘗毀浩，曰：『卿豈以德報怨耶？』浩曰：『臣不知有怨，若以爲怨而以德報之，是有心也。』莫濟狀王十朋行事，詆浩尤甚，浩薦濟掌內制，上曰：『濟非議卿者乎？』浩曰：『臣不敢以私害公。』遂除中書舍人兼直學士院，待之如初。蓋其寬厚類此。」

註釋：

①「江滸」，江邊。

②「逼勒」，逼迫；強迫。

六爻競合陰財動，秦弱蘭遇陶穀①於郵亭②。

男帶合則俊秀聰明，女帶合則澆浮③淫佚④。若六合卦而財爻又屬陰者，不動猶可，動則淫濫無耻，如秦弱蘭遇陶學士也。如財爻與世相合，不可此斷。如女人自卜，以世爲自己，發動合旁爻，亦此斷。

鼎升曰：

據清徐士鑾《宋艷．患害》記載：「朝廷遣陶穀使江南，以假書為名，實使覘之。既至，崖岸高峻。醼席談笑，未嘗啟齒。韓熙載謂所親曰：『觀秀實公妄也，非端人介士，其守可隳。』夜遣歌妓秦弱蘭，詐為驛卒之女，敝衣持帚，灑埽驛庭，五柳公乘隙因詢其迹。翌日，以詞贈之曰：『好因緣，惡因緣。只得郵亭一夜眠，別神仙。琵琶撥盡相思調，知音少。待得鸞膠續斷絃，是何年？』後數日，醼於澄心堂，李主命玻瓈巨鍾滿酌之，陶毅然不顧。乃出弱蘭於席，歌前闋以侑之。穀慙笑，不敢不釂。釂罷復灌，倒載吐茵，尚未許罷，大為主禮所薄。還朝日，止遣數小吏餞於郊亭。逮歸京，卒不大用。」「《藝苑卮言》：陶穀使江南，遇秦弱蘭，作《風光好》詞，見宋人小說。或有以為曹翰者，翰能作老將詩，其才固有之，終非武人本色。沈叡達《雲巢編》謂：陶使吳越，惑娼女任社娘，因作此詞。任大得陶資，後用以刱仁王院，落髮為尼。李唐、吳越，未審孰是，要之近陶所為耳。」「《苕溪漁隱叢話》：小詞《風光好》『待得鸞膠續斷絃，是何年』之句，《江南野錄》謂是曹翰使江南贈妓詞，《本事曲》謂是陶穀使錢塘贈驛女詞，《冷齋夜話》謂是陶穀使江南贈韓熙載歌姬，是一詞而有三說也。其他類此者甚眾，殆不可偏舉。」

註釋：

①「陶穀」，字秀實。本姓唐，因避後晉高祖石敬瑭諱而改姓陶。早年爲家校書郎，以文章聞名於世。後周世宗時累遷至兵部侍郎，加承旨。宋初轉禮部尚書，後累加刑部、戶部二尚書。卒贈右僕射。《宋史・陶穀列傳》謂「穀強記嗜學，博通經史，諸子佛老，咸所總覽」。

②「郵亭」，古代傳遞信件的人沿途休息的地方。

③「澆浮」，浮薄不忠厚的人。

④「淫佚」，行爲放蕩。

鬼弱而未獲生扶，朱淑貞①良人②愚蠢。

凡女人身命，以鬼爲夫星。不宜旬空，空則難爲夫主；又不宜衰弱，弱則招夫不肖。若衰弱而無生扶合助，兼帶勾陳螣蛇等煞者，必如朱淑貞之夫，愚蒙不正，人物侏儒③，因有《斷腸》之詩。

鼎升曰：

據明蔣仲舒《堯山堂外紀．宋．朱淑真》記載：「朱淑真幼警慧，善讀書。早年，父母無識，嫁市井民家。其夫村惡，蘧除戚施，種種可厭。淑真抑鬱不得志，作詩多憂愁怨恨之思。題《圓子》云：『輕圓絶勝雞頭肉，滑膩偏宜蟹眼湯。縱有風流無處說，已輸湯餅試何郎。』蓋謂其夫之不才，匹配非偶也。」

然原條文中所述「朱淑貞良人愚蠢」似可商榷。據今人張璋、黃畬《朱淑真集》引清況周頤《證璧集》：「魏端禮《斷腸集》序云：『早歲父母失審，嫁爲市井民妻，一生抑鬱不得志。』升庵之說，實原于此。今據集中詩及它書考之，淑眞自號幽棲居士，錢塘人。或曰海寧人，文公姪女。居寶康巷，或曰錢塘下里人，世居桃村。幼警慧，善讀書。文章幽豔，工繪事，曉音律。父官浙西。【宋理宗】紹定三年【公元1230年，庚寅年】二月，淑眞作《璿璣圖記》，有云：『家君宦遊浙西，好拾清玩。凡可人意者，雖重購不惜也。』其家有東園、西園、西樓、水閣、桂堂、依綠亭諸勝。夫家姓氏失考，似初應禮部試，其後官江南者。淑眞從宦常往來吳、越、荆、楚間。與曾布妻魏氏爲詞友。嘗會魏席上，賦小鬟妙舞，以『飛雪滿羣山』爲韻，作五絕句。又宴謝夫人堂，有詩，今並載集中。淑眞生平，大略如此。」「舊說悠謬，其證有三：其父既曰宦遊，又嘗留意清玩，東園諸作，可想見其家世，何至下嫁庸夫，一證也；市井民妻，何得有從宦東西之事，二證也；魏、謝大家，豈友駔婦，三證也。」「淑眞之詩，其詞婉而意苦，委曲而難明。當時事跡別無記載可攷，以意揣之，或者其夫遠宦，淑眞未必皆從，容有竇滔陽臺之事，未可知也。它如思親、感舊諸什，意各有指。以證《斷腸》之名，尤爲非是。」又據民國朱鑑、朱太忙《朱淑真斷腸詩詞》記載：「舊云『下嫁市井庸夫』，說殊悠謬，不足信。以意揣之，其夫殆一俗吏，或恆遠宦於外，淑真未必皆從，容有竇滔陽臺之事，未可知也。」「歿後，宛陵魏端禮輯其詩詞，名曰《斷腸》集，非淑真自題也。」

註釋：

①「朱淑貞」，又名朱淑真、朱淑珍。宋女诗人。號幽棲居士。錢塘（今浙江杭州）人。北宋末至南宋初在世。生於仕宦家庭，今人考證或嫁绍兴知府汪綱爲妻。相傳因婚嫁不滿，抑鬱而終。能畫，通音律。詞多幽怨，流於感傷。也能詩。有詩集《斷腸集》、詞集《斷腸詞》。

②「良人」，此處指古時女子對丈夫的稱呼。

③「侏儒」，身材異常短小者；矮子。形容個子矮小。

官强而又連龍福，吳孟子①夫主②賢明③。

若鬼爻旺臨青龍祿馬貴人，主有貴顯賢明之夫。如吳孟子得魯昭公④爲夫也。若衰弱而逢生助，亦然。

鼎升曰：

據明陳士元《論語類考．人物考》記載：「許謙氏曰：古者，婦人皆以其姓在下，而以孟仲之次加於上。如《春秋》所書仲子、伯姬，《詩》所謂孟姬之類。子，宋姓；姬，魯姓；姜，齊姓。伯仲長幼之序，仲子宋女、伯姬魯女、孟姜齊女也。吳祖泰伯，文王之伯父；魯祖，周公文王之子。吳魯無婚姻之禮，昭公違禮，欲掩其惡，故改姬稱子也。」

註釋：

①「吳孟子」，春秋魯昭公夫人。吳國人。庶長女為孟，本姓姬，當稱孟姬。因與魯昭公同姓，違背同姓不娶的周禮，改姬為子，又因春秋時國君夫人一般是所生長之國名加本姓，故稱。

②「夫主」，丈夫。舊以丈夫為家主，故稱。

③「賢明」，有才德有見識。

④「魯昭公」，姬姓，名裯。春秋魯國第二十四位君主。公元前542年至公元前510年在位。公元前517年（魯昭公二十五年，甲申年）伐季孫氏，大敗，逃往齊國，後又輾轉逃往晉國。公元前510年（魯昭公三十二年，辛卯年）身死。

若卜嬰孩之造化①，乃將福德為用爻。

凡卜小兒生長難易，所喜兄弟興隆，最忌父母旺動。若父母動則傷剋，兄弟動則生扶。蓋有生扶則易養。

註釋：

①「造化」，福分；命運。

隨官入墓，未爲有子有孫；助鬼傷身，不免多災多病。

若見子孫入墓，或化官墓，或化官鬼，必死，故曰「未爲有子有孫」。若遇鬼傷剋兄弟爻，致子孫爻無根，必然多病難養。財動助鬼剋兄，或鬼持世臨身，亦主多病。

胎連官鬼，曾經落地①之關。

子孫之胎爻臨鬼，或化出鬼爻，或鬼來冲剋者，臨盆②時絶而復甦③，俗所謂「落地關」是也。

註釋：

①「落地」，嬰兒出生。

②「臨盆」，婦女分娩。舊時分娩坐於盆中，故稱。

③「甦」，音sū【蘇】。復活；蘇醒。

子帶貴人，自有登天①之日。

子爻若帶祿馬貴人，主此子他日必然貴顯②。

註釋：

①「登天」，比喻成名發跡，飛黃騰達。

②「貴顯」，尊貴顯赫，有名望的人。

遇令星如風搖幹①，逢絕地似雨傾花。

凡父動剋子，若得子孫值日辰月建，雖見小悔②，猶微③風搖幹，無妨；若逢墓絕，一有剋戰，如驟雨傾花④，有損。

註釋：

①「幹」，此處指植物的主幹。

②「悔」，災禍。

③「微」，同「微」。

④「驟雨傾花」，急驟凶猛的雨損傷花朵。

子孫化鬼，孝殤①十月入冥途②；祿貴臨爻，拜住③童年登相位④。

子孫休囚，化鬼化父，皆死之兆，似漢殤帝，生纔十月卽亡；若臨貴人祿馬旺相，如元拜住，年十四卽爲相。

鼎升曰：

古今圖書集成本《卜筮全書．黃金策．身命》原解作：「子化出鬼，乃九死一生之兆。如漢殤帝，生纔十月卽死也。子化出鬼，而貴人祿馬交臨，子又旺相，異日必貴。如元拜住，年十四即爲相。蓋子逢凶而化鬼，謂身化爲鬼，故凶；子逢吉而化官，謂身化爲官，故吉。

據《後漢書．孝和孝殤帝紀》記載：「孝殤皇帝諱隆，和帝少子也。【漢和帝】元興元年【公元106年，丙午年】十二月辛未夜，即皇帝位，時誕育百餘日。尊皇后曰皇太后，太后臨朝。」「【漢殤帝延平元年】八月【公元106年，丙午年】辛亥，帝崩。癸丑，殯於崇德前殿。年二歲。」

據《元史．拜住列傳》記載：「拜住，安童孫也。五歲而孤，太夫人教養之。稍長，宏遠端亮有祖風。【元武帝】至大二年【公元1309年，己酉年】，襲爲宿衞長。仁宗即位，延祐二年【公元1315年，乙卯年】，拜資善大夫、太常禮儀院使。四年，進榮祿大夫、大司徒。五年，進金紫光祿大夫。六年，加開府儀同三司，餘並如故。」「【元仁宗延祐七年，公元1320年，庚申年】英宗登極，拜中書平章政事。」「拜中書左丞相。」「【元英宗至治二年，公元1322年，壬戌年】冬十二月，進右丞相、監修國史。帝欲爵以三公，懇辭，遂不置左相，獨任以政。」

又據《元史．安童列傳》記載，拜住之父兀都帶「【元成宗】大德六年【公元1302年，壬寅年】正月薨，年三十一」，則拜住當生於元成宗大德二年【公元1298年，戊戌年】，元仁宗延祐七年【公元1320年，庚申年】二十三歲時拜相位。

註釋：

①「孝殤」，漢殤帝劉隆。東漢第五位皇帝。公元105年（漢和帝元興元年，乙巳年）11月5日（一說公元105年10月）出生，公元106年（漢和帝元興元年，丙午年）2月13日即帝位，公元106年（漢殤帝延平元年，丙午年）9月21日崩。中國歷史上即位年齡最小、壽命最短的皇帝。謚號孝殤皇帝。

②「冥途」，幽冥的道途，死者所往之迷暗世界。佛教指地獄餓鬼之處。

③「拜住」，元英宗碩德八剌大臣。好儒學，通漢傳統禮儀。曾任右丞相。君臣著手改革，推行新政，起用儒士，訪求人才；罷徽政院及冗官冗職；行助役法，減輕徭役；歲減江南海運糧二十萬石；制定和頒行《大元通制》。公元1323年（元英宗至治三年，癸亥年），隨英宗由上都南返，宿營南坡（今內蒙古正藍旗東北），被鐵失襲殺，英宗同時被弒。

④「相位」，宰相的職位。

凶煞來攢①震卦，李令伯至九歲而能行。

震爲足，若遇官鬼凶神刑剋，走必遲。如李魏公②九歲方能行，蓋爲凶神纏足也。

鼎升曰：

原解中「李魏公」當爲「李令伯」之誤，以其不諳人名而誤。李密「李令伯」爲蜀漢與西晉官員、《陳情表》作者，李密「李魏公」爲隋末唐初割據軍閥。「李令伯」事參本卷前「正內不利，李密髫齡迍邅」條文。

古今圖書集成本《卜筮全書·黃金策·身命》原解作：「震爲足，若遇官鬼凶神刑尅，行必遲。如李令伯九歲方能行，蓋爲凶神纏擾於足也。」闡易齋本與談易齋本《卜筮全書·黃金策·身命》原解俱作：「震爲足，若遇官鬼凶神刑尅，走必遲。如李魏公九歲方能行，蓋爲凶神纏擾于足也。」

註釋：

①「攢」，同「攢」。簇聚，聚集。

②「李魏公」，李密。隋末唐初割據軍閥。爲人好學，曾把書掛在牛角上，騎著牛讀書，人稱「牛角掛書」。早年爲杨玄感的幕僚與好友，玄感敗死，加入瓦崗軍，一度勢力極大，曾一度與唐王李淵結義。後因被王世充偷襲，歸降李淵，因懷疑李淵加害而逃遁，後被唐將盛彥師所殺。

吉神皆聚乾宮，白居易①未週年而識字。

乾爲八卦首，屬金，卦數一，純陽之象。陽主上達，金主聰明，一則數之始也。若遇龍德及子孫在此宮者，必然幼敏。如白樂天，生甫②七月，便識「之」、「無」二字。

鼎升曰：

《卜筮全書．黃金策．身命》原條文作：「吉神皆聚乾宮，白居易未週歲而識字。」

據《幼學瓊林．文事》記載：「白居易生七月，便識『之』、『無』二字。」又據《白氏長慶集．元稹序》記載：「《白氏長慶集》者，太原人白居易之所作。居易，字樂天。樂天始言，試指『之』、『無』二字能不誤【其下小註：具《樂天與予書》】。始既言，讀書勤敏，與他兒異。五六歲識聲韻，十五志詩賦，二十七舉進士。」

註釋：

①「白居易」，字樂天，號香山居士。唐著名詩人。唐德宗貞元十六年（公元800年，庚辰年）進士。歷任左拾遺、江州司馬、杭州刺史、蘇州刺史等職，官至刑部尚書。文學上積極宣導新樂府運動，與元稹齊名，並稱「元白」。長篇敘事詩《長恨歌》、《琵琶行》爲世人傳誦。

②「甫」，方才；剛剛。

八純頑劣①，晉食我②狼子野心③。

八純卦六爻相沖，小兒見之，必主頑劣性悍。如晉食我，心野不馴④，猶豺狼之子也。

鼎升曰：

據《左傳》記載：「【魯昭公二十八年，公元前514年，丁亥年】晉祁勝與鄔臧通室，祁盈將執之，訪于司馬叔游。叔游曰：『《鄭書》有之：「惡直醜正，實蕃有徒。」無道立矣，子懼不免。《詩》曰：「民之多辟，無自立辟。」姑已若何？』曰：『祁氏私有討，國何有焉？』遂執之。祁勝賂荀躒，荀躒爲之言於晉侯。晉侯執祁盈。祁盈之臣曰：『鈞將皆死，憖使吾君聞勝與臧之死也以爲快。』乃殺之。夏，六月，晉殺祁盈及楊食我。食我，祁盈之黨也，而助亂，故殺之。遂滅祁氏、羊舌氏。」「伯石始生，子容之母走謁諸姑，曰：『長叔姒生男。』姑視之，及堂，聞其聲而還，曰：『是豺狼之聲也。狼子野心。非是，莫喪羊舌氏矣。』遂弗視。」

註釋：

①「頑劣」，愚頑且惡劣。

②「食我」，楊食我。羊舌氏，名食我，字伯石，又作羊舌食我、楊石。春秋晉國大夫。楊食我出生時，其祖母聽到哭聲，說：「这是豺狼之声啊。狼子野心。除了他，没有人能够灭亡羊舌氏。」晉國大夫祁盈的族人祁勝與鄔臧換妻通姦，祁盈將兩人拘捕並殺死。國君晉頃公以祁盈動用私刑爲由，處死了祁盈及其同黨楊食我，族滅了祁氏和羊舌氏。

③「狼子野心」，狼崽子雖幼，卻有凶殘的本性。比喻凶暴的人用心狠毒。後亦謂凶暴的人懷有野心。

④「馴」，音xùn【旬】。順服的、溫和的。

六合聰明，唐李白①錦心繡口②。

大抵六合卦，必然陰陽相半，小兒遇之，聰明智慧，他日文章必有擲地金聲③之妙。如李太白之文才也。

鼎升曰：

據《幼學瓊林．文事》記載：「錦心繡口，李太白之文章。【其下小註：《李太白送仲弟令聞序》：吾心肝五臟，皆錦繡耳。不然，何以開口成文、揮毫散霧也！】」

註釋：

①「李白」，字太白，號青蓮居士。唐著名詩人。個性率真豪放，嗜酒好遊。玄宗時曾爲翰林供奉，後因得罪權貴，遭排擠而離開京城，最後病死當塗（今安徽蚌埠西郊塗山）。其詩高妙清逸，世稱「詩仙」。與杜甫齊名，時人號稱「李杜」。

②「錦心繡口」，用以稱讚人文思巧妙，文辭優美。「錦」、「繡」，織錦刺繡，比喻美好。

③「擲地金聲」，比喻文章詞藻優美，語言鏗鏘有力。「金」，鐘磬之類的樂器，聲音清脆優美。

陽象陽宮，后稷①所以岐嶷②。

陽主高明③上達④之象。子臨陽宮陽爻，如后稷生于姜源⑤，克岐克嶷也。

鼎升曰：

《卜筮全書·黄金策·身命》原條文作：「陽宮陽象，后稷所以岐嶷。」

古今圖書集成本《卜筮全書·黄金策·身命》原解作：「陽主高明，

有上達之象，從天數也。占小兒而得純陽卦，子孫又屬陽，必如后稷生於姜嫄，克岐而克嶷也。見《詩．大雅》。」闡易齋本與談易齋本《卜筮全書．黃金策．身命》原解中「姜嫄」俱作「姜源」。

據《史記．周本紀》記載：「周后稷，名弃。其母有邰氏女，曰姜原。姜原爲帝嚳元妃。姜原出野，見巨人跡，心忻然說，欲踐之，踐之而身動如孕者。居期而生子，以爲不祥，弃之隘巷，馬牛過者皆辟不踐；徙置之林中，適會山林多人，遷之；而弃渠中冰上，飛鳥以其翼覆薦之。姜原以爲神，遂收養長之。初欲弃之，因名曰弃。」

《詩經．大雅．生民》其詩曰：「厥初生民，時維姜嫄。生民如何？克禋克祀，以弗無子！履帝武敏歆，攸介攸止。載震載夙，載生載育。時維后稷……誕實匍匐，克岐克嶷，以就口食：蓺之荏菽，荏菽旆旆……」

註釋：

①「后稷」，周人始祖。相傳姜嫄踐天帝足跡，懷孕生后稷，因曾棄而不養，故名之爲「棄」。

②「岐嶷」，形容小孩才智出眾、聰明特異。「嶷」，音nì【膩】。幼小聰慧；幼年。語出《詩經．大雅．生民》：「誕實匍匐，克岐克嶷。」意爲「當他這樣子手忙腳亂的爬行，到能夠有所知、能夠有所識」。

③「高明」，崇高明睿，聰明智慧。

④「上達」，士君子修養德性，務求通達於仁義。語出《論語·憲問》：「君子上達，小人下達。」意爲「君子通達於仁義，小人通達於財利」。

⑤「姜源」，亦作「姜原」、「姜嫄」或「姜塬」。周人始祖后稷之母，傳說中的五帝之一高辛氏之妻。傳說她於郊野踐天帝足跡，懷孕生后稷。一說她爲高辛氏後世子孫之妃。

陰卦陰爻，晉惠①所以囈騃②。

陰主卑汚③下達④之象。子臨陰宮陰爻，主癡愚。如晉惠帝聞蛙聲，曰：爲公乎，爲私乎？見人飢死，曰：何不食肉糜？故史以囈騃譏之。

鼎升曰：

古今圖書集成本《卜筮全書·黃金策·身命》原條文作：「陰卦陰爻，晉帝所以囈騃。」

據《晉書·惠帝紀》記載：「帝又嘗在華林園，聞蝦蟆聲，謂左右曰：『此鳴者爲官乎，私乎？』或對曰：『在官地爲官，在私地爲私。』及天下荒亂，百姓餓死，帝曰：『何不食肉糜？』其蒙蔽皆此類也。」

另參本卷前「六爻攻擊，司馬氏相殘骨肉」條文。

註釋：

①「晉惠」，晉惠帝司馬衷。西晉第二位君主。公元290年至公元307年在位。性愚笨，賈后專政淫虐，不能制。及趙王司馬倫殺賈后，自爲相國，諸王相爭，遂成八王之亂，以至五胡亂華。後中毒崩。

②「戇騃」，音gàng ǎi【槓癌】。痴呆。

③「卑汚」，卑鄙齷齪。

④「下達」，追求財利。

龍父扶身，效藏燈於祖瑩①。

青龍爲吉神，父母爲詩書學舘②，若臨身世，或生合世身福德者，主此兒好學。如祖瑩八歲耽③書，父母恐其成疾，禁之，乃密藏火，待父母寢，復燃燈讀也。

鼎升曰：

據《魏書．祖瑩列傳》記載：「瑩年八歲，能誦《詩》、《書》，十二，爲中書學生。好學耽書，以晝繼夜，父母恐其成疾，禁之不能止，常密於灰中藏火，驅逐僮僕，父母寢睡之後，燃火讀書，以衣被蔽塞窗戶，恐漏光明，爲家人所覺。由是聲譽甚盛，內外親屬呼爲『聖小兒』。尤好屬文，中書監高允每歎曰：『此子才器，非諸生所及，終當遠至。』」

註釋：

①「祖瑩」，字元珍。北魏大臣，文學家。少時耽書，常以夜繼晝，時號「聖小兒」。及長，以文學見重。孝文帝時，以才名拜太學博士。後累遷散騎侍郎、國子祭酒、車騎大將軍、儀同三司等職。卒贈尚書左僕射、司徒公、冀州刺史。

②「學舘」，學舍，學校。學宮，學廟。

③「耽」，愛好；專心於。

歲君值福，希投筆於班超①。

歲君乃君象也，子孫臨之，此兒必志大。如漢班超爲兒時，嘗投筆歎曰：大丈夫當立功異國②，安能久事筆硯③乎？後出使西域④，果萬里封矦⑤。

鼎升曰：

據《後漢書·班超列傳》記載：「【超】爲人有大志，不修細節。然內孝謹，居家常執勤苦，不恥勞辱。有口辯，而涉獵書傳。【漢明帝劉莊】永平五年【公元62年，壬戌年】，兄固被召詣校書郎，超與母隨至洛陽。家貧，常爲官傭書以供養。久勞苦，嘗輟業投筆歎曰：『大丈夫無它志略，猶當效傅介子、張騫立功異域，以取封侯，安能久事筆研閒乎？』左右皆笑之。超曰：『小子安知壯士志哉！』其後行詣相者，曰：『祭酒，布衣諸生耳，而當封侯萬里之外。』超問其狀。相者指曰：『生燕頷虎頸，飛而食肉，此萬里侯相也。』」

註釋：

①「班超」，東漢名將，外交家。史學家班彪之子，班固之弟。爲人有大志，不修細節。漢明帝時隨竇固出擊北匈奴獲勝，又出使西域，平服五十餘國。詔以超爲西域都護，又以功封爲定遠侯。

②「異國」，外國；他國。

③「筆硯」，指文墨書寫之事。

④「西域」，漢代的西域泛指玉門關、陽關以西之地，狹義的西域即今之新疆，主要爲天山南路；廣義而言，除天山南北路外，並踰蔥嶺（帕米爾）以西，包有今之中亞、西亞及印度。《漢書．西域傳》：「西域以孝武（漢武帝）時始通，本三十六國，其後稍分至五十餘，皆在匈奴之西，烏孫之南。南北有大山，中央有河，東西六千餘里，南北千餘里。東則接漢，阸以玉門、陽關，西則限以葱嶺。」

⑤「矦」，同「侯」。侯爵，爵位。

官鬼無傷，曹彬①取印終封爵。

歲君值福，固有大志，然官鬼受制，或落空亡，則志雖大，而終莫能遂；官鬼無傷，斯能稱意。如曹彬週歲時，提戈取印，後出將入相，終封爵也。

鼎升曰：

據《宋史·曹彬列傳》記載：「彬始生周歲，父母以百玩之具羅於席，觀其所取。彬左手持干戈，右手取俎豆，斯須取一印，他無所視，人皆異之。」宋太宗太平興國八年【公元983年，癸未年】「進封魯國公，待之愈厚。」「【宋真宗咸平二年，公元999年，庚子年】六月薨，年六十九……贈中書令，追封濟陽郡王，謚武惠……」「【宋高宗紹興】十八年【公元1148年，戊辰年】二月，監登聞鼓院徐璉言：『國家原廟佐命配享，當時輔弼勳勞之臣繪像廟庭，以示不忘……』遂下諸路轉運司，委所管州軍尋訪各家，韓王趙普、周王曹彬……各令摹寫貌像投納，繪於景靈宮之壁。」

註釋：

①「曹彬」，北宋初年名將。公元964年（宋太祖乾德二年，甲子年）任都監，參加滅後蜀之役。公元974年（宋太祖開寶七年，甲戌年）任統帥滅南唐，次年攻下金陵，禁止將士殺掠。旋任樞密使。太宗初決策滅北漢。公元986年（宋太宗雍熙三年，丙戌年）率軍攻遼，因諸將不服從指揮，敗於涿州，降爲右驍衛上將軍。真宗初年復任樞密使。卒贈中書令，追封濟陽郡王，謚武惠。

父身有氣，車胤囊螢①卒②顯名③。

龍父扶身，固知好學，然身世用神及官父臨墓絶，徒取辛勤；必有氣方有成望。如車胤勤學，卒以成業也。

鼎升曰：

據《晉書·車胤列傳》記載：「胤恭勤不倦，博學多通。家貧不常得油，夏月則練囊盛數十螢火以照書，以夜繼日焉。」

註釋：

①「車胤囊螢」，車胤，字武子。東晉名臣。歷任中書侍郎、侍中、驃騎長史、太常、護軍將軍、吏部尚書等職。爲人公正，不畏強權，後被會稽王司馬道子世子元顯逼令自殺。幼家貧，無力購買燈油，遂在囊袋中放入螢火蟲，借螢火發出之光讀書。

後以「車胤囊螢」形容在艱困的環境中，勤奮讀書。

②「卒」，終於，最後。

③「顯名」，顯揚名聲；名聲顯揚；顯耀的名聲。

金爻動合，啼必無聲。

五行中惟金有聲，五臟中惟肺有聲，故以金爻爲人之聲音。或冲或空，聲必響喨①；如動被合，啼哭無聲也。

註釋：

①「喨」，音liàng【亮】。聲音高亢清遠。

父母靜衝，兒須缺乳。

若子孫旺相，乳必多；休囚空破，乳必少。最怕父動，或靜而逢冲，若非缺乳，定剋子也。

用旺兒肥終易養，主衰兒弱必難爲。

子孫旺相無傷，兒肥易養；子孫休囚有剋，多灾，瘦弱難養。

身臨父母，莫逃鞠養①之辛勤。

父母持世，兒多災悔，故鞠育之劬，所以不免。蓋父爲辛勤劬碌之神，故爲小兒之惡煞也。

註釋：

①「鞠養」，撫養；養育。

世遇子孫，終見劬勞①之報效②。

子孫持世，兒必孝順，故劬勞之恩，必然報效。蓋子孫臨于世者，以其有親親③之義也。

註釋：

①「劬勞」，勞苦、辛勤。「劬」，音qú【渠】。勤勞、勞苦。

②「報效」，爲報答對方恩情而效力。

③「親親」，愛自己的親屬。親戚；親屬。

若問榮枯①，全在六親之決斷；要知壽夭，必須另卜以推詳。

一卦六爻，管人一生之榮枯得失，可將財官父兄子決斷。如卜壽夭，須另占一卦可知，後卷占驗註明。

鼎升曰：

《卜筮全書．黃金策．身命》原條文作：「若問榮枯，全在六親之決斷；要知壽夭，須憑三限以推詳。」古今圖書集成本《卜筮全書．黃金策．身命》原解作：「六親中，財福爲吉，兄鬼爲凶。三限，正卦管三十年爲初限，互卦管三十年爲中限，再以互卦又互一卦爲末限，亦管三十年。人生壽夭，須有定數，不看三限，則難取決。如正卦有凶神來尅戰，則壽止三十年前；如正卦無凶殺，而互卦見凶殺尅戰，則壽止於六十歲內；正互皆無凶殺，其壽必在六旬外，宜以互卦再互一卦推之。若凶殺不動，則看世爻死絕之年斷之，庶無差謬。」闡易齋本與談易齋本《卜筮全書．黃金策．身命》原解中「則壽止三十年前」俱作「則壽不過三十年前」。

另此條文後，《卜筮全書．黃金策．身命》另有一條文：「命理至微雖難細述，易爻有準自在變通。」無解。

註釋：

①「榮枯」，草木的茂盛與枯萎。因以比喻人事的興衰與窮通。

卜筮正宗卷之五終①

註釋：

①「卜筮正宗卷之五終」，原本無，據文意補。